Elvy Jansen

JO
UND DER
BRENNENDE ATEM DER GÖTTER

MYSTERY KRIMI

Etwas zu finden
was man nicht gesucht hat,
kann das Leben komplett
verändern...

Text und Data Mining
Die automatisierte Analyse des Werkes,
um daraus Informationen insbesondere über
Muster, Trends und Korrelationen gemäß §44b UrhG
(„Text und Data Mining") zu gewinnen ist untersagt.

Impressum

© 2025 Elvy Jansen
Verlag: BoD · Books on Demand GmbH, Überseering 33,
22297 Hamburg, bod@bod.de
Druck: Libri Plureos GmbH, Friedensallee 273, 22763 Hamburg
ISBN: 978-3-8192-4516-9

„Was ist eigentlich hier los?"

Doktor Bertram Goldfischer war ungehalten und wütend. Noch nie hatten die Kollegen und Kolleginnen erlebt, dass ihr Chef dermaßen die Kontrolle über sich verlor. Normalerweise war er es, der ihnen immer wieder Mut zusprach und sie aufforderte, einen kreativen Stil zu interpretieren. Aber davon war er heute meilenweit entfernt. Keiner der Mitarbeiter wagte es, ihm direkt in die Augen zu sehen. Einer flüsterte leise, „die Menschen haben sich so sehr an die Konflikte und Waffen starrende Auseinandersetzungen in der ganzen Welt gewöhnt, dass sich keiner mehr dafür interessiert, als es unbedingt sein muss."

„Daran sind wir nicht schuld, wenn die Leute so etwas nicht mehr lesen wollen."

„Viele Informationen gibt es im Internet, und man muss nichts mehr bezahlen."

„Das ist wunderbar!" brüllte Goldfischer. „Dann kann ich den Laden dicht machen und ihr könnt euch die nächste Zeit als Influencer durchschlagen...oder wie vor zweihundert Jahren mit einer Glocke an den Straßenrand stellen, und die Neuigkeiten und Nachrichten laut heraus brüllen!"

Es wurde plötzlich sehr still im Redaktionsbüro. Insgeheim wusste er, dass die Aussagen seiner Mitarbeiter auf Wahrheit beruhten. Aber was will der Leser? Wieso war es ihm nicht mehr möglich, sie zu erreichen? War seine Zeitung wirklich am Ende? Goldfischer stand auf und ging an die Kaffeemaschine. Ihm war nach einem doppelten Espresso zumute.

„Das Meeting ist vorbei. Geht hinaus und versucht eine halbwegs gute Zeitung zu machen."

Mit der Tasse in der Hand zog er sich schweigend in sein Büro zurück. Die Stoffmaus mit dem fadenscheinigen dürftigen Plüschfell und den angeknabberten Ohren, an denen seine fünfjährige Tochter nicht ganz unschuldig sein dürfte, schaute ihn vorwurfsvoll an.

„Was?" brüllte er das völlig unschuldige Wesen an.

„Das musste einmal sein. Im Gegensatz zu dir bin ich auch nur ein Mensch!"

Goldfischer hatte das Gefühl, dass ihn dieses Plüschvieh weiterhin vorwurfsvoll anstarrte. Aber Goldfischer konnte noch etwas anderes sehen... so etwas wie eine Drohung.

„Du spionierst hier nicht für meine Tochter! Ich darf dich daran erinnern, dass du in diesem Büro ein Schweigegelübde unterschrieben hast. Signiert mit deiner Pfote. Und gib bloß nicht so an, nur weil du eine eigene Kolumne hast."

Die Maus schien darüber nachzudenken.

„Okay! Ich hab´s kapiert, Apfelpfannkuchen. Wer brüllt hat Unrecht!"

Ein Sonnenstrahl fiel auf die völlig von Fell befreite Nase. Die Maus wirkte entspannt und die eingenähte Schnauze mit den ramponierten Schnurrbarthaaren zeigte so etwas wie ein Lächeln.

„Aber trotzdem muss es doch weitergehen."

Apfelpfannkuchen sackte leicht in sich zusammen. Es sah aus, als ob sie sich konzentrieren würde.

„Gute Idee."

*

Jo saß auf der Bank vor dem uralten über zweihundert Jahre alten Haus. Sie hatte es vor einem Jahr von ihrer Tante geerbt. Nie hätte sie es damals für möglich gehalten, dass sich ihr Leben dermaßen ändern würde. Neben dem Haus war zu hören, wie ein uralter Trecker angeworfen wurde. Badman, der schwarze Kater, saß zufrieden neben ihr und hatte seine Pfötchen gemütlich unter seine Brust geschoben. Auf ihrem Schoß hatte sie ihren Laptop aufgeschlagen. Es hatte einige Zeit gedauert, bis Badman Vertrauen zu ihr entwickelte. Aber das war auch kein Wunder. Hatte sie doch bis dato nie etwas mit Tieren zu tun. Ihre Eltern waren immer dagegen gewesen. Sie waren der Meinung, entweder konnte man sie in Form von Leder anziehen oder essen. Dazwischen gab es nichts. Es war auch für Jo, die eigentlich Jolanda hieß, weil es sich

angeblich für die Eltern so spanisch anhörte, ein Lernprozess. Jetzt liebte sie diesen eigensinnigen Kater. Aber die absolute Nummer eins für Badman war immer noch Rachel. Rachel Steingrün wohnte schon zur Zeit in dem Haus, als Jo´s Tante noch lebte. Sie waren über viele Jahre in inniger Liebe miteinander verbunden. Sogar mehr als manch ein Mensch über Lebensjahre verfügte. Was soll man dazu sagen? Agnes Fahrenkamp, die Tante, war eine Physikwissenschaftlerin und Rachel Steingrün ist, um es plump auszudrücken, von einem anderen Stern. Sie havarierte mit ihrem Raumschiff 1825 und musste gezwungenermaßen auf der Erde notlanden. Bis jetzt war Rachel noch nicht bereit über ihre alte Welt ausführlich zu erzählen. Jo beließ es dabei. „Wir haben Zeit genug. Wenn es soweit ist, höre ich dir zu, Rachel!"
Mehr schlecht als recht schlug sie sich durch die Jahrhunderte, bis sie im zwanzigsten Jahrhundert auf Agnes traf. Sie verliebten sich 1939 während einer Lesung auf der Universität in Köln auf den ersten Blick, und waren von diesem Tage an nie mehr getrennt. Trotz extrem widriger Umstände. Es war nicht leicht im Hitlerfaschismus ohne gültige Papiere zu überleben. Eine unmenschliche Staatsdoktrin veranschaulichte aufs genaueste, wer leben durfte und wer „aussortiert" wurde. Die knochentrockene Selektion und Deportation, mit anschließender Ermordung, reduzierte ihren ohnehin kleinen Freundeskreis radikal. Agnes Vater trug maßgeblich dazu bei, dass das familiäre Verhältnis für alle Zeit gestört blieb. Für ihre Familie war Agnes nicht nicht normal, und man sprach von einer perversen Krankheit, weil sie mit einer Frau zusammenlebte. Nur zu gerne wollte Agnes Vater Rachel dem faschistischen System opfern. Dazu war ihm jedes Mittel recht. Das Rachels Identität von den Papieren einer verstorbenen Jüdin stammte, machte es nicht unbedingt besser.

Es war ein abenteuerliches Leben, das Agnes und sie nach Amerika und in den fünfziger Jahren, zur Zeit der berüchtigten McCarthy Ära, wieder zurück nach Deutschland führte. In Amerika wurde man auf sie aufmerksam. Aber nicht wegen ihrer glänzenden Studien und wissenschaftlichen Erkenntnissen, sondern weil sie „anders" waren.

Agnes kaufte dieses uralte Haus, das fernab von der nächsten Ortschaft stand, um ungestört mit Rachel leben zu können. Aber Jo war es nicht recht, dass Rachel weiterhin nur im Verborgenen leben durfte und hatte digital etwas „nachgeholfen".
Immerhin verfügte Rachel nun über eine, zumindest vorläufig gesicherte Identität, und die nachfolgenden Papiere waren „echt".
Eine andere Möglichkeit gab es leider nicht.
Ihren Job als Reporterin bei dem „Unabhängige Journal" hatte Jo vorläufig auf Eis gelegt.
Es gab einfach zu viel zu tun. Hendrik, der Mann den sie liebte, musste wieder auf Vordermann gebracht werden. Durch äußerst brutale und kriminelle Machenschaften war er am Schluss seines Lebens nicht mehr sicher. Schwere Brandverletzungen, und nicht zuletzt seine Seele, bedurften der Zuwendung und jeder Menge Liebe. Ein Jahr war das jetzt alles her. Seinen Bauernhof war der vorhergehende Besitzer genötigt, zurückzunehmen. Der Boden war durch eine Fabrik in den fünfziger Jahren kontaminiert. Jahrelang sind hier Giftstoffe bedenkenlos in den Boden gesickert. Auf keinen Fall durfte hier Gemüse angebaut werden, nicht bevor der Boden entseucht war. Jo hatte ihm angeboten, fest bei ihr einzuziehen, und nicht nur solange wie er der Rekonvaleszenz bedurfte. Aber das hatte er rundweg abgelehnt. Er wollte selbstständig bleiben und vielleicht irgendwann, wenn seine Schulden durch den maroden Hof übersichtlicher geworden sind, einen anderen Bauernhof erwerben.
Jo kam mit Hendrik überein, ihm ein vernünftiges Grundstück zu verpachten, da ihm in seiner finanziellen Situation keine Bank einen Kredit gewähren würde. Nach mehreren Monaten, in denen sein Körper heilte und sich depressive Momente mit lebensbejahenden abwechselten, war er wieder voller Tatendrang. Rachel war nicht nur in Finanzen und Physik bewandert, sondern sie erwies sich als eine äußerst gute Lehrmeisterin in Sachen Landwirtschaft und schon bald wurden Pläne gemacht, was er wann und wo anbauen konnte. Auf dem Gelände stand ein altes, völlig marodes Haus. Jeder vernünftige

Mensch hätte es abreißen lassen. Aber Hendrik war begeistert, und sobald es ihm körperlich etwas besser ging, begann er mit der Restaurierung. Das tat ihm gut. Seine schwarzen Augen bekamen den gleichen Glanz zurück, den Jo so an ihm liebte. Versonnen sah sie ihm nach, als er mit seinem uralten Trecker zu dem Pachtgrundstück fuhr. Allerdings hatte Hendrik nicht die geringste Ahnung, woher Rachel wirklich stammte. Irgendwann würde er die Wahrheit erfahren.

Jo war zufrieden und glücklich.

Auf dem Laptop überflog sie die neuesten lokalen Nachrichten. Nichts war wirklich interessant.

„Auto aufgebrochen."

„Die neue Mauer am Stadttor ist wenige Tage nach Fertigstellung bereits mit Graffiti besprüht worden."

„Einbruch in Bauwagen. Sinnloser Vandalismus."

„Wieder ist neben der gelben Tonne Müll illegal entsorgt worden."

Jo schüttelte gelangweilt den Kopf und streichelte Badman. Der stand auf und reckte sich nach allen Regeln der Kunst. „Ist dir langweilig?"

Badman ließ ein kurzes Maunzen hören, dann tappte er mit seinen Pfoten auf den Tasten herum, bevor er sich gemütlich niederließ. Auf dem Schirm erschien eine neue Schlagzeile. Jo wischte den Schwanz des Katers vor ihrem Gesicht zur Seite, und musste den Hals recken, um die Nachricht lesen zu können.

„Uraltes Gemäuer bei Bauarbeiten aufgetaucht. Genaue Untersuchungen stehen noch aus."

Jo wollte diese Nachricht öffnen, aber Badman sah das etwas anders.

„Ich muss das lesen, mein Freund! Schließlich hast du diese Nachricht gefunden. Ich mache dir einen Vorschlag. Du liest mir das vor und alles ist in Ordnung. Wenn du das nicht tust, wäre die nächste Option, dich brutal zu packen und auf den Boden zu setzen, wo du eigentlich hingehörst."

Der Kater runzelte die Stirn. In unweiter Nähe ließen sich zwei Raben nieder und erweckten das Interesse von Badman. Die Raben setzten sich an den Brunnen und schöpften mit ihren Schnäbeln Wasser. Trinken musste jedes Lebewesen. Dafür konnte Badman noch gerade so Verständnis aufbringen. Aber als die Raben anfingen unter dem Pumpenschwengel Steinchen auszusortieren, um damit zu spielen, war es mit dem Verständnis vorbei. Das ging Badman nun doch zu weit. Das war sein Brunnen mit seinen Steinchen. Niemand hatte das Recht, hier irgendetwas wegzunehmen oder zu verändern, ohne seine Genehmigung einzuholen. Das musste unbedingt geklärt werden. Er schlich von der Bank und pirschte sich an die Raben heran, die ihn ihrerseits interessiert beobachteten.

Jo öffnete den Artikel.

„Uralte Mauern sind bei Bauarbeiten, in unserem Landstrich doch gar nicht so selten, gestern durch Zufall ans Tageslicht gekommen. So viel ist schon bekannt, dass es sich nicht um ein Gemäuer aus der Römerzeit handelt. Experten deuten es als eine Grabanlage, die tausende Jahre vor der Zeitrechnung entstanden ist. Genaue Untersuchungen stehen noch aus. Es wird gemunkelt, dass es ein außergewöhnlicher Fund ist. Aber man ist noch nicht bereit, der Presse Auskunft darüber zu geben."

Diese dilettantisch verfasste Nachricht erweckte das Interesse von Jo. Sie spürte wie ihr Jagdinstinkt erwachte. Es wurde Zeit, wieder in die Welt hinauszugehen.

*

„Wie lange dauert denn der faule Zauber hier noch?"

Der Mann mit der hellen Hose und dem Leinensakko wirkte irgendwie zu den Menschen, die in Arbeitshosen und Gummistiefeln herumliefen, fremd. Der orangefarbene Helm auf seinem Kopf passte nicht zu der Garderobe. Die manikürten, gepflegten Hände sahen nicht aus, als ob sie jemals im Dreck gewühlt hätten.

„Was wollen sie denn hören?"

Auf dem Boden kniete ein Mann, der vorsichtig mit einem Pinsel lose Erde beiseite fegte. Er sah noch nicht einmal auf. Es war die letzten Tage immer das Gleiche.

„Na zum Beispiel, dass sie ihre Arbeit hier beenden und ich endlich mit den Bauarbeiten beginnen kann. Das ist doch sowieso alles nur fauler Zauber."

„Sie wiederholen sich. Um mir zu sagen, dass das alles nur „fauler Zauber" ist, brauchen sie sich nicht jeden Tag herzubemühen. Das geht auch telefonisch."

„Wissen sie was mich jeder Tag, den ich aufschieben muss, kostet, Herr Niebenreit?"

„Professor Niebenreit bitte. So viel Ordnung muss sein. Nein! Und soll ich ihnen noch etwas sagen? Es ist mir scheiß egal."

Der Herr im Sakko trat hektisch einen Schritt nach vorne.

„Bleiben sie stehen! Sie ruinieren meine Markierungen. Im Übrigen wäre ich ihnen sehr verbunden, wenn sie sich hinter den Absperrbändern aufhalten. Sinnlos schreien und toben können sie auch von dort."

„So geht das hier nicht weiter," brüllte der Mann im Sakko.

„Das finde ich allerdings auch. Lassen sie uns in Ruhe arbeiten."

Wütend stampfte der Herr im Sakko über die frisch ausgegrabenen Hügel. Seine hellen Schuhe waren nun nicht mehr ganz so hell.

„Sie hören noch von mir!" schimpfte er hinter dem Absperrband.

„Das befürchte ich auch," murmelte Wolfgang Niebenreit.

Die Studenten ließen sich von dem Gezeter nicht abhalten und knieten weiterhin zwischen den Erdhügeln. In unweiter Nähe stand ein Pavillon. Heute Morgen hatten sie ihn in aller Eile aufgebaut. Darunter befand sich ein großer Tisch, der wohl normalerweise zum tapezieren geeignet war. Jetzt standen darauf jede Menge Plastikschüsseln, in denen die Funde lagen, die in den letzten Tagen geborgen wurden. Zwei junge Frauen reinigten die Funde in klarem Wasser und begannen, sie zu katalogisieren. Danach legten sie nach ersten vorsichtigen Einschätzungen die Funde zueinander. Bei einem Fundstück wurde eine junge Frau stutzig. Sie drehte und wendete das Stück, aber sie fand im gesamten Fund kein Stück, was auch nur annähernd dazu passte. Mit der Lupe sah sie sich das Stück noch einmal genauer an.

„Wolfgang! Kommst du bitte mal! Das musst du dir ansehen."

Niebenreit wischte sich die Hände ab. „Was gibt es denn?"

„Wenn ich das wüsste," stöhnte die junge Frau. Sie schob energisch das Kopftuch zurück. „Eigentlich sehe ich was ich sehe, und weiß doch, dass es nicht sein kann."

„Das hört sich interessant an."

Die dunklen Augen der jungen Frau sahen ihn erwartungsvoll an. Der Professor drehte das Stück in den Händen und staunte nicht schlecht. „Damit hätte ich jetzt am allerwenigsten gerechnet."

„Wir haben es hier doch mit einer Grabanlage zu tun, die, wenn unsere Schätzungen richtig liegen, so um die fünftausend Jahre alt ist."

Niebenreit nickte. „Ja. Wir haben hier die typischen Gefäßverzierungen der Linienbandkeramiker am Terrakotta gefunden. Das ist aus dieser Zeit nichts ungewöhnliches. Einwanderer aus den zentralasiatischen Steppen haben diese Technik mitgebracht und weiter verbreitet. Aber was es mit diesem Artefakt auf sich hat, kann ich mir zur Zeit noch nicht erklären. Wo wurde das genau gefunden, Sherin?"

Sherin deutete auf eine zweite Erdöffnung. „Hier hat es gelegen, in dieser Nische. Es kann gut sein, dass die komplette Figurine dort aufgestellt wurde."

„Du meinst so ähnlich wie ein Altar?" Ungläubig schaute Niebenreit auf das Artefakt in seiner Hand.

„Es ist nur eine Vermutung von mir, Wolfgang. Eigentlich kann ich es mir auch nicht erklären."

Der Professor winkte ab. „Nein. Nein. Das ist eine kluge und mutige These. Irgendwie wurde die Figur hier deponiert."

„Vielleicht hat sich jemand einen Scherz erlaubt."

„Du meinst, dass sie nicht echt ist und womöglich jüngeren Datums ist?"

„Alles ist möglich, Wolfgang. Ich muss noch weitere Untersuchungen machen. Dann können wir sicher sein."

„Es kann auch eine Grabbeigabe eines Händlers gewesen sein."

„Auch das ist möglich. Kann man denn erkennen um was es sich auf dem Teil der Figurine handelt, Sherin?"

„Wenn ich das jetzt laut ausspreche, erklärst du mich für verrückt."

Niebenreit lächelte. Er kannte die Art wie Sherin Sanwat arbeitete. Immer präzise und genau. Niemals nachlässig oder gar oberflächlich. Er hatte sich förmlich darum gerissen, dass Sherin zu ihm kam als er erfuhr, dass Sherin in Deutschland eine Saison arbeiten wollte, um ihre Kenntnisse aufzubessern. Normalerweise bewegte sie sich im Altertum von Mesopotamien.

„Nur heraus damit."

„Ich kann verschieden Zeichen erkennen. Einen Krummstab, eine halbe Sonne, einen rechteckigen Balken, und ein liegendes Tier mit rechteckigen Ohren."

„So etwas ist in diesen Breiten nicht üblich."

„Ganz und gar nicht."

„Was schließen wir daraus?"

„Ich kenne mich nicht so gut damit aus. Aber es sieht ägyptisch aus."

Niebenreit nickte. „Da haben wir aber einen netten Kulturclash!"

Aus einem der gegrabenen Löcher stieß eine Studenten einen Schrei der Überraschung aus.

„Herr Professor! Sherin! Ich habe noch etwas gefunden.   Das sollten sie sich unbedingt ansehen."

Unter der Nische, an deren Stelle das fremde Artefakt lag, schimmerten ihnen Knochen entgegen.

*

Gedankenverloren saß sie noch eine Weile an ihrem Laptop. Was war das für ein Fund, über den noch nicht gesprochen werden durfte? Jo las die Schlagzeilen der Regenbogenpresse.

„Sensationeller Fund. Waren Aliens schon auf der Erde?"

„Gab es vor unserer Kultur noch eine andere, von der wir nichts

wissen?"
„Ist Atlantis doch keine Phantasie?"

Rachel saß in der Küche. Vor sich auf dem Tisch stand ein duftender Kaffee.
„Magst du auch einen?"
„Das ist eine rhetorische Frage. Natürlich mag ich einen."
Rachel hatte ihre leuchtend blonde Haarpracht zu einem Zopf geflochten. Die wunderbar in aller Pracht blühenden Blumen auf der Fensterbank schienen jede Bewegung von Rachel wahrzunehmen. Es wirkte, als ob die Pflanzen Rachel umarmen wollten. Jo lächelte still in sich hinein. Aus ihrem Appartement von Frankfurt hatte sie eine Topfpflanze mitgebracht, die bis dato ein erbärmliches Leben führte. Knochentrocken und hier und da ein erbärmliches Blättchen. Jo hatte noch nicht einmal die Ahnung, um welche Pflanze es sich dabei handelte. Jo hatte die Pflanze auch nur aufgehoben, weil sie ein Geschenk von Leona ihrer besten Freundin war. Sie hätte wohl nicht überlebt, wenn sie auf Jo's Hilfe angewiesen gewesen wäre. Aber dank Rachel stand selbige Pflanze nun neben dem Holunderbusch und blühte mit ihm um die Wette. Rachel erklärte der völlig ahnungslosen Jo, dass es sich dabei um einen Rhododendron handelte, der jetzt zarte rosa und weiße Blüten hervorbrachte. Rachel bediente die altmodische Kaffeemaschine, die noch aus dem Bestand von Agnes stammte. Jede Berührung der Maschine von Rachel wirkte wie ein Streicheln.
„Weißt du was mir aufgefallen ist?"
„Dir fällt vieles auf, was andere Menschen nicht sehen, Jo. Wo soll ich anfangen?"
Rachel entnahm aus dem Schrank den Rest Popcorn und stellte ihn zusammen mit dem Kaffee auf den Tisch.
„Wenn du längere Zeit nicht da bist, blühen die Blumen nicht mehr so intensiv. Die brauchen nicht nur Wasser, sondern auch, wenn ich noch keine plausible Erklärung dafür gefunden habe, irgendwie deine Anwesenheit."
Rachel strich sanft über das Blatt einer Pflanze, die strahlend weiße

Blüten hervorbrachte. Das Blatt schmiegte sich förmlich an Rachels Hand.

„Sieht wirklich so aus. Wenn ich wirklich in Urlaub fahren möchte, muss ich sie alle mitnehmen."

„Das könnte schwierig werden. Bei unserem alten Kirschbaum zumindest. Von der Jahrhunderte alten Linde spreche ich erst gar nicht."

Rachel zog eine Schnute und naschte von dem Popcorn.

„Aber mir ist noch etwas aufgefallen."

Die veilchenblauen Augen Rachels ruhten auf Jo. Für wenige Sekunden war nur das Knuspern des Popcorns zuhören.

„Im Schuppen unseres alten Treckers steht ein vergessener alter Rosenstock. Als gestern Morgen Hendrik mit dem Trecker herausgefahren ist, habe ich ihn zum ersten Mal gesehen. Er bekommt nur minimale Sonne, und auch sonst wurde er nicht gerade verwöhnt. Aber trotzdem steht er da in voller Blüte."

Ungläubig starrt Rachel sie an. Aber dann erinnerte sie sich und klopfe sich leicht an die Stirn.

„Du meine Güte! Dieser Rosenstock stammt noch von Agnes! Ich sollte mich darum kümmern und ihn einpflanzen. Aber dann wurde Agnes hinfällig und ich habe ihn vollkommen vergessen."

Rachel wischte sich mit dem Handrücken die übriggebliebenen Krümel vom Popcorn aus dem Gesicht.

„Ich habe so ein schlechtes Gewissen! Ich muss ihn sehen und mich um ihn kümmern."

Jo schüttete den Rest vom Kaffee hinunter und warf noch eine Handvoll Popcorn hinterher.

„Warte! Ich komme mit."

Völlig ergriffen stand Rachel vor dem verdorrten Rosenstock. Aber die feuerroten zarten Blüten wetteiferten mit den Sonnenstrahlen um die Wette. Rachel hob den Rosenstock in dem maroden Topf auf und drückte ihn fest an sich. Tränen rannen über ihre Wangen.

„Das ist ein letzter Gruß von Agnes. Ich vermisse sie so schrecklich."

Jo überließ Rachel zunächst ihren Gefühlen. Aber dann wurde es

Zeit, Rachel aus ihrer Trauer herauszureißen.

„Komm! Wir suchen einen schönen Platz dafür. Wir wollen doch einmal sehen, ob hinter diesem Gestrüpp noch mehr steckt, als nur getrocknetes Suppengrün."

Badman warf einen geringschätzigen Blick auf den Busch und versuchte ein trockenes Blatt abzuknabbern. Dann begann er laut und heftig zu schnurren.

„Er kann sich an Agnes erinnern!"

Rachel wischte sich die Tränen aus dem Gesicht. Badman rieb seine Wange an Rachels Wange. Dann spuckte er das Blatt aus und schüttelte sich. Er lief maunzend aus dem Schuppen und blieb unter dem Holunderbusch sitzen. Badman spielte mit den blühenden Dolden, die teilweise bis zum Boden herabhingen.

„Das ist eine gute Idee, Badman. Hier soll der Rosenstock stehen."

Daneben stand der Rhododendron, den Jo aus dem Appartement mitgebracht hatte. Auch er blühte wunderbar.

„Hier wirst du nicht mehr alleine sein. Und eine Kanne Quellwasser bekommst du ebenfalls gratis."

Rachel eilte zurück in den Schuppen, um einen Spaten zu holen. Badman hockte sich vor die kümmerliche Pflanze mit den wundersamen Blüten. Mit den Pfoten versucht er, etwas zwischen den Zweigen herauszuangeln.

„Was machst du denn da? Lass doch das arme Gestrüpp in Ruhe wachsen."

Aber Badmans Interesse blieb. Jo hockte sich nun ebenfalls davor, um zu sehen was Badman so faszinierte. Um seine Pfoten war ein Haar geschlungen. Ein langes, intensiv, leuchtendes Haar.

„Rachel! Badman ist ein Wissenschaftler! Er hat entdeckt, was deine Blumen brauchen und am Leben erhält."

Rachel kam mit einem Spaten und einer Gießkanne voll Wasser zurück. Sie wirkte immer noch sehr traurig.

„Was ist los? Badman ein Wissenschaftler? Seit wann denn das? Normalerweise hat er nur Blödsinn im Kopf und kann stundenlang über das Essen diskutieren. Er macht mich schon seit Tagen verrückt, wann ich ihm wieder die Eule mache."

„Ich glaube die Eule hat er sich redlich verdient."

Rachel stemmte die Hände in die Hüften. „Ihr macht euch doch nur lustig über mich. Jetzt geh zur Seite, damit ich den armen vertrockneten Kerl einpflanzen kann."

Jo hob beschwörend beide Hände hoch, und weil Badman das lästige Haar loswerden wollte, saß auch er mit erhobenen Pfoten da.

„Das würden wir uns nie wagen! Badman und ich schwören, dass wir nie nicht zu so einer schändlichen Tat fähig wären."

Nun musste Rachel doch lachen. „Ihr habt sie nicht mehr alle! Aber so was von!"

„Das bestreitet niemand. Aber sieh doch nur was Badman zwischen seinen Pfoten hält."

Neugierig setzte sich nun auch Rachel vor den Kater und half ihm aus seiner misslichen Lage. Beide Pfoten waren sozusagen gefesselt, und er maunzte bitterlich.

„Es ist ein Haar."

„Ganz genau! Ein Haar. Und das war der Grund, warum diese Pflanze im Schuppen über ein Jahr überlebt hat."

„Ein wenig Wasser hat sie sich aus dem Boden stibitzt. Der Stock kämpfte sich mit seinen Wurzeln durch den Topf in den Boden hinein. Aber das genügte natürlich keinesfalls, dass er diese Blüten entwickeln konnte."

„Wie lange bist du schon hier auf der Erde?"

„Zweihundert Jahre ist es her, dass ich havarierte. Du lieber Himmel! Wo ist bloß die Zeit hingegangen?"

Badmann fing an, mit dem langen Haar zu spielen. Rachel nahm es ihm weg, bevor er sich noch möglicherweise strangulierte. Dann fing sie an, das Loch für den Rosenstock auszuheben.

„Aber es bedurfte der wissenschaftlichen Einsicht dieses vertrackten schwarzen Katers, um festzustellen, dass die Pflanzen schon auf die ein oder andere Weise doch von dir abhängig sind. Dieses Haar hat den Rosenstock gerettet. Ich habe mir das gedacht, dass es nicht nur Liebe und Wasser sind, die die Pflanzen so wunderschön blühen lassen."

Badman fand das Ausheben der Erde interessant und half tatkräftig mit. Aber er hatte dabei wohl einige Hintergedanken. Er setzte sich in das Loch und erledigte sein Geschäft. Dann sah er erwartungsvoll Rachel an.

„Das ist sehr nett von dir, Badman. Aber ich muss jetzt nicht. Das solltest du eigentlich wissen, da du mich ständig auf das Klo begleitest."

„Also für Dünger ist jetzt auch gesorgt."

Jo ließ das lange Haar durch ihre Finger gleiten. Das Haar hatte sich in einem Stein verheddert. Jo zog daran. Aber das Haar riss nicht. Sie wickelte das Haar um ihre Hände und versuchte es zu zerreißen. Auch das gelang nicht.

„Dieses Haar hatte die Festigkeit einer Angelschnur. Ich werde es dem Rosenstock umbinden und mit einer Schleife versehen. Dann kann er die nächste Zeit noch davon profitieren."

Danach saßen sie gemütlich auf der Bank vor dem Haus. Jo hatte das Laptop mitgebracht und zeigte Rachel die Schlagzeilen, ob Aliens bereits die Erde besucht hätten.

„Was meinst du? Sollen wir ihnen einen heißen Tipp geben?"

„Das lass mal lieber sein, Jo. Ich bin froh, dass ich meine Ruhe habe."

„War nur ein Scherz! Keiner von diesen Schwachmaten würde einen Außerirdischen erkennen können, selbst wenn er vor ihm stehen würde."

Rachel grinste verräterisch. „Das war bei dir natürlich etwas vollkommen anderes."

Jo grinste ebenfalls. „Auch bei mir hat es etwas gedauert. Aber du warst auch nicht gerade kompatibel."

„Wundert dich das? Sieh doch nur was auf der Erde los ist. Alleine im neunzehnten Jahrhundert gab es mehr als zweihundert Kriege auf der Erde. 1866 gab es auf deutschem Boden dreißig Schlachten. Preußen gegen Österreich. Und ab 1870 den deutsch-französischen Krieg, der auch an dieser äußerst versteckten Ecke des Reiches nicht verschont wurde. Das zwanzigste Jahrhundert hat uns zwei Weltkriege beschert, an deren Altlasten die Menschen immer noch knabbern. Aber wenn jemand nicht der Norm entspricht sind sich alle einig und brüllen dass du das Land, welches auch immer, verlassen sollst. Mir hängt das so schrecklich zum Halse raus. Im Prinzip war Badman, nachdem meine geliebte Agnes gestorben war, mein einziger Vertrauter."

„Ich hoffe doch, dass ich jetzt auch dazugehöre," entgegnete Jo erschrocken über diesen Gefühlsausbruch von Rachel.

Rachels Augen strahlten Jo an. Sie glühten förmlich. „Aber ja! Du hast einen festen Platz in meinem Herzen!"

Jo atmete erleichtert aus. „Agnes hatte, was mich anbelangt, den richtigen Riecher. Obwohl ich es damals noch nicht wusste."

„Das kann man wohl sagen. Aber was interessiert dich denn so an diesen Schlagzeilen?"

„An den Schlagzeilen überhaupt nichts. Aber an der Tatsache, dass hier bei uns etwas uraltes gefunden wurde hingegen schon. Das macht mich neugierig."

„Was hast du zu verlieren. Bevor hier wichtige Informationen komplett in dem Billigmilieu dieser Klatschpresse landen, wäre es wirklich besser, wenn du dich darum kümmerst. Das wäre doch eine interessante Reportage für die „Unabhängige Journal"!"

„Wenn du das sagst."

Jos Handy meldete sich.

„Du könntest deinen Klingelton ändern!"

„Erinnere mich gelegentlich daran!"

Dann nahm sie das Gespräch an.

„Das ist Gedankenübertragung, Herr Goldfischer. Wir haben gerade über sie gesprochen. Was halten sie von dieser Ausgrabung bei uns in dem neuen Industriegebiet?"

„Davon habe ich auch etwas gehört. Vor allen Dingen soll es ein „Grabenkampf" um die Ausgrabung selbst geben. Der Geschäftsführer der Investorengruppe Markus Ruman ist sehr daran interessiert, dass die archäologischen Arbeiten eingestellt werden."

„Markus Ruman. Der hat doch seine Finger überall im Spiel. Ich mag ihn nicht besonders. Was will er denn dort eigentlich?"

„Er will unter allen Umständen verhindern, dass die Ausgrabungen weiter ausgeführt werden. Hinter Ruman sitzt ein komplettes

Konsortium von Unternehmern, die sich in diesem Industriegebiet niederlassen wollen. Da stoßen natürlich mehrere Interessen aufeinander. Hier die Kulturszene, die unter allen Umständen die Ausgrabungen weiterführen möchte, und auf der anderen Seite die Menschen, die auf neue Arbeitsplätze hoffen. Und dann kommen noch die Naturschützer."

„Jetzt ist mir Ruman aber nicht unbedingt als sozialer Mensch in Erinnerung. Warum er bei den Unternehmern so beliebt ist, zeigt sich daran, wie er arbeitet. Dumpinglöhne und Leiharbeiter sind sein Erfolgsrezept. Das ist auch nicht so prickelnd."

„Das entspricht leider der Wahrheit. Aber erklären sie das einmal hier den Menschen, die schon seit Jahren auswandern müssen, um einen vernünftigen Job zu bekommen. Sie setzten so viele Hoffnungen darauf. Mich interessiert wie dieser „Grabenkampf" ausgeht. Und da kann ich mir keine besser vorstellen, als sie."

„An dem Fund sind sie nicht interessiert, Herr Goldfischer?"

Für einige Sekunden war nichts zu hören.

„Ich kann verstehen, dass sie sich zuerst mit „Apfelpfannkuchen" absprechen müssen."

„Das geht schon klar. Es war schließlich ihre Idee."

„Frauenpower. Wir halten zusammen."

„Das kenne ich von meiner Familie. Ich muss jetzt seit neuestem jeden Tag ein Brötchen mit Erdbeermarmelade mit ins Büro nehmen."

„Das ist doch lecker."

„Aber am Abend bekomme ich als Dessert wieder ein Brötchen mit Marmelade. Und das geht solange, bis der Pott, den sie in der Kita gekocht haben, endlich leer ist."

„Ihre Töchter achten sehr darauf, dass sie genug zu essen bekommen."

„Ich bin sehr glücklich über die Abwechslung. Die letzten sechs Wochen musste ich Kekse essen. Mit Zimt. Ich hasse Zimt."

„Lassen sie das bloß „Apfelpfannkuchen" nicht hören."

„Ich kann mich beherrschen. Ich bin überglücklich, dass sie wieder da sind!"

*

Neugierig rannte Professor Niebenreit zu der Studentin. Was er sah, verschlug ihm den Atem. Vor ihnen lagen die kompletten Skelette zweier Menschen. Sherin trat an seine Seite. Mit Gummihandschuhen fasste sie die Skelette an.

„Wenn ich mir die schmalen Becken ansehe könnten es sich um Frauen handeln. Aber das müssen wir selbstverständlich zuerst untersuchen. Vorläufig bleibt es bei einer Vermutung."

Der Professor zog sich ebenfalls Gummihandschuhe an.

„Das haben sie sehr gut gemacht, Gabriela. Es ist nichts beschädigt."

Gabriela wurde feuerrot wegen des Lobes. Aber sie schüttelte mit ihrem Kopf. „Ganz so unbeschädigt ist sie nicht, Herr Professor. Die Schädeldecken haben beide ein tiefes Loch. Anscheinend habe ich da nicht genug aufgepasst."

Der Professor runzelte die Stirn. „Das bedeutet, dass sie mit grobem Werkzeug gearbeitet haben?"

„Eigentlich nicht. Ich habe nur mit Pinseln gearbeitet. Aber trotzdem kann mir ein Fehler unterlaufen sein."

Sherin sah sich mit äußerster Vorsicht die Schädeldecken an. „Du trägst daran keine Schuld, Gabriela. Diese Verletzungen sind schon tausende Jahre alt. An den Rändern des Loches hat sich Kalk gebildet. So etwas entsteht nicht von heute auf morgen."

„Könnten die Menschen an dieser Verletzung gestorben sein?"

„Das kann ich mir gut vorstellen."

„Wie kam sie zustande? Ein Sturz aus großer Höhe vielleicht?" Der Professor schaute auf das Loch in den Schädeln, das die Ausmaße von zwei Euro Münzen hatte.

Sherin neigte ihren Kopf zur Seite. „Bei einem Sturz wären aller Wahrscheinlichkeit nach mehrere Knochen gebrochen."

Der Professor nickte. „Und was schlussfolgern wir jetzt daraus?"

„Vorläufig nichts. Ohne weiter Untersuchungen gibt es nur

Mutmaßungen."

Der Professor warf Sherin einen auffordernden Blick zu.

„Also bitte! Mutmaße!"

„Ein heftiger Schlag mit einem stumpfen, äußerst schweren Gegenstand kann diese Verletzung hervorgerufen haben."

„Du sprichst von einem Opfer? Eine Opferung für einen Gott?"

„Eventuell."

„Solche Funde hat man hier noch nie gemacht. Ich muss sagen, dass mir keine menschlichen Opfer zu dieser Zeit hier in der Gegend bekannt sind."

Sherin legte die Schädel sanft und vorsichtig wieder zurück.

„Wenn es kein Opfer ist, um was handelt es sich dann?"

„Um Morde, die vor circa fünftausend Jahren geschahen?"

*

Jo war sich durchaus bewusst, dass ihr Leben nun wieder andere Wendungen annehmen würde. Aber warum, das vermochte sie nicht auszudrücken. Sie beschloss, weil sie es ohnehin nicht ändern konnte, alles auf sich zukommen zulassen. Im Garten flog eine dicke Eule mit einem Zweig im Schnabel im Tiefflug über die Beete. Badman saß konzentriert unter dem Holunderbusch und wartete, bis die Eule in seine Nähe kam. Dann versuchte er durch einen kühnen Sprung den Zweig zu fangen. Aber statt des Zweiges, fing er die komplette Eule, und beide landeten kreischend vor dem Holunder.

„So geht das nicht!" schimpfte Rachel, als sie sich langsam zurückverwandelte. Badman saß vor ihr mit einer Feder in der Schnauze.

„Du weißt doch genau, dass du die Feder nicht behalten kannst. Sie gehört mir und ich brauche sie, wenn ich mich wieder in meine Gestalt zurückverwandele. Es ist jedes Mal das Gleiche mit dir!"

Nur widerstrebend gab Badman seine „Beute" preis.

„Ich verspreche dir, das nächste Mal fliege ich vorher in den Wald und bringe dir eine echte Feder mit."

Badman war beleidigt. Aber nicht für lange. Eine Bewegung unter einem Laubhaufen war ihm nicht entgangen. Er schlich sich geschickt und lautlos an. Seine Augen waren nur auf den Blätterhaufen gerichtet. Mit den Vorderpfoten robbte er langsam vor, aber das Hinterteil blieb stehen. Er spannte seine Muskulatur an. Die Augen waren vor lauter Konzentration fast schwarz. Mit einem schnellen Sprung landete er auf dem Blätterhaufen. Aber die Maus entkam und wollte blitzschnell unter dem Rhododendronbusch verschwinden. Plötzlich wurde es über Badman dunkel und zwei mächtige Flügel schlugen über ihm lautlos zusammen. Die Eule trieb die Maus aus ihrer Deckung heraus. Badman setzte zum nächsten Sprung an, und dieses Mal verfehlte er sein Ziel nicht. Mit einem einzigen Biss tötete er die Maus.

„Du kannst von Glück sagen, dass ich in den Schnellmodus schalten kann. Sonst wäre dir diese Maus durch die Lappen gegangen."

Das schien Badman einzusehen. Er wartete geduldig bis die Eule sich wieder in Rachel verwandelt hatte. Dann bot er ihr die Hälfte der Maus an. Schließlich hatten sie die Beute gemeinsam erjagt.

„Genieße sie nur! Die darfst du heute ganz alleine essen."

Als Jo diese Szene gewahrte, wurde ihr warm ums Herz.

„Ich seh schon, um das Abendessen brauchen wir uns keine Mühe zu machen. Ich muss jetzt los. Bis heute Abend."

Jo hatte vergessen, sich bei Professor Niebenreit anzumelden. In seinem Büro auf der Universität antwortete niemand. Sie hoffte, dass sie ihn bei den archäologischen Ausgrabungen antreffen und der Presseausweis genügen würde, um ihm einige Fragen zu stellen. Das neue Industriegebiet lag in einem Tal vor der Stadt. Es schmiegte sich zwischen den bewaldeten Hügeln an und mitten durch verlief ein kristallklarer Bach. Man sagte, dass darin sogar Forellen und Flusskrebse leben. Es war nicht unumstritten. Jede Menge Bürger hatten sich zusammengeschlossen, um die Fertigstellung zu verhindern. Sie warnten davor, dass so viele Bäume, Blumen und Tierarten verschwinden würden, die nie mehr zurückkehrten. Und natürlich lag ihnen auch daran, das kulturelle Erbe zu erhalten. Aber eine nicht unbeachtliche Anzahl hatte sich auch eingefunden, die das Industriegebiet auf jeden Fall verwirklicht haben wollten. Sie erhofften sich für diesen einsamen Landstrich solvente Arbeitsplätze. Jo fand für beide Parteien so etwas wie Verständnis. Die einen liebten die Natur über alles und die anderen hatten Angst, aus Mangel an Arbeit, ihre Heimat zu verlieren. Es war ziemlich vertrackt. Warum musste es immer das eine oder das andere sein? Warum gab es keinen Mittelweg? Eine Lösung, die beide Parteien befriedigte?

Als sie aus der kleinen Stadt hinausfuhr, hatte sich vor ihr ein Unfall ereignet. Drei Wagen waren ineinander gekracht. Die Menschen stiegen aus und beschimpften sich gegenseitig ziemlich lautstark über das für sie vollkommen unnötige Bremsmanöver. Wie durch ein Wunder war niemand verletzt. Vergeblich versuchte der Fahrer des ersten Wagens darauf hinzuweisen, dass vor ihm unvermittelt ein Mensch die Straße überquerte, und er sich außerstande sah, diese Person zu überfahren, nur um den Verkehr weiterhin in Fluss zu halten. Jo stieg ebenfalls aus. Das Licht der Nachmittagssonne war nahezu genial. Die Hügel, mit den frühlingsgrünen dichten Wäldern, waren mit einem zarten Goldschimmer überzogen. Das Tal mit seinen grünen Wiesen war übersät von weißen Margeriten, Wiesenschaumkraut, gelben Butterblumen und Löwenzahn. In den blühenden Obstbäumen brummte und summte es nur so von Schmetterlingen und Bienen. Ein Bouquet von Düften aus wilden Kräutern und abertausenden Blüten stiegen ihr in die Nase. Dicke Hummeln im Tiefflug torkelten von einer Blüte zur anderen, als ob sie besoffen wären. Eine Blindschleiche glitt elegant durch den Klee. Beklommen stellte Jo zum ersten Mal fest, wie wunderschön dieser kleine Landstrich war, der seit einem Jahr ihre neue Heimat war. Noch vor einem Jahr hatte sie für Natur und alles was grün ist keinen einzigen Blick verschwendet. Sie nutzte die unverhoffte Gunst, um einige Fotos und ein Video dieser wunderschönen Landschaft zu machen. Aber selbstverständlich, das war sie sich als Reporterin schuldig, schoss sie auch Fotos von der Unfallstelle.

Rachel meldete sich zwischendurch.
„Nein. Kenne ich nicht. Bleib einfach im Haus bis ich wieder da bin. Sollen sie doch einen Zettel hinterlassen, wenn es wichtig ist. Ich stehe hier auf der Landstraße, die zu dem neuen Industriegebiet führt, und drei Wagen haben probiert wie es wäre, huckepack zu fahren.“

Irgendjemand hatte die Polizei angerufen. Nach einer Weile traf ein Einsatzwagen der Polizei ein. Eine zierliche Polizeibeamtin mit ihrem Kollegen wurden sofort von den Menschen bestürmt. Jeder wollte der erste sein. Aufmerksam verfolgte Jo die Arbeit der jungen Beamten. Der Unfallverursacher blieb hartnäckig bei der Aussage, dass ihm unvermittelt ein Mensch vor den Wagen gelaufen sei und er deswegen genötigt war, dass Bremsmanöver einzuleiten. Er konnte den Polizisten sogar eine Beschreibung des Mannes liefern. Die anderen Verkehrsteilnehmer höhnten lautstark, das hätte er sich bloß einfallen lassen, um seine Unaufmerksamkeit zu kaschieren. Keiner von ihnen hätte einen Menschen gesehen. Da sich das Unfallgeschehen hinter einer Kurve abgespielt hatte, war Jo nicht in der Lage als Zeuge auszusagen. Vom Unfallort kam sie sowieso nicht weg, weil die desolaten Wagen die Straße versperrten und überall Trümmerteile herumlagen. Die Wartezeit benutzte Jo, um die Bilder an ihre Redaktion zu schicken. In knappen Worten verfasste sie eine Notiz darüber. Noch am gleichen Abend würde diese Nachricht im Onlineportal ihrer Zeitung stehen und am nächsten Tag in der Rubrik „News“ in der Zeitung erscheinen. Die Polizisten nahmen alle Personalien und Aussagen auf und sorgten dafür, dass der Verkehr wenigstens einspurig weiterlief.

Dadurch kam sie natürlich zwei Stunden später an der Grabungsstelle an. Auf den ersten Blick war zu erkennen, dass sich nicht mehr viele Menschen auf dem Gelände befanden. Dadurch entstand doch so etwas wie Groll in Jos Magen. Zwei Männer waren noch damit beschäftigt, die Pavillons über den Grabungsschichten zu verschließen. Jo zeigte ihren Presseausweis.
„Hi! Ich bin Jo vom „Unabhängige Journal“. Kann ich euch einmal

kurz sprechen?"

„Klar kannst du das. Ich bin Stefan Biehl und das ist mein Kommilitone Yannis Weinheim."

„Ihr seid beide Studenten?"

„Ja, wir studieren beide Archäologie. Und wir arbeiten mit an diesem wichtigen Projekt von Professor Niebenreit."

„Ist der Professor noch da?"

„Der ist leider nicht mehr anwesend. Er wurde zusammen mit Frau Sanwat zum Bürgermeister zitiert."

„Ist das gut oder schlecht?"

Ein Student schielte auf ihren Ausweis. „Ich glaube nicht, dass ich ausgerechnet der Presse darüber Auskunft erteile. Wir haben schon genug Scherereien am Hals."

„Okay! Wenn ihr euch lieber wieder in der Regenbogenpresse mit hirnverbrannten Theorien seht, als im bodenständigen und vor keiner Wahrheit zurückschreckenden Zeitung vom „Unabhängige Journal" soll es mir recht sein."

„Das sind große Worte! Du lieber Himmel geht es auch eine Nummer kleiner?"

Jo konnte einen kleinen Blick auf die Grabungen erhaschen. „Ich mache doch auch nur meinen Job. Und ich bin schrecklich neugierig, was ihr hier gefunden habt. Es kann euch doch nicht schaden, wenn ich in meiner Zeitung regelmäßig Bericht darüber erstatte, was ihr hier so macht. Die Sympathien der Menschen wären euch gewiss."

„Das mag so sein", der Student schielte wieder auf ihren Ausweis, „Jolanda". Aber wir dürfen leider keine Auskunft geben. Wir haben eine Internetplattform. Da kannst du dich für ein Interview anmelden. Wenn du Glück hast meldet sich der Professor bei dir."

„Und wenn ich kein Glück habe?"

„Dann hast du eben Pech gehabt und musst dich, wie die anderen auch, an der Pressestelle von der Universität bedienen."

„Ganz toll!"

„Finden wir auch. So haben wir wenigstens unsere Ruhe."

‚Jo spürte, dass es hier kein Weiterkommen gab. Sie wünschte den Jungs noch einen schönen Abend und stieg in ihr kleines Auto. Aber dann hatte sie eine blendende Idee. Die Aufräumarbeiten des Unfalls waren beseitigt, und sie konnte zügig in die Stadt zurückfahren. Vor dem schmucken Rathaus, ein Backsteinbau aus dem neunzehnten Jahrhundert, gab es zu dieser Zeit jede Menge freie Parkplätze. Sie reihte sich neben einer klassischen Limousine und einem völlig verdreckten Jeep ein. An der Pforte saß niemand mehr. Jo durchschritt den Eingang und kämpfte sich durch die Hinweisschilder. Im zweiten Stock befand sich das Büro des Bürgermeisters.

„Josef Himmelknecht"

Jo benutzte nicht den Aufzug sondern stieg die Treppe hoch. In dem langen Flur war eine stimmgewaltige Unterhaltung zu hören. Sie ging dem Klang der Stimmen nach. Das Büro des Bürgermeisters war leer, aber aus der Küche drang ihr der Duft von frisch gebrühtem Kaffee in die Nase. Eine aufgeregte weibliche Stimme sagte, „Aber so hören sie doch zu, Herr Bürgermeister. Wir haben etwas entdeckt, das in ihrer Region einmalig sein dürfte."

„Das mag ja sein", antwortete eine männliche Fistelstimme, „aber das bringt meiner Gemeinde kein Geld. Und die Arbeitsplätze werden dringend benötigt. Sie sehen doch wie es hier aussieht."

„Das bestreitet niemand", antwortet ein sonorer Bariton.

„Aber können sie es auch verantworten, wenn die Grabungen stillgelegt werden, und man von einem unvergleichlichen Verlust redet? Und jedes Mal wird ihr Name dabei genannt werden, weil sie dieses Fiasko nicht verhindert haben. "

„Was soll ich denn machen?" jammerte die Fistelstimme.

„Sie sind doch nicht alleine. Lassen sie uns doch gemeinsam nach einer Lösung suchen."

„Ach, was regen wir uns nur unnötig auf!" mischte sich die weibliche Stimme wieder ein. „Unsere finanziellen Mittel sind mehr als bescheiden, und das Ende ist bereits abzusehen. Es gewinnt immer der, der am längeren Hebel sitzt also sprich, der die meiste Kohle hat. Ruman weiß ganz genau, dass er es aussitzen kann. Er muss sich nicht einmal sonderlich dafür anstrengen."

Jo klopfte an die Tür. Aber sie wartete nicht darauf eingelassen zu werden, sondern trat unaufgefordert ein.

„Gemeinsame Lösung hört sich immer gut an. Guten Abend! Ich bin Jo Wenkert vom „Unabhängige Journal". Ihr Büro hat mich hierhin beordert, Professor Niebenreit. Ich hoffe doch, dass ich noch rechtzeitig da bin und nicht schon das wichtigste verpasst habe."

„Wie bitte?"

Niebenreit und die Frau neben ihm starrten auf den Presseausweis.

„Du hast allen Ernstes einem Interview zugestimmt? Und das ohne mit mir abzusprechen?"

Die dunkelhaarige Frau stemmte die Hände in die Hüften und sah den Professor zornig an. Ihre schwarzen Augen fixierten ihn unerbittlich. Der Bürgermeister, ein kleiner dicker Mann mit Halbglatze, wischte sich mit einem Tuch über die Stirn. Unvorhergesehene Situationen waren so ziemlich das Letzte, was er gebrauchen konnte. In zwei Monaten sind Wahlen und er war deshalb schon ziemlich durch den Wind. Welche Entscheidung er jetzt traf, trägt maßgeblich dazu bei, ob man ihn wieder zum Bürgermeister wählte oder nicht. Aber was war die richtige Entscheidung? In seiner Partei war man bemüht, dass das Firmenkonsortium hier eine Niederlassung gründete. Man versprach ihnen viele hundert Arbeitsplätze. Aber auf der anderen Seite war die Kultur etwas einmaliges, hatte der Professor gesagt. Etwas, dass in dieser Region noch nie gefunden worden war. Seine Kinder waren natürlich Feuer und Flamme für die Ausgrabungen und kämpften voller Inbrunst in Arbeitsgruppen in der Schule für den ungestörten Erhalt der Talwiesen. Er fand in der Nacht schon keinen Schlaf mehr, und sehnte ein Ende der Debatte herbei.

„Würden sie bitte das Büro verlassen, Frau Wenkert?" stöhnte der Bürgermeister leise und zeigte mit dem Finger auf den Ausgang der Küche. Hilfesuchend glotzte Jo den Professor an, der sich seinerseits ebenfalls nicht ganz wohl fühlte, weil die dunklen Augen von Sherin ihn zu verschlingen drohten.

„Hier muss ein Irrtum vorliegen. Ich kann mich nicht erinnern, mit ihnen gesprochen zu haben. Gehen sie bitte und wenden sie sich an unsere Pressestelle auf der Universität. Die können ihnen weiterhelfen. Tragen sie sich auf unserem Onlineportal ein. Dort finden sie ein Formular, das sie ausfüllen. Meine Mitarbeiter überprüfen ihre Angaben und dann entscheiden wir, ob wir an einer Zusammenarbeit mit ihrem Blatt interessiert sind. Wenn sie Glück haben melden wir uns."

Jo spürte, dass sie auf eine undurchdringliche Wand gestoßen war. Aber sie gab nicht auf.

„Ich nehme selten Informationen von der Stange und ich arbeite sehr gerne vor Ort. Im Büro sitze ich nur, wenn letzte Schreibarbeiten vonnöten sind. Wenn ich jetzt gehe, verurteilen sie mich dazu, genau den gleichen Mist zu schreiben, wie die Regenbogenpresse und mich in Mutmaßungen zu ergehen. Das ist und wird niemals mein Konzept sein!"

Sherin Sanwat richtete nun ihren giftigen Blick auf Jo.

„Dann schreiben sie nichts. Suchen sie sich ein anderes Betätigungsfeld, in dem sie Lorbeeren ernten können."

„Ich pflege mir meine Themen selbst auszusuchen und lasse mir ungern vorschreiben was ich tun soll! Ich finde das Thema sehr interessant und es hätte mich gefreut, es den Lesern meiner Zeitung nahezubringen. Ich finde es unverantwortlich was diese „Gazetten" so von sich geben. Aber mit ihrem Schweigen geben sie diesen „Revolverblättern" genau die Plattform zwischen hemmungslosem Fabulieren und Sätzen, die völlig aus dem Kontext gerissen werden, und mit denen sich so schön Geld verdienen lässt."

Die unerbittlichen Augen Sherins schauten einen Hauch weicher.

„Es tut mir leid! So habe ich das nicht gemeint. Aber wir haben es auch nicht leicht. Jeder Tag, den wir nicht nutzen können, ist ein verlorener Tag. Und unsere finanziellen Mittel sind mehr als begrenzt. Es ist ein Rennen gegen die Zeit."

„Würde ein Spendenaufruf eventuell etwas bringen?"

Sherin hob neugierig den Kopf. Auf Jo wirkte sie wie eine sprungbereite Gazelle.

Der Bürgermeister legt den Kopf schief und schaute sie grübelnd an.

„Irgendwoher kenne ich sie..."

Er nahm die Brille ab und putzte die Gläser. „Jetzt fällt es mir wieder ein. Sie haben doch dafür gesorgt, dass die vielen Morde an den alten Menschen aufgeklärt wurden. Ich muss sagen, das hat mich sehr beeindruckt."

Jo visierte sehnsüchtig den Kaffeeautomaten an. „Ohne Kommissar Knöbel wäre das Ganze nicht zu stemmen gewesen. Ohne ihn wäre es böse ausgegangen. Ihm, seinen Kollegen und der außerordentlich guten Polizeiarbeit gebühren die Lorbeeren."

„Ich kann mich noch gut daran erinnern. Sie wurden selbst in Mitleidenschaft gezogen. Soweit ich mich erinnern kann, war doch sogar ihr Leben in Gefahr. Seit diesem schrecklichen Vorfall sind sie so etwas wie eine Berühmtheit in unserer kleinen Stadt."

Jo schoss das Blut auf Grund des Lobes wie ein Springbrunnen ins Gesicht, und strahlte in der Farbe einer reifen Erdbeere.

„Das war ein wichtiger Teil meines Lebens. Aber ich würde es immer wieder tun."

Der Bürgermeister deutete auf die Kaffeemaschine.

„Ich dachte schon sie fragen nie. Was für eine Sorte benutzen sie? Dieser herrliche Duft der Röstaromen brachte mich fast um den Verstand."

Sherin saß mit verschränkten Armen am Tisch. Sie hielt den Kopf gesenkt, damit man das verräterische Lächeln nicht sah. Der Professor schüttete vier Stücke Zucker in seinen Kaffee. Die winzige Tasse verschwand förmlich in seinen großen Händen. Er trank den Kaffee auf einen Rutsch aus. Anschließend fischte er genüsslich mit dem Kaffeelöffel die Zuckerkristalle vom Boden der Tasse raus.

„War das ernst gemeint mit diesem Spendenaufruf?"

„Aber so was von!"

*

Rachel arbeitete fleißig am Computer. Es war ihr ziemlich lästig, aber leider nicht zu ändern. Die Pachtzahlungen der Bauern gingen ein, und verschiedene Sachen für das Finanzamt waren auch zu erledigen. Ihre Vorliebe für das Arbeiten in der freien Natur stand natürlich im krassen Gegensatz zu diesem Betätigungsfeld. Ab und an zog sie sich noch in das „geheime Zimmer" von Agnes zurück und brachte ihre Physikkenntnisse auf Vordermann. Aber sie standen nicht mehr so im Vordergrund. Ihre große Liebe, Agnes, hatte fast ein ganzes Leben damit verbracht, Rachel eine Möglichkeit zu geben, in ihre alte Heimat oben in den Sternen zurückzukehren. Aber Rachel hatte keinen richtigen „Zug" zurück in ihre Welt zu kehren, außerdem wäre sie niemals auf die Idee gekommen, Agnes alleine hier zurückzulassen. Und sie hatte es bis jetzt nicht bereut. Agnes Großnichte, Jo, hatte das Haus ihrer Tante geerbt. Am Anfang war Rachel sehr kritisch und hielt sich bedeckt. Jo benahm sich zuerst wie ein spät pubertierender Teenager. Aber in kurzer Zeit entwickelte sie sich zu einer erstaunlichen jungen Frau, die es lernte, Verantwortung zu übernehmen und ihre Position im Leben gefunden hatte. Ihr Zusammenleben funktionierte bestens und in Hendrik hatte sie den Mann gefunden, mit dem sie an eine gemeinsame Zukunft denken konnte. Wenn auch ihre Zukunftsszenarien unterschiedlicher nicht sein konnten. Hendrik träumte immer noch von seinem Dasein als Bauer und arbeitete sehr hart dafür. Jo dagegen war eine gute Reporterin mit dem gewissen Spürsinn für ungewöhnliche Ereignisse. Selbst mit dem besten Willen und Vorstellungsvermögen war Rachel nicht in der Lage, sich Jo als treue Gattin mit Kopftuch und Gummistiefeln vorzustellen. Ganz im Gegenteil. Hendrik ließ einmal den Spruch verlauten, wenn Pflanzen Füße hätten, würden sie rennen sobald Jo auch nur in die Nähe kommt. Mit derlei Gedanken saß sie am Computer und biss herzhaft in ihr Marmeladenbrot. Nach so vielen Jahren war sie zum ersten Mal bei Bäcker Wittkämper in der kleinen Stadt und hat das phantastische Roggenbrot erworben, das sonst nur Agnes besorgen konnte. Was für ein Erlebnis! Einfach dort zu sitzen und inmitten der Menschen eine heiße Schokolade zu schlürfen. Rachel konnte nicht genug davon bekommen. Seit sie hier auf der Erde war, musste sie sich bedeckt halten. Aber dank eines genialen Schachzuges am Computer von Jo verfügte sie über „echte" Papiere aus Amerika. Man hatte ihr auf dem Amt sogar eine eventuelle Einbürgerung in Aussicht gestellt. Rachel war schon klar, dass der jüdische Name dabei eine vornehmliche Rolle spielte.

Rachel Steingrün war der Name einer verstorbenen Frau, deren Identität sie in den dreißiger Jahren des vergangenen Jahrhunderts angenommen hatte. Sie hatte keine Ahnung was die wahre Todesursache von Rachel Steingrün war. Die Todesanzeige in der damaligen Zeitung mit einem Foto von Frau Steingrün brachte Agnes auf die Idee.
„Auf den ersten Blick sieht sie dir ähnlich. Es wäre eine Chance für dich eine Identität zu „stehlen". Wir müssen es zumindest probieren!"
Heimlich besuchte sie die Wohnung der Verstorbenen. Agnes wartete nervös in einem der damals noch zahlreichen Cafés. Einer Nachbarin konnte sie ziemlich glaubhaft versichern, dass sie die Schwester der Verblichenen war.
„Die Ähnlichkeit ist verblüffend. Gehen sie nur hinein."
Sie durchsuchte die Wohnung und nahm die persönlichen Dokumente von Rachel Steingrün mit. Die Nachbarin hatte draußen im Flur gewartet.
„Sie wissen woran ihre Schwester gestorben ist?"
Rachel nickte zaghaft. In Wahrheit hatte sie nicht die geringste Ahnung.
„Man macht Jagd auf Menschen wie sie! Einfach nur weil sie da sind. Gehen sie jetzt! Wenn es ihnen irgendwie möglich, ist tauchen sie unter, verlassen sie dieses schreckliche Land! Lassen sich hier nie wieder sehen!"
Ohne richtige Papiere war es nahezu unmöglich, zur Zeit des zweiten Weltkrieges, irgendwo in Frieden zu leben. Nach dem dramatischen Verrat von Agnes Vater, blieb ihnen nur noch übrig die Flucht aus Europa zu ergreifen. Mit der gestohlenen Identität von Rachel Steingrün konnte sie wenigstens mit Agnes nach Amerika auswandern. Nach Jahren in Massachusetts und anderen Städten, in

denen sie ihr Studium abschlossen und promovierten, verließen sie in den fünfziger Jahren die Vereinigen Staaten. Unmögliche Doktrinen und regelrechte Hexenjagden auf die beiden Frauen, zur Zeit der McCarthy Ära, machte das Leben in Amerika nahezu unmöglich, und sie kehrten nach Deutschland zurück. Aber Rachel musste sich viele Jahrzehnte immer im Verborgenen halten, weil sich ihr Äußeres nicht veränderte. Auf der Erde verlief ihr Stoffwechsel extrem langsam. Es war ihr und Agnes leider nicht möglich, die Papiere von der „echten" Rachel Steingrün sozusagen zu „aktualisieren". Ohne Ausweis war man bis zum heutigen Tage ein Niemand. Nur die rückhaltlose Liebe von Agnes machte es möglich, dieses Leben auszuhalten. Aber ihre Liebe schweißte sie zusammen und sie führten in diesem verlassenen Landstrich ein zufriedenes stilles, zurückgezogenes Leben. Sie hatten sich für dieses alte Haus entschieden weil unweit davon hinter den „heiligen Tannen" das Raumfahrzeug havarierte. Das Raumschiff oder vielmehr die Raumkapsel, hatte sich tief in die Erde gebohrt und war bis zum heutigen Tage noch von keinem entdeckt worden. Rachel lag viel daran, dass das auch so blieb. Selbst Hendrik hatte von ihrer wahren Identität nicht die leiseste Ahnung.

Agnes konnte sehr gut mit Geld und Zahlen umgehen und erwirtschaftete sich zusammen mit Rachel ein beachtliches Vermögen. Sie legte einen Teil des Geldes in Grundstücke und Bauernhöfe, die sie über eine Stiftung günstig an Bauern verpachtete, an. Und nun hatte Jo alles geerbt weil Rachel offiziell nicht existierte. Rachel hatte sich auf Grund dieser Regelung nicht besonders wohl gefühlt. Sie fühlte sich weiterhin abhängig und hatte Angst vor der ersten Begegnung. Aber Agnes war sich absolut sicher, genau das richtige zu tun.
„Ich habe mich noch nie geirrt. Du wirst sehen, dass die Kleine ein fester Bestandteil in deinem Leben wird. Im Gegensatz zu ihrer Familie hat sie Charakter und weicht keinen Zentimeter davon ab. Ich habe sie im Studium finanziell unterstützt. Aber Jo hat nie erfahren wer sie unterstützt, damit sie immer frei in ihren

Entscheidungen sein kann. Später, irgendwann kannst du ihr die Wahrheit sagen. Du fühlst wann die Zeit gekommen ist."

Die erste Zeit war sehr schwierig und Rachel wagte es nicht, sich Jo in ihrer wahren Gestalt zu zeigen. Stattdessen trat sie ihm als Mann gegenüber, der noch mit Einverständnis der Tante als Flüchtling im Haus lebte. Nach einiger Zeit mit vielen Turbulenzen wurde Rachel klar, dass Agnes, was Jo anging, Recht behalten sollte. Stück für Stück kamen sie sich näher und es entstand eine tiefe, feste, unverbrüchliche Freundschaft. Aber Jo liebte ihren Job und überließ die Finanzen alleine Rachel regeln. Das letzte Jahr hatte gezeigt, dass sie Freundinnen für das ganze Leben waren, und niemand würde daran etwas ändern können. Und wenn ihre Papiere wirklich „sattelfest" waren, würde sich Jo darum kümmern, dass Rachel das Erbe von Agnes bekam, das ihr zustand.

Rachel beendete ihre Arbeit am Computer und wollte noch etwas im Garten arbeiten. Ein Wagen hinter den drei Tannen erweckte ihre Aufmerksamkeit. Vielleicht ein Freund? Hauptwachmeister Knöbel, von der örtlichen Polizeibehörde, kam des Öfteren zu Besuch und so mancher Abend wurde nur gelacht, geredet und so manche Flasche Wein ausgetrunken. Aber das Geräusch dieses Wagens kam ihr fremd vor. Vorsorglich ging sie zurück in die Küche und wartete. Ein Wagen mit Wiesbadener Nummer fuhr in den Hof ein. Rachel war sich absolut sicher, dass sich niemand von ihrem Bekanntenkreis aus Wiesbaden befand. Sie wählte Jos Nummer.
„Sag mal, kennst du Leute aus Wiesbaden? Da fährt gerade ein Wagen mit zwei Männern drin und Wiesbadener Kennzeichen auf den Hof."
„Nein. Kenne ich nicht. Bleib einfach im Haus bis ich wieder da bin. Sollen sie doch einen Zettel hinterlassen, wenn es wichtig ist. Ich stehe hier auf der Landstraße, die zu dem neuen Industriegebiet führt, und drei Wagen haben probiert wie es wäre, huckepack zu fahren."
„Aber dir ist hoffentlich nichts passiert."
„Aber nein."

„Bis heute Abend dann."

„Was gibt es zu essen?"

„Was hältst du von Bratkartoffeln und dem ersten Pflücksalat aus dem Garten. Dazu Spiegeleier und als Dessert frisch gebackenen Rhabarberkuchen."

„Genial! Weiß Hendrik schon was es zu essen gibt?"

„Natürlich!"

Die Männer stiegen aus.

„Sind sie sicher, dass das hier die richtige Adresse ist?"

„Laut Navi ist es das einzige Haus bei den drei Tannen. Wir können es also nicht verfehlen."

Einer der Männer sprach mit einem amerikanischen Akzent. Sie standen jetzt genau vor der Tür. Badman lag träge auf der Bank. Aber seine Augen waren flink. Er setzte sich aufrecht hin, um so zu zeigen, wer hier der Herr auf dem Hof ist. Einer der Männer ging auf die Tür zu. Das passte Badman nicht. Er stand auf und ging hoheitsvoll auf den Eingang zu und sprang auf die Fensterbank.

„Weißt du ob dein Frauchen Zuhause ist?"

Badman fixierte die Männer mit seinen grünen Augen. Der erste Eindruck war immer entscheidend. Er mochte sie ganz und gar nicht. Seine Ohren waren nach hinten verdreht. Ein Mann betätigte die Türglocke. Rachel stand hinter der Tür und wagte nicht zu atmen.

Badman spürte die Angst von Rachel. Er fauchte die Männer an und setzte einen Schlag mit der Pfote hinterher. Erschrocken wich der Mann von der Türglocke zurück.

„Warum sind wir hier? Was wirft man Frau Steingrün eigentlich vor? So ganz verstanden habe ich das noch immer nicht."

„Das wird sich noch herausstellen", antwortete der Mann mit dem amerikanischen Akzent. „Ihre Ausreise aus Amerika war sehr beachtlich. Als sie in dem Flugzeug gesessen hat, dass die vereinigten Staaten nach Europa verlassen hat, war sie zweiunddreißig Jahre alt. Aber in Amerika sind Spuren von Rachel Steingrün zu finden, die weit über achtzig Jahre alt sind. Das ist schon merkwürdig. Finden sie nicht?"

„Glauben sie, dass sie eine kriminelle Vergangenheit hat?"
„Wir werden es herausfinden. Mir ist noch niemand entkommen.
Die CIA will wissen, wer diese Person ist. Und sie sollten auch daran
interessiert sein, wer sich in ihrem Land befindet."

*

Jo war sehr aufgeregt. Der Professor hatte ihr in Aussicht gestellt,
dass sie die Exklusivrechte bekommen sollte, wenn das Gremium der
Universität damit einverstanden war. Das wäre etwas völlig neues in
ihrer noch jungen Laufbahn als Reporterin. Wie üblich blieb sie noch
eine Weile auf dem Parkplatz vor dem Rathaus stehen und verfasste
den ersten Artikel. Zuhause würde sie ihn nachlesen, korrigieren und
umgehend an die Redaktion schicken. So konnte er heute Abend
noch Online gehen. Sie wählte die Nummer von Goldfischer.
„Wer möchte jetzt meinen Papa sprechen? Und das ausgerechnet,
wenn wir zusammen am Fernseher sitzen. Und es ist gerade so
schrecklich spannend."
„Jo ist hier, Anna. Habe ich was verpasst? Was seht ihr euch denn
an?"
„Das Urmel aus dem Eis."
„Das kann ich allerdings gut verstehen, Anna."
„Das Urmel sitzt auf eine Eisscholle mitten auf dem Meer. Das ist
wahnsinnig gefährlich."
„Da stimme ich dir voll zu. Was da alles passieren kann!"
„Möchtest du zu uns kommen? Papa und Mama haben bestimmt
nichts dagegen."
„Ich glaube das geht heute nicht, weil ich noch etwas arbeiten muss.
Aber vielleicht ein anderes Mal."
„So spät noch? Sprich mit „Apfelpfannkuchen". Sie wird ein gutes
Wort bei meinem Vater für dich einlegen und dich daran erinnern,
dass du uns besuchen sollst. Aber du darfst nicht lügen. Ich
telefoniere jeden Tag mit ihr und sie erzählt mir alles."

„Niemals käme ich auf die Idee „Apfelpfannkuchen" anzulügen! Niemals! Das verspreche ich hoch und heilig."

Plötzlich waren Geräusche zu hören. Das Telefon wurde unsanft auf den Tisch gelegt.

„Papa!!! Jo ist am Telefon. Darf sie mit uns das Urmel gucken? Du bist doch ihr Chef und kannst sagen, dass sie nicht mehr arbeiten muss. Sonst muss „Apfelpfannkuchen" sich darum kümmern."

Jo musste grinsen. Sie fand es als nette Vorstellung, mit der Familie ihres Chefs gemeinsam vor dem Fernseher zu hocken, und sich das „Urmel aus dem Eis" reinzuziehen.

„Frau Wenkert? Entschuldigen sie bitte, dass ich nicht rechtzeitig am Telefon war."

„Das geht schon in Ordnung, Herr Goldfischer. Ich wäre auch ungern aufgestanden, wenn das Urmel gerade auf der Eisscholle schwimmt."

„Dankeschön für ihr Verständnis. Aber sie haben bestimmt einen gewichtigen Grund, warum sie mich Zuhause anrufen weil das doch eigentlich nicht ihr Ding ist."

„Das entspricht der Wahrheit. Aber absolut mein Ding ist, dass wir sehr gute Aussichten haben, ganz alleine über die Ausgrabungen berichten zu dürfen. Davon wollte ich sie nur unterrichten. Und jetzt können sie weiterhin die Abenteuer mit dem Urmel verfolgen...ach ja, noch etwas, ein Spendenaufruf, damit die archäologischen Arbeiten fortgesetzt werden können, wäre ziemlich hilfreich."

„Das wäre grandios! Ich bin natürlich für den Spendenaufruf. Aber was ist dann mit unserem objektiven Status? Ergreifen wir hier nicht zu sehr Partei?"

„Das eine muss das andere doch nicht ausschließen. Wenn das archäologische Terrain abgeschlossen ist, kann man doch weiter denken. Zunächst geht es doch darum, dass der Professor mit seinen Mitarbeitern die Grabung zu Ende führen kann. Man hat ihm nämlich die Geldmittel gestrichen. Die Diskussionen über das Industriegebiet und Arbeitsplätze werden wir auch berücksichtigen. Später."

„Das ist eine ziemliche Gratwanderung! Wenn es schief geht stürzen wir tief ab."

„Und wenn wir nicht abstürzen, lernen wir neue Höhenflüge kennen."

„Ihr Mut und ihre Schlagfertigkeit beeindruckt mich. Sie sollten öfter mit meiner Tochter zusammenarbeiten... Nein, besser nicht! Ich habe so schon nichts mehr zu sagen. Wir machen das mit dem Spendenaufruf!"

„Ich wünsche ihnen noch einen schönen Abend. Genießen sie das „Urmeli."

Es wurde schon dunkel. Einzelne Sterne begannen am Firmament zu blinken. Jo sah sich noch einmal die Videos an, die sie an der Unfallstelle gemacht hatte. Eines davon brauchte kaum bearbeitet zu werden und schickte es so an die Redaktion. Aber auf den anderen Videos entdeckte sie noch etwas. Ein Verkehrsteilnehmer hatte behauptet, ein Mann wäre ihm vor das Auto gelaufen, und niemand hatte ihm geglaubt. Auf dem Video war nun zu sehen, dass sich links und rechts von der Straße ein Streifen durch die Wiese zog. Sie zoomte das Video näher. Es war auch undeutlich zu sehen, dass sich etwas hinter einem blühenden Obstbaum verbarg. Jemand, der nicht gesehen werden wollte? Das restliche Tageslicht ausnutzend, fuhr sie ein weiteres Mal an der Unfallstelle vorbei. Aber von dem Streifen links und rechts der Straße war nichts mehr zu sehen, weil das Gras sich wieder aufgerichtet hatte. Das kam ihr doch relativ seltsam vor. Stammte diese Spur von dem Menschen oder war es doch nur irgendeine Spur eines Wildwechsels? Sie schickte eine Nachricht zusammen mit dem Video an Frederick Knöbel, den Hauptwachmeister der Polizei in ihrer Stadt. Er würde wissen was zu tun ist. Jos Magen knurrte. Sie erinnerte sich, dass sie seit dem Frühstück nichts mehr zu sich genommen hatte, außer etlichen Tassen Kaffee. Sie roch förmlich die Bratkartoffeln und freute sich auf das Abendessen. Sie freute sich darauf, Hendrik in den Arm zu nehmen und mit ihm über den Tag zu sprechen. Über den Tag zu sprechen? Sie erinnerte sich an Rachels Anruf und legte einen Zahn zu.

Der alte Traktor stand vor dem Schuppen und strahlte noch Wärme ab, also musste Hendrik auch eben erst angekommen sein. Normalerweise war bei schönem Wetter der Tisch draußen im Garten gedeckt. Aber heute war er leer. Das war ungewöhnlich. Durch das Fenster konnte Jo sehen, wie Rachel in der Küche hantierte. Badman saß auf der weißen altmodischen Truheneckbank und beobachtete aufmerksam Rachel. Sie war extrem nervös. Beim Mischen des Salates fiel ihr das Besteck aus den Händen und landete zusammen mit etlichen Salatblättern auf dem Boden. Sie bückte sich, um den Schaden zu bereinigen und fluchte. Aber Jo verstand kein Wort. Es war das erste Mal, dass sie Rachel in ihrer Sprache sprechen hörte. Und es war das erste Mal, dass sie Rachel fluchen hörte. Beklommen und Unheil ahnend betrat Jo die Küche. Der Duft der Bratkartoffeln zog sich durch die Küche. In einer Glasschüssel war der Pflücksalat mit zahllosen Kräutern aus dem eigenen Garten angerichtet. In einer Schüssel warteten verquirlte Eier darauf, in die Pfanne zu gleiten. Badman verfolgte mit seinem Blick Rachel in der Küche. Sie drehte die Flamme der Bratkartoffeln klein und wischte sich verstohlen über die Augen.

„Ist Hendrik schon da?" fragte Jo überflüssigerweise. Hatte sie doch selbst den alten Traktor vor dem Schuppen stehen sehen.

„Er steht unter der Dusche und hat Hunger wie ein Wolf."

Rachel drehte sich um, damit Jo nicht ihre verheulten Augen sehen konnte. Badman setzte sich auf den Tisch und maunzte sie an.

Jo spürte, dass Rachel vor Angst zitterte und nahm sie tröstend in den Arm.

„Was waren das für Menschen heute Nachmittag?"

Rachel legte ihren Kopf auf die Schulter von Jo.

„Es waren zwei Männer. Einer davon hatte einen amerikanischen Akzent und sprach davon, dass er von der CIA ist. Er hatte meine Daten in Amerika verglichen und herausgefunden, dass die letzten Lebenszeichen von Rachel Steingrün weit über achtzig Jahre alt sind."

„Scheiße!"

„Man ist mir wieder einmal auf die Schliche gekommen! Dieses Mal gibt es für mich kein Entkommen. Ich glaube, dass es Zeit wird zu gehen."

„A...aber wo willst du denn hin? Du kannst mich doch hier nicht im Stich lassen. Was würde Agnes davon halten?"

Rachel hob ihren hübschen Kopf. „Du hast deinen Hendrik. Mich brauchst du nicht mehr!"

Jo hatte das Gefühl den Boden unter den Füßen zu verlieren. Sie fing ebenfalls an zu weinen und Badman wusste zunächst nicht, was er tun sollte. Dann entschloss er sich, mitten auf den Tisch zwischen den Mädels zu sitzen und sie alle beide zugleich zu trösten.

Als Hendrik gutgelaunt mit nassen Locken aus dem Bad kam, sah er die verzweifelten jungen Frauen sich weinend in den Armen liegend und mittendrin Badman, der sich außer Stande sah, die Tränen der jungen Frauen zu trocknen.

Badman kam sofort auf ihn zu und erbat Hilfe bei diesem Gefühlsdesaster, dessen Grund er nicht kannte.

„Warum fließen hier Tränen?"

Jo und Rachel fuhren auseinander und fühlten sich ertappt. Keine von ihnen sprach zunächst ein Wort. Hendrik rückte sich einen Stuhl zurecht und sah die Mädels eindringlich an. Seine schwarzen Augen wirkten sanft und unerbittlich zugleich.

„Also, raus mit der Sprache. Wen soll ich für euch umbringen?"

„Die CIA, wenn es nicht zu viel Mühe macht." schluchzte Rachel herzzerreißend.

„Aber klar doch! Wenn es sonst nichts ist. Das ist nur eine kleine Gefälligkeit!"

Der Zweifel an Rachels Verstand stand Hendrik ins Gesicht geschrieben. Für Jo war es klar, dass jetzt nur noch die Wahrheit helfen konnte. Für weitere Ausflüchte war jetzt keine Zeit mehr. Hilfe suchend griff Rachel nach den Händen von Jo. Badman legte seine dicke schwarze Pfote auf die Hände, wie, um einen Bund zu besiegeln. Und dann maunzte er erwartungsvoll Hendrik an. Der warf einen scharfen Blick auf den schwarzen Kater.

„Tut mir sehr leid Badman! Aber du bist nicht unbedingt objektiv.

Kann ich zunächst erfahren, um was es hier geht? Nach euren Tränen zu urteilen sieht es aus, als ob es um Leben und Tod geht! Schließlich soll ich die CIA eliminieren!"

Er reichte den Damen jeweils ein Blatt der Küchenrolle.

„Eure Rotznasen laufen! Und ich will jetzt verdammt noch eins wissen, warum die Küche mit Tränen überflutet wird."

Badman nickte Hendrik unmerklich zu. Er nahm gemütlich auf dem Tisch Platz und legte seine Vorderpfoten unter den Bauch. Erwartungsvoll waren seine grünen Augen auf Rachel gerichtet.

„Wir sind dir eine Erklärung schuldig. Also, das ist auch nicht so ganz wahr... eigentlich bin nur ich dir eine Erklärung schuldig... Jo kann nichts dafür. Sie ist in diesen Schlamassel hineingezogen worden ohne, dass sie gefragt wurde. Ich betone es noch einmal. Sie ist von jeder Schuld freizusprechen und..."

Hendriks Augen waren jetzt schwarz und glänzend wie Kohlen. Aus den dunklen Locken tropfte das Wasser und lief über seine Schultern.

Nie fand Jo ihren Hendrik anziehender und schöner als in diesem Moment. In ihrem Kopf entstanden phantastische Bilder. Sie atmete tief durch, um sich wieder auf die Gegenwart zu konzentrieren. Aber würde er mit der Wahrheit leben können?

„Vielleicht kommt eine der beiden Damen auf die Idee mir mitzuteilen, von welcher Schuld Jo freizusprechen ist? Habt ihr eine Bank überfallen? Oder sonst ein Verbrechen auf eure Schultern geladen? Meine Fresse! Mädchen! Redet mit mir! Wie soll ich euch sonst zusammenfalten wie einen Schuhkarton, und anschließend sehen, wie wir gemeinsam aus dem Schlamassel wieder herauskommen?"

Badman maunzte Hendrik an. „Halt bloß die Klappe! Du weißt Bescheid und hast mich nicht eingeweiht. Das werde ich dir so schnell nicht vergessen."

Jo war klar, dass dieser unerwartete Redestrom nur dazu diente, dass sie aufhörten zu weinen. Sie wischte sich über die Augen und putzte sich kräftig die Nase.

„Dafür brauchen wir großes Geschütz!"

Sie stellte Weingläser auf den Tisch. Dann gab sie Hendrik eine

Flasche zum entkorken in die Hand. Anschließend legte sie einen Joint bereit. Hendrik füllte die Gläser und reichte jedem der Mädchens eines.

„Also dann! À votre santé! Auf diese Beichte bin ich gespannt."

...Nach einer Stunde saß Hendrik völlig fertig und verwirrt auf der Eckbank. In seinen Armen lag Badman und sah ihn mitfühlend an. Die Flasche Wein war leer. Eine zweite war angebrochen und der Joint verlieh dem Aroma des Abends eine besondere Note. Hendriks Augen nahmen einen leichten glasigen Schimmer an. Jo deckte den Tisch und Rachel kümmerte sich um die Rühreier.

„Und das soll ich euch glauben? Echt jetzt? Worin besteht wirklich euer Problem? Ihr glaubt doch nicht im Ernst, dass ich euch diese „Flash Gordon" Nummer abnehme. Das könnt ihr diesem Kater verklickern. Der glaubt ja eh alles, was ihr ihm erzählt. Aber bei mir sieht das etwas anders aus. Wenn ich euch helfen soll, muss ich die ganze Wahrheit erfahren. Es gibt schließlich für alles eine Lösung. Ich bin das beste Beispiel dafür."

Badman gefiel der Ton nicht und er knurrte. Jo nickte schicksalsergeben Rachel zu. „Jetzt kommt der Moment, vor dem ich mich so gefürchtet habe. Wir haben keine andere Möglichkeit mehr."

Rachel futterte eine Handvoll Popcorn. Dann wurde ihre Gestalt milchig, dann transparent, um sich wieder neu zu konfigurieren. Hendrik hatte auch etwas von dem Popcorn genascht, aber das letzte Bröckchen blieb ihm vor Schreck im Halse stecken. Rachel schüttete Wein in sein Glas und bot es ihm an. Er trank einen großen Schluck und starrte entsetzt sein Gegenüber an.

„Wie ist das möglich? Sehe ich wirklich so scheiße aus?"

Rachel hatte im Eifer des Gefechtes nicht so auf die Details geachtet. „Deine Augen sind nicht wirklich lila."

*

Der Professor drehte das seltsame Artefakt in seinen Händen.

„Wo kann es nur herkommen? Es stammt auf keinen Fall aus dieser Gegend. Es passt nicht zu den anderen Funden."

In einer mit Watte ausgeschlagenen großen Kiste lagen alle Keramikteile, die bis jetzt gefunden wurden. Manche Krüge waren unbeschädigt und andere waren zerbrochen und hatten ihre Wiederauferstehung durch die Restauratoren.

„Es könnte eine Opfergabe oder ein Geschenk an die Verstorbenen sein."

Jo fotografierte das seltsame Relikt mit den anderen Grabfunden von allen Seiten.

„Neben den anderen Grabfunden wirkte es fremd, irgendwie ägyptisch."

Professor Niebenreit begutachtete die wertvollen Funde. Er legte das fremde Artefakt zurück und begutachtete einen wunderschönen gut erhaltenen Krug. „Dieser spitz zulaufende Krug mit dem Muster stammt eindeutig aus der Kultur der Schnurkeramiker. Diese Menschen sind vor fünftausend Jahren aus dem fruchtbaren Halbmond, also aus dem Gebiet der heutigen Türkei, Syrien und Mesopotamien langsam aber stetig in den Westen eingewandert."

„Was für ein seltsamer Name. Dann sollte aber doch Migration kein Fremdwort für uns sein."

„Ganz genau! Und alle diese Verfechter einer reinen Rasse, die schon so viel Unheil über uns gebracht haben, und die es im übrigen nie gegeben hat, sollten sich darüber klar werden, dass der moderne Europäer aus dem Orient stammt. Wir kennen nicht den wahren Namen dieser Menschen und wir können sie nur an den Mustern ihrer Keramiken unterscheiden. Hier zum Beispiel," der Professor zeigte auf die Linien des Kruges..

„Die Menschen von vor fünftausend Jahren benutzten Schnüre mit Knoten darin, um ihre Töpfe zu verschönern und ihre Töpfe liefen spitz zu. Ihre Vorgänger, die vor siebentausend Jahren hier lebten benutzten Bänder. Deshalb werden sie Bandkeramiker genannt."

Jo schoss noch ein Foto von der fremd anmutenden Statue.

„Da passt dieses Ding hin wie die Faust aufs Auge."

„Ich dachte auch schon daran. Aber ich habe nicht gewagt, es laut auszusprechen. Aber Sherin ist der gleichen Meinung wie sie."

„Das ist klar. Weil ich nicht vom Fach bin, darf ich schon einmal so einen Satz heraushauen. Und wenn er falsch ist, bin ich eben eine sensationslüsterne Reporterin, die alles für eine gute Auflage macht. Aber ihnen würde man so einen Fehler auf keinen Fall verzeihen und nach Jahrzehnten noch darauf herumreiten."

„Das ist eine nette Umschreibung. Aber zunächst einmal muss ich mich bei ihnen bedanken. Sie haben es geschafft, dass wir die Grabungslizenzen verlängert bekommen haben."

„Argumente kommen immer gut. Dagegen kann keiner an stinken. Aber ich habe mir erlaubt nach dieser Kartusche, die am Fußende dieser Staue gemacht ist, im Internet zu forschen."

Professor Niebenreit runzelte unzufrieden die Stirn. „Das bringt doch nichts. Was wir brauchen sind Fakten und keine Hellsehereien und schon gar keine Blicke in eine Kristallkugel."

„So gesehen stimmt das natürlich. Aber es kommt immer darauf an, wen man fragt. Ich habe mich virtuell in den Museen umgesehen. Auf keinen Fall bei den Esoterikern, die schon immer wussten, dass es eine perfekt Welt vor Ägypten gab und die behaupten, der Sphinx wäre siebzigtausend Jahre alt."

„Hm..."

Der Professor schwieg zunächst.

„Können sie etwas damit anfangen?"

Aber bevor der Professor antworten konnte, wurde die Zeltwand des Pavillons energisch zurückgeschlagen. Sherin erschien auf der Bildfläche.

„Wolfgang? Ich habe jemanden mitgebracht, der uns eventuell helfen könnte."

Der Professor runzelte unzufrieden die Stirn und flüsterte leise, „wir brauchen nicht noch mehr Leute. Das kostet alles nur Geld."

Aber Sherin hatte scharfe Ohren.

„Du brauchst keine Angst um die paar Kröten zu haben. Doktor Stettmaier kostet uns nichts. Er befindet sich auf Urlaubsreise."

Vor dem Pavillon waren Schritte zu hören.

„Ich möchte auf gar keinen Fall ungelegen kommen. Am besten

wäre es, wenn ich wieder gehe. Ich kann den Professor verstehen und möchte auch nicht, dass man sich in meine Angelegenheit mi..."

„Volker bist du das?"

„...Ä...h, ja."

Der Professor stürmte nach draußen.

„Wo hast du dich all die Jahre versteckt? Ich dachte schon du bist nicht mehr von dieser Welt."

Der hochgewachsene Professor klopfte seinem Gegenüber kräftig auf die Schultern und umarmte ihn stürmisch. Der Angesprochene rang nach Atem und erwiderte den freundlichen Klaps mit einem zaghaften Schulterklopfen. Der Mann war schlank, in den Vierzigern, hatte dunkle Haare und war eine handbreit kleiner als der Professor.

Der Doktor brauchte einige Augenblicke Zeit, um sich die Haare zu ordnen und sein Hemd, mit dem auffälligen Schottenkaro, wieder auf Vordermann zu bringen.

„Du bist und bleibst ein Elefant, Wolfgang. Aber ich freue mich aufrichtig dich wiederzusehen. Auch wenn es für mich auch besser ist, wenn ich auf Abstand bleibe!"

Der Professor glotzte den Doktor an.

„War ich wirklich so grob zu dir?"

Der Doktor griff sich mit übertriebener Geste an den Hals. „Ich sage mal so, manchmal spürst du deine eigene Kraft nicht. Ich erinnere nur an die blauen Flecken in der Türkei."

Der Professor stemmte die Hände in die Hüften und sah den Doktor herausfordernd an.

„Blauen Flecken? Von diesem harmlosen Klaps trugst du tatsächlich blaue Flecken davon?"

Der Doktor grinste. „Von dem Klaps weniger. Aber die zwanzig Meter, die ich im anatolischen Hochland deswegen ausgeglitten bin, schon."

„Ach komm! Nun sei mal nicht so nachtragend. Die blauen Flecken sind doch längst verschwunden. Jetzt sorge nur noch dafür, dass auch die blauen Flecken in deinem Hirn verblassen und dann geht es uns allen wieder gut. Was hast du all die Jahre gemacht?"

Der Doktor zuckte mit den Schultern.

„Ich war eine Zeitlang in Ägypten und habe mein Wissen über die Vor dynastische Zeit und die ersten Dynastien über die Zusammenführung von Ober- und Unterägypten aufgefrischt. Danach habe ich einige Artikel und Aufsätze verfasst und war auf verschiedenen Universitäten, um darüber zu berichten."

„Aber das ist doch phantastisch, Volker! Und was machst du jetzt?"

„Urlaub. Ich mache Urlaub! Den habe ich dringend nötig."

„Hast du so viel gearbeitet?"

Der Doktor verließ den Pavillon und der Professor folgte ihm. Doktor Stettmaier griff in seine Hosentasche. „Darf man hier rauchen?"

„Das fragt ausgerechnet ein Doktor der Altorientalistik und angesehener Anthropologe einen Archäologen? Wenn du die Kippe auf dem Grabungsgelände fallen lässt, gibt es einen Rüffel! Lass uns auf den Parkplatz gehen, wenn du schon qualmen musst. Wo gibt es eigentlich diese äußerst, in sparsamsten Karo, feuerroten Hemden?"

„In einem wunderbaren Laden in Edinburgh in Schottland."

Jo war natürlich Reporterin durch und durch und ließ sich die Gelegenheit, den Doktor zu befragen, nicht entgehen.

„Darf ich fragen was genau Altorientalistik und Anthropologie darstellen? Ich würde gerne in verständlichen wenigen Worten darüber berichten. Aber selbstverständlich nur wenn es ihnen recht ist, Herr Doktor Stettmaier."

„Gib ihr besser gleich Antwort," meinte Professor Niebenreit wohlwollend. „Frau Wenkert kann ziemlich penetrant sein!"

Der Doktor stemmte die Hände in die Hüften und sah sie belustigt an. „In der Anthropologie findet man heraus, wie alt die Knochen und Überreste der Menschen sind, die gefunden werden. In der Altorientalistik wird die Geschichte erforscht, die sich eben im orientalischen Lebensraum, im Altertum, also Mesopotamien, das assyrische Reich, Altägypten, das sumerische Reich, das hethitische Reich und noch vielen anderen, bezieht. Es ist ziemlich umfangreich."

Jo machte noch einige Aufnahmen von der Ausgrabungsstelle.

Sherin hatte bereits wieder ihren Handfeger in der Hand um den Boden, der von den Studenten mit der Hacke schon grob vorbereitet war, zu bearbeiten.

Die Männer blieben an dem alten Geländewagen stehen. Der Doktor zündete sich eine Zigarette an und nahm einen tiefen Zug.
„Wie viele Menschen arbeiten hier zur Zeit?"
„Sherin, meine Studenten Yannis und Stefan, und einige aus den Erstsemestern. Die wechseln sich dauernd ab, weil sie den Alltag auf der Uni noch nicht so gefressen haben."
„Kommst du damit aus? Deine Studenten habe ich schon einmal gesehen. Ich glaube auf einem Vortrag über Altorientalistik auf der Universität in München, zusammen mit Sherin."
„Das ist gut möglich. Die nehmen an Wissen mit, was sie kriegen können. Ach, weißt du, wir schlingern uns so durch."
Stettmaier nahm einen tiefen Zug seiner Zigarette und schaute melancholisch in die Ferne.
„Zur Zeit hänge ich etwas in den Seilen."
„Hast du dir zu viel zugemutet?"
„So kann man es auch sehen."
„Dann möchte ich nicht, dass du deinen Urlaub wegen uns unterbrichst. Eigentlich war ein Zusammenbruch abzusehen. Du bist ein ausgezeichneter Altorientalist und zugleich Anthropologe. Ich weiß bis heute nicht, wie du diese komplizierten Studiengänge zusammen gemeistert hast."
„Nein! Nein! Es tut gut hier zu sein. Ich stamme aus dieser Gegend. Nicht weit von hier. Eigentlich wollte ich hier wieder ganz von vorne anfangen."
„Wenn du von vorne anfangen willst, heißt das dass du etwas anderes beendet hast."
„Ich nicht, aber meine Frau."
„Mir ist vollkommen entgangen, dass du zwischendurch geheiratet hast, Volker. Das tut mir sehr leid!"
Der Doktor zündete sich eine neue Zigarette an. Der blaue Rauch verflüchtigte sich in den hellen Frühlingshimmel.

„Sie will mich verlassen, Wolfgang. Kannst du dir das vorstellen? Ich bin nach Hause gekommen und da hat sie mir verkündet, dass sie nicht mehr mit mir zusammen leben will, weil wir nicht zusammenleben."

Der Professor dachte an seine eigenen Beziehungen. Auch bei ihm hatte es Jahre gedauert, bis er die richtige Frau gefunden hatte. Sie war Dolmetscherin und hieß Maike. Maike war intelligent, hübsch und er hatte sich Hals über Kopf in sie verliebt. Sie übersetzte seine Artikel in mehrere Sprachen. Aber dann war sie wieder, genau wie er, viel unterwegs. Aber irgendwie funktionierte es. Keiner zwang den anderen in seinem Beruf kürzer zutreten. Wenn sie sich nach Wochen der Trennung wiedersahen, gab es reichlich Stoff zum austauschen und erzählen. Meistens waren es Wochenenden, die sie sehr miteinander genossen. Sie fanden sogar den Mut, das Standesamt aufzusuchen und den Bund der Ehe einzugehen. Der Professor betrachtete diese Ehe mit dieser wunderbaren Frau als ein besonderes Geschenk, das nicht selbstverständlich war.

„Natürlich kann ich mir das vorstellen. In unserem Genre sind wir selten Zuhause, ständig unterwegs und wenn wir Zuhause sind, werden wir auf Kongresse und sonstige Veranstaltungen eingeladen. Ehefrauen haben es nicht leicht mit uns."

„Nein! Das haben sie nicht."

Der Professor nahm aus der Kühltasche zwei Flaschen Bier heraus.

„Willst du darüber reden?"

„Ich weiß es nicht. Ich mache mir so meine Gedanken, wie ich sie zurückerobern kann." Der Doktor schüttelte den Kopf. „Ich habe schon viel zu viel gesagt. Viel lieber würde ich mir die Statue ansehen, die ihr gefunden habt. Deswegen bin ich schließlich hier. Sherin tat sehr geheimnisvoll. Sie sagte, nur meinetwegen hat sie das Artefakt wieder mit zur Ausgrabung mitgenommen, damit ich mir ein perfektes Bild machen kann."

„Das war sehr klug von ihr. Wie alles was Sherin anfasst. Und nun mach die Kippe aus, und stecke sie in die Tasche. Ich will sie hier nicht finden."

Auf der anderen Seite des Hügels war Ruman damit beschäftigt, das

Gelände auszumessen.

„Was macht der denn hier?"

„Ruman ist Vorstandsmitglied der „Ruman Investition" oder so ähnlich. Er verhökert Gelände an seine Investoren, die ihm noch gar nicht gehören."

Stettmaier grinst. „Er hat sich nicht viel geändert."

„Du kennst ihn? Er bereitet uns sehr viel Ärger. Dauernd kommt er mit Verfügungen seines Rechtsanwaltes, dass wir die Arbeiten einstellen sollen."

Stettmaier zuckte nur mit den Schultern.

„Na ja, wir sind zusammen in die Schule gegangen. Er war schon immer sehr zielstrebig. Aber das ist typisch für ihn. Immer „alles oder nichts" !"

Jo hatte die Fotos bereits gespeichert. Sie war neugierig was dieser Doktor an Kenntnissen hinzufügen konnte. Da sie im Moment nichts tun konnte, setzte sie sich an ihren Computer, um den heutigen Artikel zu beginnen.

Aber ihre Gedanken schweiften ab... Zurück zum gestrigen Abend...

Man saß gemeinsam am Tisch und Badman thronte in der Mitte. Das Essen war hervorragend. Aber Hendrik stocherte nur darin herum. Auf einmal ließ er die Gabel fallen.

„Könntest du dich bitte wieder zurückverwandeln? Es macht mich wahnsinnig nervös vor meinem eigenen Spiegelbild mit lila Augen zu hocken."

Jo stand auf und legte Rachel eine Decke über.

„Und was soll das jetzt? Ich habe eben doch die Verwandlung gesehen. Viel verstecken könnt ihr jetzt nicht mehr."

„Das würde ich so nicht sagen!" entgegnete Jo ziemlich spitz. „Rachel ist sehr hübsch und verdammt gut gebaut. Und wenn sie sich zurückverwandelt trägt sie leider keine Klamotten. Und ich bin viel zu eifersüchtig, um dir diesen Blick zu gestatten."

Das Spiegelbild von Hendrik wurde vor Scham feuerrot. Erst jetzt fiel Hendrik auf, dass ihre Jeans und Shirt unbeachtet auf dem Boden lagen und sie sozusagen im „Evakostüm" vor ihm saß.

„Das...konnte ich nicht ahnen und tut mir sehr leid! Ich gehe selbstverständlich aus der Küche."

„Brauchst du nicht. Wir bekommen das hin. Du musst gut darüber informiert sein, wie die Verwandlung funktioniert und was zu tun ist, wenn sie Hilfe braucht."

Hinter der Decke schlüpfte Rachel in Jeans und Shirt.

„Jetzt habe ich Hunger. Nun wird mir einiges klar. Du hast mich im Supermarkt angesprochen, Jo. Und du hast so einen bescheuerten Namen verwendet. Du hast mich mit ihm, ach nein das ist ja falsch, Herr Gott noch mal ist das kompliziert, mit ihr verwechselt. Phallus hast du mich genannt oder so ähnlich."

Ob sie wollten oder nicht. Jo und Rachel mussten lachen.

„Also Phallus habe ich bestimmt nicht zu dir gesagt, sondern Phaeton. Phallus kommt aus dem lateinischen, und bedeutet nämlich nur das männliche Geschlechtsorgan und das käme dir nicht gerecht."

Hendrik setzte sich aufrecht hin. In der Hand hielt er seine Gabel mit aufgespießter Bratkartoffel. Badman setze sich ebenfalls aufrecht hin. Kerle müssen schließlich zusammenhalten.

„Wie darf ich das bitteschön verstehen?"

Jetzt wurde Jo puterrot.

„Also ich...ä...ääh meine, dass es nicht so ist...dass man dich nur auf gewisse Körperteile beschränken kann, eigentlich will ich damit nur sagen...obwohl, wenn ich es mir genauer überlege, ich doch zu dem Schluss kommen könnte, dass...Herrje ich rede mich gerade um Kopf und Kragen! Genügt es dir, wenn ich sage, dass ich dich mit Haut und Haaren liebe und vollkommen verrückt nach dir bin?"

Hendrik nickte bedächtig. Dann aß er genüsslich seine Bratkartoffeln und fütterte Badman mit Rührei.

„Das scheint mir angemessen."

Endlich war der Bann gebrochen. Das Essen schmeckte, auch wenn alles kalt war. Der Rhabarberkuchen zerging auf der Zunge. Nur Badman hatte etwas Probleme damit, weil Rhabarber nicht so ganz oben auf seiner Nahrungskette war.

Rachel erzählte viel aus ihrer Vergangenheit, über ihre glückliche Zeit mit Agnes und redete wie ein Wasserfall.

„Die Ähnlichkeit auf den Fotos zwischen dir und der blonden Frau mit Agnes habe ich auch bemerkt. Aber Männer sind da wahrscheinlich etwas leichter gestrickt wie ihr Frauen, und haben nicht weiter darüber nachgedacht. Aber vielleicht fange ich ab heute damit an."

Ansonsten unterbrach Hendrik sie sehr selten und hörte nur zu. Aber am Schluss wurde er dann doch sachlich.

„Du darfst nicht mehr alleine im Haus sein. Entweder begleitest du in Zukunft Jo oder fährst mit mir morgens auf meinen Bauernhof. Aber du bleibst nicht mehr alleine! Wir werden gemeinsam eine Lösung finden. Und ich will nie wieder so einen Blödsinn hören, dass du deine Heimat verlassen musst. Du wohnst schließlich länger hier, als der älteste Karnevalsverein in dieser Einöde!"

Jo hatte noch keinen einzigen Satz geschrieben. Sie war immer noch von diesem Abend fasziniert und fühlte sich extrem erleichtert. Aber im Gegensatz zu ihr, als sie die Wahrheit über Rachels wahre Existenz erfuhr, wurde Hendrik nicht ohnmächtig. Das hatte ihr wahnsinnig imponiert. Ihr Herz floss über vor Wärme, wenn sie an Hendrik und Rachel dachte. Sie liebte beide über alles. Jeden auf seine Weise.

‚Der Doktor hielt das Artefakt ehrfürchtig in seinen Händen.

„Ich kann es nicht fassen, was ich hier in den Händen halte. Und ich weiß, dass ich mich nicht irre."

Der Professor schüttelte nur mit dem Kopf.

„Jetzt mach es doch nicht so spannend. Oder erwartest du, dass wir einen Kniefall vor dir machen?"

Die Augen des Doktors leuchteten.

„Vor mir nicht. Aber vielleicht vor ihm. Was ihr hier sehen könnt, ist eine perfekte Statue des Gottes Seth aus der Gründerzeit des alten Ägypten. Der ägyptische Wüstengott. Der Gott der unbarmherzigen Kraft alles zu zerstören, und des Bösen! Nach meiner vorsichtigen

Einschätzung aus der Zeit Pharao Narmers, dem Gründer der ersten Dynastie! Also ich spreche hier von einer Zeit die gut und gerne fünftausend Jahre zurück liegt."

*

Rachel hatte den Rat Hendriks befolgt. Sie begleitete ihn auf seinen alten Bauernhof. Sie trug derbe Hosen, Sonnenbrille und eine Mütze auf dem Kopf, die ihre Haarpracht versteckte. Auf dem Weg zum Bauernhof blieb sie unruhig und schaute sich stets um. Hendrik konnte immer noch nicht fassen, wie man es schaffte, zweihundert Jahre unentdeckt auf der Erde zu sein.

„Warum verwandelst du nicht dein Aussehen? Dann kannst du doch völlig unbehelligt herumlaufen. Und niemand käme dir vorerst auf die Schliche."

„Ich weiß, dass es bald wieder so sein wird. Darin kenne ich mich aus. Ich genieße jeden Augenblick, den ich noch in meiner wahren Gestalt genießen kann."

„So ein amerikanischer CIA Schnösel kommt mir gerade recht. Das könnte dem so passen. Das funktioniert vielleicht in ihren albernen amerikanischen Aktionfilmen. Aber, das verspreche ich dir, die Wirklichkeit sieht anders aus!"

„Sie muss anders aussehen. Wie du dir vorstellen kannst, bin ich so ziemlich am Ende. Ich will nicht mehr."

„Du darfst nicht aufgeben. Aber ich habe auch gut reden. Ich kann nicht einmal annähernd nachvollziehen, was du die letzten zweihundert Jahre alles erlebt hast."

„Aber ich durfte auch lieben und wurde geliebt. Dafür hat es sich gelohnt."

„Es besteht doch die Möglichkeit, dass du dich wieder verliebst? Aber nicht in mich. Ich bin leider schon vergeben."

Hendrik zwinkerte ihr schelmisch zu. Eine Welle der Zuneigung floss durch die Adern Rachels.

„Mach dir darum keine Sorgen. Du bist überhaupt nicht mein Typ."
„Da bin ich jetzt aber erleichtert."
In dem alten Haus gab es sehr viel zu renovieren, und Rachel packte tatkräftig mit an. Dieser Bauernhof lag entfernt von der nächsten Straße und mit überraschendem, ungebetenem Besuch, musste vorerst nicht gerechnet werden. Als sie am Abend mit dem alten Trecker nach Hause fuhren, kam ihnen auf der Straße ein Wagen mit Wiesbadener Nummer entgegen. Rachel zog die Mütze tiefer ins Gesicht.
„Sind das die Typen?"
Rachel nickte nur.
„Dann waren sie schon vor unserer Haustür und für heute können wir Entwarnung geben."
Rachel sagte nichts und starrte nur weiterhin auf die Straße.
„Ich weiß, dass das keine Lösung ist, Rachel. Aber wir lassen dich nicht ins Nirgendwo gehen."
Hendrik nahm sein Handy. „Übernimm mal den Traktor."

*

Hauptwachmeister Frederick Knöbel saß missmutig an seinem Schreibtisch. Mehrere Autos waren in der letzten Zeit aufgebrochen worden.
„Wer tut sich denn das noch an? Die Radios sind doch alle codiert. Ich frage mich, was der oder die Einbrecher mit diesen Dingern anstellen wollen? Man kann sie nicht weiterverkaufen. Man kann sie nicht einmal selber benutzen. Wo liegt der Nutzen dieses Deliktes, außer einer saftigen Gefängnisstrafe?"
Sein Kollege gegenüber studierte die Anzeigen ebenfalls.
„Ich glaube, wir müssen die Frage anders stellen. Hier handelt es sich um drei Neuwagen der Luxusklasse, die erst vor wenigen Tagen an die Kunden ausgeliefert wurden. Wie ist es überhaupt gelungen, die Wagen zu manipulieren? Wenn es gelingt, wie in diesen drei

Fällen, warum nimmt der Einbrecher nicht den kompletten Wagen mit? Es ist keine Scheibe zertrümmert worden und nichts wurde beschädigt. Genauso, als wäre der Wagen mit dem passenden „Schlüssel" entriegelt worden. Das ist eine harte Nuss, die wir hier zu knacken haben."

Hauptwachmeister Knöbel fuhr sich mit der Hand durch das schon schütter werdende Haar. „Drei Wagen der Sonderluxusklasse und drei verschiedene renommierte Marken. Das hatten wir so noch nie. Wir werden die Mitarbeiter in den Autosalons überprüfen, in denen die Wagen verkauft wurden. Die haben doch alle diesen technischen Hickhack, Diagnosegeräte und was weiß ich, was da sonst noch alles zur Verfügung steht."

„Habe ich mir auch schon gedacht. Wer sollte sonst Zugang zu diesen Wagen haben?"

„Ich werde mich umgehend darum kümmern."

„Frederick! Was hältst du von dem Video, dass deine Reporterin dir geschickt hat? Sie hat ein gutes Auge. Aber warum haben das unsere Kollegen nicht gesichtet und aufgenommen?"

„Es sind auch nur Menschen und noch ziemlich jung. Als sie an der Unfallstelle ankamen, sind sie direkt von allen Beteiligten bestürmt worden. Da mussten sie zunächst einmal für klar Schiff sorgen. Außerdem ist es Jo auch erst später aufgefallen, als sie sich das Video noch einmal angesehen hatte. Wir haben das Material und werden es überprüfen. Es wäre phantastisch, wenn wir diese Person auf dem Video irgendwie herausfiltern könnten. Mal sehen was unsere Computer so hergeben. Das zeigt wieder einmal wie wichtig es ist um die Ecke zu denken."

„Oder in der Lage zu sein, sich einen Überblick zu verschaffen und kluge Rückschlüsse zu ziehen."

„Du bringst es genau auf den Punkt, Omrup."

Knöbel ging an den Getränkeautomat, um sich eine heiße Schokolade zu ziehen und auf dem Weg zu den Autosalons zu genießen.

Zwei Männer in Anzügen betraten fast im Gleichschritt das Revier.

Knöbel nahm seine Schokolade und zog sich in den kleinen Kantinenraum zurück. Aus den Augenwinkeln beobachtete er die Männer.

„Sieht irgendwie nach Arbeit aus. Ich werde mich verziehen, denn sonst wird meine Schokolade noch kalt."

Aber dann sah er, wie sein Kollege mit den Händen wild gestikulierte und auf seinen leeren Schreibtisch zeigte. Knöbel schlich sich näher an die Tür. Nun wurde er doch neugierig. Sein Kollege schaute den Mann böse an, verschränkte die Arme und ließ kein Wort mehr verlauten.

„Ich frage noch einmal: Ist ihnen diese Person hier im Ort bekannt? Sie soll angeblich bei einer Frau Wenkert, etwas außerhalb bei den „heiligen drei Tannen", Unterschlupf gefunden haben, und wenn sie nicht mit uns zusammenarbeiten, müssen wir leider zu..."

In Knöbels Kopf schrillten die Alarmglocken. Warum griff einer der Männer seinen Kollegen an? Er stellte die Schokolade auf dem Fensterbrett ab und ging zurück ins Büro.

„Zu was? Anderen Maßnahmen greifen? Und die da wären? Beugehaft zum Beispiel? Ihr Umgangston ist etwas gewöhnungsbedürftig. Warum höre ich in ihren Äußerungen so etwas wie einen drohenden Unterton? Ich glaube nicht, dass Polizeiobermeister Omrup Sifur sich ihnen gegenüber unkorrekt verhalten hat. Es steht ihnen nicht zu, ihn zu maßregeln."

Die Männer sahen ihn geringschätzig an. Einer deutete auf das Namensschild auf dem Schreibtisch.

„Unser Umgangston tut hier nichts zur Sache! Sie sind Hauptwachmeister Knöbel? Wir brauchen von ihnen schnelle Antworten und erwarten selbstverständlich, dass sie uns zur Mitarbeit zur Verfügung stehen!"

Knöbel beantwortete die Frage nicht. Seine dunklen Augen, mit den etwas herabhängenden Lidern, ließen ihn nach außen ruhiger erscheinen, als er in Wirklichkeit war. Allerdings war ihm klar, dass er sich diesen Menschen stetig auf Abstand halten wollte. Vor allen Dingen brauchte er Zeit. Dieses arrogante und geringschätzige Verhalten, dieses typischen Anzugträgers, ging ihm gewaltig gegen den Strich. Aber in seinem Hinterkopf rotierte es. In welchen Schlamassel waren Jo und Rachel da nur hineingeraten?

„Wer sind sie? Wie kommen sie bitte schön darauf, dass ihnen mein Büro zur Verfügung steht? Wir sind doch keine Leiharbeiter, die man einfach so aus dem Regal nehmen kann. Ich möchte ihre Dienstausweise sehen oder was sie sonst so wichtig macht, dass sie glauben, sich so einen unglaublichen Auftritt leisten zu können."

‚Für einige Lidschläge lang herrschte eine unheimliche Stille im Revier. Omrup tat so, als würde er sich auf seinen Computer konzentrieren. Es tat ihm gut, dass Knöbel ihn vor versammelter Mannschaft rückhaltlos verteidigt hatte.

‚Einige Herzschläge lang blieben die Männer mit Knöbel im Blickkontakt. Aber Knöbel gelang es dem Blick standzuhalten.

„Also? Kann ich die nötigen Dokumente nun sehen, oder spielen wir „High noon"? Könnt ihr gerne haben. Wer sich nicht ausweisen kann, landet in der Regel bei uns drei Tage in der Arrestzelle bei Wasser und Brot."

Mit grimmigem Blick fassten die Männer in ihre Jackentaschen und legten ihre Ausweise vor.

Knöbel erkannte die Ausweise auf Anhieb. Der Deutsche aus Wiesbaden war Kommissar vom Bundeskriminalamt, kurz genannt BKA, Joachim Kulmbach. Der andere wies sich als Mitglied des Central Intelligence Agency kurz CIA genannt, Chester Williams, aus.

„Was suchen sie in dieser kleinen Stadt? Spione? Oder gefährden gefährliche Terroristen unsere Freiheit? Das kann ich mir aber nicht vorstellen. Denn dann kämen sie mit großem „Besteck". Oder sind sie schon da und ich falle an jeder Ecke über einen unsichtbaren Agenten? Das kann ziemlich lästig sein."

Der Blick des Amerikaners wirkte kühl und abschätzend. Er hatte bis jetzt noch kein einziges Wort von sich gegeben.

„Es tut mir leid, wenn sich der deutsche Kollege etwas im Ton vergriffen hat. Aber es besteht durchaus die Möglichkeit, dass sich in ihrer Stadt jemand aufhält, der da nicht hingehört. Zumindest müssen wir überprüfen, warum diese Person hier verweilt."

„Was meinen sie mit, nicht hingehört?"

Der Mann aus Amerika hatte jetzt die volle Aufmerksamkeit von Knöbel.

„Ihre Identität ist ungeklärt."

„Von welcher Person reden wir hier eigentlich?"

„Von Rachel Steingrün."

Knöbel zog die Augenbrauen zusammen. Das war nicht gut. Das war überhaupt nicht gut! Was könnte Rachel denn vorgeworfen werden, das ein solches Vorgehen dieser Männer rechtfertigte? Sein Instinkt nahm Gefechtsstellung ein und stand in Alarmbereitschaft.

„Und darf ich fragen, was es mit dieser Rachel Steingrün auf sich hat?"

„Fragen dürfen sie, aber sie bekommen keine Antwort," mischte sich der Mann vom BKA ein. „Beantworten sie einfach nur die Fragen, die ihnen gestellt werden."

Knöbel verschränkte seine Arme ineinander und sah den Mann des BKA spöttisch an.

„Es reicht jetzt! Sie sind anscheinend nicht in der Lage, ordentlich zu kommunizieren. Vielleicht funktioniert das bei ihren „Untergebenen" oder in ihren Kreisen. Aber bestimmt nicht bei mir und meinen Kollegen! Schicken sie eine E-Mail und wir werden sie, wenn wir gelegentlich Zeit dafür finden, beantworten. Außerdem ist wegen ihnen meine Schokolade kalt geworden. Einen schlimmeren Affront kann ich mir für heute nicht mehr vorstellen."

Knöbel war im Begriff das Büro zu verlassen. Der Amerikaner hielt ihn zurück.

„Ich kann mich nur noch einmal entschuldigen, für das Verhalten des deutschen Kollegen. Aber wir müssen wirklich wissen, ob Rachel Steingrün in ihrer Stadt wohnt. Ich lehne mich jetzt sehr weit hinaus, wenn ich ihnen sage, dass es keine Person mit diesem Namen geben kann. Wir überprüfen derzeit noch ihre Dokumente. Und laut ihren Angaben, die sie vor einem Jahr hier bei ihnen im Revier gemacht hat, lebt sie vorübergehend bei Frau Jolanda Wenkert bei den heiligen drei Tannen. Ihre Daten sind gefälscht. Es gab eine Rachel Steingrün in Massachusetts. Aber das war vor über siebzig

Jahren, in den Fünfzigern des vergangenen Jahrhunderts. Um wen es sich auch immer handelt wissen wir noch nicht, jedenfalls nicht um Rachel Steingrün!"

*

Am nächsten Morgen begleitete Rachel Jo zu der Ausgrabungsstelle. Es war ihr sehr unangenehm anderen Menschen zur Last zu fallen. Aber Jo winkte ab.

„Hör auf damit. Zunächst ist es wichtig, dass du diesen Menschenfängern nicht ins Netz gehst. Wir sind immer in Bewegung und sorgen dafür, dass sie deiner nicht habhaft werden können. Zur Not kannst du deine Identität wechseln. Wenn es sein muss täglich."

„Genau das wollte ich eigentlich nicht mehr. Ich bin es leid mich zu verstecken. Vor vielen Jahrzehnten durchstreifte ich die hiesigen Wälder als Wolf und fühlte mich relativ sicher. War keine gute Idee. Die Menschen, obwohl sie Panik vor Wölfe hatten, und noch mehr Gräuelgeschichten erfanden als nötig, rotteten sie brutal aus. Ich tat was ich konnte, und leitete viele dieser schönen Tiere in den weiten Osten."

„Warum bist du nicht mit ihnen gegangen?"

„Ich kann mich doch als Wolf nicht ernähren. Es ist mir nicht gegeben ein anderes Lebewesen zu töten, um zu essen. Am sichersten fühlte ich mich als Eule. Außerdem brauche ich zum regenerieren meinen Diffuser und der lag damals noch in meinem gut getarnten, aber havarierten Raumgleiter."

„Aber Eulen fangen doch auch Mäuse."

„Ich war eben eine vegetarische Eule. Und eine Eule die kochen kann."

„Mitten im Wald?"

„Wenn man überleben will zieht man alle Register."

„Irgendwann solltest du dein Leben zu Papier bringen und als Mystery-Geschichte veröffentlichen."

„Ich sehe schon den Titel vor mir. „Wie ich Wölfen und Eulen das kochen beibrachte!" Was hältst du davon?"

„Du nimmst mich nicht ernst. Aber das kann ich verstehen. Obwohl...wenn du eine Eule bist und mit Badman auf unserer Wiese spielst, scheint es dir doch irgendwie Spaß zu machen."

„Das ist doch etwas völlig anderes. Mit Badman zu spielen heißt für mich, die Freiheit zu genießen. Und ich kann ihm die Spielsachen aus den Bäumen holen, wenn er sie wieder einmal hinein gepfeffert hat. Aber ich kann doch nicht für den Rest meines Lebens als Eule fungieren. Und der Rest meines Lebens kann noch verdammt lange sein. Der Alterungsprozess läuft hier gänzlich anders ab, als in meiner Galaxis."

„Es wäre doch nur für eine gewisse Zeit, Rachel."

„Zeit ist das einzige was mir genügend zur Verfügung steht. Und wie lange soll das Spiel so weitergehen?"

„Solange bis wir eine Lösung haben."

„Du quatschst genau den gleichen Quark wie Hendrik."

„Dann freut es mich, dass wir eine demokratische Übereinstimmung haben."

Jo stellte Rachel dem Archäologenteam vor. Keiner hatte etwas dagegen, dass da noch jemand dabei war, der unentgeltlich helfen wollte. Die Studenten zeigten sich begeistert. Jo deutete verstohlen auf Stefan und flüsterte Sherins ins Ohr. „Er wirkt viel älter als Yannis."

„Du hast eine gute Beobachtungsgabe. Stefan hat schon ein Studium der Psychiatrie hinter sich und sich dann neu orientiert. Er ist ein guter Mann. Intelligent, schnelle Auffassungsgabe und ist nicht pingelig, wenn es um die vielen Stunden hier geht. Fast schon obsessiv! Er lebt sozusagen für sein Studium und scheint endlich angekommen zu sein. Yannis ist auch nicht schlecht, aber man merkt halt, dass er noch recht jung ist. Aber das waren wir alle einmal."

Professor Niebenreit arbeitete bereits mit dem Pinsel. Er nahm wahr, dass Rachel sich noch etwas zierte.

„Haben sie schon irgendwo in diesem Bereich Erfahrungen

gesammelt?"

„Nein! Leider nicht. Nur mit Lebenserfahrungen. Davon jede Menge. Aber im Bereich der Archäologie bin ich vollkommen unbedarft. Sie müssen mich genau kontrollieren und im Auge behalten, damit ich bloß keinen Mist baue."

Der Professor grinste. „Dafür habe ich leider keine Zeit. Aber Frau Doktor Sanwat ist geübt in „Multitasking". Sie kann produktiv arbeiten und hat zugleich alles im Blick."

Sherin lachte herzhaft und überreichte Rachel einen Handfeger.

„Mit diesem Ding kannst du nicht viel Schaden anrichten. Selbst unsere Erstsemester kriegen das hin. Mein Name ist übrigens Sherin."

„Das passt doch wunderbar. Ich heiße Rachel."

Professor Niebenreit saß mit Doktor Stettmeier am Computer. Die Funde hatten sie vorsorglich in die Universität gebracht. Viel zu wertvoll waren diese Artefakte. Der Professor wollte aber noch nicht an den Fundstücken arbeiten und blieb lieber noch auf dem Gelände. Er hoffte, dass es noch weitere Funde gab. Die Knochen, welche unter der Statue gefunden wurden, waren alle sichergestellt und auch bereits in der Universität. Doktor Stettmaier zeigte großes Interesse für die Knochen.

„Darf ich mir die Knochen in der Universität etwas genauer ansehen?"

„Natürlich darfst du das, mein Freund. Aber wenn du so daran interessiert bist, hegst du doch eine bestimmte Vermutung."

„Ja, Wolfgang. Ich habe die Fotos von den Knochen stark vergrößert. Ich habe einen Rest eines organischen Materials gefunden. Das würde ich mir gerne näher ansehen."

„Du meinst eventuell Reste der Kleidung?" Stettmaier zuckte mit den Schultern. „Noch will ich mich nicht festlegen. Zunächst würde ich gerne einige Untersuchungen anstellen."

„Aber du weißt schon, dass ich zur Zeit keinen Anthropologen bezahlen kann. Geschweige denn, die richtigen Geräte zur Verfügung stellen kann."

„Du warst schon immer ein Geizhals, Wolfgang. Nein! Scherz

beiseite. Mir ist klar, dass diese wichtige Arbeit auf der Kippe steht. Ich bringe die nötigen Gerätschaften von Zuhause mit und arbeite selbstverständlich unentgeltlich. Aber ich will wirklich wissen, was sich an den Knochen befindet!"

„Ich bin dir sehr zu Dank verpflichtet. Fahr zur Uni und tobe dich aus. Willst du mir schon ansatzweise verraten, was du hoffst, zu entdecken?"

„Ich will noch keine Pferde scheu machen. Lass mich einige Untersuchungen durchführen und dann kann ich dir näheres sagen."

„Du tust sehr geheimnisvoll."

„Ich tappe im Dunkeln und habe eine Witterung aufgenommen. Mehr kann ich noch nicht sagen."

Aber bis jetzt war von den eigentlich heimischen Menschen, die dort beigesetzt wurden, noch keine Spuren oder Fragmente gefunden worden.

Rachel war mit Feuereifer dabei. Es lenkte sie ein wenig von den Sorgen ab. Die Studenten lugten neugierig zu Rachel hinüber.

Sherin grinste schelmisch. „Bei Stefan und Yannis hast du schon Interesse geweckt."

Rachel wirkte etwas verwirrt. „Wie meinst du das?"

Sherin schüttete ungläubig mit dem Kopf. „Das ist jetzt nicht dein Ernst. Du bist sehr hübsch. Auffallend hübsch sogar. Das entgeht hier keinem."

„O...ooh. Das ist mir noch gar nicht aufgefallen."

„Lassen wir sie glotzen. Oder stört es dich? Dann gehe ich rüber zu ihnen und halte ihnen einen satten „mee too" Vortrag, der sich gewaschen hat."

„A...aber nicht doch! Was soll das denn? Ist es in der heutigen Zeit nicht mehr üblich zu flirten?"

„Heute wird sehr viel missverstanden. Ich freue mich, dass du einen gesunden Menschenverstand hast. Du darfst gerne mal ein Lächeln zu den Jungs zurückschicken."

„Sie sind viel zu jung."

„Spielt das eine Rolle für dich? Also Stefan hat die Dreißig schon erreicht. Käme er dann eventuell für dich in Betracht?"

„Ich weiß es nicht. Aber eigentlich sind alle Menschen zu jung für mich."

Sherin zog die Mundwinkel nach unten und nickte skeptisch.

„Alle Menschen? Eine interessante These! Aber die einzigen Kreaturen, die älter als Menschen werden, sind Papageien, Galapagosschildkröten und Grönlandhaie. Hast du mit denen schon einmal geliebäugelt? Ich kann dir ein Date organisieren, wenn du willst. Du bringst mich echt zum nachdenken."

Rachel grinste, aber wurde sich auch bewusst, dass sie sich besser im Zaum halten musste.

„Gibt es eventuell eine „Grönlandhaietinderplattform"? Ich sehe förmlich die Werbung vor meinem geistigen Auge. „Seien sie dabei! Alle elf Minuten verliebt sich bei uns ein Grönlandhai in eine Galapagoschildkröte. Und er hat sie zum Fressen gern." Entschuldige bitte Sherin. Aber manchmal quatsche ich ohne darüber nachzudenken."

„Komisch! Auf mich wirkt es so, dass alles Sinn macht was du sagst. Ich kann es nur noch nicht verstehen."

Das Augenmerk Sherins war plötzlich nur noch auf den Boden vor ihr gerichtet. Auch Rachel spürte, dass die Erde plötzlich weicher wurde. Sherin legte den Handfeger weg und begann mit dem Pinsel zu arbeiten. Rachel tat es ihr gleich. Unter dem Pinsel formierte sich etwas aus dem Boden heraus.

„Eine Pfeilspitze!", rief Sherin begeistert. Rachel wagte es nicht, ihren Fund anzufassen. Die Studenten ließen alles fallen und kamen herbeigerannt. Vorsichtig lösten Yannick und Stefan geschickt den wertvollen Fund aus dem Boden.

„Donnerwetter! Eine perfekte Pfeilspitze aus Feuerstein."

Bald tauchten noch mehr Funde unter Sherins kundiger Hand auf. Ein weiterer unbeschädigter Krug. Und noch etwas begann sich im Sand abzuzeichnen. Yannick, Stefan und Rachel blieben bei Sherin und arbeiteten sich langsam gemeinsam vor. Die Umrisse einer Axt zeichneten sich im Boden ab. Neugierig kam der Professor angerannt. Vorsichtig legte Sherin die Axt frei. Es waren sogar noch Fragmente von Lederschnüren zu sehen, mit denen die Steinaxt am

Stiel befestigt war. Rachel bearbeitete den Boden weiter mit dem Pinsel. Etwas schimmerte ihr entgegen. Vorsichtig befreite sie den Fund von der Erde. Vor ihren Augen tauchten die Skelettreste eines Menschen auf.

„Du bringst uns Glück, Rachel!"
Sherin lächelte sie glücklich an. „Das ist ein guter Tag!"
Rachel schaute ergriffen auf die Überreste eines Menschen, der hier vor Jahrtausenden beigesetzt worden war. Der Professor kniete neben ihr und sah sich diesen wichtigen Fund an.

„Nach der Größe der Knochen zu urteilen, könnte es sich um einen Mann handeln. Aber das ist nur eine vorsichtige Schätzung."
Sherin schürzte ihre Lippen.

„Könnte es sich um einen Familienangehörigen der Frau handeln, die wir vor wenigen Tagen gefunden haben?"
„Das müssen Untersuchungen erst bestätigen."
Jo hatte alles fotografiert und Videos gemacht. Die mitreißende Freude der Archäologen übertrug sich auch auf Jo und Rachel. Für kurze Zeit waren alle Sorgen vergessen und sie freuten sich aufrichtig mit. Professor Niebenreit war sogar bereit, für das „Unabhängige Journal" ein Interview zu geben. Sie schlug ihm vor, auf die untergehende Sonne zu warten, weil dann das Licht am besten war. So erhofft sich Jo, die spannende mystische Ausstrahlung der Ausgrabung einfangen und interpretieren zu können.

Als sich ihr Handy meldet, machte sie sich zunächst keine großen Sorgen. Dachte sie doch, dass es Hendrik war, der neugierig nachfragte wie ihr Tag so verlief. Aber es war nicht Hendrik. Frederick Knöbel, von der Ortspolizeibehörde, hatte ihr eine Nachricht geschickt.

„Heute hatte ich sehr unangenehmen Besuch, der sehr genau wissen wollte, warum Rachel hier ist. Zwei Männer vom Bundeskriminalamt und der CIA. Ich finde ihr solltet darüber Bescheid wissen, um etwaige Maßnahmen zu treffen."

*

Knöbel dachte noch lange über den Vorfall mit dem seltsamen Herrn aus Wiesbaden und seinem amerikanischen Begleiter nach. Er wollte keine schlafenden Hunde wecken und deshalb ermittelte er im Stillen und Verborgenen. Es kam ihm auch nicht koscher vor, dass keiner der Herren irgendwie ein offizielles Papier vorzeigen konnten. Alleine über die Autoritäts- und Angstschiene, wollten sie zu einem Ergebnis gelangen. Das ist schon fragwürdig genug. Es gab im Polizeiapparat natürlich hierarchische Strukturen, denen er auch folgen musste. Obwohl...es gibt mittlerweile so viele „verdeckte Ermittlungen", von denen „normale" Polizeibeamten wie Omrup und seine Wenigkeit nichts mitbekamen. Dafür gab es die sogenannten „Geheimnisträger". Aber die waren für andere Menschen unsichtbar und operierten in anderen Gefilden. Diese Menschen waren nie Knöbels Welt. Er plagte sich lieber mit den ortsüblichen Verbrechen in seiner kleinen Stadt herum.

Er sah auch keinen Grund, mit diesen, für ihn unsympathischen Menschen, zusammenzuarbeiten. Er glaubte Rachel lange genug zu kennen, um zu wissen, dass sie kein Verbrechen begangen haben konnte. Zumindest keine Kapitalverbrechen, bei denen Menschen zu Schaden kamen. Aber wie konnte er da so sicher sein?

Vor Jahren, Knöbel war noch ganz neu und ein sogenannter „Frischling", starb in ihrer kleinen Stadt ein uralter Mann friedlich in seinem Haus. Die Nachbarn trauerten aufrichtig um ihn. An vielen Tagen des Jahres versammelten sich die Kinder in seinem Garten, um darin zu spielen. Er hatte ihnen mit eigenen Händen einen Spielplatz gebaut, den die Kinder nach Gutdünken benutzen durften, und hat sie mit Kuchen und sonstigen Süßigkeiten beschenkt. Später, als er im Rollstuhl saß, versorgten ihn die Kinder, die mittlerweile erwachsen waren, mit Lebensmitteln und achteten auch sonst darauf, dass es ihm gut ging und an nichts fehlte. Aber wie das Leben so spielt. Der Tod spielt im Hintergrund immer mit und warf die Pik Ass auf den Tisch. Er entschied, dass der liebe Opa einschlief und nie mehr erwachen würde. Wenn ein Mensch in seinem Zuhause stirbt, dann ist die Polizei vor Ort, um seinen Tod zusammen mit dem

Arzt aufzunehmen. Als Knöbel, damals war er noch blutjunger Polizist, das Haus betrat, beschlich ihn ein beklemmendes Gefühl, welches er sich nicht erklären konnte. Knöbel schob es auf die Anwesenheit des Todes. Er hatte bis dahin noch niemals das Antlitz eines Verstorbenen gesehen. Nirgendwo hing ein Bild von Familienangehörigen oder sonstigen Personen. Nur ausschließlich Bilder von ihm als junger Mann. Und auf jedem trug er eine Uniform. Die besorgten Nachbarn standen mit Tränen in den Augen verloren herum. Knöbel warf einen Blick auf den Spielplatz im Garten. Oben auf der Schaukel thronte ein riesiger Adler aus Stein. Ein Nachbar bemerkte den Blick.

„Er hat immer zu uns gesagt, dieser Adler würde auf uns aufpassen, damit uns nichts geschieht. Verrückte Eigenheiten eines alten Mannes eben."

Der Adler schien etwas mit seinen Krallen festzuhalten. Neugierig geworden ging Knöbel hinaus in den Garten, um sich den Adler genauer anzusehen. Er kletterte auf die Schaukel und entfernte das rostige Gestell, mit dem der Adler auf der Stange befestigt war. Jetzt konnte man genauer sehen, was der Adler in seinen Krallen hielt. Eine runde Platte aus Stein mit einem Hakenkreuz. Die Menschen wichen entsetzt zurück und sagten alle zugleich, dass der liebe Opa bestimmt damit nichts zu tun hätte und alles nur ein dummer Zufall sei. Knöbel ging zurück ins Haus. Doktor Thal, von der Rechtsmedizin, wartete mit der Untersuchung des Toten, bis Knöbel wieder anwesend war.

„Ich war nur kurz im Garten. Du kannst dir nicht vorstellen, was ich da gefunden habe."

„Oooh doch! Das kann ich. Ich bin in ein falsches Zimmer gelaufen, anstatt ins Schlafzimmer, in dem der Tote liegt."

Der Doktor trug das gesamte Repertoire, als gelte es einen Mord aufzuklären. Er achtete darauf dass seine Schutzmaske ordentlich saß. Knöbel stellte fest, dass sich der Doktor, dem man eine gewisse Kaltschnäuzigkeit nachsagte, vor diesem alten Mann ekelte.

„Sollen wir einen anderen Kollegen bemühen, wenn es dir so schwerfällt?"

„Ich mache meinen Job. Auch wenn es mir noch nie so schwer gefallen ist wie heute." Der Doktor deutete auf eine dunkle Tür gegenüber. „Geh in das Zimmer. Dann braucht es keine weiteren Worte mehr."

Als Knöbel die Tür öffnete spürte er, dass dieses Zimmer noch nie gelüftet worden war. An den Wänden hingen Bilder, Urkunden und Embleme aus dem zweiten Weltkrieg. Auf vielen Bildern war der liebe Opa als junger Mann mit anderen jungen Männern zusehen. Alle in stramm sitzender Uniform. Als Knöbel die Urkunden las, wurde ihm körperlich übel. Auf ihnen war zu lesen, welch ein hervorragender Soldat und Offizier der liebe Opi war, und wie viele Menschen, die nicht der Norm von Faschisten entsprachen, er in den Tod geschickt hatte. Man umschrieb auf den Urkunden diese schrecklichen Morde als „Einheiten". Unerkannt hatte dieser Mann so viele Jahrzehnte völlig unbehelligt in dieser Stadt gewohnt. Allerdings mit neuer Identität. Im Schlafzimmer lag der alte Mann in seinem Bett. Seine Hände waren gefaltet und er wirkte friedlich, als wäre er eingeschlafen. Eine Nachbarin stand am Bett und weinte still. „Wir wollen ihm eine schöne Beerdigung machen. Das hat er verdient. Es ist das Letzte, was wir für ihn tun können."

Nur mit äußerster Zurückhaltung gelang es Knöbel, nichts zu sagen. Statt dessen führte er sie nur in das dunkle Zimmer hinein. Andere Nachbarn kamen hinzu.

„Dieses Zimmer durften wir nie betreten. Es war tabu für uns."

„Das ist so schrecklich! Nie habe ich erfahren, was aus meinem Urgroßvater und seiner Frau geworden ist! Er hätte mir die Antwort dazu geben können!"

Knöbel ließ sie stehen und ging zurück zu Doktor Thal.

Er hatte seine Arbeit beendet und winkte dem Bestatter zu.

„Ihr könnt ihn mitnehmen. Ich hoffe er wird im Jenseits von seinen Opfern empfangen!"

Aber selbst hier hat ihn sein Instinkt nicht betrogen und ihn sogar vorgewarnt. Aber bei Rachel? Hier empfing er nur positive Gefühle. Lag ihm hier ein Trugbild vor? War er in Rachel verliebt? War es ihm deshalb nicht möglich, ein objektives Urteil zu fällen? Das konnte er auf keinen Fall so stehen lassen. Er war mit Leib und Seele Polizist und jetzt war es an der Zeit herauszufinden, ob auf seinen Instinkt noch Verlass war. Hatte er eine große Dummheit begangen, indem er sie aus dem Bauch heraus vorgewarnt hatte? Er beschloss, einen inoffiziellen Dialog mit Rachel zu führen.

‚Omrup sichtete das Filmmaterial, welches Jo ihnen zugeschickt hatte. Aber außer einem Schatten hinter einem Baum war leider noch nichts zu erkennen. Weitere Schritte würden notwendig sein.

*

Jo hatte mit Entsetzen die Nachricht von Frederick gelesen. Diese Herren im feinen Anzug meinten es also ernst. Was sollte sie bloß tun? Rachel wirkte so glücklich und gelöst. Die Arbeit mit den Archäologen, und besonders mit Sherin, hatte ihr sichtlichen Spaß gemacht. Wenigstens für kurze Zeit war sie so von ihren immensen Sorgen abgelenkt. Jo beschloss, diese Nachricht, zumindest bis zum Abend, für sich zu behalten, damit Rachel noch ein wenig entspannen konnte. Die Sonne war gerade untergegangen. Der Himmel leuchtete für eine kurze Zeitspanne in einem überirdisch wirkenden, leuchtenden, phantastischen Blau. Die Venus prangte als einziger Stern an diesem phantastischen Firmament. Es war genau der richtige Moment, um Fotos zu machen und das Interview zu starten. Sie positionierte den Professor an die Ausgrabung mit der Venus im Hintergrund, und dankte dem Gott der Technik, dass heute so etwas möglich war. Sie ließ ihre Kamera laufen und stellte ihm viele Fragen.

„Können sie sich erklären, wie ein ägyptisches Artefakt ausgerechnet in dieser einsamen Gegend landen konnte?"

Der Professor nickte. „Eine Erklärung habe ich allerdings auch nicht. Es kann sein, dass es ein Relikt eines Handlungsreisenden war. Das zeigt uns, dass die Welt damals schon viel mehr in Bewegung war, als wir bisher angenommen haben. In gewisser Weise gab es schon so etwas, was man „Vernetzung" nennen könnte."

„Wie nennen sie die Menschen, die hier vor fünftausend Jahren gelebt haben?"

„Wie sie sich selbst nannten, wissen wir natürlich nicht. Es gab damals keine Schrift, die uns ihren Namen übermittelt haben könnten. Und so müssen wir uns mit dem begnügen, was wir über die Menschen in diesem Zeitraum gefunden haben. Wir haben sehr viele trichterförmige, mit Schnüren verzierte Terrakottawaren gefunden. Deshalb nennen wir sie „Schnurkeramiker oder Trichterbecherkultur". Vor der Trichterbecherkultur lebten in dieser Gegend die Bandkeramiker. Sie ahnen es schon, diese Kultur verdankt ihren Namen, durch die mit Bändern verzierten Gefäße. Es waren frühe Bauern, die den ersten Ackerbau und Viehzucht aus dem fruchtbaren Halbmond zwischen der heutigen nördlichen Türkei, Syrien und dem Irak, damals Mesopotamien, mitbrachten. Eine der ersten Migrationen sozusagen. In einer weiteren Migration folgten ihnen die Trichterbecherleute."

„Lebten die Kulturen einhellig zusammen oder gab es kriegerische Auseinandersetzungen?"

„Das ist eine gute Frage. Manchmal finden wir Grabstellen, in denen nur junge Männer liegen, die eines gewaltsamen Todes gestorben sind. Aber das sind nicht viele und wir wissen noch zu wenig darüber. Die Migration erfolgte auch wahrscheinlich über viele Jahrhunderte, so, dass das Ganze mehr so peu a peu statt gefunden hat. Vielleicht sind die „Bandkeramiker" von den „Tricherbechermenschen" assimiliert worden. Das hört sich schrecklich an, bedeutet aber nichts anderes, als das sie sich mit der anderen Kultur verbunden haben, z.B. durch Heirat, Austausch von Vieh und so weiter..."

Während des Interviews arbeiteten die Studenten zusammen mit Sherin und Rachel weiter. Unter ihren Pavillons war genügend Licht und sie wollten die Gunst der Stunde nutzen.

„Da ist etwas! Da ist etwas Neues!" rief Sherin aufgeregt in die Nacht.

Jo ließ die Kamera weiterlaufen. Das Interview war fertig und den

Rest würde sie zusammenschneiden. Professor Niebenreit ging mit Laufschritten auf den Pavillon zu. Auch Rachel war von dem Fieber erfasst worden.

Sherin und Rachel hatten etwas freigelegt, das man am allerwenigsten hier erwartet hätte. Oder war die Figur nur ein Vorwegweiser? Steine tauchten auf. Nicht irgendwelche Steine, sondern sie wirkten säuberlich übereinander geschichtet.

„Was haben unsere Mädchen denn da gefunden?"

„Wenn ich das wüsste, Frau Wenkert," grummelte Professor Niebenreit. „Es sieht jedenfalls aus, als dass sie von Menschenhand erschaffen wurden. Jetzt müssen wir nur noch herausfinden, warum. Ihr seid großartig, Mädels."

Jeder wollte weiterarbeiten, und hatte keine Lust nach Hause zugehen. Zusätzliche Lampen wurden aufgestellt und alle waren mit Eifer dabei. Selbst die Jungs und Mädchen der Erstsemester blieben, obwohl am nächsten Tag wichtige Vorlesungen auf sie warteten.

Jo nahm sich vor, mit Hendrik zu sprechen. Sie musste doch zumindest erklären, warum es so spät wurde.

In diesem Moment läutete das Handy. Ein Videoanruf. An seinen schwarzen Augen konnte Jo sehen, dass Hendrik sehr besorgt war. Sie fühlte sich schuldig, dass sie ihn den ganzen Tag über vernachlässigt hatte.

„Das ist Gedankenübertragung, mein Schatz. Ich wollte dich gerade anrufen. Ich weiß, dass es schon sehr spät ist und es kann sein..."

„Wo seid ihr?" unterbrach er sie ziemlich schroff.

„Ää...äh immer noch an der Ausgrabung. Deshalb wollte ich mit dir sprechen, denn..."

„Ihr dürft auf keinen Fall nach Hause kommen."

„Waren die Herren im Anzug wieder da?"

Hendrik erzählte, wie er vom Bauernhof zurück gekommen sei, und den Wagen mit der Wiesbadener Nummer habe stehen sehen. Auf der Motorhaube saß Badman und fauchte die Männer an. Unbeeindruckt davon stellte Hendrik zunächst seinen Traktor im Schuppen ab und ging auf den Wagen zu.

„Ist das ein Benehmen, Badman? Was sollen die Herren denn von uns denken?"

Hendrik nahm den wütenden Kater auf den Arm. Es interessierte Badman nicht die Bohne, welchen Eindruck er auf die Herren machte. Jedenfalls machte er aus seiner Abneigung weiterhin keinen Hehl, und fauchte sie selbst von Hendriks Arm aus unvermindert an. Zögerlich stiegen die Männer aus dem Wagen. Einer der beiden zeigte seinen Ausweis. Auf dem Ausweis war zu lesen, dass er einen Beamten des Bundeskriminalamtes vor sich hatte. Joachim Kulmbach.

Hendrik setzte den Kater, der immer noch stinkig war, auf die Bank. Er mochte die Männer nicht. Und er konnte es auch begründen. Ihre bloße Anwesenheit hat bei seiner Herzensfreundin Angstattacken ausgelöst. Er, der stolze Kater Badman, Herr über die Wiesen und Wälder von drei Tannen, Todbringer aller Mäuse in seinem Revier wird persönlich dafür sorgen, dass diese nichtsnutzigen Wichtigtuer seiner Herzensfreundin jemals zu nahe kommen. Badman hörte auf zu fauchen, aber er knurrte weiter und fixierte die Herren mit seinen grünen Augen.

„Wie kann ich ihnen weiterhelfen?"

„Wer sind sie?"

„Soll ich jetzt auch mit einem ernsten entschlossenen Gesichtsausdruck meinen Ausweis zeigen?"

„Das wird vorerst nicht nötig sein."

„Da bin ich aber beruhigt. Und was heißt überhaupt vorerst? Muss ich mir Sorgen machen?"

„Ich will damit nur zum Ausdruck bringen, dass wir unter Umständen zu etwas drastischeren Mitteln greifen müssen."

Kulmbach hatte bei dem letzten Satz den Ton erhoben. Badman sprang von der Bank, landete direkt vor den Füßen Kulmbachs und goutierte den unfreundlichen Ton mit Fauchen. Entsetzt wich der Beamte zurück.

„Sie sehen schon, auf dieser Schiene wird das nichts. Unser Kater achtet sehr auf Nettiquette. Da ist er ganz eigen! Ich komme ihnen entgegen indem ich ihnen meinen Namen verrate. Ich heiße Hendrik

Scharmann.“

„Sie wohnen hier?“

Hendrik warf einen Blick auf Badman.

„Ja, wir wohnen hier. Badman allerdings schon etwas länger als ich. Aber ich weiß immer noch nicht, wie ich ihnen helfen kann.“

„Sie können uns helfen, indem sie uns mitteilen, ob Rachel Steingrün bei ihnen wohnt?“

Jo hatte Hendrik nach diesem detailgetreuen Bericht sehr aufmerksam zugehört.

„Was sollte ich dem Herrn sagen. Sogar Knöbel weiß, dass Rachel ganz offiziell in den „heiligen drei Tannen“ gemeldet ist.“

„Und was hast du ihm geantwortet?“

Jo klemmte das Handy in der Halterung fest, damit Rachel die Unterhaltung mitverfolgen konnte.

„Na ja. Dass ich nicht jeden Tag zu Hause bin, und Rachel schon seit längerer Zeit nicht mehr gesehen habe. Das Beste ist, wenn ihr für ein paar Tage verschwindet. Egal als welche Person Rachel hier auftaucht, es werden immer neue Fragen aufgeworfen, und jede Person, die hier auftaucht, wird als Komplize verdächtigt.“

„Es geht nicht anders. Allerdings verleiht unser Gebaren dem Ganzen nach außen hin eine kriminelle Energie. Wir schüren damit nur noch die Phantasie dieser Herren. Sie wissen, dass wir daran beteiligt sind, können es uns aber nicht beweisen. Und Rachel bekommt so das Image einer Schwerverbrecherin. Was für ein Dilemma!“

Rachel wurde wütend. Und wie immer, wenn Rachel wütend wurde, leuchteten ihre blauen Augen und ihre blonde Mähne umfing eine leuchtende Aura mit einem bläulichen Schimmer.

„Wenn ich das Image wirklich erreiche, ist es doch egal was mit mir passiert. Dann könnte ich auch genau so gut diese Herren verschwinden lassen und meine Probleme wären erledigt.“

„Wenn das nächst Mal bei uns der Strom ausfällt, müssen wir uns keine Sorgen machen! Mit dieser Aura können wir es den ganzen Abend aushalten. Du musst nur genug Zunder bekommen, damit du schön stinkig bleibst! Nein! Ganz im Ernst! Ich kann dich verstehen, Rachel. Aber es verlagert nur das Problem, so ähnlich wie bei einem Laubsauger. Und letztendlich bist du keine Mörderin! Jetzt stehen die Deppen hinter besagten Tannen und warten darauf, dass ihr nach Hause kommt. Ich bringe euch etwas Wäsche zu einem Treffpunkt. Ich muss nur aufpassen, dass diese Trottel nicht hinterherkommen."

„Aber sie nehmen doch sofort deine Spur auf," rief Rachel dazwischen. „Du kannst keinen Schritt mehr tun, ohne, dass du überwacht wirst."

Rachel war mit den Nerven vollkommen am Ende und fing an zu weinen. Zu allem Unglück war Jo doch froh, dass sie auf dem einsamen Parkplatz standen. Rachels helle Aura leuchtete so stark, dass sie sogar Schatten warf.

„Ich werde als eine andere Person kommen, das nötigste einpacken und eine Zeitlang alleine verschwinden. Das ist für alle das Beste. Ich ziehe mich in die Wälder zurück. Das hat die letzten einhundertfünfzig Jahre auch funktioniert."

Jo nahm Rachel in die Arme und versuchte sie zu trösten. Als sie die leuchtende Aura berührte, spürt sie die enorme Verzweiflung von Rachel.

„Das kommt nicht in Frage!" schimpfte Jo. „Du bleibst hier bei mir. Wir werden eine Lösung finden. Aber Hendrik hat natürlich recht. Das schaffen wir nur gemeinsam."

„Ich halte das nicht aus, wenn Rachel weint!" tönte es aus der Freisprechanlage. „Wie bekommen wir das auf die Kette? Aber eigentlich bräuchte ich nur Badman auf die Männer loszulassen. Er hasst sie so unglaublich und würde sie in ihre Einzelteile zerlegen!"

Rachels Tränen wurden weniger und sie beruhigte sich etwas. Ihre Aura, die eben noch intensiv blau geleuchtet hatte, verwandelte sich in durchsichtige Schwaden. Es bewies wieder einmal, dass Hendrik mit seiner flapsigen Art Erfolg hatte. Jo spürte, wie eine Welle von Zuneigung und Liebe durch ihre Adern floss. Ihre Augen begannen unternehmungslustig zu funkeln.

„Gute Idee! Badman ist ohnehin ein gefährlicher Killer. Er hat schon dutzenden von Mäusen das Leben ruiniert. Da kommt es auf zwei

Herren im Anzug auch nicht mehr an!"

Badmans dicker schwarzer Kopf erschien auf dem Display. Er schnurrte so laut, dass die Unterhaltung für kurze Zeit ins Stocken geriet.

„Ich weiß auch schon wie. Badman hat mir gerade was gesteckt. Hendrik packt ein paar Sachen für uns ein. Aber nicht in einen Koffer, sondern in gelbe Säcke."

„So ähnlich wie bei einer Geldübergabe in den Krimis?"

„So ähnlich."

„Ach, jetzt verstehe ich. Die gelben Säcke deponiere ich und ihr nehmt sie nach angemessener Wartezeit mit."

„Das ist der Deal."

„Badman hat's wirklich drauf."

Der schwarze Kater maunzte. Es hörte sich an wie eine Zustimmung.

Langsam leerte sich der Platz. Jo saß mit Rachel in ihrem kleinen Wagen und schnitt ihr Video zurecht, damit es noch am gleichen Abend online gehen konnte. Dann sah sie sich noch Nachrichten auf dem Laptop an, die sie eventuell noch „verbraten" konnte. Es war nichts außergewöhnliches zu lesen, nur, dass von drei Luxuskarossen, ohne sichtliche Einbruchsspuren, die Radios entwendet worden sind. „Wer fabriziert denn so einen Blödsinn? Das ist wieder so eine Fake Meldung. Schade! Das ist nichts für mich. Aber man weiß ja nie. Ich werde sie abspeichern."

Ihr kleiner Wagen stand geschützt hinter einer Hecke und war von der Grabungsstelle aus nicht zu sehen. Der Sternenhimmel überspannte grandios das Tal. Jo schaltete ihre Kamera auf Nachtmodus und versuchte, diese zauberhafte Atmosphäre einzufangen. Rachel saß nur still daneben und war sehr nachdenklich.

„Ihr seid so liebe Menschen. In was ziehe ich euch da nur hinein?"

„Keine Ahnung, Rachel. Aber auf alle Fälle wird es spannend!"

Mitten auf dem Marktplatz in der kleinen Stadt war ein Platz, an dem die Einwohner ihre gelben Säcke deponieren konnten. Hendrik hatte diesen Platz mit Bedacht ausgewählt, weil es von hier schlicht unmöglich war, dass sich ein Wagen ungesehen still in eine Ecke verkriechen und stundenlang die Gegend beobachten konnte. Frei und übersichtlich lag der Marktplatz in der nächtlichen Stille und Einsamkeit einer kleinen Provinzstadt. Nur den Kommunalfahrzeugen und den Marktplatzbetreibern war es gestattet, ihn anzufahren.

Selbstverständlich waren die Herren im Anzug Hendrik gefolgt, als er mit seinem alten Traktor bis an den Stadtrand fuhr und die Säcke bis in die Stadt schleppte. Besonders clever wirkte es nicht, weil sie so spät in der Nacht die einzigen Fahrzeuge auf der Landstraße die in die Stadt führte, waren. Hendrik legte die Säcke ab und schlenderte scheinbar ziellos in der Stadt herum. Er sah sich die Auslagen in den Schaufenstern an. In den Fenstern spiegelten sich die erst kürzlich neu aufgestellten Lampen, die ein wunderbar warm weißes Licht verströmten. Die Bilder der Herren in ihren Anzügen tauchten als Silhouette darunter auf, und fühlten sich völlig unbeobachtet. Damit hatte er sein Ziel erreicht, und nun würde er langsam der Stadt den Rücken zukehren. An dem vermeintlichen „Müll" hatten die Männer kein Interesse. Hendrik stieg auf seinen Traktor und fuhr gemütlich aus der Stadt hinaus auf einen kleinen Waldparkplatz. Sehr unauffällig folgte ihm der Wagen und blieb ebenfalls auf dem Platz stehen.

Jo bekam eine Nachricht. Darauf hatte sie gewartet und zusammen mit Rachel fuhr sie los. Aber sicher ist sicher. Rachel zog sich die Warnweste an und nahm die Gestalt eines Müllmannes an. Dann stieg sie vor der Stadt aus und lief auf den Marktplatz. Hendrik hatte die Säcke mit zwei Bändern gekennzeichnet. Sie schulterte die Säcke und lief über Umwegen zum Wagen, in dem Jo schon ungeduldig wartete.
„Prima! Das wäre erledigt. Hendrik hat sogar an den Diffuser gedacht! Er hat mehr Hirn als wir beide zusammen."

„Allerdings. Nach spätestens drei Tagen hätte ich ein dickes Problem an der Backe."

„Ist dir jemand gefolgt?"

„Nein. Ich war vollkommen alleine."

„Manchmal kann ich echt nur staunen. Jetzt suchen wir uns ein gemütliches Plätzchen für die Nacht."

„Hendrik steht noch auf dem Waldplatz und der Wagen mit den Herren auch."

„Sie gedenken uns dort in flagranti zu erwischen."

„Aber auch zu blöd, dass wir andere Pläne haben."

„Wir fahren jetzt zurück an die Ausgrabungsstelle. Allerdings würde ich dir vorschlagen, dort eine andere Identität anzunehmen. Wir müssen leider auf Nummer sicher gehen."

„Muss ich wohl. Ob ich will oder nicht. Wenn man bedenkt, dass es abertausende von Generationen gedauert hat, bis wir uns zu perfekten Gastaltenwandlern entwickelt haben. In unserem System waren wir nie frei von Feinden. Es war eine Überlebensstrategie unser Aussehen verändern zu können, um schlichtweg unsere Art zu erhalten."

„Was anderes machst du jetzt auch nicht. Du kämpfst um deine Existenz..."

„...Die ich hier schon zweihundert Jahre verleugnen muss. Viel besser als auf meinem Planeten geht es mir hier auch nicht. In meiner Welt war ich auch nur ein störendes Rädchen im Getriebe. Aber das ist mir erst bewusst geworden, als mein Raumgleiter in einem völlig fremden Sternensystem havarierte und ich auf diesem Planet notlanden musste."

Jo seufzte tief. Rachel sprach sehr selten von ihrer Welt. Und wenn, fiel es wenig freundlich aus.

„Aber hier hast du Freunde, die dich niemals im Stich lassen."

„Ich habe solche Angst! Meine geliebte Agnes hat es fertig gebracht, dass ich mich tatsächlich hier auf den „heiligen drei Tannen" heimisch gefühlt habe, auch wenn niemand etwas von meiner Existenz wusste."

„Es geht irgendwie weiter. Wir dürfen nur nicht aufgeben."

„Aber ich will kein Schatten mehr sein!"

*

Knöbel war auf dem Weg zu den Autosalons, in denen die Luxuslimousinen verkauft worden waren. Im ersten bot man ihm sofort einen Kaffee an. Aber man konnte sich hier den Einbruch nicht erklären. Bereitwillig zeigten sie ihre Computer.

„Sehen sie," erklärte der KFZ-Meister. „Alle unsere Mitarbeiter, die mit diesen komplizierten Systemen arbeiten, müssen sich vorher mit einem Passwort einloggen. Anders ist es nicht möglich. Und für jeden, der mit diesen Geräten arbeitet, können wir einen Nachweis liefern. Es geht allerdings auch nur begrenzt. Wenn in das Motor- oder Elektronikmanagement eingegriffen werden muss, geht das nur über unsere direkte Datenbank. Zu der haben wir keinen Zugang und müssen zunächst einen Antrag stellen, um spezielle Kundenwünsche zu erfüllen. Das ist sehr aufwendig und treibt die Kosten für so ein Fahrzeug enorm in die Höhe."

„Aber wäre es eventuell möglich, dass sich jemand privat Zugang verschaffen kann, um damit zu arbeiten?"

„Ich wüsste nicht wie das funktionieren soll. Die Messlatte für Sicherheit ist dermaßen hochgelegt, so dass es schlicht und ergreifend sogar für einen kleinen Computernerd unmöglich sein dürfte, diese zu überwinden."

„Aber, dass das Radio gestohlen wurde ist leider eine unumkehrbare Tatsache."

Der KFZ-Meister rückte seine Brille zurecht. „Da sagen sie was! Und das macht uns ganz schön Kopfzerbrechen. Wie stehen wir denn da, wenn wir einen Wagen der Luxusklasse, der deutlich mehr als zweihunderttausend Euro kostet, nicht vor Einbruch und Diebstahl schützen können?"

„Also sie gehen davon aus, dass es mit ihrem Sicherheitsmanagement unmöglich ist, das Radio zu entwenden?"

Der Meister schob seine Mütze nach hinten.

„Unmöglich!"

„Können sie sich ungefähr vorstellen, was der Dieb mit den Radios anstellen kann? Kann er sie eventuell im Internet verkaufen?"

Der KFZ Meister führte ihn in die Werkstatt zu einer Luxuskarosse.

„Das kann er gerne probieren. Aber wer soll sie kaufen? Und wenn er sie im Internet feil bietet, kann man zurückverfolgen von welchem Wagen das Radio stammt."

„Aber ist es nicht möglich, dass es mehrere „Diebe" mit solchen Talenten gibt, und sie die Ware untereinander verhökern?"

Der KFZ Meister schüttelte mit dem Kopf, und zuckte zugleich mit den Schultern und drückte so seine Hilflosigkeit aus.

„Wozu? Wer gibt soviel Geld für einen Wagen aus und verzichtet auf das Radio? Das ergibt doch keinen Sinn! Man kann diese hochwertigen technischen Geräte in keinem anderen Wagen einbauen. Zu viele Sicherheitssysteme die abgefragt werden, und das Gerät wäre sofort blockiert."

„Hier in Europa ganz sicher. Aber wie ist das in anderen Ländern? Da gibt es doch gewiss weniger Hemmschwellen, die zu überwinden sind."

„Wir haben bei unseren Wagen alle den gleichen Standard. Wer so ein Gefährt aus unserer Produktklasse erwerben möchte, muss dafür unterschreiben, dass alle Sicherheitsbedingungen genutzt werden. Andernfalls wird der Wagen nicht ausgeliefert."

Der Meister stieg in den Wagen ein, der mit offener Tür in der Werkstatt stand.

„Ich sitze jetzt hier und der Wagen registriert jetzt bereits, dass ich nicht der Besitzer bin." Nach höchstens zwei Sekunden ertönte ein lauter Summton. Sofort waren mehrere Techniker da und arbeiteten fieberhaft an dem Fahrzeug.

„Das war nur ein Test, den ich ihnen vorgeführt habe. Meine Techniker sind zufrieden, dass das Alarmsystem so perfekt funktioniert. Ich bin nur in den Wagen eingestiegen. Aber mir wäre es noch nicht einmal gelungen, das Radio einzuschalten, geschweige denn, auszubauen. Zumal das keine Radiogeräte mehr sind, wie wir sie aus der Vergangenheit kennen. Heute sind die Geräte in dieser Güteklasse vernetzt und man kann mit ihnen auf mehreren Ebenen kommunizieren. Aber nur wenn man einen Zugang hat. Und das geht schon los, wenn sie nur in das Fahrzeug einsteigen wollen. Ohne Code geht hier nichts mehr. Der gute alte Autoschlüssel hat hier schon lange ausgedient."

„Ich schließe daraus, dass sie sich keinen Reim darauf machen können, was der Dieb mit dem Radio vorhat?"

„Er kann es sich als Trophäe im Keller auf das Regal legen. Mehr ist damit nicht anzufangen."

Knöbel trank seinen Kaffee aus. Eine teure Sorte. Wahrscheinlich äthiopisches Hochland oder so.

„Wollen sie noch einen?"

Knöbel überlegte, ob ihm noch so viel Zeit blieb.

„Ich könnte ihnen auch eine heiße Schokolade anbieten. Die Kakaobohnen stammen aus dem Fair Trade Handel und man munkelt, dass es die Besten der Welt sein sollen."

„Da sage ich nicht nein und kann nicht widerstehen. Aber sagen sie, wie können sie denn sicher sein, dass keiner ihrer Mitarbeiter in diesen Diebstahl verstrickt ist?"

Der Meister nickte nachsichtig über diese Frage.

„Kommen sie mit in mein Büro."

Er zauberte zwei Heißgetränke aus der edlen Maschine. Alleine der Duft der Schokolade ließ Knöbel das Wasser im Mund zusammenlaufen. Das war eine fünf Sterne Schokolade wie er sie in seinem Leben noch nie genossen hatte. Der Meister schaltete seinen Computer ein.

„Sehen sie hier."

Er deutete auf die für Knöbel völlig unverständlichen Zeichen und Zahlen.

„Das Radio wurde um 8 Uhr 35 vor dem Büro des Kunden gestohlen. Da waren alle unsere Mitarbeiter hier vor Ort. Keiner war außer Haus. Ein besseres Alibi können sie sich nicht wünschen."

Knöbel leerte seine Tasse mit der köstlichen Schokolade.

„Sie habe mir sehr weitergeholfen."

„Inwiefern?"

„Es hat mir gezeigt, dass ein normaler „Dieb", der ein Radio schnellstmöglich verhökern möchte, um an etwas Bargeld zu gelangen hier nicht in Frage kommt."

Knöbel hatte noch so viele Fragen offen stehen, aber hier konnte er keine Antwort erwarten. Die Spurensicherung hatte auch nichts ergeben. Außer von dem Kunden selbst und seiner Frau waren sonst keine Fingerabdrücke oder sonstige Spuren gesichert worden. Dieser Einbruch blieb ein Rätsel. Bei den nächsten Autosalons hörte er die gleichen Antworten auf seine Fragen. Beim dritten Autosalon waren die Sicherheitsvorkehrungen so hoch, dass man ihn noch nicht einmal in die Werkstatt lassen wollte. Hier war ein Mitarbeiter im Krankenstand. Aber es stellte sich heraus, dass er einen komplizierten Beinbruch erlitt und er somit außerstande war, den Einbruch zu verüben. Alle drei dieser Luxuskarossen wurden am gleichen Tag im Abstand von jeweils einer Stunde aufgebrochen. Woher wusste der Täter, dass im gleichen Abstand bei völlig verschiedenen Autohäusern drei Luxuskarossen ihre Besitzer wechselten? Und wie war es weiterhin möglich, dass alle drei an einem einzigen Tag aufgebrochen wurden? Waren womöglich mehrere Menschen daran beteiligt? Die Frage drängte sich auf, weil es schlicht unmöglich schien. Für heute konnte Knöbel nichts mehr erreichen und er schlug die Richtung zu seinem Büro ein. Aber dann überlegte er es sich anders und fuhr raus aus der Stadt, zu den „heiligen drei Tannen".

*

Die Nacht war sternenklar. Jo hatte die Säcke nur schnell auf den Rücksitz gelegt. Für heute Nacht würden sie im Auto übernachten müssen. Sie beschloss zur Sicherheit nicht durch die Stadt zu fahren, sondern die Umgehungsstraße zu benutzen. Wenn ein Wagen sie verfolgte, wäre er sofort erkennbar. Jo steuerte ihren kleinen Wagen zielstrebig durch die Nacht. Rachel saß daneben und ihr Blick verlor sich in der Ferne. Auf dieser Straße waren fast nur Industrieimmobilien mit kleinen Firmen. Ein großer eleganter Glaspalast stach unter den anderen Häusern deutlich heraus. Ein Autosalon, der ausschließlich englische Edelkarossen anbot. Jo fragte sich, wie viel man im Monat verdienen oder umsetzen musste, um sich solch ein Luxusgeschöpf leisten zu können.

„Mit ehrlicher Arbeit kannst du dir so ein Ding nicht leisten. Dieses Protzstahlei kostet mehr als ein Einfamilienhaus."

„Was?" antwortete Rachel unkonzentriert.

Jo deutete auf das riesengroße Schaufenster des Glaspalastes. Ein phantastisch anmutender, futuristisch gestalteter, silberner Wagen stand da, mit einer niedlichen Galionsfigur darauf, die nicht so recht zu dem modernen Outfit passen wollte.

„Ich sagte, mit ehrlicher Arbeit kannst du dir so eine Karre nicht leisten, und dass sie mehr wie ein normales Haus kostet."

„Ach so! Willst du denn eine?"

„Nicht doch! Was soll ich mit so einem unpraktischen Rieseneimer? Das ist für die Schönen und die Reichen, oder welche die sich dafür halten."

„Also dein Guthaben ist auch nicht zu verachten, und du könntest dir schon einen neuen Wagen leisten. Es muss ja nicht gerade so eine ätzende Protzkarre sein."

„Ich hänge an der kleinen Rostbeule und bin zufrieden, dass mir meine finanzielle Situation es erlaubt, mein kleines Autochen immer wieder reparieren zu lassen. In meinen nicht ganz so rosigen Zeiten, die noch gar nicht mal so lange her sind, hat diese Rostbeule mein letztes Geld gefressen und zwar in Form einer neuen Lichtmaschine. Und anschließend hat es mich zu den „heiligen drei Tannen" geführt. Es war der wichtigste Schritt in meinem Leben. Und daran, dass es mir jetzt gut geht, trägst du eine gewisse „Mitschuld" Rachel. Aber das Guthaben welches du angesprochen hast, ist nicht auf meinem Mist gewachsen. Ich habe es lediglich von Agnes geerbt. Und du hast maßgeblich zu diesem Vermögen beigetragen, weil du einen unglaublichen Riecher für finanzielle Angelegenheiten hast. Es wird allerhöchste Zeit, dass wir diesen Mist, der uns alle belastet, beseitigen, damit du endlich deinen finanziellen Teil bekommst, der dir zusteht."

Rachel schenkte ihr ein warmes Lächeln.

„Was wäre Geld ohne Freundschaft und Liebe?"

„Dir steht beides zu Rachel, und zwar in vollem Umfang. Du bist meine Schwester und ich bin unglaublich stolz auf dich."

„Lass das bloß nicht deine Mutter hören."

Über Jo´s Gesicht huschte ein kleines Lächeln.

„Sie hat keine Ahnung von deinem wahren Leben und deiner Beziehung zu Agnes schon gar nicht! Die hat ihre eigenen Probleme und ist zur Zeit Not amused auf Gran Canaria. Ihre beste Freundin hat sich von dem Bodegabesitzer getrennt, oder er ist davongelaufen so genau weiß ich das jetzt auch nicht. Er lebt nun mit der Friseurin zusammen, die allen Deutschen dort die Haare zurecht macht. Meine Mutter ist natürlich damit nicht einverstanden und will ihr Haar nun wachsen lassen. Aber das ist noch nicht alles! Die sogenannte „beste Freundin" laut meiner Mutter, ist nun hinter meinem Vater her. Und mein Vater fühlt sich gebauchpinselt, weil eine andere Frau ihre Fühler nach ihm ausstreckt."

„Das hört sich kompliziert an. Meinst du deine Eltern bekommen ihre Beziehung wieder auf die Kette?"

Jo zuckte nur mit den Schultern. „Was weiß ich? Vielleicht, wenn mein Vater wieder bedingungslos meiner Mutter folgt. Ich kann mir gut vorstellen, dass er sich gut fühlt, wenn eine Frau sich für ihn interessiert. Und meine Mutter macht die Erfahrung, dass sie ihren Mann, dem sie sich nur allzu sicher war, verlieren kann."

„Dann hat dein Vater große Chancen, endlich erwachsen zu werden."

„Ob er sich das wohl gewünscht hat?"

„Hm..."

Jo liebte diese Gespräche mit Rachel. Es half ihr auch dabei, ihre Familie besser zu verstehen. Auch wenn da gewisse „Altlasten" waren, wie zum Beispiel, dass Agnes, ihre Tante, in der Familie nur auf Grund ihrer sexuellen Orientierung gemieden wurde wie die Pest.

Sie waren eine willkommene Abwechslung zu den derzeitigen komplizierten Lebensumständen. Als Jo ihre Frage wiederholen wollte, bemerkte sie, dass Rachel durch irgendetwas abgelenkt war. Plötzlich begann die Aura von Rachel wieder zu leuchten. Wie eine Katze fixierte sie einen ganz bestimmten Punkt.

„Bleib doch einmal stehen und mach das Licht aus."

Jo fragte nicht nach, sondern stoppte den Wagen und blieb im Schatten eines Gebäudes stehen.

„Ich frage mich, was dieser Mensch um zwei Uhr in der Frühe hier verloren hat."

Jo strengte ihre Augen an, aber so sehr sie sich auch bemühte, sie sah nur das Gebäude des Autosalons und sonst nichts. Aber geistesgegenwärtig hatte sie ihre Kamera eingeschaltet. Rachels Aura begann wieder zu leuchten. „Zieh deine Kapuze hoch. Deine Aura verrät dich sonst. Wieso siehst du etwas was ich nicht sehe?"

„Komisch! Die gleiche Frage stellt mir Badman auch immer. Ich kann in der Nacht sehr gut sehen. Diese Fähigkeit konnte ich in einhundertfünfzig Jahren in den Wäldern gut gebrauchen."

Jo warf einen kurzen Blick zu Rachel hinüber. Die Pupillen ihrer veilchenblauen Augen waren groß und schwarz, von der Iris war nur noch ein schmaler Rand zu sehen. Jo lenkte die Kamera in die gleiche Blickrichtung wie Rachel. Langsam hatten sich ihre Augen an die Dunkelheit gewöhnt. Nun sah auch sie einen Schatten hinter dem Gebäude herumschleichen.

„Wieso geht hier kein Bewegungsmelder an?"

„Das verstehe ich auch nicht."

„Dann kann es nur jemand sein, der hier arbeitet, Rachel, und das Alarmsystem ausgeschaltet hat."

„Um diese Zeit? Aber man weiß ja nie, wie die Arbeitsbedingungen sind. Ich könnte mir vorstellen, wenn er auf Provision arbeitet, kann er nicht den ganzen Tag im Verkaufsraum sitzen und warten bis Kundschaft kommt."

„Du meinst, der sitzt zu dieser Zeit in seinem Büro, um Einladungen an potentielle Kunden zu verschicken?"

„Warum denn nicht? So ist er seinen Kollegen immer um Stunden voraus."

„Aber das könnte er doch auch von Zuhause aus. Gemütlich vor dem Fernseher mit einem Bier und Chips daneben."

„Das ist auch wieder wahr."

„Also komisch ist das schon."

Die Bewegungen des Menschen ließen darauf schließen, dass er ziemlich jung war. Die Silhouette des Menschen verschwand in der Dunkelheit. Jo ließ die Kamera laufen. Rundherum herrschte tiefe Stille und zunächst passierte nichts weiter.

„Wo ist er hin?"

„Er kann sich doch nicht in Luft auflösen?"

Aus der Dunkelheit heraus fuhr plötzlich ein Mensch auf einem Geländerad auf den Wagen von Jo los. Er erkannte den Wagen in der Dunkelheit zu spät, weil er ohne eine Lichtquelle unterwegs war, und bremste abrupt ab. Aber es genügte nicht. Vor dem Auto stürzte er zu Boden. Die Kapuze seines Hoodies rutschte nach hinten. Eine dunkle Mütze wurde sichtbar. Durch den fahlen Schein des Mondes war für den Bruchteil einer Sekunde ein bleiches, schmales Gesicht mit einer Brille zu sehen. Für die Länge eines Lidschlags starrte er den Wagen an, dessen Anwesenheit er sich anscheinend nicht erklären konnte. Aber bevor Jo und Rachel aus dem Wagen steigen konnten, hatte er sich wieder gefasst, aufgerafft und fuhr mit direkt in die Nacht in unwegsames Gelände. Für wenige Sekunden sahen die den schmalen Lichtkegel der Lampe des Rades bevor auch sie im Dunkel der Nacht verschwand. Ihnen blieb keine Chance das Rad zu verfolgen.

*

Nach den ergebnislosen Besuchen in den Autosalons steuerte Frederick das Zuhause von Jo und Rachel an. Aber mittendrin drehte er um und fuhr zur Dienststelle zurück. Mit dem Einsatzwagen wollte er nicht vor dem alten Haus erscheinen, weil ein Fahrtenbuch geführt wurde und er einen Nachweis erbringen musste, was er dort zu suchen hatte. Normalerweise war es immer erfreulich, wenn er in diese einsame Region fuhr. Er wusste, dass ein wunderbares Essen und ein gutes Glas Wein auf ihn warteten. Aber heute war es anders. Gegen seine sonstigen Gepflogenheiten hatte er seine Ankunft nicht angekündigt, sondern fuhr sozusagen halb offiziell hin. Er fühlte sich alles andere als wohl dabei. Rachel, Jo und Hendrik waren über das Jahr seine Freunde geworden. Wie sollte er bloß vorgehen? Aber alle seine Zweifel musste er hier über Bord werfen, wenn sich das Bundeskriminalamt und die CIA einschalteten. Musste er sich jetzt schuldig fühlen, weil er Jo und Rachel vorgewarnt hatte, ohne etwas über den wahren Sachverhalt zu wissen? Aber sein Instinkt war wie ein Raubtier und hatte ihn schon so manches Mal vorgewarnt. Aber jetzt...? Das Raubtier blieb friedlich und wenn er an Rachel dachte, schien sein Instinkt sogar zu schnurren.

Als er in die verlassene Straße einbiegen wollte, sah er unter den Tannen den Wagen mit der Wiesbadener Nummer stehen. Es gelang ihm gerade noch sein Auto hinter einem Baum zum stehen zu bringen. Keiner der Männer verließ den Wagen. Frederick wurde klar, dass Kulmbach und Williams das alte Haus observierten. Er schaute auf seine Uhr und stellte fest, dass er offiziell Feierabend hatte. Das hieß für ihn, dass er in seiner Freizeit tun und lassen konnte was ihm gefiel. Und heute Abend gefiel es ihm eben, müßig im Wald herumzustehen. Auf keinen Fall durfte er hier jetzt auf der Bildfläche erscheinen. Kulmbach und Williams würden ihn sofort mit Rachel in Verbindung bringen. In seinem Handschuhfach fand er noch einen Schokoriegel und eine Flasche mit abgestandenem Mineralwasser. Mit schmerzlicher Sehnsucht dachte er an die phantastischen Kartoffelaufläufe und andere guten Sachen, die er in diesem Haus schon genossen hatte. Aber mit stoischem Ernst biss er in den Schokoriegel und spülte ihn mit dem faden Wasser hinunter. Stunden um Stunden vergingen, in denen nichts passierte, außer, dass die Herren in dem Wiesbadener Wagen nacheinander die „heiligen drei Tannen" anpissten. Die ersten Sterne erschienen am Firmament. Weiterhin geschah nichts. Aber wenn die „hochherrschaftlichen" Herren so viel Sitzleder hatten, wollte Frederick nicht kneifen. Aber weil es ein sehr langer Arbeitstag war, schlief er kurzfristig ein. Geweckt wurde er gegen Mitternacht durch das Motorengeräusch eines uralten Diesels.

„Was hat Hendrik vor?" murmelte Frederick verschlafen. „Na was soll er schon vorhaben? Er hat sich mit den Mädels in Verbindung gesetzt. Jetzt wird es richtig spannend."

Knöbel verfolgte mit Spannung, wie der Traktor das Gelände verließ und nach kurzer Zeit der Wagen aus Wiesbaden ebenfalls den Motor anwarf und dem Traktor in angemessene Abstand hinterher fuhr. Frederick blieb noch eine Weile stehen. Zu seiner Verwunderung sah er, dass Hendrik den Traktor in die Stadt lenkte. Er wartete, bis die Fahrzeuge aus seiner Sicht verschwunden waren und nahm anschließend erst die Verfolgung auf. Er blieb auf dem Waldweg und konnte so den Traktor und seinen Verfolger beobachten. Ein Rudel Wildschweine pöbelten ihn an und motzten lautstark, was er zu dieser Zeit in ihrem Revier zu suchen hatte. Er verließ den Waldweg und folgte nun dem Traktor. Am Stadtrand hielt der Traktor an. Der Wagen aus Wiesbaden blieb in angemessenem Abstand stehen. Hendrik stieg aus und hatte zwei gelbe Säcke geschultert.

„Was hast du vor? Um diese Zeit bringst du Müll weg?"

Hendrik lief zielstrebig auf die menschenleere Innenstadt zu. In einigem Abstand folgten ihm die Herren im Anzug. Frederick ahnte wohin der Weg von Hendrik führte. Vor einem großen Kaufhaus befand sich ein Sammelplatz für die gelben Säcke, die am nächsten Tage hier in aller Frühe abgeholt wurden.

„Willst du etwas illegales entsorgen, Hendrik? Das passt doch überhaupt nicht zu dir? Hast du jetzt keine anderen Sorgen? Sollte ich mich zum ersten Mal in meinem Leben so geirrt haben? Es fällt mir sehr schwer, das alles zu verstehen."

Hendrik brachte die Säcke zu dem Platz, auf dem schon ein ansehnlicher Haufen lag.

„Das hätte ich dir nicht zugetraut, Hendrik, und macht mich ein bisschen traurig! Selbst wenn hier etwas gefunden wird, was da nicht hineingehört, schließt keiner daraus, dass es von den „heiligen drei Tannen" kommt."

Frederick fiel auf, dass Hendrik die Säcke mit aller Sorgfalt hinlegte. Er überprüfte, ob die Säcke gut zugeschnürt waren und achtete darauf dass sie obenauf lagen. Das verwirrte Frederick nur noch mehr. Anschließend verließ Hendrik den Platz. In einigem Abstand folgten ihm die Herren im Anzug. Das machte Frederick nun doch stutzig.

„Ich habe dich genau beobachtet, Hendrik! Mir ist aufgefallen, dass du an einem Schaufenster etwas länger verweilt hast. Und mich soll auf der Stelle der Schlag treffen, wenn du nicht gewusst hast, das du verfolgt wirst!"

Frederick blieb sinnierend noch in der Hocke hinter der öffentlichen Toilette sitzen.

„Du hast den Mädels den Freiraum verschafft, den sie brauchten, und ich bin ebenfalls darauf reingefallen."

Insgeheim war er erleichtert, dass Hendrik doch kein „Umweltsünder" war, sondern nur ein Mensch, der seinen Mädels half. Frederick sah keinen weiteren Sinn darin, Hendrik zurück nach Hause zu verfolgen. Wenig später erschien ein Mann mit oranger Arbeitskleidung und kümmerte sich um die gelben Säcke.

*

Doktor Stettmaier besah sich das Lederstückchen unter dem Mikroskop ganz genau. Wenn ihn hier nicht alles trügt, war dieses Fragment, welches er auf den Knochen gefunden hatte, vielleicht ein Teil der Kleidung. Aber was könnte es noch sein? Das Fragment war vor fünftausend Jahren aus einer Rinderhaut gefertigt worden. Aber da war noch etwas. Stellenweise waren andere Partikel von Farbe erkennbar. Der Doktor wurde nervös. Organisches Material hielt sich gewöhnlicherweise nicht über Jahrtausende und zerfiel. Es gab in Nordeuropa nur wenige Ausnahmen. Wie der berühmte Mann aus dem Ötztal. Dessen Leiche lag samt seiner damaligen Kleidung, der Ausrüstung und der Pfeil, der ihm schließlich den Tod gebracht hatte, geborgen und beschützt vor Umwelteinflüssen fünftausend Jahre im Eis des Gletschers. Deshalb war dieses Lederstückchen etwas ganz besonderes. Die Farbpartikel konnte Doktor Stettmaier zunächst nicht zuordnen. Das Lederstückchen war unter den Schulterknochen gefunden worden, von denen vermutet wurde, dass es sich um das Skelett einer Frau handelte. Die vorläufigen anthropologischen Untersuchungen ergaben, dass es sich bei beiden Skeletten um sehr junge Frauen, mit einem zarten Körperbau drehte. Die Untersuchungen bei dem zweiten Knochenfund an der Grabungsstelle zeigten hingegen, dass hier ein Mann begraben worden war, der so zwischen vierzig und fünfzig Jahre alt war. An den Beigaben, wie die perfekte Steinaxt, war anzunehmen, dass es sich bei ihm eventuell um einen Clanchef, mit einem hohen Rang handelte. An seinen Knochen war leider nichts organisches mehr zu finden. Auch fand der Doktor zunächst keine äußeren Anzeichen, wonach dieser Mann gewaltsam ums Leben kam. Das Knochengerüst war vollkommen. Die normale Lebenserwartung lag zwischen fünfunddreißig und bei guter Gesundheit bis Fünfzig Jahre. Aber noch war es zu früh, um perfekte Diagnosen abzugeben. Er extrahierte einen Zahn aus dem Gebiss des Mannes und der Frauen, um weitere Untersuchungen durchzuführen. Es war ein kompliziertes Verfahren, bei dem bestimmte Stoffe aus den Zähnen herausgefiltert wurden. Auch konnte man bei diesem Verfahren feststellen, ob der Mann und die Frauen aus der hiesigen Gegend stammten oder ob sie eingewandert waren. Das war nur möglich, weil sich die Pollen der Blüten und Pflanzen über die Jahrtausende durch die neuen Untersuchungsmethoden und Techniken nachweisen ließen. Allerdings waren die Apparaturen schon wieder veraltet und es würde Tage dauern, bis verlässliche Ergebnisse zu erwarten waren. Während die Zentrifuge lief, wandte sich Doktor Stettmaier wieder den Überresten der jungen Frau zu. In ihren Schädeln befand sich ein kreisrundes Loch, dass etwa die Größe einer zwei Euro Münze hatte. An ein zwei Stellen war das Loch erweitert. Der Doktor interessierte sich, wie es dazu kommen konnte. Bei der Bergung der Knochen? Aber bei genauerer Überlegung schloss er diese These aus. Nach einer näheren Untersuchung stellte er fest, dass die Verletzung an den Schädeln von einem einzigen Schlag herrührte. Die Kalkablagerungen, die post mortem entstanden sind, sprachen dafür, dass es ein einziger Gegenstand war. Wie kam es zu diesem schrecklichen Unglück? Ein Sturz aus großer Höhe? Aber diesen Gedanken verwarf der Doktor nach kurzer Zeit. Sherin hatte Recht. Wenn ein Sturz die Todesursache gewesen wäre, müssten noch andere Knochen gebrochen sein, wie zum Beispiel die Halswirbel. Doktor Stettmaier verglich die Steinaxt, die als Grabbeigabe bei dem Mann gelegen hatte, mit den tödlichen Verletzungen der jungen Frauen. Aber die Axt wollte nicht zu dem Schema der Wunden passen. Sie war außerordentlich kostbar und wirkte unbenutzt. Stettmaier starrte die Schädel an.

„Ihr erzählt mir was euch angetan wurde. Aber ich kann es nicht lesen. Diese Form eurer Verletzung erinnert mich an was. Aber es ist noch nicht greifbar. Ich muss noch weiter darüber nachdenken."

Die Zentrifuge blieb stehen, und er konnte nun weitere Untersuchungen machen.

Draußen auf dem Flur wurde das Licht gelöscht. Doktor Stettmaier hatte vollkommen die Zeit vergessen. Er war nun völlig alleine in den Räumlichkeiten. Die Statue von Seth wurde nur von der Arbeitslampe über dem Mikroskop angestrahlt und warf einen gespenstischen Schatten an die Wand. Der Schatten war größer und furchterregender als die kleine Statue. Auf den Doktor wirkte sie fast, als ob Leben in ihr steckte.

„Das gefällt dir wohl! Du bringst es fertig dass sich mein Herzschlag doch tatsächlich beschleunigt. Nach fünftausend Jahren und fern deiner Heimat Ägypten hast du nichts von deinem Zauber verloren."

Aber war es wirklich Furcht die sich seiner bemächtigte? Oder war es etwas anderes? Er wartete bis sich sein Herzschlag etwas beruhigt hatte. „Los denk nach, Volker!" schalt er sich selbst. „Was hat dich so in Aufruhr versetzt?"

Noch einmal nahm er den Schädel der jungen Frau in die Hand und starrte auf den gespenstischen Schatten. Das Licht der defekten Straßenlampe flackerte unruhig. Dadurch schien der Schatten der

Statue lebendig zu werden. Auf den Doktor wirkte es, als würde Seth, der Gott des unbarmherzigen Bösen, zum Sprung ansetzen.

„Du hast die jungen Frauen getötet!"

Gewaltsam musste sich der Doktor von diesem gespenstischen Szenario losreißen. Behutsam griff er nach der Statue und der Spuk war vorüber. Der Kopf der Statue passte genau auf die Verletzungen der Schädel.

*

„Was ist da gerade passiert?"
„Ich habe nicht die geringste Ahnung."
Jo wendete das Fahrzeug und fuhr zur Ausgrabungsstelle.
„Vor wem oder was war er auf der Flucht?"
„Ich glaube nicht, dass der Radfahrer auf der Flucht war..."
„Sondern?"
Interessiert schaute Rachel Jo mit ihren veilchenblauen Augen an.
„Auf diesem Weg war der Radfahrer an das Autohaus gelangt. Aber wenig später standen wir mit unserem Wagen da. Damit hat er nicht gerechnet und ist deshalb gestürzt."
„Glaubst du, dass er uns in dem Wagen gesehen hat?"
„Nein. Dann hätte er einen anderen Weg gewählt."
Jo parkte den Wagen etwas unterhalb der Ausgrabungsstelle unter der Linde. Der Mond war mittlerweile untergegangen. Über ihnen spannte sich ein perfekter, sternenklarer Nachthimmel. Die Milchstraße ließ ihr weißes Band glitzern, als bestünde sie aus reinen Diamanten. Am Rande des Horizontes ahnte man bereits den neuen Tag. Am Laptop schaute sie ein letztes Mal nach, ob neue Nachrichten eingegangen waren. Ungefähr einhundert Kilometer entfernt sind Spaziergänger auf etwas seltsames gestoßen. Ein Hobbyarchäologe vermutet, dass es sich hierbei ebenfalls um eine

alte Grabstätte handeln könnte. Genaueres weiß man leider noch nicht. Jo speicherte den Artikel, weil sie zu müde war, ihn zu dieser Zeit komplett durchzulesen.

„Jetzt ist es Zeit für einen Absacker!"

„Wir können doch höchstens noch drei Stunden schlafen."

„Na und? Also mir ist lieber, wenn ich drei Stunden gut schlafe als dass ich acht Stunden wach bin."

„Deine Logik ist wieder einmal direkt und prägnant."

Jo griff ins Handschuhfach und zauberte einen Joint hervor.

„Im Kofferraum liegt noch eine Flasche Wein."

Wenig später saßen sie in der Krone des Baumes und genossen den perfekten Nachthimmel.

„Das ist alles so unfassbar schön," staunte Rachel.

„Die Schönheiten der Natur bemerke ich eigentlich erst seid einem Jahr. Vorher waren für mich nur Clubs attraktiv und wie ich am besten die Zeit am Wochenende ohne Schlaf auskomme."

„Alles hat seine Zeit."

„Jetzt gefällt es mir besser. Ich kannte einen Haufen Leute. Aber heute weiß ich, dass das keine Freunde waren. Ich vermisse nichts."

Rachel legte den Finger auf den Mund und deutete auf den Hügel, auf der die Ausgrabung stattfand. Jo nahm einen Schluck aus der Weinflasche und steckte sie zurück in die Tasche. Sie lenkte ihren Blick auf den Hügel konnte aber zunächst nichts erkennen.

„Was ist denn los?"

„Ich habe eine Bewegung wahr genommen."

„Ein Tier vielleicht?"

„Gut möglich. Verhalten wir uns ruhig. Dann taucht es vielleicht wieder auf."

Am Horizont kündigte ein schmaler Silberstreif den neuen Tag an. Die Milchstraße verblasste und nach und nach die anderen Sterne. Der Himmel verlor seine Nachtschwärze und schimmerte nun Anthrazit. Jetzt konnte auch Jo eine Bewegung auf dem Gelände ausmachen. Aber sie konnte nicht sagen, ob es ein Mensch oder ein Tier war.

„Hättest du gedacht, dass ausgerechnet in dieser einsamen Gegend

nachts so ein Betrieb herrscht?"
„Es waren bloß zwei, Rachel. Und ich bin mir nicht einmal sicher, was ich gesehen habe. Ein Tier oder ein Mensch."
„Zuerst ist es auf allen vieren gekrochen."
„Also doch ein Tier."
„Ich verweile jetzt schon zweihundert Jahre auf der Erde. Aber mir ist vollkommen neu, dass Tiere auch pfeifen können."
Jo stellte mit Bestürzung fest, dass das Gehör von Rachel die Qualität einer Katze hatte.
„Kannst du dich auch an die Melodie erinnern?"
„Klar! Walk like an Egyptian von den Bangles! Das war so ein Ohrwurm aus den achtziger Jahren. Alles Mädels! Agnes und ich haben dieses Lied geliebt. Mit ihren damals Dreiundsiebzig Lenzen hat sie mich in Grund und Boden getanzt."
„Und du glaubst nicht, dass eine halbe Flasche Wein und der Joint deine Aufnahmefähigkeit, sagen wir mal, etwas verändert hat?"
„Nöö! Hattest du Probleme?"
„Die Milchstraße hat Beine bekommen und verwandelte sich in einen Drachen. Aber sonst geht es mir gut."
Die ersten Vögel fingen an zu zwitschern. Der Silberstreif am Horizont verwandelte sich in blass rosa.
„Ich vermisse Agnes ganz schrecklich."
„Lass uns noch ein wenig schlafen, Rachel. Vielleicht begegnet sie dir im Traum und ihr könnt zusammen ab tanzen."
Sie kippten die Sitze nach hinten, kuschelten sich eng aneinander und schliefen auf der Stelle ein.

Drei Stunden später klopfte es sanft an der Scheibe. Sherin stand am Fenster mit zwei Kaffeebechern in der Hand. Völlig verschlafen stierte Jo nur auf den Becher und atmete den Duft ein, der verführerisch durch den Wagen zog.
„Lebenselixier! Genau das brauchen wir jetzt!"
Dankbar nahmen die jungen Frauen das Getränk aus Shirins Händen.
„Wir haben auch Wasser da, falls ihr euch etwas frisch machen

wollt."

„Du weißt sehr höflich darauf hin, dass unsere Augen nur so groß sind, so ungefähr wie Pisslöcher im Schnee?"

„Sagen wir einmal so, Wasser kann nicht schaden, ihr verrückten Hühner! Zieht euch den Kaffee rein, damit ihr aufnahmefähig seid. Heute scheint es ein interessanter Tag zu werden!"

„Das ist allerdings wahr."

Jo war sich nicht mehr so sicher, was sie in der Nacht gesehen hatte, und wollte zunächst abwarten ob sich an der Ausgrabungsstelle etwas verändert hatte. Als Shirin sich zurückgezogen hatte, sprangen sie beide zunächst in den Wald um sich zu erleichtern.

„So ein Mist!" schimpfte Jo. „Du wolltest doch heute Morgen eine andere Gestalt annehmen. Joint und Rotwein sind wohl doch keine so gute Mischung."

„Jetzt ist es nicht mehr zu ändern, Jo. Aber ich kann immer noch verschwinden."

„Das nützt jetzt auch nichts mehr. Wir müssen halt sehr gut aufpassen. Bei der geringsten Gefahr ziehst du dich zurück."

„Mach ich. Aber ich weiß nicht so recht, Jo. Professor Niebenreit sollte schon wissen, was wir in der Nacht beobachtet haben."

„Ich bin mir nicht einmal sicher, dass ich was gesehen habe."

Alle waren ziemlich aufgeregt. Der Professor begutachtete die Steine, die am Tag zuvor von Sherin und Rachel entdeckt worden waren.

„Soviel kann ich schon einmal sagen. Sie sind von Menschen bearbeitet worden. Aber wozu und warum, müssen wir noch herausfinden."

Jo und Rachel verschlangen gierig die Croissants, die Sherin mitgebracht hatte. Danach griff sie nach einem Handfeger und wartet auf Anweisungen von Sherin.

„Wir machen dort weiter, wo wir gestern Abend aufgehört haben. Die Erde ist schön weich und wir kommen gut voran"

Der Professor runzelte nachdenklich die Stirn. Wieso war die Erde so weich? Normalerweise waren solche alten Steine im Laufe der Jahrtausende mit Sedimenten gefüllt, die mitunter hart wie Stein werden konnten. Vielleicht hatte irgend ein Umstand, der noch nicht bekannt war, dafür gesorgt, dass der Humus in diesem Bereich so gut erhalten blieb.

Doktor Stettmaier traf auch bei der Ausgrabung ein. Er wirkte völlig übernächtigt, aber in seinem Gesicht war abzulesen, dass er es kaum erwarten konnte eine wichtige Nachricht loszuwerden. Sein feuerrotes kariertes Hemd leuchtete grell in der Morgensonne. Im Laufschritt ging er auf Professor Niebenreit zu. Unter seinem Arm klemmte sein Laptop.

„Ich habe eine phantastische Neuigkeit, Wolfgang."

Voller Stolz präsentierte er auf dem Laptop die Ergebnisse seiner Arbeit. Er deutete auf das Bild von Seth.

„Mit neunzig prozentiger Sicherheit kann ich sagen, dass die Frauen in dem Grab mit dieser Statue erschlagen wurde. Die Umrisse des Kopfes von Seth einschließlich der Ohren passen genau auf die Verletzungen der Schädel."

„Gute Arbeit, Volker. Das erklärt wie die jungen Frauen zu Tode gekommen sind. Das ist sehr selten nach so vielen tausend Jahren, wenn es auch noch nicht erklärt, warum sie sterben musste."

„Nein, das tut es nicht. Weil wir dezidiert noch keine Menschenopfer aus dieser Zeit gefunden haben."

Neugierig lugte Doktor Stettmaier hinüber zu der Ausgrabungsstelle, an der schon fleißig gearbeitet wurde.

„Ihr habt eine Mauer gefunden? Das ist sensationell!"

„Und das scheint nicht das Ende zu sein. Ich bin gespannt, was da noch alles zu Tage tritt."

Fieberhaft arbeiteten die Studenten mit Sherin und Rachel weiter daran, die Steine von der Erde zu befreien. In einem fünfundvierzig Grad Winkel tauchte die nächste Mauer auf. Aber sie war nicht durchgängig. Auf dem Boden lagen lose Steine. Fragmente von Holz waren zu finden.

„Die Steine, die jetzt auf dem Boden liegen, weisen daraufhin, dass es sich um Träger handeln könnte."

„Gut möglich, Sherin. Und wie passen die Holzfragmente dazu?"

„Ein Tor. Das wäre doch gut möglich. Ein Tor zum auf und

verschließen."

„Eine Grabablage mit einer Tür, die man jederzeit öffnen konnte?"
Rachel zog eine Schnute. „Das verstehe ich nicht."

„So ähnlich wie auf heutigen Friedhöfen mit einer Gruft. Die kann man auch besuchen."

Jo dokumentierte alles mit Videos und jeder Menge Fotos.

„Grabt einfach weiter," wies Professor Niebenreit sie an. „Dann sehen wir was sich ergibt. Mir fällt nur auf, dass dieses Mauerwerk akkurat nach Westen ausgerichtet ist."

Voller Inbrunst arbeiteten alle verbissen weiter, während sich der Professor sehr angeregt mit dem Doktor über seine Arbeit unterhielt. Es tauchte die nächste Mauer auf. Aber dann stieß einer der Studenten, Stefan, auf ein Hindernis. Zuerst dachten alle, dass es wieder ein Stein war, der beiseite geräumt werden musste. Aber es klang anders. Nicht wie auf Stein. Irgendwie weicher. Sehr vorsichtig räumten sie gemeinsam die Erde weg um an den Gegenstand zu kommen, der inmitten dieses kleinen viereckigen Areals lag. Gleich darauf stießen sie auf ein weiteres Hindernis. Der Doktor und der Professor ließen alles stehen und liegen und eilten zu der Ausgrabungsstelle.

„Das ist doch nicht zu fassen," brüllte Yannis begeistert. Stefan war wie in Trance und war nicht mehr ansprechbar. Sherin und die Erstsemester arbeiteten ihm zu. Innerhalb weniger Stunden waren zwei hölzerne Behältnisse von Erde befreit.

Sherin ließ den Handfeger fallen und arbeitete nun mit einem feinen Pinsel die restliche Erde von den Behältnissen weg. Alle starrten ehrfürchtig und zugleich ungläubig auf die vor ihnen liegenden Artefakte.

„Wir sehen vor uns zwei Särge mit eindeutig ägyptischem Einfluss. Wie ist das möglich?"

„Das weiß ich noch nicht Sherin," antwortete Professor Niebenreit. „Aber es erklärt warum diese Anlage genau nach Westen ausgerichtet wurde."

Sherin klopfte sich leicht vor die Stirn. „Natürlich! Das ist es! Im alten Ägypten vermutete man das Jenseits im Westen. Dort wohnten

die Totengötter! Und dort war die Welt ihrer verstorbenen Ahnen."
Jo beobachtete, dass Rachel wieder ihren Katzenblick hatte. Ihr
Interesse lag zur Zeit nicht bei den Särgen.
„Was ist denn los? Kannst du dich nicht freuen? Schau doch nur was
ihr entdeckt habt."
„Die Gestalt, welche wir heute Nacht gesehen haben, trug exakt so
ein Hemd in den gleichen Farben wie das von Doktor Stettmaier!"

*

Nach der gestrigen Nacht war die Kondition von Frederick so
ziemlich im Eimer. Aber er hatte genug Stoff zum Nachdenken. Es
war ihm jetzt wichtiger denn je herauszubekommen, in was Rachel
verstrickt war. Es war völlig gegen seine Überzeugung. Aber sein
Instinkt riet ihm, dem ganzen auf den Grund zu gehen. Wie hatte
Chester Williams von der CIA sich ausgedrückt. „Es gab nur eine
Rachel Steingrün in Massachusetts und zwar in den fünfziger Jahren
des vergangenen Jahrhunderts."
„Dann wollen wir doch dort einmal beginnen."
Er gab im Internet den Namen ein und wartete ab was passierte. Zu
seiner Überraschung trudelten jede Menge Informationen ein. Aber
ein bestimmtes Foto von einer Universität in Massachusetts
überraschte ihn doch. Eine etwas mollige Frau mit feuerroten Haaren
in einem grünen Kleid lächelte in die Kamera und präsentierte stolz
ein weißes Dokument. Aber viel interessanter war für Frederick die
Frau die daneben stand. Sie trug ein dunkelblaues Kleid, mit großen
weißen Knöpfen, weißen Handschuhen und einem weißen Hut. Sie
lachte ebenfalls in die Kamera und hielt mit einer Hand den Hut fest.
Dieses Foto kannte Frederick. Es stand auf dem alten Klavier im
Hause von Jo. Es war ihm vertraut. Und doch sah er es jetzt mit
anderen Augen. Die Ähnlichkeit zwischen der Rachel Steingrün auf
dem Foto aus den vierziger Jahren des vergangenen Jahrhunderts und
der Rachel von heute war verblüffend.

„Da haben wir doch einen Ansatzpunkt."

An den vielen schönen Abenden, die er zusammen mit Rachel, Jo und Hendrik verbracht hatte, hatte er erfahren, dass Jo dieses wunderbare alte Haus von ihrer Großtante geerbt hatte. Es bestand kein Zweifel. Die Frau auf dem Foto und den Aufnahmen im Internet waren identisch. Es handelte sich um Agnes Fahrenkamp. Und die blonde Schönheit neben ihr wurde als Rachel Steingrün tituliert. Hier bestand also eine Verbindung. Aber „seine" Rachel konnte es nicht sein. Sie war viel zu jung. Frederick forschte weiter. In den fünfziger Jahren des vergangenen Jahrhunderts verlor sich plötzlich die Spur von Rachel Steingrün. Über Agnes Fahrenkamp erfuhr er, dass sie zurück nach Deutschland eingewandert war, und dieses alte Haus bei den „heiligen drei Tannen" kaufte. Von Rachel Steingrün war nichts mehr zu finden.

„Rachel Steingrün klingt wie ein jüdischer Name mit deutschem Ursprung. Wenn du schon keine Zukunft hast, musst du aber doch über eine Vergangenheit verfügen."

In den Annalen der dreißiger Jahre tauchte in Berlin der Name zum ersten Mal auf. Auf dem Bild der alten Ausweisdokumente war eine blonde Frau zu sehen. Die Aufnahme war schon sehr vergilbt und die Frau nicht mehr richtig zu erkennen. Aber warum war sie nicht mehr zu erkennen? Weil sie zu der Zeit noch einige Jahre jünger war? Aber nein! Laut Geburtsdatum war sie in Berlin genau so alt wie zehn Jahre später in Massachusetts.

„Wie hast du das gemacht?"

Frederick war sich bewusst, dass Deutschland zu dieser Zeit kein guter Ort für anders denkende, Menschen verschiedener Couleur und humanistischem Verstand war. Und für Juden schon gar nicht. Also wird dieser Rachel Steingrün gar nichts anderes übrig geblieben sein, als auszuwandern, wenn sie in dieser schrecklichen Zeit überleben wollte. Er verfolgte weiter die Daten. Ein Zeitungsausschnitt tauchte auf.

„Bei einer normalen Befragung durch die Polizei kam es zu einem Zwischenfall mit tödlichem Ausgang. Die Person widersetzte sich der Befragung, und griff die staatlichen Behörden mit einem Messer

an. Daraufhin blieb den Beamten nichts anders übrig, als in Notwehr zu schießen. Ihr Name war Rachel Steingrün. Da keine Anverwandten da sind, übernimmt der Staat die Kosten für die Beerdigung. Die sterblichen Überreste werden auf dem Armenfriedhof auf dem Koppenplatz zur letzten Ruhe gebettet. Ihr Vermögen sowie ihr Hausrat und sonstiges Eigentum werden zur Verrechnung der Kosten eingezogen. "

Angeekelt von dieser widerlichen Posse scrollte er zurück.

Frederick betrachtete wieder das Bild in Amerika. Zwei junge Frauen, die erfolgreich in Massachusetts ein Studium abgeschlossen und später ihren Doktor absolviert haben.

„Du hast nur die Identität von Rachel Steingrün benutzt. Wer warst du wirklich? Aber zu dieser Zeit leider nur allzu verständlich. Und ich hoffe sehr, dass Williams von der CIA und Kulmbach vom BKA die Verbindungsschiene zu Agnes Fahrenkamp noch nicht herausgefunden haben."

Aber irgendwann muss die Frau mit der gestohlenen Identität ein Kind geboren haben. Ein Sohn oder eine Tochter? Aber nach längerer Überlegung entschied sich Frederick dafür, dass Rachel eine Tochter zur Welt brachte, und die wiederum eine Tochter, die den Namen der Großmutter erhielt. Was hatte die junge Rachel Steingrün dazu bewogen, Amerika zu verlassen? Er schickte Jo eine Nachricht, dass sie sich doch dringend bei ihm melden soll.

*

Voller Ehrfurcht und zugleich ratlos starrten alle Beteiligten der Ausgrabung auf die beiden Särge, die immer noch voll Erde an der Oberfläche ruhten.

„Ich sehe was, was eigentlich nicht sein darf. Aber vor uns stehen zwei Sarkophage, Wolfgang."

„Es ist keine Erklärung, aber die Götterstatue von Seth passt ins Schema."

„Was für ein Schema? Wir sind im südwestlichsten Zipfel Deutschlands. Weißt du wie es zu der Zeit hier ausgesehen hat? Die Menschen waren meilenweit entfernt davon, solche Kunstwerke zu schaffen. Sie bauten vernünftige Langhäuser für ihre Familien, betrieben schon Ackerbau mit den Urgetreiden Emmer, Dinkel und Hülsenfrüchten. Außerdem haben sie damit begonnen, verschiedene Tiere zu domestizieren, wie Rinder, Ziegen und Schafe. Diesen Menschen gelang es sogar Käse herzustellen. Und sie kannten bereits einige Kräuter, die sie im medizinischen Bereich verwendeten. Das alles war nur mit sehr viel Zeitaufwand zu bewerkstelligen. Auch die Schamanen oder Schamaninnen dürften sich mit viel weniger Prunk umgeben haben, als in Ägypten zu dieser Zeit. Sie hatten schlicht und ergreifend keine Zeit übrig für so eine Art Kultur! Diese Menschen waren das ganze Jahr damit beschäftigt, soviel Nahrung wie möglich herzustellen, um den Winter zu überleben. Und um die Langhäuser musste sich auch ständig gekümmert und ausgebessert werden."

Stettmaier kratzte sich nachdenklich am Kopf und tat einen tiefen Seufzer.

„Vor fünftausend Jahren war die Kultur in Ägypten doch erst am Anfang ihrer Geschichte. Aber man war schon in der Lage, Menschen zu spezifizieren. Es gab Bauern, die das fruchtbare Land nach der jährlichen Nilschwemme bearbeiteten und so für reiche Ernten sorgten. Winter war so gut wie unbekannt. Es gab bestimmte Handwerker, die sich auf Holzarbeiten verstanden. Schmiede verarbeiteten schon damals Gold. Aus dem Reich der benachbarten Sumerer begann Kupfer die damalige Welt zu erobern. Es gab gut ausgebildete Priester und Ärzte. Außerdem verfügten die frühen Ägypter schon über ein eigenes Schriftsystem. Es wirkt zwar noch wie eine Ansammlung von Piktogrammen, ist aber schon lesbar. Kein Philosoph oder Dichter hat die Schrift erfunden. Kluge Bürokraten waren es, die es sich in ihrem Beamtenapparat einfacher machen wollten, um ihren Warenbestand zu zählen und du

dokumentieren.“
Stettmaiers Augen bekamen einen schwärmerischen Ausdruck.
„Ich sehe es und kann es nicht glauben! Wie die Zeichnungen auf
den Sarkophagen allerdings dargestellt sind, entspricht durchaus
dem Muster aus der Anfangszeit als Ober- und Unterägypten
vereinigt wurden. Mein erster Eindruck, es könnte sich um die Zeit
der frühen Dynastien in Ägypten handeln. Der Gründer der ersten
Dynastie war Pharao Narmer. Man schreibt, dass er das Reich so um
3032 vor der Zeitrechnung gegründet haben soll. Aber aus dieser Zeit
sind noch keine solchen Exemplare gefunden worden. Die
Darstellung der Göttin Selkis, die Begleiterin der Seelen ins
Totenreich, passt durchaus. Aber das müssen erst genaue
Untersuchungen bezeugen.“
Professor Niebenreit betastete vorsichtig mit Gummihandschuhen
die beiden Sarkophage.
„Das ist ganz toll, Volker und beeindruckt mich wirklich sehr. Aber
wir sind nicht in Sakkara oder Abydos in Ägypten sondern in einem
Industriegebiet einer kleinen Stadt im Hunsrück.“
„Das entspricht allerdings der Wahrheit und macht es keinesfalls
einfacher.“
„Bist du der Meinung, dass es sich bei diesen Exponaten um eine
Fälschung handeln könnte?“
Stettmaier hob die Augenbrauen. „Wenn ich das wüsste. Und da
kommt auch schon gleich die nächste Frage. Wer würde sich so eine
Mühe machen? Und warum? Das ergibt doch keinen Sinn.“
Stefan, einer der Studenten, wischte sanft über die Sarkophage.
„Sie hüten ein Geheimnis. Lasst uns herausfinden, um welches es
sich handelt. Wir sind doch alle Entdecker.“
„Das ist wohl wahr!“ pflichtete ihm Yannis bei. „Deshalb habe ich
dieses Studium gewählt. Vielleicht gelingt es uns, die dramatischen
Schicksale herauszufinden, die sich zweifellos dahinter verbergen.“
„Auf alle Fälle wird es spannend.“
Zunächst befreiten sie die Sarkophage von Schmutz und Erde. Unter
den Händen der Studenten war zu sehen, wie sich wunderschöne
Linien und seltsame Muster zeigten. Als der Schmutz grob entfernt

war, konnte man erkennen, dass ein Mensch in ägyptischem Stil auf beiden Sarkophagen in rot-braunen Tönen aufgemalt war. Mit großen ausdrucksvollen Augen, die im ägyptischen Stil schwarz umrandet waren.

„Wahrscheinlich hat man auf Ocker zurückgegriffen, weil es viel in der Natur vorkommt. Ein natürlicher Farbstoff."

„Könnte gut möglich sein. Und für die Umrandung der Augen Holzkohle."

Jo hatte ihre Kamera so installiert, dass sie ständig lief und ununterbrochen fotografierte. Natürlich kamen nur die besten Bilder zum Zuge. Aber es war ihr lieber, wenn sie eine große Auswahl zur Verfügung hatte. Auf alle Fälle würde in archäologischen Kreisen diese Nachricht wie eine Bombe einschlagen!

Auf ihrem Handy traf eine Nachricht ein. Frederick hatte geschrieben, dass sie sich dringend bei ihm melden soll. Aber das musste sie zunächst mit Rachel absprechen. In diesem Fall wusste sie nicht, wie sie sich verhalten sollte. Immerhin gehörte Frederick zu den Gesetzeshütern. Aber andererseits hatte er sie vorgewarnt, als diese Herren im Anzug Zuhause erschienen sind. Jo beschloss, noch ein wenig Zeit herauszuschinden.

Sherin rückte sich ihr Kopftuch zurecht.

„So! Dann wollen wir mal den Kisten hier zu Leibe rücken. Wer die Sarkophage zuerst entdeckt hat, hat nun die große Ehre sie zuerst zu öffnen!"

Aufmunternd nickte sie Stefan zu. „Also, worauf wartest du? Dann fang mal an."

„I...ich? A...aber so wichtig war ich doch nicht. Wir waren doch alle daran beteiligt."

Sherin kniff ihm ein Auge.

„Du willst jetzt nicht wirklich mit mir diskutieren?"

„Äääh, nein. Es erfüllt mich mit unendlichem Stolz," sein Blick wanderte zu Jo, die alles mit der Kamera dokumentierte. „Das ist ein kleiner Schritt für mich, aber ein großer für die Menschheit. Bin ich gut im Bild? Ich werde mich in unendlicher Dankbarkeit..."

„Hör auf zu quatschen und fang endlich an. Außerdem ist der Satz geklaut und stammt nicht aus deinem geistigen Fundus."

„Ich darf das! Louis Armstrong ist ein Seelenverwandter von mir."

„Als er 1969 auf dem Mond gelandet ist, war von dir noch nichts zu ahnen. Ich gebe dir noch eine Minute, und wenn du dich dann nicht ans Werk machst, kannst du heute Nacht den Mond an heulen."

Stefan grinste über das ganze Gesicht. Mit einem brachialen Brecheisen versuchte er vorsichtig den Deckel zu öffnen.

„Ich habe Angst etwas kaputt zu machen."

Sherin lächelt ihn an.

„Nur Mut! Wir brauchen bloß eine kleine Öffnung und können dann sozusagen nachhaken."

Stefan setzte das Brecheisen an. Eine kleine Öffnung entstand. Aus dem Sarkophag entströmte ein seltsamer fremder Duft. Sherin nickte, als wäre es das selbst verständlichste auf der Welt.

„Ich rieche den Duft von Harzen und anderen Ölen, wie ich sie von original ägyptischen Gräbern her kenne. Und einen Hauch Weihrauch und Myrrhe. Das ist faszinierend."

Yannis und Rachel steckten kleine Hölzer in die Öffnung, die durch das Hebelwerkzeug entstanden ist. So wurde verhindert, dass der Deckel des Sarkophages wieder zufallen konnte.

„So! Und das Gleiche machen wir jetzt bei dem zweiten Ding. Dann können wir in Ruhe arbeiten."

Stefan stemmte das Brecheisen erneut sehr vorsichtig unter den Deckel und hob ihn etwas an. Sherin schnupperte.

„Der Duft von Harzen aus diesem Sarkophag ist etwas anders. Auch glaube ich mehr Weihrauch wahrzunehmen. Vielleicht war er besser gegen Umwelteinflüsse geschützt."

Professor Niebenreit steckte ein Stück Holz in die Öffnung.

„Es ist auch möglich, dass der Deckel fast luftdicht abgeschlossen war. Mit Birkenpech vielleicht?"

Sherin und Rachel legten weiterhin kleine Stücke von Hölzern hinein. Nun waren die Deckel gesichert und konnten sehr vorsichtig abgenommen werden. Aus dem ersten Sarkophag trat ihnen ein unangenehmer Geruch entgegen.

„Das ist faszinierend! Ich rieche immer noch Verwesung. Und das nach so vielen Jahren."

Im Inneren lag eine menschliche Mumie. Ihre Hände waren gekreuzt und lagen auf der Brust. Vertrocknete Überreste von Pflanzen waren unter ihren Händen zu finden. Die Mumie selbst verfügte über langes braunes Haar. Hier waren auch Reste von pflanzlicher Substanz. Rachel schaute auf das lange Haar welches zu kleinen Zöpfen geflochten war.

„Man hat der Mumie Blumen ins Haar gesteckt. So etwas tut man doch nur, wenn sie geliebt oder respektiert wurde."

Der Professor strich mit einer Hand sanft über den mumifizierten Körper, der in grauen Zeiten einmal ein Mensch voller Leben war.

„Auf den ersten Blick würde ich sagen, dass es sich hier um eine Frau handelt. Und ihr Zustand ist sensationell gut erhalten. Das ist wirklich verwunderlich. Zumal wir hier in Nordeuropa ein anderes Klima haben als in Ägypten."

Doktor Stettmaier kniete sich nieder, um die Pflanzenreste zu begutachten.

„Ich werde diese Pflanzen untersuchen lassen. Dann können wir schon mehr sagen. Tatsache ist allerdings, dass vor fünftausend Jahren das Zeitalter des Holozäns herrschte. Das bedeutet, dass die Sommer wärmer, beständiger und angenehmer als heute waren und die Winter auch nicht so eiskalt. Für die damalige Bevölkerung also eine bessere Konsonante, wenn man so will."

„Das freut mich, dass du das sagst, Volker. Was für eine Entdeckung! Dann kann ich die nächste Zeit mit deiner Mitarbeit rechnen?"

Doktor Stettmaier stand auf, ging etwas zur Seite und zog den Professor mit.

„Ich habe nichts zu verlieren, Wolfgang. Meine Frau scheint ernst zu machen. Seit Wochen erreichen mich immer nur spärliche Nachrichten auf dem Handy. Wenn ich dann nachfrage, wie es denn wäre, sich doch irgendwo auf „neutralem" Boden zu treffen und zunächst einmal über alles zu sprechen, höre ich tagelang nichts von ihr. Gestern allerdings hat sie mir eine Nachricht zukommen lassen, dass sie bereit ist, mit mir über unsere Zukunft zu sprechen. Ich habe sofort zurückgeschrieben, dass ich einverstanden bin und auch gelernt hätte, zuzuhören."

„Das tut mir sehr leid für dich. Aber vielleicht wird alles gut und ihr findet wieder zueinander."

„Ich war nie einfach und es war nie leicht mit mir. Ich muss Kompromisse eingehen."

„Das sind wir alle nicht. Kompromisse finde ich gar nicht so übel. Man lernt aufeinander zuzugehen."

„Das war leider nie meine Stärke."

„Mit den Jahren lernt man dazu... oder sollte es zumindest."

„Vielleicht hat sie sich einen Jüngeren geangelt und zieht jetzt Vergleiche, bei denen ich nicht so gut weg komme?"

„Passt das denn zu ihrem Charakter?"

„Nein, auf keinen Fall, Wolfgang. Das ist es, was mich so irritiert. Sofia hat immer die klare Aussprache geliebt. Manchmal habe ich mich vor ihren Streitgesprächen regelrecht gefürchtet. Sie ist klug, redegewandt und weiß sich durchzusetzen."

„Dann warte bis sie sich wieder meldet und ergreife die Gelegenheit! Wenn sie sich nur von dir trennen will, hättest du schon lange Nachricht eines Rechtsanwaltes."

Stettmaier warf ihm einen hoffnungsvollen Blick zu.

„Das wäre schön."

Professor Niebenreit legte sanft eine Hand auf die Schulter seines Kollegen.

„Lass uns den zweiten Sarkophag öffnen, Volker. Das lenkt dich etwas ab. Im Moment kannst du sowieso nichts tun, außer abwarten. Wir haben eine Sensation gefunden! Ich glaube nicht, dass das noch in dieser Gegend jemand toppen kann. Ach was rede ich. In ganz Deutschland und vielleicht sogar auf der ganzen Welt."

„So ein wenig Größenwahn hin und wieder tut ganz gut."

„So gefällst du mir schon viel besser."

„Und wenn sich herausstellt, dass wir uns geirrt haben und alles nur eine Fälschung ist, und wir zurückrudern müssen?"

„Dann werden wir die ersten sein, die eine olympische Disziplin daraus machen!"

Der Deckel des zweiten Sarkophags war ebenfalls mit Hölzern abgesichert. Sherin schnupperte wie eine Katze.

„Die Harze und Öle haben das gleiche Aroma wie in dem anderen Sarg."

‚Langsam nahmen sie den Deckel weg. Atemlos und gespannt warteten alle darauf, was sich ihnen im Inneren des Sarkophages präsentierte. An den Leinenbinden, mit denen die Mumie umwickelt war, waren noch einzelne Strukturen erkennbar. Auch hier befanden sich vertrocknete Blumen im Kastanien braunen Haar. In den Ohren der Mumie waren Löcher zu sehen in denen sie wohl zu Lebzeiten Ohrschmuck getragen hatte. Aber ansonsten war sie nahezu perfekt.

„Auf den ersten Blick könnte es sich hier ebenfalls um eine Frau handeln."

*

Es war sehr angenehm. Herr Ruman hatte einen ganzen Nachmittag Zeit eingeplant, um seinen neuen Wagen abzuholen. Der Autosalon wollte ihm den Luxuswagen bis vor die Haustüre bringen. Aber dieses Vergnügen wollte er sich nicht entgehen lassen. Man hatte ihn und seine Frau sehr herzlich mit einem Glas Champagner empfangen. Das war auch das mindeste, was er bei diesem horrenden Preis erwarten konnte. Sogar etwas Lachs auf Eis und diverse Horsd'oeuvre wurden im Empfangsraum serviert. Alles vom Feinsten. Seine Gattin war explizit begeistert und bewunderte die schicken Siebdrucke an der Wand. Edle Schals aus Kaschmir mit dem Logo des Herstellers lagen auf den Sitzen als nettes Werbegeschenk.

„Schade, dass unsere Tochter nicht dazu zu bewegen war, uns zu begleiten!"

Die Fahrt nach Hause genossen sie in allen Zügen. Die elektronischen Details waren vom Feinsten. Selbstverständlich konnte der Wagen selbstständig einparken, verfügte über einen Spurassistenten und sozusagen über einen Autopiloten. Ein perfektes Navisystem und in einem Notfall verband sich der Wagen direkt mit der Polizei oder mit der nächstgelegenen Werkstatt. Ganz zu schweigen von dem Luxus, der sonst noch so vorherrschte, wie Kühlschrank in der Mittelkonsole und Monitore auf den Rückseiten der Sitze, mit denen man das Fernsehprogramm genießen, Videos herunterladen, oder direkt im Internet surfen konnte. Der Wagen verfügte über eine perfekte Vernetzung und so war es jederzeit möglich, egal an welchem Standort, zu erfahren, wo es denn den besten Wein zu verkosten gibt und das beste Sternelokal. Dieser Wagen verfügte über so viele Möglichkeiten, die aber an einem einzigen Nachmittag nicht zu ergründen waren. Herr Ruman freute sich bereits, den Wagen am nächsten Tag in seiner Firma vorzuführen.

Am nächsten Morgen huldigte man ihm so wie er es erwartet hatte, und alle Mitarbeiter waren des Lobes voll. Eine Mitarbeiterin flüsterte ihrer Kollegin ins Ohr.

„Noch nicht einmal geschenkt wollte ich so eine Karre haben! Das Ding braucht eine Busspur zum parken und benötigt so viel Energie wie ein Krankenhaus."

„Das ist ein sogenannter Hybrideimer. Unter dem gigantischen Elektroantrieb, mit den riesigen Akkus schlummert ein Sechszylindermotor. Aber in den Kofferraum passt nur das nötigste hinein."

Die Kollegin lächelte ihren Chef hingebungsvoll an und flüsterte, „Hauptsache die Golfausrüstung passt hinein. Zum einkaufen fährt er mit seiner Frau in ihrem Kleinwagen!"

„Das typische Männerspielzeug."

Herr Ruman grüßte noch einmal in die Runde und zog sich in sein Büro zurück. Vom Schreibtisch aus konnte er den Wagen in seiner ganzen Pracht bewundern. Wenig später meldete seine Sekretärin wichtigen Besuch an, und er verließ sein Büro, um den

Konferenzraum aufzusuchen.

Langsam kehrten alle wieder an ihre Schreibtische zurück. Die Männer diskutierten noch eine Weile über die Vor- und Nachteile eines Verbrennermotors gegen Elektroantrieb. Die Frauen hingegen tauschten sich darüber aus, ob das Biomüsli einer bestimmten Marke besser geeignet war, wenn man das Fitnessstudio aufsuchte, oder ob doch der Proteinpudding, mit weniger Zucker bessere Ergebnisse an Bauch, Beine und Po erzielte und vorzuziehen war.

‚In der Mittagspause lud Herr Ruman seine Geschäftspartner zu einem Essen in einem vier Sterne Lokal in der Innenstadt ein. Aber als alle in den Wagen eingestiegen waren, bemerkte Herr Ruman ein Problem. Großspurig wollte er die technischen Finessen seines neuen Wagens präsentieren. Aber an der Stelle, an der das Navisystem mit dem Radio und Monitor eingebaut war, gähnten ihm eine leere Öffnung entgegen. Ruman beherrschte sich gerade noch und es kostete ihn einige Mühe und Selbstbeherrschung, um nicht hysterisch über das ihm bereitete Ungemach loszubrüllen. Seine Partner von der Investorengruppe hatten ihm einen Superbonus in Aussicht gesellt, wenn es ihm gelingt, die Baugenehmigung für das berüchtigte Grundstück in diesem Jahr noch zu erwerben. Nun kam es darauf an, die Nerven zu behalten und gute Miene zum bösen Spiel zu machen. Sein von zu viel Adrenalin gepeinigtes Gehirn schlug ihm auch sogleich Verdächtige vor, die er zu gegebener Zeit der Polizei melden würde. Er war gezwungen, mit seinen Gästen in den schnöden Firmenwagen umzusteigen. Unterwegs benachrichtigte er die Polizei über den Vorfall, teilte ihnen aber mit, dass er die nächsten zwei Stunden wegen eines wichtigen Termins unabkömmlich war. Die Polizei teilte ihm mit, gegen 14.00 Uhr zwei Beamte vorbeizuschicken.

*

Frederick schloss auf seinem Computer die Dateien. Jo hatte seine Nachricht noch nicht beantwortet. Wer verbarg sich hinter dem Synonym Rachel Steingrün? Nachdem er herausgefunden hatte, welches grausame Schicksal die echte, wirkliche Rachel Steingrün in den dreißiger Jahren des vergangenen Jahrhunderts erlitt, hatte er noch mehr das Gefühl im Nebel herumzutappen. Aber hatte es wirklich etwas mit dem Leben der jetzigen Rachel zu tun? War sie sich überhaupt bewusst, was es mit diesem Namen auf sich hatte? Aber diesen Gedanken verwarf er sogleich wieder. Die Rachel, die er jetzt seit einem Jahr kannte, entzog sich der Befragung durch Flucht. Es war auch leider eine Tatsache, dass sie nur über Ersatzpapiere verfügte. Angeblich sind ihr ihre Papiere auf dem Flughafen gestohlen worden. Und er hatte nachweislich „Beihilfe" dazu geleistet.

Omrup riss ihn aus seinem Gedankenstrom und legte ihm ein Schriftstück vor.

„Es ist schon wieder so eine Nobelkarosse aufgebrochen worden. Dieses Mal ein englisches Modell. Was heißt aufgebrochen? Wieder einmal sind keine äußerlichen Einwirkungen zu erkennen. Der Typ wird immer besser."

„Wieso bist du dir sicher, dass es der Gleiche ist?"

„Also bei aller Liebe! Wer bringt das sonst noch fertig?"

„Es können doch mehr daran beteiligt sein. So eine eingeschworene Clique zum Beispiel."

„Das ist natürlich auch möglich. So um zwei Uhr am Nachmittag sollen wir bei der Firma Ruman Investment vorbeikommen, um den Einbruch zu protokollieren."

„Ruman Investment? Der Name kommt mir irgendwie bekannt vor."

„Ruman Investment sind daran interessiert, in unserer Stadt mehrere Firmen aufzubauen. Besonders dort, wo zur Zeit die Ausgrabungen sind. Da gibt es so einigen Zoff zwischen den Investoren, den Archäologen der Universität, und dem Bürgermeister. Kultur gegen Mammon. Oder wie die Ruman Gruppe sagt, tote Kultur gegen lebendige, wertvolle Arbeitsplätze. Und die Leute vom Naturschutz rebellieren ziemlich lautstark gegen die Investorengruppe."

„Jetzt erinnere ich mich. Tja...Kultur bringt kein Geld. Ganz im Gegenteil. Sie verschlingt Unsummen! Diese Investmentgruppe denkt sich doch was dabei, sich ausgerechnet in diesem Landstrich niederzulassen. Ein Teil dürfte sein, weil die Löhne niedriger sind, als im restlichen Teil Deutschlands. Es sind keine Samariter. Aber warum lässt sich der Herr Ruman so viel Zeit? Eigentlich ist er doch mehr bekannt dadurch, dass es ihm nicht schnell genug geht, und er leicht die Kontrolle verliert."

„Weil der Herr Ruman gesagt hat, dass er einen wichtigen Termin hat. Sein Firmenwagen parkt allerdings vor dem teuren Sternelokal bei uns schräg gegenüber, bei dem ich mir noch nicht einmal einen Kaffee leisten kann."

„Da wollen wir ihn auch nicht stören, Omrup. Hast du etwas Neues herausgefunden mit dem Video, welches Jo uns geschickt hat?"

„Von dem Auffahrunfall? Ich bin dabei. Aber das Ergebnis ist noch nicht zufriedenstellend."

„Aber kannst du wenigstens schon sagen, ob es sich um eine Frau oder einen Mann handelt?"

„Nichts genaues weiß ich nicht."

„Das hört sich nicht ermutigend an."

„Der Mensch, der sich hinter dem Baum zusammenkauert trägt etwas buntes. Hilft dir das weiter?"

Frederick kramte vergeblich in seiner Tasche nach Münzen.

„Was buntes! Um was könnte es sich handeln? Ein Shirt, ein Hemd, eine Fahne oder eine Unterhose. Scheiße! Heute geht aber auch alles schief."

Omrup legte ihm zwei Münzen auf den Tisch.

„Bring mir einen Kaffee mit. Gibt es etwas Neues über Rachel Steingrün? Es geht mich nichts an. Aber irgendwie mag ich es nicht, wie sie von ihr sprechen. Kannst du dir vorstellen, was Frau Steingrün angestellt haben soll?"

Omrup war ein ausgesprochen feiner Kerl. Aber inwieweit durfte er ihn einweihen ohne, dass er mit seinem Job in einen Interessenskonflikt geriet? Frederick wollte auf keinen Fall, dass Omrup in etwas hineingeriet, aus dem es womöglich kein zurück mehr gab. Und darum gab er ausweichende Antworten und Halbwahrheiten. Aber wohl fühlte er sich nicht dabei. Schließlich war er bei dem jüngst geborenen von Omrup Pate.

„Ich habe noch keine neuen Informationen und muss mich schlau machen."

„Wenn du willst kann ich dir helfen und eventuell heraus bekommen, was man Frau Steingrün vorwirft."

„Das ist eine gute Idee, Omrup. Ich werde auf dein Angebot zurückgreifen."

Omrup war selbst zum Kaffeeautomaten gegangen und brachte Frederick eine heiße Schokolade.

„Danke! Das brauche ich jetzt. Die nächste Runde geht auf mich. Sag der Spurensicherung, dass sie gebraucht wird."

„Die sitzen schon in den Startlöchern und sind gespannt darauf, ob es ihnen dieses Mal gelingt Spuren zu sichern. Bei den anderen Fahrzeugen waren jeweils nur Fingerabdrücke der Halter zu finden."

Frederick nickte. „Wir trinken gemütlich aus und dann fahren wir zu Ruman in die Firma."

Schon von weitem war die Luxuskarosse zu sehen. Sie war länger als die anderen Wagen und in ihrer Stromlinienform sehr futuristisch. Neugierig rannten alle an die Fenster, als der Einsatzwagen und die Spusi Einlass vor dem Schlagbaum begehrten.

„Das Gelände von diesem Ruman ist gesichert. Also Unbefugte haben es schwer, hier einzudringen."

Omrup deutete auf die vielen Kameras.

„Zumal hier alles überwacht wird. Es wäre von Vorteil, wenn wir uns die Aufnahmen ansehen."

Die Schranke ging auf und Ruman kam ihnen bereits entgegen.

„Sehen sie sich das an, meine Herren. Gestern den Wagen abgeholt. Ich bin heute Morgen ganz normal in meine Firma gefahren. Da war noch alles in Ordnung. Aber als ich dann am Mittag mit meinen Partnern zum Essen fahren wollte, sind das Navisystem und das damit verbundene Radio entfernt worden."

Ruman war im Begriff den Wagen zu öffnen.

„Bitte fassen sie nichts an. Wir müssen zunächst Spuren sichern."

Die zwei von der Spurensicherung machten sich sofort an die Arbeit. Mit Gummihandschuhen untersuchten die das Fahrzeug auf äußere

Einbruchspuren.

„Auf den ersten Blick ist nicht zu erkennen, ob das Fahrzeug aufgebrochen wurde."

„Was soll das heißen?" schimpfte Ruman. „Wollen sie damit andeuten, dass ich einen Einbruch vortäusche?"

„Immer mir der Ruhe, Herr Ruman!" fuhr Frederick dazwischen. „Das Team von der Spurensicherung meinte damit lediglich, dass noch nicht erkennbar ist, wie das Fahrzeug aufgebrochen wurde. Das ist alles."

Ruman stand böse mit verschränkten Armen da und beobachtet jeden Schritt der Spusi.

„Ich kann ihnen auch sagen, wer dafür verantwortlich ist."

Frederick hob erstaunt die Augenbrauen.

„Sie haben einen begründeten Verdacht? Das ist wirklich interessant. Lassen sie hören!"

Ruman hob die Hand und bildete eine kämpferische Faust.

„Diese Aasgeier, die vor der Stadt auf unserem Gelände rum wühlen, um alte Knochen auszugraben."

„Auf ihrem Gelände? Ich weiß nur von einer Gruppe Archäologen, die „auf dem Anger" eine alte Grabstätte gefunden haben. Und soweit ich weiß, gehört das Gelände immer noch der Stadt. Oder gibt es Neuigkeiten, von denen ich noch nichts weiß."

Ruman marschierte vor Frederick hin und her.

„Die Verhandlungen sind so gut wie abgeschlossen."

„Welchen der Archäologen verdächtigen sie denn, ihren Wagen aufgebrochen zu haben?"

„Das weiß ich doch nicht! Es ist ihre Aufgabe das herauszufinden. Die stecken doch alle unter einer Decke!"

Ein Mann tauchte hinter einem der Riesenkarossen auf.

„Das finde ich nicht in Ordnung wie du uns darstellst. Wir sind doch keine Verbrecher, Markus!" Das Hemd, im auffälligen, feuerroten, Schottenkaro leuchtete in der Sonne. Anklagend zeigte er mit dem Zeigefinger unfein auf Ruman. „Ich bin auch hier, um zu zeigen, dass man es doch gemeinsam schaffen kann. Du denkst immer nur ans Geschäft. Ich kann deine Aufregung verstehen, aber jetzt gehst du eindeutig zu weit."

Ruman rannte aufgedreht zwischen den Wagen hin und her. „Du bist nicht damit gemeint, Volker. Ich weiß, dass du nur schlichten willst. Aber dieser Niebenreit...Nein! Es tut mir leid! Dem traue ich alles zu. Immer wieder findet er Gesetzeslücken und Winkel, um sein sinnloses in der Erde wühlen fortzusetzen."

Stettmaier ließ enttäuscht die Schultern sinken. „In der Erde wühlen? Hast du das wirklich gesagt? Es ist ein wertvoller Abschnitt unserer Arbeit. Aber nichts davon erreicht dich. Nichts davon interessiert dich. Was bist du bloß für ein Mensch?"

Stettmaier ging an den Menschen vorüber und ging zu seinem Wagen. Ruman rannte Stettmaier nach.

„Ich habe das nicht so gemeint, Volker. Du bist natürlich ausgenommen. Aber weißt du um wie viel Geld es hier geht?"

„Du hast mich zum Essen mit deinen Investoren eingeladen. Da sind mir die Millionen nur so um die Ohren geflogen. Aber ich frage mich, warum es bei solchen Projekten nur immer um das eine oder das andere geht. Gibt es da keinen gemeinsamen Nenner? Die Archäologen arbeiten in unserer Vergangenheit, und du investierst in die Zukunft! Besser wäre es, wenn man einen gemeinsamen Konsens erarbeitet. Ich hatte mich sogar interessiert gezeigt, etwas Geld in deinem Projekt anzulegen. Aber damit ist es aus und vorbei! Du beleidigst meine Freunde und bezichtigst sie sogar ein Verbrechen begangen zu haben!"

Ruman rannte an ihm vorbei und stellte sich vor seinen Wagen.

„Bitte! So warte doch, Volker! Ich weiß, dass es dir zur Zeit auch nicht so gut geht. Aber bei mir steht auch viel auf dem Spiel. Sehr viel!"

Den letzten Satz hatte er nur noch geflüstert. Es war Ruman äußerst peinlich, in der „Öffentlichkeit" seine verletzliche Seite zu zeigen.

Verwundert starrte Stettmaier in an.

„Dir geht es doch gut. Du hast eine phantastische Familie, hast alles erreicht, was du wolltest. Was gibt es denn noch?"

„Die Bank hat den letzten Kredit nicht bewilligt. Ich bin mit meinem Privatvermögen eingestiegen. Wenn dieses Projekt schief geht, stehe ich vor dem nichts."

Stettmaier schob Ruman zur Seite.

„Dann solltest du in Zukunft noch besser überlegen, wen du in aller Öffentlichkeit anprangerst."

Ohne ein weiteres Wort stieg Stettmaier in seinen Wagen und fuhr los.

Wütend machte Ruman auf dem Absatz kehrt.

„Was gibt es hier zu glotzen?" brüllte er zu den Mitarbeitern.

„Wer war das?" Frederick schaute dem Wagen nach. In der Ausfahrt würgte der Fahrer den Wagen ab und er musste neu starten.

„Was geht sie das an?"

„Wenn wir bei dem Diebstahl ermitteln sollen, geht uns das ziemlich viel an, Herr Ruman."

„Das war Stettmaier. Ein ehemaliger Schulkamerad von mir. Er ist einer dieser Verrückten, die an der Ausgrabung teilnehmen. Auch wenn Stettmaier gegen jeden Verdacht erhaben ist, bleibe ich bei meiner Behauptung, dass diese Leute dahinterstecken."

„Wir werden uns darum kümmern."

„Das erwarte ich auch von ihnen. Ich bin schließlich Steuerzahler."

„Das sind die Archäologen auch."

Aber bevor Ruman etwas erwidern konnte, mischte sich die Spurensicherung ein.

„Funktioniert der Code noch?"

„Selbstverständlich!" brüllte Ruman. „Das ist kein Wagen aus dem Discounter!"

„So selbstverständlich ist das gar nicht. Der vermeintliche Einbrecher muss den Code geknackt haben und hat ihn unter Umständen verändert."

Ruman aktivierte mit dem Handy den Mechanismus. Die Frau von der Spurensicherung konnte den Wagen problemlos öffnen.

„Frederick! Sieh dir das an!"

Mittlerweile war auch der KFZ-Meister und der Geschäftsführer des Autosalons eingetroffen. Neugierig reckten auch sie die Hälse, was die Spurensicherung gefunden hatte.

Ruman starrte den Geschäftsführer böse an.

„Das wird teuer für sie. Das kann ich ihnen jetzt schon versprechen. Nach ihren Bekundungen ist es unmöglich, dieses Auto gewaltsam zu öffnen. Sie können sich schon nach einem neuen Job umsehen."

Der Geschäftsführer versuchte Herrn Ruman vergeblich zu beruhigen.

„Aber so verstehen sie doch... Nach neuesten Erkenntnissen..."

Ruman winkte bloß ab.

„Sie hören von meinen Anwälten. Mit ihrer Sicherheitstechnik kann es nicht allzu weit her sein, wenn es diesen Archäologenmaulwürfen gelingt, die Karre aufzubrechen."

Frederick bahnte sich seinen Weg durch die Menschen.

„Herr Ruman! Sie sollten etwas vorsichtiger sein mit ihren Anschuldigungen, solange sie keinen Beweis dafür erbringen können."

Ruman zeigte mit dem Finger auf Frederick. „Ich wiederhole: Es ist ihre Aufgabe, das herauszufinden, und..."

Das Team von der Spurensicherung winkte aufgeregt. Frederick ging achtlos an Ruman vorbei.

„Habt ihr etwas gefunden? Das wäre ein großer Fortschritt für uns!"

„Das kann man von verschiedenen Seiten sehen. Das Navisystem, das Radio und die Monitore sind jedenfalls drin. Alles ist an seinem Platz wo es hingehört."

Ruman wurde abwechselnd puterrot und wachsbleich. Seine Stimme überschlug sich und klang wie ein aufgeregter Truthahn.

„Was wollen sie damit zum Ausdruck bringen? Dass ich sie angelogen habe? Dass mir langweilig war und ich etwas Bewegung in mein langweiliges Leben bringen wollte?"

Omrup zeigte auf die Menschen, die sich in ihrer Haut nicht mehr wohl fühlten.

„So beruhigen sie sich doch! Viele ihrer Mitarbeiter können bestätigen, dass ihr Wagen am Morgen noch völlig intakt war und in der Mittagspause haben ebenfalls mehrere von ihnen zu Protokoll gegeben, dass sich die technischen Geräte zu dieser Zeit nicht mehr im Auto befanden."

Frederick ließ Ruman stehen, der jetzt lautstark die Archäologen

verhöhnte. Nachdenklich schaute er über das Gelände. Wie gelangte der „Einbrecher" unbemerkt auf das Gelände?
„Was willst du uns mitteilen? Dass du es kannst?"
Omrup zog Frederick zur Seite und flüsterte,
„Diesem Ruman geht der Arsch auf Grundeis! Ich habe gehört wie er zu Stettmaier gesagt hat, dass er mit seinem Privatvermögen eingestiegen ist."
„Das würde bedeuten, wenn Ruman Investment nicht erfolgreich operiert, kommt ein neues Leben auf ihn zu."
„Zumindest eines ohne englische Luxuskarosse... Wasser und Brot sozusagen!"

*

Markus Ruman von der Investorengruppe übte weiterhin Druck aus, indem er saftige Drohbriefe von Rechtsanwälten an den Bürgermeister senden ließ. Ebenso versuchte Ruman Professor Niebenreit mit angekündigten Verfügungen und sonstigen Beschränkungen einzuschüchtern. Aber das machte nicht besonders viel Eindruck auf den Professor.
„Ich formuliere es einmal ganz vorsichtig. Wenn sich unser Fund als echt erweist kann Ruman froh sein, wenn er überhaupt mit seiner Investorengruppe bauen darf."
„Dann macht es doch Sinn, wenn wir etwas davon preis geben. Es wäre sehr wichtig, dieser Investorengruppe Paroli zu bieten. Die Öffentlichkeit muss mehr davon erfahren."
„Dann tun sie das, Frau Wenkert. Aber ich habe kein gutes Gefühl dabei. Und ich habe noch nicht einmal eine vernünftige Erklärung dafür."
Fotomaterial hatte Jo genug und das Interview vom Professor war auch im Kasten.
„Ist mir klar. Sie fürchten sich vor den Auseinandersetzungen mit diesem Ruman!"

„Fürchten nicht. Aber ich mag ihn nicht besonders."

„Damit sind sie nicht alleine. Ich glaube seine Frau ist die einzige Person, die ihm zumindest etwas Zuneigung schenkt. Gehen wir offenen Auges in die Offensive!"

Der Professor lachte verschmitzt, aber Jo konnte auch etwas Skepsis darin erkennen.

„Wird schon gutgehen. Ihr Name wird in die Geschichte eingehen."

„Zunächst müssen die Untersuchungen abgeschlossen sein. Als Kasper, der hinter jedem Stein eine Sensation wittert und dann einem Irrtum unterliegt, möchte ich nicht in den Annalen stehen. Bedenken sie in ihrem Artikel auch immer im Konjunktiv zu schreiben."

„Das werde ich nicht vergessen!"

Sherin, Rachel, Doktor Stettmaier und die Studenten waren bereits wieder in ihrem Element. Die Mauern zeigten sich im Erscheinungsbild wie die perfekte kleine Kopie eines Totentempels in Ägypten. Doktor Stettmaier drehte jeden Stein drei Mal um, bevor er ihn zur Seite legte. Stefan und Yannis fanden noch mehr weiche Erde und begannen mit kleinen Schaufeln sie auszuheben. Jede Schaufel mit Erde wurde anschließend durch ein Sieb geschüttet, damit auch kleine winzige Fundstücke nicht übersehen wurden.

Jo saß gemütlich in ihrem Wagen und stellte den Artikel zusammen. Ein Motorengeräusch machte sie neugierig und sie unterbrach ihre Arbeit, um nachzusehen, wer auf das Gelände fuhr. Sie war erstaunt, dass es sich um einen Einsatzwagen der Polizei handelte. Es war zu spät, um Rachel vorzuwarnen. Und wegfahren konnte sie auch nicht, weil der Einsatzwagen den Weg versperrte. Da gab es nur eines: Nerven behalten und warten.

Frederick und Omrup stiegen aus dem Wagen. Aber da war noch ein Mann dabei. Jo erkannte ihn sofort wieder. Es handelte sich um Doktor Thal. Jo war völlig schleierhaft, was der Rechtsmediziner an der Ausgrabungsstelle zu suchen hatte.

Da sie bei diesem Besuch nicht viel Zeit einplanten, ließen sie ihren Einsatzwagen mitten auf dem Weg stehen. Frederick sah mit Erstaunen einen kleinen roten Wagen abseits der Ausgrabung stehen.

„Na das passt doch bestens! Dann war unsere Fahrt hier her nicht ganz umsonst."

In Jo's Kopf spielte sich ein Inferno von Emotionen mit beginnender Panikattacke ab. „Ich kann es nicht fassen! Frederick schneidet mir den Fluchtweg ab! Es scheint ernster zu sein, als ich dachte. Und aus irgend einem Grund, der mir nicht bekannt ist, bringt er sogar den Rechtsmediziner mit."

Omrup und Thal liefen auf die Ausgrabungsstelle zu.

„Geh schon vor. Ich komme gleich nach. Dauert nicht lange," rief Frederick ihm nach.

Jo bemühte sich nach Möglichkeit völlig unschuldig dreinzublicken. Aber ihre grünen Augen hatten einen unwirklichen Glanz. Das Herz schlug ihr in rasendem Tempo bis zum Hals.

Frederick nahm ohne um Erlaubnis zu fragen auf dem Beifahrersitz Platz.

„Na, wie klappt es in deiner Funktion als Reporterin? Ich hoffe doch sehr, dass du darin besser bist, als gelegentliche Fluchthelferin. Kommst du mit deiner Serie gut voran?"

Jo hielt vor Aufregung den Atem an.

„J...ja. Ich bin ganz zufrieden. Gestern wurden hier zwei Sarkophage gefunden. Ägyptische Sarkophage mit mumifizierten Körpern drin. Zumindest der Machart nach. Kannst du dir die Sensation vorstellen, wenn sich diese Dinger als echt erweisen?"

„Das ist mir bekannt. Wie du als Reporterin ganz sicher weißt, müssen alle Leichenfunde der Polizei gemeldet werden. Egal wie alt sie sind!"

An diese Tatsache hatte Jo nicht einen Gedanken verschwendet. Aber zugeben? Niemals!

„Klar doch!"

„Dann hattest du selbstverständlich keine Zeit, um sich bei mir zu melden, obwohl ich dich eindringlich darum gebeten habe."

Den letzten Satz hatte er betont leise gesprochen. Jo's Körper wurde durchflutet mit einem Cocktail der unterschiedlichsten Emotionen. Eine Mischung aus Angst und Respekt. Aber was alles andere dominierte, war ihr schlechtes Gewissen. Es hockte sozusagen auf ihrer Schulter und verabreichte ihr eine Ohrfeige nach der anderen.

Fredericks große dunkle Augen waren unbarmherzig auf sie gerichtet. Das schlechte Gewissen nahm immer mehr Form an und sie selbst wurde immer kleiner.

„Ä...ääh ich habe es vergessen, Frederick. Ich hatte wahnsinnig viel zu tun. Das musst du mir glauben!"

„Nicht im geringsten. Kein Wort glaube ich dir. Ich muss jetzt zu den Archäologen gehen und sie befragen..."

Das schlechte Gewissen stemmte die Hände in die Hüften und sah Frederick herausfordernd an. Vom zarten blau wechselte es in leichtes rosa mit feuerroten Bäckchen. Jo´s Gedanken überschlugen sich. Will er unbedingt ihren Lebenskreis einschränken? Rachels Lebenskreis, den sie gerade erst neu entdeckt hat und schon wieder zu verlieren droht? Will Frederick Rachel und Jo so isolieren, dass sie nicht mehr anders können, als sich mit ihrem Schicksal abzufinden und Rachel sich der „Staatsgewalt" ergibt? Weiß er etwas von Rachels wahrer Identität und hat deshalb den Rechtsmediziner mitgebracht?

„Was haben die Archäologen denn damit zu tun? Sie wissen nichts von Rachel. Und die Arbeit macht ihr solchen Spaß. Und warum um Himmelswillen bist du in Begleitung von Doktor Thal? Was glaubt ihr denn hier zu finden?"

An dem erstaunten Blick von Frederick spürte Jo, dass sie einen großen Fehler begangen hatte.

„Das ist ja sehr schön, dass Rachel auch da ist. Das spart mir einen Haufen Arbeit."

„Du bist nicht wegen ihr hier?"

„Nein. Und Doktor Thal auch nicht. Wie kommst du darauf?"

Jo spürte, wie ihr das Blut vor Aufregung in den Kopf floss. Ihre Wangen glühten wie reife Tomaten.

„D...das ist jetzt wirklich doof."

Frederick nahm den Autoschlüssel von Jo an sich.

„Als Polizeireporterin sollte dir bekannt sein, wenn Leichen gefunden werden, bei denen es nicht klar ist wie sie gestorben sind, müssen sie zuerst von einem Rechtsmediziner untersucht werden."

Jo nickte so heftig, dass ihre kastanienrote Locken nur so sprangen.

„An deinem Blick sehe ich, dass du nicht die geringste Ahnung hattest! Und an der Farbe deines Gesichtes ist klar zu erkennen, dass du etwas vor mir verbirgst!"

Leugnen hatte keinen Zweck. Aber die Wahrheit sagen konnte sie auch nicht. Jo fühlte ein entsetzliches Dilemma.

„Du kommst jetzt mit mir. Ich muss diesen Menschen schwachsinnige Fragen stellen und mich fast dafür schämen, dass ich das tun muss. Aber es steht eine Anschuldigung im Raum, der ich leider nachgehen muss. Wenn das erledigt ist, sprechen wir drei miteinander! Hast du mich verstanden?"

„Ich gebe mir wirklich Mühe," piepste Jo kleinlaut.

„Und ich meine sprechen, keinen Smalltalk! Ich warne euch! Wagt es bloß nicht auszubüxen!"

„Setzt du uns sonst auf die Fahndungsliste?"

„Himmel-Herr-Gott-noch-mal! Jetzt habe ich aber die Schnauze gestrichen voll! Du versicherst mir jetzt auf der Stelle, dass ihr nicht ausbüxt..."

„Sonst?"

„Ich schwöre dir bei allem was mir heilig ist," Frederick griff an seinen Gürtel und zauberte Handschellen hervor, „dass ich dich im Einsatzwagen vor allen Leuten ankette und Rachel dazu, wenn ihr mir keine andere Möglichkeit lasst."

Jo glotzte ihn mit großen Augen an.

„Das würdest du wirklich tun?"

„Ohne mit der Wimper zu zucken."

„Ich glaube, jetzt habe ich verstanden."

„Wurde auch allerhöchste Zeit."

„Was willst du denn von unseren Archäologen? Die haben doch nichts verbrochen."

„Steig aus! Ich habe keine Zeit um lange herumzudiskutieren."

„Darf ich zuhören und mir eventuell Notizen machen?"

„Nein darfst du nicht."

„Und warum nicht?"

„Weil mir einfach danach ist," brüllte Frederick lautstark.

Die Crew der Archäologen unterbrach ihre Tätigkeit und sah

abwartend zu ihnen herüber. Doktor Thal hob erstaunt die Augenbrauen. Die funkelnden Handschellen in Fredericks Hand sorgten für Neugier bei allen Beteiligten.

„Könntest du bitte die Handschellen wieder an ihren Platz zurückbefördern? Sie sind äußerst respekteinflößend und machen mir wirklich Angst! Außerdem hast du es mit deiner Lautstärke geschafft, dass wir nun ein sehr aufmerksames Publikum haben."

Frederick befestigte mit grimmiger Miene die Handschellen an der Manschette.

Rachel hatte den Einsatzwagen der Polizei auch wahrgenommen. Unbeobachtet wollte sie sich auf das Dixi Klo zurückziehen und warten, bis Frederick und Omrup mit dem Doktor das Gelände wieder verlassen hatten. Aber dazu blieb ihr leider keine Möglichkeit mehr, weil Frederick anscheinend Gedanken lesen konnte und den Weg zwischen ihr und dem blauen Häuschen versperrte. Zunächst blieb ihr auch keine Möglichkeit mehr, sich zu verwandeln. Zu viele Menschen hätten das Spektakel beobachtet. Rachel warf einen fragenden Blick auf Jo, die nicht anders als mit erhobenen Händen und Schulterzucken antworten konnte. Weil sie sich bei Jo am sichersten fühlte, ging sie zu ihr und nahm fest ihre Hand.

„Ist das Spiel zu Ende?" flüsterte sie.

„Ich habe nicht die geringste Ahnung."

„Was sollen wir bloß tun? Wie geht es jetzt weiter, und wer ist der dritte Herr bei Frederick und Omrup?"

Die veilchenblauen Augen von Rachel schimmerten fast schwarz. Sie hatte fürchterliche Angst. Angst, dass sich ihr Dasein auf dem blauen Planeten für immer verändert. Angst alleine zu sein und ihre einzigen Freunde zu verlieren.

„Es bleibt uns nichts anderes übrig als abzuwarten. Der dritte Herr ist ein Gerichtsmediziner."

„Dann weiß er über mich Bescheid? Ich hätte nicht gedacht, dass Frederick zu so einem Schritt fähig sein würde. Ich habe ihn wohl falsch eingeschätzt und seine Karriere geht ihm doch über alles."

„Nun mal langsam, Rachel! Er ist nicht wegen uns hier."

„Ist er nicht?"

„Nein."

Frederick zischte völlig entnervt und bemüht, dass sonst keiner von dieser Unterhaltung etwas verstand.

„Haltet eure Klappe! Ihr kommt auch noch dran! Und ihr bleibt in meiner Nähe."

Seine Hand deutete auf die Handschellen. Rachel und Jo nickten brav.

„Professor Niebenreit? Ich bin Hauptwachmeister Frederick Knöbel. Ich hätte einige Fragen an sie und ihre Crew. In unserer Begleitung befindet sich Doktor Thal von der Gerichtsmedizin. Wie sie wissen, muss er ihre mumifizierten Leichen begutachten."

Doktor Stettmaier lief erfreut auf Thal zu. „Ich habe schon sehnsüchtig auf sie gewartet. Endlich können wir mit der Untersuchung beginnen. Kommen sie!"

„Sie haben mich wirklich neugierig gemacht. Ich bin schon sehr gespannt."

Die Doktoren schien sonst nichts mehr zu interessieren und zogen sich unter den Pavillon zu den Sarkophagen zurück.

Erstaunt hielt der Professor inne. Er spürte, dass die Sarkophage nicht der alleinige Grund war. Die Studenten, einschließlich Sherin und der Doktor, umringten neugierig die Polizisten.

„Ja, bitte? Gibt es sonst noch etwas? Unsere Lizenz wurde doch verlängert. Sogar vom Bürgermeister und dem Gemeinderat persönlich. Wir haben die Särge nur geöffnet und ansonsten auf den Doktor der Rechtsmedizin gewartet, so wie sich das gehört. Oder hat sich die Ruman Group unter ihrem Geschäftsmann Markus Ruman wieder etwas einfallen lassen?"

„Was meinen sie damit, sich etwas einfallen lassen?"

„Fast täglich droht er uns durch Anwälte mit irgendwelchen haltlosen und sinnlosen Verfügungen und so weiter. Und jetzt schickt er uns sogar die Polizei. Das ist etwas Neues. Aber ich kann ihnen alle Dokumente zeigen, dass wir wirklich berechtigt sind, unsere Ausgrabung fortzusetzen."

„Die Anschuldigungen betreffen nicht ihre Tätigkeit auf der

Ausgrabung."

„Dann kann es nicht so wichtig sein, und beruhigt mich einigermaßen."

„Da wäre ich nicht so sicher. Man wirft ihnen und ihrer Crew etwas ungeheuerliches vor."

„Mann o Mann sie machen es aber spannend."

„Herr Ruman hat sie und ihre Mitarbeiter beschuldigt, zwischen 8 Uhr 30 und 12 Uhr Mittag auf seinem Firmengelände in seinem neuen englischen Wagen diverse elektronische digitale Geräte widerrechtlich entwendet und nachträglich wieder eingebaut zu haben."

„Wie bitte?"

Professor Niebenreit schaute Frederick über seine Lesebrille ungläubig an.

„Mir war nicht bekannt, dass wir so etwas können. Unsere Computeranlage an meiner Universität ist zwanzig Jahre alt. Teilweise arbeiten wir hier noch wie vor dreißig Jahren. Wir träumen seit Jahren von einem Georadar auch Bodenradar genannt. Was glauben sie, was uns so ein Gerät die Arbeit erleichtern würde. Wir wären in der Lage, den Untergrund des Bodens zu erforschen ohne das Gelände groß um wühlen zu müssen. Das nennt sich laut Hersteller, ich zitiere: zerstörungsfreie Charakterisierung des Untergrundes."

Niebenreit zuckte mit den Schultern. Seine Gestik war eine Mischung von leichter Verzweiflung und spiegelte doch tatsächlich so etwas wie Häme wieder.

„Aber Herr Hauptwachmeister, ich muss sie leider enttäuschen. Seit gestern morgen um 7 Uhr in der Frühe waren wir alle vollzählig hier auf dem Anger. Und keiner von uns hatte Zeit, irgendeinen diversen, digitalen Elektrokrampf von einer englischen Luxusschüssel, die, ganz unter uns, keiner von uns gebrauchen kann, auszubauen, geschweige denn, wieder einzubauen."

Um seine Augen zeigten sich kleine Lachfältchen. Nur mit Mühe gelang es ihm ernst zu bleiben.

Yannis begann herzhaft zu lachen.

„Wir sind also Maulwürfe, mit diverser digitaler Elektronikerfahrung und im absoluten Hightechmodus mit allerfeinster neuester Software. Und da es sich mit Sicherheit um einen englischen, sehr teuren Wagen handelt, bitte ich euch, mich nur noch mit „Sir" anzusprechen. Meine Güte! Was haben sie dem Ruman in den Kaffee getan, dass er solche Sprüche loslässt."

Nun gab es kein Halten mehr. Alle brüllten vor Lachen.

„Also wenn Ruman schon zu solchen verzweifelten Mitteln greifen muss, kann ich davon ausgehen, dass unsere Chancen gut stehen."

Sherin schüttelte sich vor Lachen. „Was kommt als nächstes? Sollen wir Rumans Tochter entführen, oder das Klo aus und unbemerkt wieder einbauen? Wobei die Betonung auf unbemerkt liegt!"

Yanis legte einen Finger an die Stirn und dachte angestrengt nach.

„Die Sache mit dem Klo ist viel zu anstrengend. Aber dein erster Vorschlag wäre eine Überlegung wert, Sherin."

Sherin rieb sich die Augen und prustete immer noch leise vor sich hin.

„Wie viel Lösegeld würde die Tochter bringen? Da müsste doch locker das Georadar raus springen. Allerdings befindet sie sich zur Zeit im Pubertiermodus. Das mindert den Preis!"

Frederick ging zu dem Pavillon, in dem sich Doktor Thal und Doktor Stettmaier befanden. Kleine Schweißperlen auf der Stirn von Stettmaier zeigten seine Aufregung.

„Kann ich sie kurz sprechen?"

Stettmaier folgte Frederick wortlos ins Freie.

„Ich wurde gestern unfreiwillig Zeuge ihrer Unterhaltung mit Ruman. Weiß Professor Niebenreit von ihren Bemühungen, die verfeindeten Parteien irgendwie zusammenzubringen?"

Stettmaier schüttelte den Kopf. „Nein! Er hat keine Ahnung. Ich wäre ihnen dankbar, wenn sie es vor der Crew nicht erwähnen würden."

„Ich werde es nach Möglichkeiten ausklammern."

„Nach diesem heutigen ungeheuerlichen Affront werde ich keine weiteren Versuche mehr tätigen, diesen Dispens friedlich zu

bereinigen. Ruman hat aus seiner Sicht keine andere Wahl, als zu solchen Mitteln zu greifen."
„Finanzieller Engpass?"
„Ihr Gehör ist wirklich sehr gut."

Jo hatte zusammen mit den anderen gelacht und wandte sich Rachel zu, die sie immer noch hinter sich zu stehen glaubte. Im Gebüsch lag eine Jeans und ein Shirt samt Unterwäsche. Unauffällig ließ Jo mit ihrem Fuß die Wäsche im Gebüsch verschwinden. Omrup nahm alles zu Protokoll und Frederick wandte sich mit düsterem Blick zu Jo. Rachel war wie vom Erdboden verschwunden...
Die Stimmung war sehr gelöst und niemand achtete auf den kleinen Wiedehopf, der im Baum saß und lautstark in sehr schrägen, falschen Tönen vor sich hin pfiff.

*

Die Sarkophage waren unter Begleitung von Doktor Thal, dem Gerichtsmediziner und Doktor Stettmaier zur Universität gebracht worden. Hier sollten weitere Untersuchungen stattfinden. Zunächst war man natürlich an der Altersbestimmung interessiert. Einzelne Partikel der Sarkophage wurden entnommen und einer radiometrischen Altersbestimmung unterzogen. Man nennt sie auch Radiokarbon- oder C-14 Methode. Anhand der noch nicht zerfallenen Isotope des organischen Materials kann so das Alter mittels sehr komplizierter Rechnungen ermittelt werden. Doktor Stettmaier betrachtete die beiden Sarkophage, bevor sie in der Kühlkammer verschwanden. In seinem Inneren war er total aufgewühlt. Normalerweise ging er mit besseren Nerven an ein neues Projekt. Hatte er Angst etwas falsch zu machen? Das war auch eine Überlegung wert. Schließlich fand man die Sarkophage dreitausendfünfhundert Kilometer entfernt von da, wo sie sonst zu finden waren. Aber bevor er sich ans Werk machte, musste er sich noch ein wenig gedulden. Oder war es die Anwesenheit von Doktor Thal, die ihn extrem nervös werden ließ? Die Sarkophage wirkten wie Zwillinge. Sie waren fast identisch. Es gab nur einen einzigen Unterschied. Der Sarkophag, welcher als letztes gefunden worden war, schimmerte bei näherer Betrachtung etwas heller als der erste. Die Sarkophage wurden in einer speziellen Kühlkammer, mit immer gleich bleibender Temperatur untergebracht.

Die Doktoren arbeiteten auch an den Knochenfunden, die noch vor den Sarkophagen gefunden wurden. Auch hier war es vonnöten einige Proben zu entnehmen, um die Altersbestimmung vorzunehmen. Doktor Stettmaier arbeitete sehr intensiv und war begeistert über das Wissen des Rechtsmediziners. Jeder Handgriff saß, aber er sprach nur das nötigste. Doktor Thal verlor, wie es seiner Persönlichkeit zustand, wenige Worte des Smalltalk, sondern wandte sich konzentriert den anstehenden Tätigkeiten zu.

„Wenn ihnen ihr Job zum Hals heraushängt, sollten sie in unserer Branche arbeiten."

Doktor Thal ließ einen Moment die Lupe sinken, mit denen er die Knochen untersucht hatte.

„Glauben sie, dass es in der Rechtsmedizin langweilig zugeht, weil wir nur Lunge und Herz wiegen und den stinkenden, gärenden Mageninhalt von Verstorbenen analysieren?"

Seine kurz geschorenen blonden Haare reflektierten das Sonnenlicht. Die abstehenden Haare wirkten wie Glasfasern.

„Aber nein! So habe ich das doch nicht gemeint. Ich hatte nur den Eindruck, dass es ihnen Spaß macht, so tief in die Geschichte einzutauchen."

„Das auf alle Fälle! Und ich will den Dingen auf den Grund gehen."

„Das will ich auch."

„Das ist unser gemeinsamer Berührungspunkt. Mich interessiert nicht nur wie ein Verbrechen verübt wurde, sondern auch warum. Ist das ihr Handy, dort auf dem Tisch?"

„Ja. Warum?"

„Weil es die ganze Zeit summt wie eine Hornisse."

„O..ooh."

Überrascht nahm Stettmaier sein Telefon und sah, dass drei Nachrichten gespeichert waren.

„Wir müssen reden! LG S"

„Wo sollen wir uns treffen? LG S"

„Ich schlage vor, in dem verträumten kleinen Hotel, in dem wir unser erstes Date hatten. Das Essen dort war eine Offenbarung. 19 Uhr LG Sofia."

Er tippte mit zittrigen Fingern ein,:

„Einverstanden! Ich werde pünktlich sein!"

Kurz darauf summte das Handy erneut. Eine Sprachnachricht! Von seiner Frau!

„Ich kann es nicht mehr leugnen! Du fehlst mir so! Ich werde das rote Kleid tragen, welches du mir aus Marokko mitgebracht hast...Und, soweit ich mich erinnern kann, verfügen sie auch über nette, kleine, gemütliche Zimmer."

Ihre rauchige, sanfte Stimme weckte Erinnerungen. Ein sanfter wohliger Schauer fuhr über seinen Rücken und sein Herzschlag beschleunigte sich. Dieses Kleid hatte er auf einem Basar erworben. Stettmaier hatte dem Schneider ein Bild seiner Frau gezeigt. Er hatte nur genickt, Stettmaier einen phantastischen roten Stoff aus einem Gemisch von Seide und Leinen gezeigt und gesagt, er solle drei Tage später wieder kommen. Das Kleid war ein Traum, und gab es nach Angaben des Schneiders nur ein einziges Mal. Seine Frau in Deutschland war begeistert und freute sich aufrichtig über dieses einzigartige Geschenk. Voller Stolz präsentierte sich Sofia nach seiner Ankunft Zuhause darauf mit Freunden im Restaurant in ihrem neuen Kleid. Wenn ihm das Glück beschieden war, dann lächelte sie ihn heute Abend genau so an wie damals.

Zufrieden steckte er sein Handy in die Gesäßtasche und wandte sich wieder seiner Arbeit zu.

„Nach ersten Untersuchungen scheinen die Skelettfunde aus der Zeit um dreitausend vor der Zeitrechnung zu stammen."

Doktor Thal nickte anerkennend. „Es liegt auch im Bereich des möglichen, dass sie eventuell zweihundert Jahre älter sind. Das werden wir noch herausfinden. Die Löcher in der Schädeldecke stammen höchstwahrscheinlich von dieser ägyptischen Götterstatue. Also dürften diese Frauen nicht so ganz freiwillig aus dem Leben geschieden sein."

Er grinste Stettmaier an. „Eindeutig Mord! Aber wir werden es schwer haben, den Mörder zu finden."

„Wir sind doch noch am Anfang unserer Untersuchungen. Es könnte sich um eine Opferung handeln. Wenn ich auch noch nicht den Grund dafür kenne. Wenn zu dieser Zeit jemand den ägyptischen Kult hier in dieser Gegend nachahmte, könnte eventuell etwas von der hiesigen Kultur mit eingeflossen sein. Aber das ist alles nur Theorie. Dafür wissen wir zu wenig über diese Zeit, da noch keine geschriebenen Dokumente vorliegen."

„Viel weiter werde ich auch nicht dabei sein. Ich bin nur hier um festzustellen, aus welcher Zeit die sterblichen Überreste sind und an welcher Todesart sie gestorben sind. Wenn sie so alt sind wie vermutet wird, fällt es nicht mehr in mein Ressort. Danach gehören die Räumlichkeiten wieder ihnen alleine."

„Das ist sehr schade. Ich könnte ihr phantastisches Wissen über Forensik und DNA sehr gut gebrauchen."

„Danke. Normalerweise wollen die Menschen nichts mit mir zu tun haben und gehen mir gerne aus dem Weg. Man sagt, der Geruch des Todes haftet an mir."

„Was für ein Unsinn! Das sollte mittlerweile der Vergangenheit angehören! Sie sind Wissenschaftler."

Doktor Tal deutete nur ein Nicken an. „Meine Kollegen nennen mich Leichenfledderer oder auch gerne Post mortem Metzger. Damit kann ich leben. Was machen wir mit den mumifizierten Leichen? Also mir genügt es, eine Altersbestimmung zu machen. Weil, für Verbrechen,   Opferung, oder was auch immer hier vor vor fünftausend Jahren geschah, ist die Polizei nicht mehr zuständig und damit bin ich auch raus."

„Ich bedaure es zutiefst, dass man ihnen keine weitere Zeit lässt. Aber so machen wir es. Ich bin auch dafür, dass das die wichtigste Untersuchung an sich ist."

Sie entnahmen Proben von den getränkten Leinenbinden und von den Sarkophagen. Die Leinenbinden waren mit Harzen, Ölen, Myrrhe und Weihrauch behandelt worden. Er nahm eine Probe, wie es vor ihm schon Stettmaier getan hatte.

„Doppelt genäht hält besser. Ich habe in meiner Forensikabteilung phantastische Geräte und kann ihnen noch eine DNA Analyse anbieten."

Normalerweise gab es für Stettmaier keinen Grund, die Arbeit zu unterbrechen. Noch am gleichen Abend wären sie ein gutes Stück weitergekommen. Aber heute wollte er pünktlich Feierabend machen. Gegen alle Umstände. So manche Verabredung zum Essen oder ins Theater hatte er früher gecancelt oder einfach vollkommen vergessen, weil ihm seine Arbeit wichtiger war, als alles andere. Diesen Fehler wollte er nicht noch einmal begehen. Dieses zarte Pflänzchen, mit der neu aufflammenden Hoffnung, galt es zu pflegen und zu erhalten.

„Das schaffen wir aber heute nicht mehr. Ich habe leider einen wichtigen Termin, den ich um keinen Preis versäumen darf."

„Das ist gut. Dann kann ich morgen wieder kommen. Hat man eigentlich Kanopenkrüge gefunden? Das habe ich doch irgendwo gelesen. Die Eingeweiden der Menschen in den Sarkophagen wurden ebenfalls einbalsamiert und in den Krügen gelagert."

„Nein, Doktor Thal. Die hat man nicht gefunden. Das ist aber auch nicht weiter verwunderlich. Die Kanopenkrüge sind in Ägypten seit der neunzehnten Dynastie, also eintausend dreihundert Jahre vor der Zeitrechnung entstanden. Sie tragen die Namen Amset, Duamutef, Kebehsenuef und Hapi. Sie verkörpern die vier Söhne des Osiris. Aber das spielte zur Anfangszeit von Ägypten keine große Rolle. Man hatte in Ägypten zu dieser Zeit gerade gelernt, die Körper zu mumifizieren, sprich zu erhalten, da sie nur mit einem perfekt erhaltenen Körper im Jenseits weiterleben konnten."

„Ich bin sehr gespannt zu erfahren, in welchem Kontext die Sarkophage zu „unserer" Kultur passen."

„Ich auch Doktor Thal. Oder ob hier jemand kräftig „nachgeholfen" hat."

„Sie meinen Originalfunde aus Ägypten nach Deutschland verschleppt?"

„Ich weiß, das klingt absolut schwachsinnig, aber genau darüber mache ich mir so meine Gedanken."

Stettmaier räumte den Tisch leer.

„Ich muss jetzt leider los."

„Sie sind ebenfalls Wissenschaftler. Denken sie ruhig weiter über ihren sogenannten Schwachsinn nach. Zweifeln sie, und ziehen sie alles in Betracht. Auch das Unmögliche."

„Das Unmögliche sehe ich hier mit eigenen Augen. Es obliegt mir jetzt eine Erklärung dafür zu finden."

„Das werden sie. Ihr wissenschaftliches Team muss herausfinden, wann dem weiblichen Skelett die Schädelverletzung zugefügt wurde, und ob sie mit dem Tod der Mumien zeitgleich überein stimmt. Und ich lasse sie in meinem Institut prüfen."

„Da ist was dran, Doktor Thal. Weil die weiblichen Skelette höchstwahrscheinlich etwas früher bestattet wurden, als die mumifizierten Leichen."

Stettmaier fieberte dem Abend entgegen. Er hatte es nicht mehr geschafft, nach Hause zu fahren und sich umzuziehen. Ihm blieb keine Zeit mehr. Es waren nur noch wenige Kilometer bis zu dem romantischen Restaurant. Es lag verträumt mitten im Wald und war so etwas wie ein Geheimtipp. Hier wurde man mit regionaler Küche und mediterranen Speisen verwöhnt und im Keller lagerten hervorragende Weine. Allerdings hatte er auf Grund seiner beruflichen Aktivitäten seit zwei Jahren keinen Weg mehr zu dem Restaurant gefunden. Sein Lebensraum mit Sofia war München. Er wunderte sich, dass die Hinweisschilder verschwunden waren. „Dann wird sich der Geheimtipp wohl herumgesprochen haben, sodass die Schilder überflüssig geworden sind," dachte sich Stettmaier. „Außerdem verfügt heute so gut wie jeder Mensch über vernünftiges Internet und ein Navigationsgerät."

Es dämmerte bereits, als er in die schmale Straße einbog, in der sich

das Restaurant befand. Keine der schönen alten Lampen beleuchteten den Parkplatz neben dem Hotel. Nicht ein einziges Auto stand auf dem Platz. Das Gebäude versank im Dunkel der Dämmerung. Die Wege waren mit Gräsern und Wildblumen überwuchert. Auf der Terrasse waren Tische und Stühle gestapelt. Neben dem Haus befand sich einst eine gepflegte Gartenanlage mit einem kleinen Teich. Aber jetzt war von dem Teich kaum noch etwas zu erkennen. Schilf und andere Wasserpflanzen hatten das Regiment übernommen. Kleine rosa Flecken entpuppten sich bei näherem hinsehen in der Dämmerung als Seerosen. Vereinzelt fingen Frösche an zu quaken.
Vor dem Teich stand eine Bank. Ein verschrecktes Reh floh in großen Sätzen zurück in den Wald. Auf der Bank schimmerte Stettmaier etwas rotes entgegen. Erleichtert lief er auf die Bank zu.
„Ich bin so erleichtert dich zu sehen, Sofia! Du kannst dir nicht vorstellen, wie ich dich vermisst habe. Dir war wohl, genau wie mir, entgangen, dass das Hotel schon seit langem geschlossen ist."
Von Sofia kam keine Antwort.
„Aber du bist trotzdem gekommen. Ich werde mich ändern, mehr Zeit für dich haben. Das verspreche ich dir!"
Stettmaier war leicht irritiert, weil ihm Sofia immer noch nicht geantwortet hatte. Er ging mit unsicheren Schritten auf die Bank zu. In seinem Innersten brodelte es. Hatte Sofia ihn nur auf diesen verwunschenen Platz gelockt, um endgültig die Reißleine zu ziehen? Um ihm klarzumachen, dass ihre Ehe genau so zerstört und leer war, wie dieses Hotel? Die letzten Schritte schlich er förmlich.
„So sprich doch mit mir!"
Die Nacht brach herein. Alles versank in Dunkelheit. Stettmaier konzentrierte sich auf das Rot, welches förmlich durch die Nacht zu leuchten schien. Die Frösche verstummten. Aus dem nahen Wald drangen die klagenden Laute einer Eule zu ihm. Dann wurde es sehr still. Stettmaier nahm all seinen Mut zusammen, ging auf die Bank zu. Er wollte seine Frau liebkosen, sie zärtlich im Nacken berühren...
Bei der bloßen Berührung ihrer Haut lief ihm ein Schauer über den Rücken.
„Sofia!"

Seine Augen versuchten die zunehmende Schwärze der hereinbrechenden Nacht zu durchdringen. Auf der Bank das leuchtend rote Kleid zu erkennen. Ihre langen braunen Haare hingen in sanften Wellen über der Schulter.

*

„Sofort ins Auto mit dir!" Knöbels Stimme überschlug sich fast vor Wut. „Wir haben ein Hühnchen zu rupfen, Jo!"
„In deins oder in meins?"
„In den Einsatzwagen! Und zwar dalli!"
„Aber da sind Omrup und Doktor Thal dabei."
„Das ist blöd, aber leider nicht zu ändern."
„Dann wirst du aus mir kein Wort herausbekommen."
Knöbels Augenbrauen hoben sich, um sein Erstaunen auszudrücken. Die großen Augen, mit den etwas herabhängenden Lidern, quollen förmlich fast aus ihren Höhlen. Aber nicht für lange. Misstrauisch geworden, krauste er die Stirn.
„Was soll das heißen? Das du tatsächlich mit mir reden willst?"
Der Wiedehopf im Baum tirilierte weiterhin in schrägen Tönen unbeirrt in den Ästen des Baumes.
„Ich hatte es eigentlich vor."
Das Piepsen des Wiedehopf wurde etwas lauter. Er brach mit dem Schnabel kleine Ästchen ab und warf sie Jo an den Kopf.
„Du lügst doch," konterte Knöbel. „Ich glaube dir kein Wort mehr.
„Und wenn das so weitergeht, werde ich euch beide vorladen müssen. Du weißt was das bedeutet?"
Das Piepsen des Wiedehopfs wurde unerträglich laut.
„Es bedeutet, dass wir keine Aussage machen werden, wenn es offiziell wird."
Der Wiedehopf schien die Aussage von Jo zu bestätigen, indem er heftig nickte.
„Wie muss ich das verstehen?"

„So wie ich es gesagt habe."

„Inoffiziell würdet ihr mit mir quatschen?"

„Ich drücke es einmal so aus. Mit Frederick kann man wunderbar quatschen. Aber mit dem Hauptwachmeister Knöbel wäre das schon sehr schwierig."

Der Wiedehopf tippte sich mit dem Flügel an die Stirn. Jo starrte ihn an und formte mit ihren Lippen lautlos, „Was soll ich denn machen?"

Frederick beobachtete Jo wie sie in den Baum auf den Wiedehopf starrte. „Ist das dein neuer Freund?"

„Ach was heißt neu? Ich kenne ihn schon etwas länger."

Frederick nickte etwas konsterniert.

„Und der liebe Frederick soll dann alles schön für sich behalten, auch wenn es für den Hauptwachmeister Knöbel wichtig wäre?"

„So ungefähr habe ich mir das vorgestellt."

Der Wiedehopf schlugt sich mit dem Flügel gegen die Stirn.

Knöbel rannte aufgeregt vor dem Einsatzwagen hin und her.

„Ich muss darüber nachdenken."

Das mit dem Nachdenken fand der Wiedehopf wiederum klasse und hüpfte auch auf dem Ast hin und her.

„Wo ist Rachel so schnell hin verschwunden? Ich habe sie doch höchstens für Sekundenbruchteile aus den Augen gelassen! Wie hat sie das bloß angestellt?"

„Manchmal ist sie schneller als die Polizei erlaubt."

„Sehr komisch! Wirklich sehr, sehr komisch! Du gestattest, dass ich später lache."

„Lass dir nur Zeit. Zum lachen ist es nie zu spät."

Omrup hatte die Aussagen aufgenommen. „Wir können zurückfahren, Frederick. Alles erledigt. Keiner von den hier Anwesenden kommt dafür in Frage."

Frederick glotzte Omrup blöde an.

„Für was in Frage?"

„Warum sind wir wohl hier?" entgegnete Omrup verständnislos.

„Ich habe es vergessen."

„Wird Zeit, dass wir Feierabend machen. Ruman ist so von der Rolle, dass er nur noch mit Dreck um sich wirft und uns unnötige

Arbeit aufbürdet. Wo ist eigentlich Rachel? Die war doch eben noch da."

„Das wüsste ich auch gerne," knurrte Frederick, und warf einen bösen Blick auf Jo. Der Wiedehopf trat aufgeregt von einem Füßchen auf das andere. Bevor Frederick in den Einsatzwagen einstieg zischte er leise zu Jo, „Überlegt euch genau, wie ihr in Zukunft vorgehen wollt."

Der Wiedehopf machte einen langen Hals, um besser verstehen zu können.

„Kann man mit Frederick sprechen und er lässt den Hauptwachmeister im Büro?"

Frederick wandte sich wie ein Aal. Man konnte sehen, dass er Höllenqualen litt.

„Ich verspreche, dass die Uniform im Büro bleibt."

„Ich schicke dir eine Nachricht, wo wir uns treffen. Du kannst dir vielleicht vorstellen, dass ich zunächst mit Rachel sprechen muss."

„Keine Ausreden mehr."

„Geht klar."

Der Wiedehopf zeigte verzweifelt mit einem Flügel auf einen dicken Ast. Der Einsatzwagen fuhr los und Jo wartete bis er aus ihrem Sichtfeld verschwand. Dann erst legte sie Jeans und die restlichen Klamotten von Rachel in den Baum auf den dicken Ast.

„Verflucht noch eins!" klang es wenig später aus dem Baumwipfel.

„Hast du schon mal einen Schlüpfer auf einem Bein und in einem Baum angezogen?"

„Nein! Bis jetzt ist mir dieses Vergnügen noch entgangen."

„Solltest du unbedingt probieren. Ist wie Hardcor-Yoga."

Vergangene Nacht hatten Jo und Rachel noch gemeinsam im Wipfel dieses Baumes gesessen und Wein miteinander getrunken. Jo einigte sich mit Rachel darauf, sich mit Frederick bei dem leerstehenden Gasthaus vor dem großen Wald zu treffen. Rachel kannte das Hotel noch aus seinen besten Zeiten. Dann und wann hatte sie mit Agnes dort ein romantisches Wochenende verbracht. Aber das lag schon Jahrzehnte zurück. In ihrer jetzigen Situation war es viel zu gefährlich, sich irgendwo im öffentlichen Raum sehen zu lassen. Die

Männer vom BKA und CIA waren nicht dumm und es galt, solange wie möglich im Untergrund zu bleiben. Allerdings sah Rachel wenig Chancen auf Besserung. Was sollte Frederick auch ausrichten? Man konnte ihn schlecht dazu auffordern, gegen das Gesetz zu verstoßen.

„Die Hoffnung stirbt zuletzt," hatte Jo zu ihr gesagt.

„Aber wenn es eng wird, flüchte ich. Notfalls als Spinne!"

Der Wald zeigte seine scharfen Umrisse in der Dämmerung. Jo bog in den schmalen Seitenweg ab. Sie schaltete das Licht aus und fuhr vorsichtig auf die Lichtung zu, die dem Hotel früher als Parkplatz gedient hatte. Bevor sie auf den Platz einfuhren, bemerkten sie einen Wagen. Augenblicklich schrillten bei beiden die Alarmglocken. Jo fuhr den Wagen an den Rand des Dickichts. Anschließend steuerte sie ihn vorsichtig unter eine riesige Fichte. Sie stieg aus, und verdeckte mit den tiefhängenden Zweigen den Wagen. So war er, zumindest in der Nacht, nicht zu sehen.

„Ich sehe nach wer das ist. Du bleibst im Wagen, Rachel."

„Meinst du, dass Frederick uns verraten hat?"

„Nein! Hat er nicht!" flüsterte plötzlich eine männliche Stimme.

Jo musste sich doch sehr zusammenreißen, um nicht laut loszuschreien.

„Wie kommst du hierher, Frederick?"„Waren wir hier verabredet oder nicht?"

„Wo steht dein Wagen?"

„Zuhause in der Garage. Schon mal was von Fahrrädern gehört? Die simpelste Art, eventuelle Verfolger auszutricksen. Ich bin über Feldwege gefahren."

Rachel erinnerte sich an den jungen Mann auf dem Rad vor dem Autohaus. Er verschwand in der Nacht und sie waren nicht in der Lage, ihn so schnell zu verfolgen. Jo deutete auf den parkenden PKW. „Wir sind nicht alleine."

„Das kann ein Liebespaar sein."

„Ich sehe mir den Wagen an. Ich traue keinem."

Frederick schaute Jo mit grimmigem Blick an.

„Da sagst du was. Geht mir genau so. Ich begleite dich."

„Schon gut, Frederick. Anwesende ausgeschlossen."

„Ich bleibe auf keinen Fall alleine hier in der Dunkelheit zurück!" tönte es unter der Fichte hervor. Frederick zuckte vor Schreck zusammen Aber im nächsten Augenblick hatte er sich wieder in der Gewalt.

„Noch besser. Du bleibst neben mir Rachel, so, dass ich dich im Auge habe! Schließlich ist der ganze Schlamassel nur wegen dir!"

Sie pirschten sich vorsichtig näher an den Wagen heran.

„Ich kenne das Auto."

„Ich auch, Rachel. Das ist der Wagen von Doktor Stettmaier."

Der klagende Ruf einer Eule hallte durch die Nacht. Ein Frosch begann zu quaken und andere schlossen sich ihm an.

„Was sucht der Doktor hier?"

„Vielleicht hat er eine gewisse Affinität zu diesem „Lost Place" ?"

„Es wirkt schon irgendwie schräg romantisch. Sollen wir uns zurückziehen?"

Frederick verneinte und pirschte sich weiter an das Fahrzeug heran.

„Was machst du da?"

„Ich schleiche mich an."

„Kannst du uns einen vernünftigen Grund dafür nennen, Frederick?"

„Nein!"

„Bauchgefühl, oder so was in der Art?"

„Das würde mich jetzt auch brennend interessieren."

„Würdet ihr bitte die Klappe halten!" zischte Frederick aufgebracht. „Mit eurem Gequake könnt ihr es locker mit den Fröschen aufnehmen."

Plötzlich war die Stimme eines Mannes wahrzunehmen.

„Da spricht Doktor Stettmaier."

„Sofia," klang es durch die Nacht.

„So sieht man sich wieder."

„Du kennst ihn?" erwiderte Jo irritiert.

„Jawohl. Und Stettmaier kennt Ruman. Ich habe ihn auf seinem Firmengelände angetroffen, als ich in dem seltsamen Diebstahl ermittelt habe. Die Welt ist ein Dorf."

Die Frösche verstummten. Als sich ihre Augen an die Dunkelheit gewöhnt hatten, konnten sie die Umrisse des Doktors erkennen. Aber sonst war niemand zu sehen. Der Doktor ging auf eine Bank zu. Jetzt erkannten Frederick und die Mädels, dass sie sich anscheinend geirrt hatten. Auf der Bank war die Silhouette einer Frau auszumachen. Aber außer ihm sprach sonst niemand.

„Sofia!" klang es ein weiteres Mal durch die Nacht.

„Ich habe dich so vermisst!" Seine Hand wanderte nach unten um über ihre dunklen Haare zu streicheln. Aber er wagte es nicht sie anzufassen. Nur schemenhaft waren die Konturen ihres Gesichtes zu erkennen.

„Ich bin nicht dein Besitz," tönte eine zarte weibliche Stimme durch die Nacht.

„Nein! Selbstverständlich nicht. Ich wollte damit nur ausdrücken, dass ich dich über alles liebe."

„Soll ich alles vergessen?"

Stettmaier wirkte für einen Moment etwas irritiert.

„Was denn vergessen?"

„Das weißt du genau! Als es wichtig für mich war, hast du mich alleine gelassen."

„Lass uns doch wieder von vorne anfangen. Gib uns eine zweite Chance. Die hat doch jeder verdient, Sofia! Ich werde den Weg mit dir gemeinsam gehen."

Sofia zögerte mit der Antwort. Aber dann drehte sie den Kopf zur Seite und sagte: „Es fällt mir sehr schwer, dir das zu sagen. Es ist vorbei! Die Sofia, die du liebst gibt es nicht mehr!"

„Sofia! Warum tust du mir das an?" schluchzte er in die Nacht. „So lass es uns doch wenigstens versuchen. Sprich doch wenigstens mit mir, sag mir was ich besser machen kann. Das du hier bist spricht doch dafür, dass du mit mir reden willst. Sonst hättest du doch auch nicht das rote Kleid angezogen, mit dem wir so viele Gemeinsamkeiten verbinden."

Als er sich zu der Frau hinunter beugte, um sie zu küssen, schien sie abwartend still zu sitzen. Stettmaier fühlte schon ihre warmen Lippen auf seinen. Durch seinen Körper floss so etwas, was sich anfühlte wie eine Mischung aus Strom, gepaart mit angenehmer Wärme.

Doch als er sich zu ihr setzen wollte, stieß sie ihn mit beiden Händen ab.

„Lass mich gehen!" rief Sofia. „Es ist zu spät. Es ist für uns beide zu spät!"

Ein rotes Tuch, genau passend zum Kleid, fiel von ihren Schultern und blieb auf der Bank liegen. Dann rannte sie scheinbar kopflos in den dunklen Wald hinein. Stettmaier griff nach dem Schal roch daran und presste ihn eng an sich.

Frederick, Jo und Rachel saßen versteckt hinter einem Gebüsch.

„Was sollen wir nur tun?"

„Der Doktor wirkt so hilflos."

„Aber letztendlich geht uns der Beziehungsstress von Doktor Stettmaier nichts an, Mädels. Ich nehme an, er wollte sich, warum auch immer, an diesem verlassenen, und ich muss zugeben, nicht ganz unromantischen Platz, mit Sofia treffen, und die hat ihm anscheinend, warum auch immer, eine ordentliche Retourkutsche verpasst."

Hinter ihnen im Wald knackten Äste. Doktor Stettmaier reagierte auf das Geräusch. Achtlos ließ er den Schal fallen und rannte dem Geräusch nach.

„Willst du mich auf die Probe stellen, Sofia? Ich verstehe das nicht. Lass uns doch miteinander reden."

Das Geräusch von knackenden Ästen kam näher.

„Wie sollen wir Doktor Stettmaier unsere Anwesenheit erklären, wenn er uns entdeckt."

„Also ich könnte mich..."

„Nein, wirst du nicht Rachel!"

Frederick schüttelte seinen Kopf.

„Ihr müsst einfach nur still sein. Er wird uns nicht entdecken, weil er nämlich zur Zeit ganz andere Sorgen hat."

Aus dem Dickicht brach ein uralter Geländewagen aus, fuhr auf den Weg, gab Vollgas, und preschte davon.

Stettmaier stand auf dem Feldweg und starrt dem Geländewagen hinterher.

„Warum bist du Hals über Kopf weggerannt? Wir müssen doch wenigstens miteinander reden."
Stettmaier wischte sich die letzten Tränen aus dem Gesicht. Dann ging er langsam zurück zu der Bank. Er hob den Schal auf und roch abermals daran. Anscheinend war er unschlüssig, was er mit dem Schal tun sollte. Aber dann legte er ihn auf die Bank zurück, stieg in seinen Wagen und fuhr los. Eine Weile blieben Frederick und die Mädels noch versteckt unter dem Gebüsch sitzen.

„Das habe ich jetzt nicht so richtig verstanden, was da eigentlich passiert ist."
Frederick spähte zwischen den Zweigen hindurch.
„Das sieht nach einem Rachefeldzug aus. Diese Sofia scheint eine Rechnung mit Doktor Stettmaier offen zu haben."
Der Mond war inzwischen aufgegangen und beleuchtete den Garten mit unwirklichem silbernem Licht. Der rote Schal leuchtete bizarr in der ansonsten schwarz, grauen, dunklen, Farbe der Nacht.
„Mir tat der Doktor Leid."
Knöbel zuckte nur mit den Schultern.
„Vielleicht hat euer Doktor dieses Spektakel selbst heraufbeschworen?"
„Inwiefern?"
„Aus Eifersucht womöglich?"
„Aber warum dann so eine Horrorfilmreife Vorstellung? Man trennt sich und fertig. Frauen schneiden sich nach einem Trennungsprozess meist die Haare ab und richten die Wohnung neu ein. Diese Sofia muss geistig aus einem komplett anderen Holz geschnitzt sein. Ich hatte den Eindruck, Stettmaier hatte keine Ahnung, was sie von ihm eigentlich erwartete."
Rachel nickte. „Du bist der Meinung, Sofia macht hier auf Psychoterror?"
„Ich finde schon. Das wirkte alles sorgfältig durchdacht, und dieser „Lost Place" hat perfekt zu dieser Inszenierung gepasst. Der Doktor war total schockiert, hat sogar geweint."
„Vielleicht wollte sie ihn dazu bringen, irgendeine Schuld

einzugestehen. Es wirkte schon alles ziemlich gruselig."

„Kann sein. Eine andere Frau vielleicht, mit der er, ich nenne es mal, mehr „interagiert" hat? Frauen vergessen so etwas nicht!"

Weil Frederick die ganze Zeit geschwiegen hatte, sprach Rachel ihn an.

„Wie denkst du darüber?"

Fredericks Augenbrauen zogen sich zusammen.

„Ich weiß nicht, was ich denken soll und es ist mir auch egal...Ihr Frauen treibt mit euren Spielchen so manchen Mann an den Rand des Verderbens und des Wahnsinns."

Die jungen Frauen sahen ihn mit entsetzten Augen an.

„Ich hatte mehr den Eindruck, als ob auch Sofia gelitten hat."

„Das mag sein. Ich kann aber in meiner Eigenschaft als Polizist sehr schlecht zu dem Doktor gehen und fragen, ob seine Beziehung im Eimer ist."

Zaghaftes nicken.

„Außerdem sind wir aus einem anderen Grund hier. Wir verlassen jetzt dieses gemütliche Gebüsch mit seinen achtbeinigen Bewohnern und setzen uns ins Auto. Und dann wird Tacheles geredet."

„Ich finde es eigentlich ganz gemütlich."

Um das Handgelenk von Rachel ringelte sich eine Blindschleiche. Sie streichelte den Kopf des scheuen Tieres.

„Der rote Schal, in dieser unwirklichen, phantastischen Atmosphäre, ergäbe ein wunderbares Fotomotiv," sinnierte Jo. „Aber leider habe ich meine Kamera nicht dabei."

„Das ist in der Tat blöd! Interessiert mich aber nur so semi bis mittelmäßig. Ich will jetzt von euch wissen, warum der Kulmbach vom BKA und Williams von der CIA hinter Rachel her sind! Wie soll ich euch helfen, wenn ich über den genauen, nennen wir es doch „Tatbestand", nicht informiert bin? Vielleicht wäre es auch besser, wenn Rachel sich stellt und ganz bewusst in die Öffentlichkeit tritt. Das würde diesen Herren gewaltig den Wind aus den Segeln nehmen."

Jetzt gab es keine Ausreden mehr. Rachel kraulte die Blindschleiche unter dem Kinn. Sie reckte den Kopf höher, um noch mehr

Streicheleinheiten zu bekommen.

Für Sekunden herrschte peinliches Schweigen. Eine Igelfamilie hatte sich vor den Menschen versammelt. Anscheinend hatten jene ihre Schlafquartiere besetzt, ohne um Erlaubnis zu fragen. Missmutig und störrisch nahmen sie vor dem Gebüsch Platz. Man wollte das Problem also aussitzen. Völlig unbeeindruckt davon, verschränkte Frederick seine Arme und sah die Mädels erbarmungslos an.

„Mein Geduldsfaden steht kurz vor dem reißen! Ihr wollt mich nicht kennenlernen, wenn ich die Kontrolle über mich verliere!"

Jo betrachtete die Igelfamilie und probierte es mit Smalltalk.

„Sieh doch nur! Die Igelkinder sehen wie kleine Bürsten aus!"

„Mit einem von diesen Viechern kämme ich euch gleich die Haare von den Zähnen. Ich warte immer noch auf eine plausible Erklärung."

Jo wollte etwas erwidern, aber Rachel hob die Hand.

„Glaubst du mir, wenn ich dir sage, dass ich in den USA nichts verbotenes oder schlimmes getan habe. Ich habe keine Verbrechen begangen, keine Menschen umgebracht, und auch sonst habe ich mir nichts zu Schulden kommen lassen. Kannst du mir das bitte glauben?"

Die Aura von Rachel begann wieder in blau zu leuchten. Jo zog Rachel die Kapuze hoch, um das Schlimmste zu verhindern. Frederick spürte, dass sie aus ihrer Sicht zumindest die Wahrheit sagte.

„Nicht böse sein, Rachel. Aber ich habe da etwas recherchiert. Und was ich herausbekommen habe, gelingt diesen Herren im schwarzen Anzug allemal. Hast du oder deine Familie irgendetwas mit Rachel Steingrün aus Berlin gemein?"

„Aus Berlin?" tat Rachel sehr erstaunt, obwohl ihr ein dicker Kloß im Halse saß und es ihr schwer fiel, normal zu atmen. „Ich kann dir im Moment nicht folgen und weiß nicht was du meinst."

Die Blindschleiche hatte die Igel vor dem Gebüsch entdeckt und weil die eine Vorliebe für leckeren Blindschleichenbraten hatten, zog sie es vor, die warmen Hände von Rachel zu verlassen und sich in die feuchten Randgebiete des Teiches zurückzuziehen.

Frederick seufzte nur.

„Natürlich nicht! Ich werde dir etwas auf die Sprünge helfen. In den späten dreißiger Jahren des vergangenen Jahrhunderts wohnte Rachel Steingrün in Berlin. Als Jüdin keine gute Zeit, wie ihr bestimmt wisst. Durch eine widerliche Aktion der Gestapo, kam sie in Berlin ums Leben. Ein angeblicher Messerangriff von Frau Steingrün machte es nötig, dass die Polizisten zur Waffe greifen mussten. Ekelhaft und widerwärtig!"

Rachel dachte noch mit Schrecken an diesen Nachmittag in Berlin. Agnes hatte voller Angst in einem Cafe gewartet. Und ihr war vor Aufregung übel geworden, als sie das Haus betrat. Die nette Nachbarin hatte ihr den Zugang zu der Wohnung ermöglicht. Ohne diese Papiere wäre es nicht möglich gewesen, zusammen mit Agnes nach Amerika auszuwandern. Es war eine schlimme Zeit. Als sie zwischenzeitlich in Holland waren, hat der Vater von Agnes eigenhändig die Polizei über ihren Standort informiert. Er wollte unbedingt, dass seine Tochter wieder „normal" wird, heiratet, Kinder bekommt, und vor allen Dingen, nicht studiert. Rachel hätte er den Nazis als Opfer nur allzu gerne in den Rachen geworfen. Freunde organisierten sozusagen in letzter Sekunde die Ausreise nach Amerika. Diesen unglaublichen Affront hat Agnes ihrer Familie nie verziehen. Rachel riss sich auf Grund dieser schmerzlichen Erinnerung zusammen, um den Ausführungen von Frederick zu folgen.

„Die Aufarbeitung unserer jüngsten Geschichte wird sich wohl noch etwas hinziehen, wenn überhaupt. Aber ich möchte auf etwas ganz anderes hinaus. Ein Jahr später tauchte sie in Amerika wieder auf! Also eine andere Person, die mit der Identität von Frau Steingrün in Amerika ein neues Leben begonnen hat."

Frederick ließ diese Information zunächst auf die Mädels einwirken. Da keine Widerworte kamen, sprach er weiter.

„Dann, in Amerika in den vierziger und fünfziger Jahren, tauchte, zumindest was ich recherchiert habe, auch zum ersten Mal Agnes Fahrenkamp in Begleitung von Frau Steingrün auf. Soweit ich informiert bin, war das deine Großtante, Jo, die in Amerika erfolgreich studiert und promoviert hatte. Ebenso wie Rachel Steingrün. Beide haben erfolgreich ein Studium in Physik abgeschlossen, erfolgreich ihre Doktorarbeiten eingereicht, und bis in die fünfziger Jahre in den USA an verschiedenen Universitäten gearbeitet. Ende der fünfziger Jahre kehrte Agnes Fahrenkamp nach Deutschland zurück und kaufte das alte Haus bei den „heiligen drei Tannen". Ab da verliert sich die Spur von der „neuen" Rachel Steingrün. Bis jetzt....

Dann tauchen diese Herren vom BKA und CIA auf und wollen wissen, wo sich Rachel Steingrün aufhält. Die nach ihrer Schilderung achtunddreißig Jahre ist, über blondes Haar verfügt und vor einem Jahr aus Übersee mit registrierter Flugnummer nach Europa eingereist ist."

Ein Igelkind stupste Frederick an, wann diese unverschämten Menschen endlich das Weite suchen und ob sie endlich ihr Nachtdomizil beziehen können.

„Ich muss sagen, du hast verdammt gut recherchiert."

„Ja, das habe ich. Und jetzt seid ihr an der Reihe."

Rachel presste die Lippen aufeinander. Anschließend atmete sie tief durch.

„Die letzten achtunddreißig Jahre war ich sehr selten auf Reisen."

Darüber war jetzt Frederick doch einigermaßen erstaunt.

„Ich will ja nicht klagen, aber jetzt kommst du noch mehr in Erklärungsnot."

„Ich habe auch nicht in dem Flugzeug gesessen."

„Das wird ja immer besser!"

„Ich musste doch etwas tun. Sie in Schutz nehmen!" mischte Jo sich ein.

„Wie du siehst, ist dir das vollkommen gelungen. Ein ranghoher Mitarbeiter des CIA und ein hohes Tier des BKA haben Rachel im Visier!"

„Ich bin an diesem Desaster Schuld!"

„Darüber hege ich nicht den geringsten Zweifel! Du hast ernsthaft die Passagierliste dieses Fluges manipuliert?"

„Ä...äh, ja...Also das war so...Ich habe..."

„Halt um Himmelswillen die Klappe, Jo. Ich will überhaupt nicht wissen, wie du das angestellt hast. Meine Fresse! Was kommt denn noch alles?"

Rachel bohrte mit ihrem Finger Löcher in die Erde. Niedliche Käfer krabbelten heraus, die umgehend von den Igelkindern geprüft wurden, ob es sich um etwas essbares handelte. Keiner der Menschen nahm davon Notiz. Für einen kurzen Augenblick herrschte eine unheimliche Stille, die nur von dem Schmatzen der Igelkinder unterbrochen wurde. Erwartungsvoll blieben sie vor Rachel sitzen, ob sie noch mehr von den Leckerbissen hervorzaubern konnte. Jo drehte schuldbewusst mit dem Finger ihre Locken. Rachel überlegte fieberhaft, wie sie diese doch sehr schwierige Unterhaltung weiterführen konnte.

Plötzlich hörten sie ein Motorengeräusch. Ein Auto näherte sich. Neugierig steckte Jo den Kopf heraus.

„Kommt der Professor zurück?"

Ein Geländewagen preschte von der Feldstraße direkt in die Einfahrt des Hotels. Er fuhr weiter bis an die Gartenanlage und blieb direkt vor dem Gebüsch stehen, unter dem Frederick und die Mädels hockten. Auf Grund der Dunkelheit waren nur die Umrisse und der Lichtkegel einer Taschenlampe erkennbar. Aber das rote Kleid schien in der Nacht zu leuchten. Sofia rannte zu der Bank und beleuchtete kurz die Umgebung. Dann fiel der Lichtkegel auf den Schal. Sie griff ihn, stieg in den Wagen, wendete und fuhr genauso schnell zurück wie sie gekommen war.

Jo hielt ihre Nase, witternd wie eine kleine Katze, in die Luft. „Und was war jetzt das?"

„Ich schätze, Sofia will, über diesen mehr als makaberen morbiden Spaß, keine Spuren hinterlassen."

„Ich hätte mir gerne das Nummernschild gemerkt, aber es war ziemlich verdreckt und man konnte es nicht entziffern. Durch die Dunkelheit war noch nicht einmal die Farbe des Geländewagens zu bestimmen, er kann blau, grau, oder cremefarben gewesen sein ... Was ist los mit dir, Jo. Du siehst aus wie ein Köter, der eine Witterung aufgenommen hat."

„Sofia benutzt ein ausgezeichnetes Parfüm. Ich habe es sofort wahrgenommen, als wir diesen Platz betraten. Sogar jetzt noch, als der Geländewagen weggefahren ist und die Auspuffgase verpufft sind, kann man diesen Duft noch erahnen. Eine besonders intensive Duftnote dieses Parfüms war Jasmin. Und Stettmaier scheint besonders darauf abzufahren. Erinnert euch nur wie er den Schal an sich gepresst hielt, und förmlich den Duft inhaliert hat."

„Das ist schwer zu verstehen. Hat Sofia in letzter Sekunde kalte Füße bekommen und deshalb Reißaus genommen?" sinnierte Rachel halblaut vor sich hin.

„Oder hatte sie etwas ganz anders vor?"

Frederick hob resigniert die Schultern. „Mit dem Gefühlsleben von Frauen bin ich hoffnungslos überfordert."

Jo warf ihm einen spöttischen Blick zu.

„Du armes menschliches Wesen der Gattung Mann! Es obliegt doch dir, dich darüber zu informieren, wenn dir ein Wagen in der Öffentlichkeit sehr unangenehm aufgefallen ist."

„In der Öffentlichkeit? Was willst du von mir, Jo?"

„War das eine angemessene Fahrweise? So mitten in der Nacht? Zumal sie irgendwo hier in der Nähe gewartet haben muss um den Doktor zu beobachten."

„Wie kommst du zu dieser unglaublichen Erkenntnis?" bohrte Frederick nach.

„Woher konnte sie sonst wissen, dass der Doktor den Schal hat liegen lassen?"

Dann dämmerte es Frederick endlich. Jo´s Schlussfolgerungen klangen schlüssig und logisch. Und das ärgerte ihn.

„Herr-Gott-noch-mal! Soll ich vielleicht nach dem Geländewagen fahnden lassen?"

„Tolle Idee! Zumal du die Autonummer nicht festgestellt hast!"

Frederick runzelte unzufrieden über diese wahre Mutmaßung die Stirn.

„Und wenn ich gerade dabei bin, kann ich nachsehen, ob diese Sofia Dreck am Stecken hat. Seid ihr nun zufrieden?"

Die Damen nickten huldvoll und glaubten, dass zumindest für diesen Tag der Kelch an ihnen vorüber gezogen ist. Aber Frederick fiel doch noch etwas ein, was er zu der Unterhaltung beisteuern konnte.

„Ach übrigens, ihr arbeitet doch nicht alleine. Ich habe in dieser Nacht lange nachgedacht, warum Hendrik diese Mühsal auf sich nimmt und mitten in der Nacht mit dem Trecker in die Stadt fährt, um die gelben Wertstoffsäcke am Sammelpunkt abzustellen. Klar! Zunächst um die Agenten von euch fortzulocken. Aber es gab noch einen anderen Grund. Aber er ist mir leider erst Zuhause eingefallen, und da war es zu spät. Was habt ihr dem Müllmann gesteckt, dass er auf dem Marktplatz genau die Säcke aussortiert hat, die kurz zuvor Hendrik dort deponiert hat?"

*

William und Kulmbach beobachteten nun schon seit zwei Tagen das Anwesen bei den „heiligen drei Tannen". Es schien aussichtslos. Rachel Steingrün tauchte nicht auf. Aber auch die Reporterin, Jo Wenkert, war mit keinem Auge mehr zu sehen. Nur Hendrik Scharmann fuhr regelmäßig jeden Morgen mit einem uralten Traktor auf seinen maroden Bauernhof und kehrte spät abends zurück. Ein Wagen der Post hielt an. Ein Mann stieg aus und beförderte zwei Umschläge in den Briefkasten. Sonst war nichts los. Die Männer hätten zu gerne den Schuppen und den Stellplatz des Traktors erkundet, wenn Scharmann unterwegs war, ob sich das Objekt ihrer Begierde eventuell hinter den wurmstichigen, alten Türen verbarg. Aber dieser aggressive schwarze Kater ließ sie nicht aus den Augen. Selbst wenn einer von ihnen nur den Wagen verließ, weil er mal austreten musste, war der Kater sofort parat, und scheuchte sie mit beeindruckendem knurren und fauchen zurück. Kulmbach hatte bei der letzten Angriffsattacke dieses schwarzen Teufels seine Waffe aus dem Schulterhalfter gezogen. Nur mit Mühe gelang es Williams ihn daran zu hindern, dieses renitente Vieh für immer in die ewigen Jagdgründe zu befördern.

„Na und? Wen stört es? Auf die nächsten fünf Kilometer wohnt hier keine Menschenseele. Niemand kann den Schuss hören."

Kulmbach warf einen verhassten Blick auf den Kater, der sehr selbstbewusst auf der Motorhaube Platz genommen hat, und nicht im mindesten daran dachte, ihn vorläufig zu verlassen.

„Wir sollen unauffällig agieren, Kulmbach. Wenn sie den Kater erschießen erzeugen sie Wellen, die wir nicht mehr aufhalten können."

„Ach ja? Und was zum Beispiel?"

Kulmbach hielt seine Dienstwaffe immer noch auf den Kater gerichtet. „Eine Kugel in den Kopf und das Problem ist gelöst."

„Die Kugel verrät schon so einiges. Es ist nicht schwer herauszufinden, dass sie zu einer registrierten Remington Pistole gehört. Und wer benutzt die in Deutschland?"

„So ein Mist. Zudem mir meine Dienststelle noch geraten hat, unauffällig zu sein. Aber ich könnte ihn trotzdem erledigen, und den Kadaver vergraben. Am besten hier irgendwo im Wald."

„Sie investieren allen Ernstes so viel Energie, um einen Kater auszuschalten? Mäßigen sie sich Kollege, sonst geraten wir zu sehr in den Fokus. Das darf nicht passieren. Konzentrieren wir uns auf das wesentliche. Wir müssen die Identität dieser Person herausfinden, die hier in Deutschland unter einem falschen Namen lebt! Wir müssen herausfinden, was diese Person vor hat. Womöglich geht es um die Sicherheit unserer Länder!"

Daraufhin beschlossen sie eine andere Taktik und versuchten sich mit dem Kater anzufreunden. Als er vor dem Haus auf der Bank lag und scheinbar vor sich hin döste, legten sie die teuersten Leckereien aus, die man für Geld kaufen konnte. Hinterhältig behandelten sie die „Leckerchen" mit Beruhigungsmitteln. Aber sie mussten sich beeilen, denn der vermeintliche träge Kater war plötzlich wieder putzmunter und setzte ihnen in riesigen Sprüngen nach. Als er wie üblich auf der Motorhaube Platz genommen hatte, sah er in unweiter Entfernung diese herrliche Kostbarkeit, deren Geruch ihm zart in die Nase stieg. Die Nase hoch erhoben und witternd sprang er von der Motorhaube. Die deutsch-amerikanischen Agenten frohlockten schon. Der schwarze Kater drehte eine Runde um das leckere Futter ohne es anzurühren. Raben ließen sich kreischend in der Nähe nieder, um etwas von den Leckerchen zu stibitzen. Der Kater jagte sie davon. Tobend flogen sie auseinander, nahmen im nächsten Baum Platz und palaverten über diese Unverschämtheit.

„Die Bestie hat ihr Futter gesichert. Nur noch einen kurzen Augenblick und er wird nicht mehr lange widerstehen können."

Der Kater umrundete das Futter ein weiteres Mal ohne es anzurühren. Dann drehte er sich um und urinierte über die vermeintlichen Köstlichkeiten. Anschließend kratzte er mit den Vorderpfoten ordentlich Erde und Dreck darüber. Er warf den Agenten einen triumphierenden Blick zu und nahm seinen Platz auf der Motorhaube wieder ein, aber nicht, ohne ihnen zu zeigen, was er von ihnen hielt. Sein Hinterteil war geringschätzig auf sie gerichtet.

„Wir werden wohl andere Maßnahmen ergreifen müssen."

„Es gibt schließlich nicht nur Schusswaffen, um einen Gegner zu terminieren!"

*

Völlig verstört fuhr Stettmaier in der Nacht nach Hause. Tränen der Wut, Verzweiflung und Enttäuschung rannen ihm über die Wangen. Sofia war bekannt dafür, dass sie gerne geistreiche und kluge Unterhaltungen führte. In welches seelische Loch war sie gefallen, dass sie zu solchen drastischen Maßnahmen griff? War es möglich, dass sie etwaige Informationen aus seinem Privatleben heraus gekramt hatte, die sie noch nicht wusste? Aber jeder Mensch hat doch so seine Geheimnisse. Sofia wird auch welche haben, die sie ihm, dem Ehemann, noch nicht gebeichtet hat, oder niemals beichten wird. Aber je mehr er darüber nachdachte, umso schwieriger wurde es für ihn. Die Chancen, Sofia zurückzugewinnen, waren in seinen Augen verschwindend gering, beziehungsweise, nicht mehr vorhanden. Er hätte ihr so gerne von den unglaublichen Funden berichtet. Aber es war ihm unmöglich, Sofia näherzukommen.

„Soll ich alles vergessen?"

Dieser Satz ging ihm nicht mehr aus dem Kopf. Er fand die Ehe mit Sofia, seiner Auffassung nach, gar nicht so schlecht, auch wenn sie sich lange nicht sehen konnten. Jeder bewunderte seine Frau und ihre geistreichen Dialoge. Manchmal saß er einfach nur da und hörte zu, wenn sie sich mit anderen unterhielt. An Schlaf war in dieser Nacht nicht zu denken.

*

Noch lange saßen sie in dieser Nacht auf einer Picknickdecke und sprachen miteinander. Aus dem unergründlichen Fundus ihres Wagens fand Jo noch eine Tüte Chips, eine angebrochene Packung mit Schokoladenmuffins, und eine Flasche Wein, die mindestens seit einem Jahr im Kofferraum lag. Der Rotwein hatte eine seltsame Geschmacksnote und das lag wahrscheinlich nicht nur daran, dass sie benutzte Kaffeebecher zur Verfügung hatten.

„Also ich finde, er schmeckt wie eine Mischung von Balsamico und Himbeergrütze" erwiderte Jo leicht erstaunt.

„Wenn man Chips dazu isst, wird der Wein erträglich," fügte Frederick hinzu, „kombiniert mit einem Muffin sprengt dieser Wein alle Regeln. Aber kommen wir doch nicht vom Thema ab. Wer war der Mann, der eure Säcke und nur eure Säcke, vom Markt mitgenommen hat? Ich will das jetzt wissen! Ihr braucht euch keine Sorgen zu machen, dem Mann passiert nichts!"

Rachel biss in einen Muffin und sagte mit vollem Mund.

„Iff war daf"

Fredericks Augen wurden groß und er ähnelte mehr denn je einem beleidigten Cockerspaniel.

„Was soll das heißen? Willst du mich absolut verarschen?"

Frederick warf seinen Kaffeebecher um, und die rotbraune Brühe floss über seine Sneakers. Er sprang wütend auf und rannte zu seinem Rad.

„Es reicht! Meine Geduld ist am Ende. Ich lande immer wieder in einer Sackgasse. So kann das nicht weitergehen. Wenn ihr euch entschlossen habt mir endlich die Wahrheit zu sagen, meldet euch bei mir. So macht das absolut keinen Sinn!"

Rachel ließ alles stehen und liegen und rannte ihm nach. Sie stellte sich vor ihn mit den Händen am Lenkrad.

„Glaube mir! Ich war es wirklich. Denk doch einmal genau nach. Was hast du gesehen?"

„Einen Kerl! Ich habe einen Kerl mit einer gelben Warnweste gesehen. Noch bin ich nicht verrückt und kann meinen Sinnen noch trauen."

„Aber ja doch, Frederick. Ich hatte diese Warnweste und eine billige Karnevalsperücke aufgezogen und die Säcke mitgenommen. Und du hast mich mit Sicherheit auch nur aus einiger Entfernung gesehen."

„Ja. Ich stand gegenüber hinter einer Litfaßsäule," knurrte Frederick ungehalten, aber nicht mehr ganz so böse.

„Jetzt stell bitte das Rad wieder hin. Du musst uns helfen, diese Plörre auszutrinken. Das schaffen wir alleine nicht."

Misstrauisch rieb er sich über seinen Schnauzer. Aber dann stellte er brav sein Rad ab, nahm auf der Picknickdecke wieder seinen Platz ein, und ließ sich von Jo den Becher mit Wein füllen.

„Aber bevor wir zum gemütlichen Teil übergehen solltest du mir noch einige Fragen beantworten, Rachel."

„Ich bin ganz Ohr!"

„Also liege ich richtig in der Annahme, dass eine Vorfahrin von dir, Urgroßmutter oder eine Tante, die Identität der tragisch ums Leben gekommenen Rachel Steingrün angenommen hat, und nach Amerika ausgewandert ist."

„So ungefähr Frederick."

„Ungefähr? Es muss eine Verwandte von dir gewesen sein, die

Ähnlichkeit mit dir ist zu verblüffend."

„Dann lassen wir das einmal so im Raum stehen."

„Du machst mich wahnsinnig! Wenn du nach deiner eigenen Schilderung nie in dem Flugzeug gesessen hast und nie in Amerika warst, wo hast du dich dann all die Jahre aufgehalten? Hat es dich in den ehemaligen Ostblock verschlagen, Rachel? Hast du in Russland gelebt? In Litauen, Lettland, was gibt es denn sonst noch? Hast du im ehemaligen Ostblock eventuell für den Geheimdienst gearbeitet?"

„Du lieber Himmel, nein! Nichts von alledem, Frederick. Ich habe nie gesagt, dass ich nicht in Amerika war. Nur der Zeitpunkt war falsch. Kannst du das verstehen?"

„...Nein...ich bin etwas überfordert!"

„Gib mir Zeit darüber zu sprechen. Ich kann dir immer nur versichern, dass ich, außer, dass ich über keine regulären Papiere verfüge, nichts böses oder sonst etwas in dieser Art getan habe."

„Aber wie und wann ist denn das passiert? Jeder Mensch kann doch seine Identität bei den zuständigen Behörden bestimmen und neu anfertigen lassen. Und selbst wenn du Asyl suchst wird man dir helfen."

„Wie du schon sagst, Frederick. Jeder Mensch kann das. Mir ist dieser Weg leider versperrt."

„Du gestattest, dass mir das zu hoch hängt. Du redest als ob du nicht von dieser Welt bist."

„Yep. Das trifft so ziemlich den Nagel auf den Kopf."

„Wie yep? Sonst kommt nichts? Wie stellst du dir denn dein zukünftiges Leben vor?"

„Ich habe nicht den blassesten Schimmer wie es weitergehen soll."

Frederick schüttete sich die letzten Chips aus der Tüte direkt in den Mund.

„Dann müssen wir eine Lösung finden! Was machen wir mit deiner geliehenen Identität? Mit der kannst du, dank dieser Agenten, leider nicht mehr agieren."

„Ich werde weiterhin, das heißt, wenn du uns nicht verpfeifst, im Untergrund bleiben. Mir bleibt zur Zeit gar nichts anderes übrig."

Jo hatte derweil ihr Laptop aufgeklappt, um den nächsten Artikel fertigzustellen.

„Hilfst du Rachel dabei im Untergrund zu bleiben?"

„Aber selbstverständlich Frederick. Ich lasse sie niemals im Stich. Oder ist das jetzt Strafvereitelung?"

Frederick trank einen Schluck und verzog das Gesicht.

„Nein! Ist es nicht! Das ist jetzt natürlich Ansichtssache. Sie wird keines Verbrechens angeklagt, und Rachels Papiere sind noch durch das amerikanische Konsulat abgesegnet. Mehr muss ich vorläufig nicht wissen. Aber ich werde nicht locker lassen, bis ihr mir irgendwann die ganze Wahrheit erzählt... und es ist immer sehr wichtig zu wissen, wo ihr euch aufhält."

„Warum?"

„Damit ich euch die Agenten vom Hals halten kann."

Rachel beugte sich zu Frederick hinüber und gab ihm einen zarten Kuss auf die Wange.

„Danke! Du bist ein wahrer Freund!"

Frederick wurde puterrot im Gesicht und wirkte plötzlich sehr verlegen. Um das peinliche Schweigen zu überbrücken, glotzte er auf den Monitor. Jo durchforstete ihre zahlreichen Videos, welche zu dem genannten Artikel passten.

„Mach mal langsam."

Jo warf ihm einen fragenden Blick zu.

„Darf ich das Video sehen? Oder ist das geheim? Für deine Reportagen?"

Jo stoppte die Aufnahme. „Das kannst du gerne sehen. Ich bin gespannt, was du dazu zu sagen hast."

„Wenn mich nicht alles täuscht, ist das doch vor dem Autohaus aufgenommen worden, das diese englischen Edelkarossen vertreibt. Was hat dich nachts veranlasst, diese Aufnahmen zu machen?"

„Mich interessiert, warum es dich interessiert. Wir waren auf dem Weg zur Ausgrabung und sind nur Nebenstraßen gefahren, um etwaige Verfolger sofort zu erkennen. Vor dem pompösen Autohaus tauchte der Schatten eines jungen Mannes unvermittelt auf."

‚Jo stellte auf Vollbild.

„‚Ruman hat von diesem Autohaus so eine Edelkarosse. Am nächsten

Tag nahm er das Gefährt mit in die Firma und innerhalb weniger Stunden wurden verschiedene elektronische Teile ohne einen einzigen Kratzer oder sonstige Beschädigungen aus und wieder eingebaut. Das ist laut Hersteller eigentlich unmöglich, da alles digitalisiert, Passwort geschützt ist, und was es es sonst noch so alles an Sicherheitsvorkehrungen gibt. Es gibt Zeugen in der Firma, die das tatsächlich bestätigen. Aber die Überwachungskameras haben nichts dergleichen aufgenommen. Sehr fragwürdig das Ganze."

„Ach ja, ich erinnere mich. Deshalb warst du an der Ausgrabung, weil dieser verrückte Choleriker behauptet hat, die Archäologen hätten etwas damit zu tun."

„Ganz genau! Also, wir sind genau so schlau wie vorher... Wann habt ihr dieses Video aufgenommen?"

„Am zwölften Mai, morgens so gegen zwei Uhr."

„Also das ist der Tag, an dem ihr euch, du und Rachel, der „Staatsgewalt" sozusagen entzogen und die Agenten in die Irre geführt habt."

„Was sollten wir denn machen? Uns blieb doch nichts anderes übrig!"

„Dazu sage ich jetzt einmal nichts!" grummelte Frederick immer noch leicht angesäuert. Rachel ergriff das Wort, damit die Unterhaltung nicht wieder aus dem Ruder lief.

„Ich habe in der Nacht meine Augen überall. Dieser junge Mann kam offensichtlich aus dem Autohaus. Dabei ist uns aufgefallen, dass kein Bewegungsmelder reagierte. Zunächst dachten wir, dass er Überstunden macht und deshalb die Alarmanlage ausgeschaltet hat. Aber besonders logisch klingt das auch nicht."

Frederick studierte das Video nun in aller Ruhe. Bei der Stelle, an der der junge Mann vor dem Wagen von Jo stürzte, stutzte er. Nur für Sekundenbruchteile war ein schmales, bleiches Antlitz zu erkennen.

„Er ist noch sehr jung. Da macht man wahrscheinlich keine Überstunden. Kann ich das Video haben? Dieses Gesicht werde ich mir näher ansehen. Was trägt er für eine seltsame Brille? Ich hasse diese Klamotten mit den weiten Hosen, und den über weiten Hoodies. Damit sehen die alle gleich aus. Aber das interessante daran ist, dass der „Einbruch" in Rumans Wagen am nächsten Morgen erfolgte. Was trägt der bloß für eine interessante Brille. Vielleicht habe ich hier eine erste Spur!"

*

Stettmaier hatte in dieser Nacht kein Auge mehr zugetan. Noch in der gleichen Nacht hatte er eine Nachricht an Sofia geschrieben, indem er um eine Erklärung für ihr sonderbares Verhalten bat. Er hat ferner geschrieben, wenn er sie irgendwann unabsichtlich schwer beleidigt und verletzt haben sollte, ihm den Grund doch bitte dafür mitzuteilen. In verzweifelten Worten schrieb er, dass er für seine Schuld gerne einsteht,, wenn er sie denn kennen würde. Stettmaier zermarterte sich stundenlang den Kopf darüber, was wohl der Anlass für dieses seltsame Verhalten war.

Seine Arbeit war sein Leben. Es gab für ihn nie etwas schöneres, als in alten vergessenen Schriften und alten Knochen neues zu entdecken und ihre Geheimnisse ans Tageslicht zu bringen. Er liebte es, sich ständig fortzubilden und neues hinzuzulernen. Vielleicht war das der Grund, dass Sofia sich immer mehr in sich zurück zog. Andere Frauen hatten in seinem Leben keine Rolle mehr gespielt, seit er Sofia kennen und lieben gelernt hatte. Also ein Seitensprung oder „One-Night-Stand" seinerseits hatte auch nie stattgefunden. Aber wie stand es um Sofia? Hatte sie womöglich einen anderen Mann kennengelernt? Und war er es möglicherweise, der sich dieses perfide Spiel ausgedacht hat? Aber warum? Er konnte es drehen und wenden wie er wollte, und kam doch zu keinem Ergebnis. Sofia war doch nicht der Charakter, der sich auf solche Spielchen einließ. Aber dann dachte er an die vergangene Nacht und an ihr rätselhaftes Verhalten.

An Schlaf war nicht mehr zu denken. Darum war er in aller Frühe bereits zur Universität gefahren, um weitere Untersuchungen vorzunehmen. Ohne Doktor Thal durfte er vorerst nicht an den Mumien arbeiten. Von ihm musste zuerst „grünes Licht" kommen. Aber er hatte so viele Daten, die er noch aufarbeiten und im Computer eingeben musste, sodass ihm bestimmt nicht langweilig wurde. Vor wenigen Tagen hatte er bei dem männlichen und den weiblichen Skelettfunden jeweils einen Zahn extrahiert und Untersuchungen angestellt. Danach hatte sich ergeben, dass die Skelettfunde zu sechzig Prozent fünftausend zweihundert Jahre alt waren, und sich schon seit mehreren Generationen auf dem Land befunden haben können, in dem sie gefunden wurden. In den Zähnen ließ sich ziemlich genau nachweisen, welche Lebensmittel sie zu sich genommen hatten. Und durch die Pollenanalyse war auch bekannt, welche Pflanzen hier heimisch waren. Sogar die ersten Formen von Linsen wurden bereits angebaut. In den Zähnen waren Spuren von Gerste, Emmer und Einkorn zu finden. Die Knochen waren alle stabil und waren nicht durch schwere Krankheiten oder Unterernährung gezeichnet. Wenn das Alter der gefundenen Keramiken mit den Skelettfunden überein stimmte, konnte man diese Funde der Trichterbecherkultur zuordnen. Soweit so gut. Weitere Untersuchungen hatten ergeben, dass es sich bei den zierlichen Skeletten tatsächlich um junge Frauen handelte. Sie waren zwischen sechzehn und fünfundzwanzig Jahre alt. Genaueres war leider vorerst noch nicht festzustellen. Außer den Verletzungen auf den Schädeln, die ihr wahrscheinlich mit der Statuette des Seth, dem altägyptischen Gott des Todes und der Zerstörung, zugeführt wurde, waren sonst keine weiteren Verletzungen erkennbar. An der Fundstelle hatte Sherin und Rachel am Tag zuvor ein weiteres Lederstück gefunden. Es passte farblich zu dem Stück, welches unter den Schulterknochen des weiblichen Skeletts gefunden worden war. Stettmaier legte die Fragmente vorsichtig unter das Mikroskop. Die Farbpigmente passten wunderbar zusammen. An einigen Stellen wirkte das Leder dunkler. Er machte mehrere Aufnahmen davon und schickte sie auf den Monitor. Dann vergrößerte er die Aufnahme.

Stettmaier konnte nicht fassen, was er auf dem Bildschirm sah. Er traute seinen eigenen Augen nicht. Und doch, mit jedem Blick, den er auf den Bildschirm richtete, wurde es für ihn klarer verständlich. „Das sind Hieroglyphen. Und zwar aus uralter Zeit. Aus der Entstehungszeit des alten ägyptischen Reiches. Eine Ente zusammen mit einem liegenden Tier mit langen rechteckigen Ohren..." Stettmaier ließ den Drucker anlaufen. „Das muss ich umgehend Wolfgang zeigen." Er schickte eine Aufnahme an Niebenreits Handy. Keine zwei Minuten später erreichte ihn ein Anruf von Wolfgang. „Sind das die Lederflecke die du gerade untersuchst?" „Allerdings! Was hältst du davon?" „Was ich davon halte? Warte mal..." Es gab kurze Zeit ein Rauschen, dann hörte es sich an, als ob jemand eine Schaufel fallen lässt.

„Hallo! Hier ist Sherin. Ich kann nicht anders und muss mich einmischen! Diese Hieroglyphe, die aussieht wie eine Ente, entspricht dem altägyptischen Wort für Sohn, „Nesut" ausgesprochen. Und dieses liegende Tier, welches aussieht wie eine Mischung zwischen einem Schakal und einem Hund, ist doch die Abbildung für Seth. Liege ich da richtig, Volker?"

„Das sehe ich auch so."

„Dann haben wir hier zum ersten Mal einen Namen vor uns. „Nesut Seth" und das bedeutet Sohn von Seth. Eine Persönlichkeit, die sich mit ihrem eigenen Namen vorstellt."

„Das wissen wir noch nicht, Sherin. Weil die Skelettfunde, die wir bis jetzt untersucht haben, aber rein gar nichts mit Ägypten zu tun haben. Meine Untersuchungen weisen zu neunzig Prozent darauf hin, dass diese Menschen, die junge Frau und der ältere Mann, schon in der dritten Generation hier gelebt haben."

„Das mag sein, Volker. Aber denke doch an die Wunde, die der jungen Frau zugefügt wurde. Vielleicht ist „Nesut Seth" der Mörder und liegt in einem der Sarkophage."

*

Nachdem Frederick endlich mit seinem Rad nach Hause gefahren

war, hatten Rachel an Ort und Stelle noch ein paar Stunden geschlafen. Zuvor hatte Jo noch lange und intensiv mit Hendrik gesprochen. Er schilderte, wie Badman die Agenten im Auge hatte und dafür sorgte, dass sie das Terrain nicht betraten. Mit Frederick wussten sie allerdings beide nicht so recht, wie man mit ihm verfahren sollte. Er hat sich jetzt schon mehr als Freund erwiesen was ihn letztendlich seinen Job kosten kann. Aber wie würde Frederick mit der Wahrheit umgehen? Das galt es die nächsten Tage noch vorsichtig auszuloten. Wie viel konnte man ihm zumuten? Am Schluss sprachen Jo und Hendrik nur noch sehr leise miteinander.
„Weißt du, wie sehr ich dich liebe?" hauchte Jo.
„Ich weiß, wie sehr ich dich liebe!"
Auch wenn sie es nicht zugeben wollte, so war es doch so, dass er ihr fehlte. Aber er hatte ihr gut zugesprochen, Mut gemacht weiter durchzuhalten und ihr versichert, dass er sie liebt. Da spürte auch Jo, dass es Hendrik nicht viel anders ging. Jedenfalls fühlte sie sich etwas besser, nachdem sie Hendriks sanfte Stimmer wieder wahr genommen hatte, die ihr immer noch wohlige Schauer über ihren Rücken verursachten.

Am frühen Morgen, es war keine Menschenseele zu sehen, nutzten sie die Quelle zum Teich als Badezimmer.
„Das war dringend nötig! Ich hatte das Gefühl, ich stinke wie ein Iltis!"
„So schlimm? Bei mir war es nur regennasser Hund."
„Das ist selbstverständlich viel angenehmer, Jo!"
Um den Teich hatte sich in den Morgenstunden ein feiner, zarter Nebel gebildet und ließ alles unwirklich fast surrealistisch wirken. Die Sonne färbte den Himmel mit einem glutroten Feuer. Der anschließende Wald war in rotes und goldenes Licht getaucht. Eine Eule kehrte mit lautlosen Flügelschlägen von ihrer nächtlichen Jagd zurück. Der Nebel ließ sich in den Tannen nieder und bildete einen zarten Schleier. In ihrem Schattenbild huschte ein Eichhörnchen vorbei. Vögel zwitscherten. Seerosen öffneten langsam ihre Blüten, um die Sonne zu begrüßen. Zarte Spinnweben hingen in den

Sträuchern und die Tautropfen darauf reflektierten das frühe Morgenlicht wie reine Diamanten. Ein vorwitziger Frosch setzte sich auf ein Seerosenblatt und ließ sich von der frühen Morgensonne bescheinen. Kaninchen zupften letzte Kräuter bevor sie sich in ihre Bauten zurückzogen.

Rachel legte ihre Kleider ab und stieg ohne zu zögern in das eiskalte Wasser. Sie schöpfte mit den Händen das frische Quellwasser zum Mund und genoss es sichtlich. „Wie ein Kunstwerk des frühen Impressionismus. Renoir wäre von dieser Szene begeistert!", ging es Jo durch den Kopf. „Was für ein phantastisches Bild. Aber das werde ich nicht fotografieren. Dieser Moment gehört nur uns."
Rachel schüttete sich einen Eimer eiskaltes Wasser über den Kopf. Das Wasser perlte an ihrer hellen Haut ab und sie schüttelte sich wie ein Hund. Um ihren Körper entstand für Bruchteile von Sekunden ein zarter Regenbogen. Ihr hüftlanges Haar erinnerte an fließende, gleißende, goldene Strahlen, dieses wunderbaren Sterns, der die Erde zum Leben gebracht hat.
„Es gibt eine uralte Sage, nach der es an dieser Quelle Wassernymphen geben soll. Es existiert sogar ein Gemälde darüber, vom neunzehnten Jahrhundert. Das war ohnehin das Zeitalter der Romantik. Man sehnte sich nach der perfekten, friedlichen Welt, in der es keine Konflikte und Waffenstarrende Kriegszüge gab, um die Welt und ihre Ressourcen unter sich aufzuteilen. Denke doch nur an die Bilder von Caspar David Friedrich."
Jo seufzte kurz auf. Sie konnte sich nicht sattsehen, an der Schönheit des Teiches gepaart mit der bezaubernden Rachel, die ihr aufmerksam zuhörte. Sie versuchte, mit der Kamera diese wundersame Stimmung einzufangen.„ Aber es blieb nur bei diesem Traum vom ewigen Frieden. Ich stelle eine gewisse Ähnlichkeit zwischen dir und der Nymphe auf dem Bild fest. Sie sah auch so perfekt aus, mit super langen blonden Haaren. Allerdings hatte sie keine Gänsehaut."
„Gänsehaut wirkt auch nicht sonderlich geheimnisvoll! Im übrigen war ich schon einmal hier!"

„Ach ja? Wann denn?"

„Ist das so schwer? Vor zweihundert Jahren hatte ich auch schon das Bedürfnis mich zu waschen. Da kam mir diese Quelle gerade recht. Und hier konnte ich auch meine Wasservorräte auffüllen. Johann Heinrich Bürkel, ein Maler aus dem neunzehnten Jahrhundert, muss mich hier beobachtet haben. Ich kenne das Bild und finde er hat mich gut getroffen. Das Morgenlicht steht mir gut!"

„Manchmal haust du mich immer noch aus den Socken! Hatte er dein Einverständnis, dass er dich so porträtierte? Schließlich hast du mir erzählt, dass du völlig im Untergrund gelebt und mit den Wölfen umhergezogen bist."

„Nein. Ich hatte doch keine Ahnung, dass ich beobachtet wurde."

„Dann war dieser Bürkel wohl ein übler Spanner!"

„Das mag sein, Jo. Ist lange vorbei. Das Wasser hat höchstens siebzehn Grad. Aber ich bin sauber. Ziel erreicht. Und jetzt bist du an der Reihe."

„Nie im Leben!"

„Das wollen wir doch einmal sehen! Stehst du auf das Odeur von regennassem Hund?"

„Das ist meine ganz persönliche Note."

Rachel schaufelte mit beiden Händen von dem klaren frischen Quellwasser und schüttete es Jo über den Kopf.

„So funktioniert das nicht. Ich habe kein Zeckenspray dabei!"

So bespritzten sie sich wie Teenager gegenseitig mit Wasser, bis auch Jo´s kastanienbraune Locken tropften. und sie es schnell und zügig durch wusch.

„Meine Fresse! Ich kann gar nicht so schnell mit den Zähnen klappern wie ich zittere!"

Sie wickelten sich in ihre Handtücher und steuerten die Bank an, die von der morgendlichen Sonne schon angewärmt war. Kichernd wie kleine Mädchen nahmen sie darauf Platz und ließen sich von der Sonne ihre verfrorenen Glieder aufwärmen. Vor ihnen im Gebüsch schimmerte etwas rotes. Zuerst dachten sie, dass es sich um eine Blume handelte. Aber bei genauerem hinsehen entdeckten sie, dass es ein Stück Stoff war.

„Sofia hat sich, als sie Hals über Kopf davon gerannt ist, das Kleid zerrissen."

„Das ist ärgerlich."

„Mag sein, Rachel. Aber wenn es so etwas wie eine Abschiedsvorstellung war, wird sie es ohnehin nicht mehr tragen."

„Warum nicht?"

„Weil wir Erdenfrauen, wenn wir mit einer Beziehung fertig sind, in der Regel alles was mit der für uns toxischen Beziehung zusammenhängt, ob das Gegenstände, oder Erfahrungen sind, bündeln und aus unserem bisherigen Leben verbannen. Das erachten wir als vernünftig."

„Das ist sehr kompliziert. Hast du auch schon einmal so verfahren?"

„Aber ja! Während meines Studiums auf der Uni. Mein damaliger Freund hatte auf der Toilette Sex mit meiner damaligen besten Freundin."

„Ich hätte an deiner Stelle an Mord gedacht!"

„Sagen wir einmal so. Es war gut, dass ich kein Messer oder eine sonstige Waffe zur Hand hatte! Aber ich habe die beiden aus der Wohnung geworfen und ihnen die Klamotten aus dem Fenster im dritten Stock nachgereicht. Stück für Stück!"

„Nach diesem Auftritt brauchtest du deinen Beziehungsstatus nicht mehr in den sozialen Medien zu verbreiten."

„Ist der Ruf erst ruiniert lebt sich gänzlich ungeniert!"

Jo ging hinüber zu dem Gebüsch, schoss mehrere Fotos und nahm das Stück Stoff an sich.

„Was willst du denn damit?"

„Das weiß ich noch nicht."

„Im Kofferraum ist genug Platz. Wir sollten jetzt losfahren. Sherin hat immer Kaffee und frische Hörnchen dabei."

„Das ist allerdings ein unschlagbares Argument, Rachel."

„Mögen die Agenten immer noch auf den heiligen drei Tannen sein!"

„Jawoll! Und Badman sie noch in Schach halten!"

„Ich glaube hier haben wir einen guten Platz gefunden, an dem uns die Agenten nicht so leicht finden werden."

„Sofia könnte uns finden."

„Sie wusste aber nicht, dass wir anwesend waren, und ich werde es ihr auch nicht mitteilen. Die war mir persönlich doch etwas zu schräg!"

„So ähnlich wie bei dir vor zweihundert Jahren, Rachel. Du hast dich auch unbeobachtet gefühlt."

„Allerdings hatte ich nur das Bedürfnis mich zu waschen. Sofia hat diesen Platz ganz bewusst gewählt, um keine Zeugen dabei zu haben."

„Mir erschließt sich der Sinn immer noch nicht für dieses seltsame Verhalten. Aber wie du siehst, sind wir nicht die einzigen die Probleme haben."

Auf dem Ausgrabungsgelände wurde schon fleißig gearbeitet. Neue Funde waren nicht mehr zu Tage getreten. Professor Niebenreit hatte sein Laptop vor sich stehen und kratzte sich sehr nachdenklich am Kopf.

„Frau Wenkert! Schön, dass sie da sind. Sehen sie sich das an."

Neugierig geworden ging sie auf den Pavillon zu, aber nicht ohne sich vorher ein Hörnchen und einen Becher Kaffee zu schnappen. Jo hatte die Befürchtung, dass der Professor mit seinem Interview nicht zufrieden war und stellte sich seelisch und moralisch darauf ein.

„Ist etwas nicht in Ordnung?"

„Wenn ich das wüsste, Frau Wenkert. Sehen sie sich diese Nachricht an."

Jo hob überrascht ihre Augenbrauen. Sie kramte in ihrem Gedächtnis nach. Genau! Diese Nachricht kannte sie.

„Ich habe das schon einmal gelesen. Vor zwei Tagen. Aber da stand nur, dass Spaziergänger etwas seltsames gefunden haben."

„Das ist wirklich seltsam. Die letzten Jahrzehnte hat man hier immer nur römische Ruinen gefunden, was auch sehr schön ist. Aber aus der Steinzeit waren die Funde doch eher gering einzuschätzen. Hier und da mal einen Faustkeil. Aber Großsteingräber waren auf Grund der Bodenbeschaffenheit mehr als gering einzuschätzen. Und jetzt geht es auf einmal Schlag auf Schlag. Schade, dass Stettmaier nicht da ist."

„Ich könnte dort vorbei fahren. Aber mir fehlt das Wissen und die Erfahrung eines Archäologen."

„Ich habe bereits Order bekommen, einen ersten Blick darauf zu werfen. Ich bin da etwas misstrauisch. Ein Hobbyarchäologe hat mir schon überwucherte Asphalthaufen als Sensation aus der Keltenzeit anpreisen wollen."

„Ein Blick kann nicht schaden, und wir wären zunächst einmal von der Bildfläche verschwunden."

Jo hätte sich wegen dieser Äußerung umgehend selbst ohrfeigen können. Rachel riss die Augen auf und glotzte Jo entgeistert an.

„Warum wollen sie verschwinden? Haben sie eine Bank ausgeraubt? Oder sonst etwas auf dem Kerbholz? Das wäre natürlich nicht so gut, wenn sie sich als Reporterin nicht mehr in der Öffentlichkeit zeigen dürfen."

„Aber nicht doch! Meine Wortwahl war vielleicht ungeschickt. Es wäre nur schön wieder etwas Neues zu sehen."

„Dann würde ich sagen, gönnen wir uns zusammen einen kleinen Ausflug. Ich muss ohnehin dort erscheinen, um das Interesse meiner Universität an der vielleicht anstehenden Grabung zu bekunden. Wenn ich auch noch nicht den kleinsten Schimmer habe, woher das Geld kommen soll. Aber zunächst muss ich es selbst in Augenschein nehmen. Dann kann man weitere Entscheidungen fällen. Allerdings nehme ich meinen Wagen mit. Ich hätte auch gern, dass Sherin uns begleitet."

„Und wer bleibt dann hier?" rief Sherin.

„Stefan ist doch hier. Er ist doch schon lange genug dabei, um eventuelle Funde zu erfassen und zu katalogisieren. Zusammen mit Yannis und den Erstsemestern werden sie für ein paar Stunden den Laden schon schaukeln."

„Wo befindet sich eigentlich Doktor Stettmaier?"

„Auf der Universität, Frau Wenkert. Zusammen mit Doktor Thal wollen sie heute die Untersuchungen an den Sarkophagen beginnen. Ich denke, das wird spannend."

„Ich wäre wahnsinnig gerne dabei, wenn die Sarkophage geöffnet werden..."

„Dann müssen sie sich entscheiden, Frau Wenkert."
Jo tendierte dazu, sich für die Universität zu entscheiden.
„Zu der Fundstelle können wir morgen noch fahren."
„Es wäre auch in meinem Interesse gewesen, bei der Öffnung der Sarkophage dabei zu sein. Aber ich muss mir die „Pfründe" sichern, bevor andere Fakultäten auf die Idee kommen, wenn es denn welche sind."
„Ich finde, das ist sehr wichtig, damit alles in einem Team bleibt. Das erspart jede Menge Arbeit. Und wäre auch für ihre Publicity gut, wenn sie mehr in die Öffentlichkeit rücken. Die Kommunen müssen Geld flüssig machen und vielleicht findet sich so auch der eine oder andere Sponsor, der euch unterstützt."
„Das ist sehr klug gedacht, Frau Wenkert. Aber ich werde jetzt einen Anruf tätigen und melde sie an. So einfach kommt man nämlich nicht auf das Gelände der Universität. Ich nehme an, ihre reizende Kollegin begleitet sie?"
„Selbstverständlich."
„Das dachte ich mir schon."

Doktor Thal und Doktor Stettmaier befanden sich bereits in den Untersuchungsräumen der Universität. Eine junge Frau stand etwas abseits. Vor ihnen auf zwei Tischen aus Metall standen die Sarkophage. Professor Niebenreit hatte Jo und Rachel angekündigt. Man überreichte ihnen Mundschutz, Mütze und einen Kittel, den sie über ihrer Kleidung tragen mussten. Die junge Frau entpuppte sich als Doktorandin Cornelia Viersen von der Rechtsmedizin.
„Es soll nach Möglichkeit nichts von uns kontaminiert werden. Jedwede Spur fremder DNA gilt es auszuschließen. Wie bei einem echten Kriminalfall."
„Das klingt alles sehr spannend." Jo lächelte die junge Frau an.
„Ist es auch. Und für mich eine große Ehre dabei sein zu dürfen. So etwas wird mir als Doktorandin so schnell nicht wieder geboten."
Doktor Stettmaier nickte nur. Trotz des Mundschutzes war zu sehen, dass der Doktor völlig übernächtigt aussah. Die dunklen Ringe unter den Augen taten ein übriges, um das Bild zu vervollständigen.

„Das haben wir verstanden Doktor Thal. Wir sind glücklich, dass wir bei dieser Untersuchung dabei sein dürfen. Die Leser unserer Zeitung warten schon sehnsüchtig darauf, was uns hier offenbart wird."

Der Doktor warf ihr einen skeptischen Blick zu.

„Erwarten sie am ersten Tag nicht zu viel."

„Wir sind auf alle Fälle gespannt."

„Das bin ich auch."

Stettmaier nickte nur müde. Die Doktoren begannen damit einen der Sarkophage zu öffnen. Der Geruch von verschiedenen Ölen und Harzen durchdrang die Luft, zusammen mit einem süßlichen Geruch. Das ergab eine seltsame Mixtur, die auf Jo und Rachel teils ekelerregend wirkte, und die Doktoren noch neugieriger werden ließ.

„Auf Grund dieses Geruches, der zweifelsfrei von Verwesung herrührt, können wir davon ausgehen, dass es sich hier um einen ehemals lebendigen Körper handelt."

„Unser täglich Parfüm gib uns heute," ergänzte die Doktorandin und grinste die Mädels an. „Braucht ihr ein Riechfläschchen? Das war im neunzehnten Jahrhundert üblich, wenn den Damen auf Grund ihres geschnürten Korsetts übel wurde. Allerdings muss ich dazu sagen, dass es sich dabei um Salmiakgeist handelte. Also ich weiß nicht was schlimmer ist."

Während Jo und Rachel sich gerne dezent die Nase zugehalten hätten, mit Würgereiz kämpften, und das für und wider von Riechfläschchen durchdachten, vermaß Doktor Thal die Mumie.

„Dieser Mensch war nicht gerade klein. Immerhin beträgt die Größe des Körpers einen Meter und fünfundsechzig Zentimeter. Wenn wir nun den Flüssigkeitshaushalt dazu rechnen, könnte dieser Mensch die Größe von einem Meter und fünfundsiebzig Zentimetern erreicht haben. Das ist nicht gerade Durchschnitt."

„Diese Mumie ist viel größer als das Skelette der Frauen, die wir vorgefunden haben."

Jo hielt ihre Kamera auf die Mumie gerichtet. „Waren die Frauen deutlich kleiner als die Männer zu jener Zeit vor fünftausend Jahren?"

„Ja. Aber der Unterschied war nicht so gravierend," entgegnete
Doktor Stettmaier. „Aber eventuell könnte es sich bei den
Skelettfunden um Frauen handeln, die mit ihrem Clan noch
unterwegs waren. Also, ich meine, noch nicht sesshaft waren. Eine
letzte Gruppe von Jägern und Sammlern sozusagen. Aber soweit sind
wir noch lange nicht. Dazu braucht es noch mehrere
Untersuchungen. Ich konnte nur feststellen, dass sie gesund war.
Allerdings fand ich in ihren Zähnen noch Restspuren von
angebautem Getreide. Vielleicht sind sie mit Männern des hier
ansässigen Clans eine Verbindung eingegangen. Weil sie auch in
dieser Grabanlage neben einem Mann gefunden wurden... aber das
ist alles noch hypothetisch."

Doktor Thal grinste, „darüber streiten wir, wenn es soweit ist! Jetzt
enthüllen wir den Menschen vor uns und nehmen ihm die
Leinenbinden ab. Die lassen wir auf ihre Beschaffenheit untersuchen
und welche Öle verwendet wurden. Selbstverständlich werden wir
sie auch auf ihr wirkliches Alter testen."

Die Doktorandin machte die Proben bereit, und beschriftete die
Tüten mit Datum und Inhalt. Doktor Thal legte für einen kurzen
Augenblick die Binden aus der Hand.

„Der markante Geruch von Verwesung wird immer prägnanter!"

„Kann es sich auch um eine bestimmte Form von Harz handeln? Ich
möchte nur alles erdenkliche in die Waagschale werfen," antwortete
Stettmaier. „Es ist doch möglich, dass es sich hier um Birkenpech
handelt. Das hat auch einen süßlichen Geruch."

„Wenn wir es analysiert haben, sehen wir weiter. Allerdings irre ich
mich darin sehr selten. Dieser Geruch ist mir aus der Rechtsmedizin
sehr vertraut."

Schweigend fuhren sie mit ihrer Arbeit fort. Es war sehr schwierig,
weil die Mumie mehrfach gedreht werden musste, um die
Leinenbinden möglichst nicht zu beschädigen. Zugleich musste auch
darauf geachtet werden, dass die Mumie keinen Schaden davon trug.
Dieser Vorgang dauerte mehrere Stunden. Jo trippelte unruhig von
einer Stelle auf die andere. Sie hätte gerne die sanitären Anlagen
besucht, weil sie dringend aufs Klo musste. Aber sie wagte es nicht

sich zu entfernen, weil jeder Augenblick unwiederbringlich verloren war, den sie nicht dokumentieren konnte. Zwischen den Binden fanden sich gewisse Amulette. Sie waren primitiv und einfach gearbeitet, und nicht aus Edelmetall wie Gold oder Silber. Ein Stein war als Skarabäus zu erkennen. Ein anderes Amulett war ebenfalls aus Stein und Leder gearbeitet und hatte die Form eines Skorpions. Durch die Harze und Öle war das Leder noch gut erkennbar.

„Das ist interessant!"

Stettmaier begutachtete ausgiebig das Amulett. „Hier haben wir eine sehr frühe Darstellungsform der Göttin Selkis. Zu späterer Zeit wird sie als schöne Frau mit einem Skorpion auf dem Kopf dargestellt. Ihre Aufgabe war es, die Verstorbenen sicher in das Jenseits zu geleiten."

Jo hielt vor Spannung den Atem an. Allerdings wagte sie es nicht mehr, sich zu bewegen, weil der Drang aufs Klo zu gehen immer stärker wurde. Die letzte Lage der Leinenbinden war erreicht. Mit Spannung starrten alle auf den Körper, der darunter zum Vorschein kommen sollte. Die letzte Lage wurde sorgfältig aufgewickelt. Um die Mumie nicht mehr unnötig zu bewegen, schnitt Doktor Thal die letzten Binden an den Seiten ein. Neugierig reckten Rachel und Jo ihre Hälse, um bloß nichts zu verpassen. Mit äußerster Vorsicht nahmen Doktor Thal und Stettmaier die letzten Binden ab. Über dem süßlichen Geruch kam nun nach und nach ein anderer Duft an die Oberfläche. Jo nahm ihn auch wahr.

„Irgendwie nach Blumen."

„Das kann sein. Wenn die Öle hier aus der Gegend stammen, dann dürfte das nicht verwunderlich sein."

Endlich war die letzte Lage dran. Zunächst befreiten sie den Kopf der Mumie. Das Haar war dunkelbraun, völlig erhalten, und war zu kleinen Zöpfen geflochten. Was sie dann zu sehen bekamen verursachte eine Aufregung und verschlug ihnen den Atem. Auf dem Kopf war eine Verletzung zu sehen. Die gleiche wie bei dem Skelettfund. Ein Loch von der Größe einer zwei Euro Münze mit den zwei Aussparungen.

„Seth hat sein nächstes Opfer gefunden."

*

Frederick starrte wiederholt auf seinen Monitor. Zunächst hatte er Sofia Stettmaier eingegeben. Sie war offiziell in Deutschland gemeldet. Sogar noch an der gleichen Adresse in München, unter der sie zusammen mit Doktor Volker Stettmaier gewohnt hatte. Frederick gab beide Namen in seinen Computer ein. Aber hier war nichts auffälliges zu finden. Keine besonderen Auffälligkeiten. Keine Delikte jedweder Art. Makellos. Also war er in dieser Nacht nur ein unfreiwilliger Zeuge dieser skurrilen Szene einer Ehe, die wahrscheinlich im Eimer war. Das mussten sie selbst klären und war kein Fall für die Polizei. Frederick sah davon ab, nach dem Geländewagen fahnden zu lassen, von dem er sowieso nicht einmal das Kennzeichen kannte. Auf sein nachforschen stellte er allerdings fest, dass auf Sofia Stettmaier kein Geländewagen angemeldet war, sondern nur ein Wagen mit elektronischem Antrieb.

„Das habe ich gerne! Tagsüber umweltfreundlich mit E-Auto glänzen und nachts die Sau rauslassen. Soll einer die Frauen verstehen!"

Als nächstes wollte er sich an diesen bleichen Radfahrer heran arbeiten. Jo hatte vor zwei Tagen mitten in der Nacht ein Video gedreht, als er vor ihrem Wagen unglücklich gestürzt war. Dieses bleiche Gesicht. Er kannte es nicht. Frederick gab das Foto in seinen Computer ein. Aber in der Datenbank der Polizei war nichts aufzufinden. Das hieß aber lediglich nur, dass diese Person noch nie durch auffälliges Verhalten von sich reden gemacht hatte, und noch nie polizeilich erfasst wurde. Das Antlitz des jungen Mannes wirkte sehr jung. Er trug einen spärlichen Oberlippenbart. Wahrscheinlich wollte er so erwachsener und älter wirken. Unter der Kapuze des Hoodies lugten kurze, fransige blonde Haare hervor. Frederick schätzte ihn auf höchstens zwanzig Jahre. Warum streunt so ein junger Mann nachts um ein Autohaus, welches Wagen verkauft, die mit Sicherheit nicht auf seinem Beuteschema stehen? Auch wenn er vielleicht von Beruf „Sohn" war, wäre sein Geschmack doch ein gänzlich anderer. Solche überladenen Luxuslimousinen passen doch nicht zu jungen Leuten. Oder war der Grund ein ganz anderer? Hatte der junge Mann irgendetwas mit diesen verrückten Aus und wieder Einbau technischen Geräten zu tun, die in der letzten Zeit schon mehrere Male, gerade bei neuen Luxuskarossen, aufgetreten waren? Frederick studierte zum wiederholten Male die Mitarbeiter der verschiedenen Autohäuser, deren Kunden alle das gleiche Schicksal ereilte. Wie zu guter Letzt sogar Ruman, der Geschäftsführer dieser Investmentgruppe. Aber keiner der Mitarbeiter entsprach auch nur im entferntesten dem Bild des jungen Mannes. Er war unmittelbar vor dem Wagen von Jo mit seinem Rad gestürzt. Der junge Mann hatte nicht mit diesem Hindernis gerechnet. Das konnte theoretisch heißen, dass er schon lange vor den Mädels im Autohaus angekommen war. Sein sogenannter „Fluchtweg" durch das unwegsame Gelände war genau kalkuliert. Er kannte sich bestens aus und es stand ihm bei der Flucht, außer seiner mehr als spärlichen Lichtquelle am Rad, sonst keine Beleuchtung zur Verfügung. Also war davon auszugehen, dass er in dieser kleinen Stadt lebte, zumindest sich sehr oft dort aufhielt. Junge Menschen teilen sich mit. Sie vernetzten sich untereinander, um sich auszutauschen. Frederick klinkte sich in die sozialen Medien ein. Aber auch hier war in mehreren Plattformen und mit umweltpolitischem Ambiente keiner zu sehen, der auch nur entfernt dem jungen Mann auf dem Video ähnelte. Sie gaben sich phantasievolle Namen, meistens in englisch gehalten. „Freedom for Live!", „Rest in Peace, Money" „Mens and Animals together contra Financialworld" Eine Gruppe war dabei, die hatte sogar einen deutschen Namen. „Wir sind das Licht". Der Titel ließ eigentlich vermuten, dass es sich um etwas religiöses, sektiererisches handelte. Aber als Frederick sich näher einklickte, sah er, dass es eine Gruppe war, die gegen den sogenannten „Konsumwahn" protestierte und überwiegend nur aus jungen Mädchen bestand.

„Ihr bringt mich auch nicht weiter."

Gelangweilt verfolgte er die Videos auf allen Kanälen. Bei einer Demonstration vor dem Rathaus stutzte er. Von den jungen Menschen kannte er keinen. Aber zwischen den Aufnahmen tauchte hin und wieder ein Rad auf. Es stand an einer Laterne und war mit einem Schloss gesichert. Das Lenkrad war etwas verbogen, und die Räder waren noch mit Erde und Gras behaftet.

„Es wäre doch interessant herauszufinden, wem dieses Gefährt gehört."

*

Williams legte den Kugelschreiber beiseite. In dem billigen R&B Hotel, in dem sie abgestiegen waren, dauerte es immer ein Weilchen bis das Wasser in der Dusche endlich warm war. Ihm taten alle Knochen weh. Er sehnte sich nach seinem perfekten Zuhause, das gute Essen von seiner Frau und nach dem Fitnessstudio. Aber das war auch kein Wunder. Schon seit Tagen observierten sie dieses alte Haus bei den „heiligen drei Tannen", ohne auch nur annähernd zu einem Ergebnis zu kommen. Frau Wenkert und Frau Steingrün blieben unsichtbar und kehrten nicht nach Hause zurück. Sein deutscher Kollege Kulmbach hatte Erkundigungen eingezogen, ob sie eventuell Deutschland mit dem Flugzeug verlassen haben. Das war nicht so ganz einfach, denn der Dienstweg war sehr beschwerlich und hätte auch zu viel Aufmerksamkeit erregt. Kulmbach ließ seine „Beziehungen" spielen, um Informationen zu erhalten. Da ihre Untersuchungen in Deutschland nicht so völlig „rechtsabgedeckt" und juristisch geklärt waren, war es hin und wieder schwierig, etwas vernünftiges zu erreichen. Keiner der von ihnen observierten Personen hatte Deutschland, zumindest nicht, mit dem Flugzeug verlassen. Aber da gab es noch andere Verbindungen. Busse und Bahnen zum Beispiel. Das war allerdings sehr zeitaufwendig und führte ebenfalls zu keinem Ergebnis. Kulmbach überlegte ob er in seiner Abteilung vielleicht mehr erreichte, wenn er die Terroristenschiene hoch fahren würde.

Williams zog die Mundwinkel nach unten.

„Das wäre eine gute Möglichkeit, mehr Leute zu aktivieren. Allerdings brauchen wir dann Fakten."

„Die haben wir doch. Frau Steingrün kann doch gar keine richtige Existenz vorweisen. Mir genügt das."

„Genügt das aber auch, um sie zurück in die USA zu überführen und vor Gericht zu stellen?"

„Wenn sie in Deutschland ausgewiesen wird, auf alle Fälle!" erwiderte Kulmbach süffisant und voller Vorfreude.

„Die führen uns ganz bewusst an der Nase herum."

„Natürlich! Daran kann man doch schon sehen, dass mit diesen Damen nicht alles koscher ist."

„Und Hendrik Scharmann steckt mit ihnen unter einer Decke."

„Und dieser verdammte Kater! Den werden wir wohl ausschalten müssen!"

„Hören sie! Ich bin zwar nicht bei den Marines. Aber da stimme ich ihnen zu, Herr Kulmbach. Wir müssen uns unbedingt Zutritt zu diesem Haus verschaffen!"

„Vielleicht sollten wir auch unsere Garderobe ändern."

„Sie meinen nicht mehr so „Men in Black" Stil sondern mehr „Camouflage Look? Leicht militärisch angehaucht?"

„Genau so. Wir haben hier einen exzellenten Military-Shop. Dort bekommen wir alles, was wir für unsere nächsten Unternehmungen brauchen."

„Auch für diesen Kater?"

„Vor allen Dingen gegen diesen Kater!"

Hendrik staunte nicht schlecht, als er, wie immer mit dem ersten Morgenlicht, mit seinem Traktor zu seinem alten Bauernhof fuhr. Keine Limousine stand hinter den Tannen um geduldig das Haus zu observieren. Badman stand kritisch mit erhobener Pfote im Hof und schnupperte.

„Ich glaube, du hast es tatsächlich geschafft, Badman. Die Herren in ihren feinen Anzügen haben das Terrain geräumt."

Badman sah aber alles andere als gechillt aus. Wie viele Ratten hatten sich vor ihm versteckt und ihm vorgegaukelt der Sieger zu sein? Sogar die Jagd eines Marders auf eine Taubenfamilie in der Scheune hatte er erfolgreich torpediert! Die fürchterlichen Bisswunden im Nacken hatte der Marder nie vergessen, und wurde in Badmans Revier nicht mehr gesichtet. Im Gegensatz zu Hendrik ließ er sich nicht davon beeindrucken. Er würde wachsam sein! Das war sein Zuhause, seine Mädchen, und niemand durfte daran rütteln! Er nahm ein schnelles Frühstück ein und postierte sich auf seiner Bank vor dem Haus. Von hier hatte er alles im Überblick.

Williams betrachtete sich vor dem fast blinden Spiegel in der „Lounge" des Hotels.
„Die Mütze steht mir ganz gut."
Das Hemd und die Jacke im Camouflage Stil spannten über dem Bauchansatz. Die ungewohnten Stiefel drückten noch etwas. Die Gürtelschnalle zwickte ihn in den Bauch, als er sich im Frühstückssaal an den Tisch setzte. Sein Teller war voll beladen mit Brötchen, Croissants, Eiern und allen möglichen Brotaufstrichen. Da es aber die einzige vernünftige Mahlzeit des Tages war, bemühte er sich, seinen Kalorienhaushalt damit zu kompensieren.
„Haben sie einmal daran gedacht, wohin sie die Restbestände entsorgen, wenn sie so viel zu sich nehmen?"
„Ich gedenke nichts mitzunehmen," antwortete er Kulmbach, der vor seinem Müsli saß und sich getrocknete Himbeeren darüber streute.
„Aber in ihrem Körper gibt es Restbestände, unverdauliche Altlasten sozusagen, und die wollen mit Sicherheit raus. Bin gespannt wie sie das auf die Reihe bekommen."
Williams bestrich sich ein Brötchen fingerdick mit Erdnussbutter.
„Dieses Mal schaffen wir es. Da bin ich mir ganz sicher, You now?"
Nach dem Frühstück zogen sie los. Alle ihre neuen Sachen hatten sie am Abend vorher schon im Wagen platziert. Aber die Limousine stand unbeachtet auf ihrem Parkplatz. Statt dessen hatten sich Williams und Kulmbach einen Jeep mit Allradantrieb gemietet und

ihn mit ihren neusten Gadgets bestückt.

Badman saß aufmerksam auf der Bank. Sein Instinkt befand sich immer noch im Alarmzustand. Er traute dem Frieden auf gar keinen Fall. Zunächst kam der Postwagen. Der war ihm wohl bekannt. Aber der kam doch sonst immer am Nachmittag, wenn er seine Runde fertig hatte!

„Hi, mein Freund! Ist denn keiner Zuhause bei euch? Hier ist Post für Hendrik. Schade, dass er nicht da ist. Aber du teilst ihm doch mit, dass ein wichtiger Brief für ihn im Kasten ist, Badman. Ich kann mich doch auf dich verlassen?"

Badman maunzte kurz zurück.

„Wusste ich doch, dass man auf dich zählen kann."

Harry setzte sich auf die Bank neben den Kater und streichelte ihn. Badman goutierte es, indem er ausgiebig schnurrte. Aber gegen seine Gewohnheit schloss er nicht genussvoll seine Augen...er sondierte nach wie vor das Umfeld.

„Du kannst irgendwie nicht abschalten. Hast du noch etwas zu tun? Haben deine Menschen dir eine Aufgabe zugeteilt?"

Badman maunzte.

„Ach so! Alles klar! Du nimmst deine Aufgabe sehr ernst! Das kann ich verstehen. Aber pass auf. Auf dem Weg zu euch habe ich einen Jeep überholt."

Der Kater hob seinen Kopf und schaute Harry direkt an.

„Meine Güte! Manchmal habe ich das Gefühl du verstehst jedes Wort."

Harry kam es vor, als ob der Kater zustimmend nickte.

„Zwei Kerle saßen darin und sind augenscheinlich nicht mit der Technik ihres Militaryjeeps klar gekommen. Sie hätten besser den Wagen behalten, mit dem sie euch schon seit Tagen belästigen. Ich möchte wissen was die hier zu suchen haben. Ich muss jetzt leider los. Es ist so schade, dass Hendrik nicht hier ist. Ich hatte gehofft, ihn so früh noch anzutreffen. Deshalb habe ich meine Tour umgedreht, um ihm den Brief zu geben, auf den er schon so lange wartet. Ich verlasse mich auf dich."

Badman maunzte. Harry fuhr mit seinem Postwagen los. In der Ferne war ein kerniger Motorsound zu hören. Badman saß auf der Bank und hielt seine Ohren aufrecht um jedes Geräusch aufnehmen zu können.

„Dieser Postfritze hat unseren Wagen gesehen."
„Ich glaube nicht, dass er uns in unserer Tarnung als die gleichen Männer von gestern identifiziert."
„Lassen wir den Wagen hier stehen."
„Ist das nicht gefährlich?"
„Heute sind wir bewaffnet, Williams."
„Das waren wir gestern auch."
„Ich meine nicht unsere Schusswaffen. Mit denen können wir wenig ausrichten."
Sie zogen die ledernen Handschuhe an, um sich damit gegen die Krallen des Katers zu wehren, wenn sie denn direkten „Körperkontakt" bekommen sollten. Dann steckten sie sich ihre verschiedenen „Gadgets" in die praktischen Taschen der Militaryhosen und stiegen aus. Zuletzt zogen sie ihre Spiegelbrillen an. Badman sprang von der Bank herunter und lief direkt auf die Männer zu.
„Es ist nicht zu fassen, Williams! Ist ihnen aufgefallen, dass die Gäste im Hotel uns mit Respekt behandelt haben. Sogar am Buffet hat man uns vorgelassen und uns freiwillig die letzten Tassen Kaffee überlassen. Aber selbst in dieser Aufmachung verspürt dieses widerwärtige Vieh keine Angst vor uns."
„Dieses Ding in meiner Hand erinnert mich an die Laserkanonen aus den Sciencefiction Filmen der achtziger Jahre."
Kulmbach schlug leicht gegen die Hand von Williams.
„Sind sie verrückt den Taser auf mich zu richten? Wissen sie, was das „Ding" wie sie es nennen, anrichten kann? Mit einem einzigen Stromschlag jagen sie 100 000 Volt durch mich. Bei einem „normalen" hingegen sind es „nur" 50 000 Volt."
Williams schaute fast schon ehrfürchtig auf das Gerät in seiner Hand.

„Diese Dinger haben mich auch very Money gekostet. Eintausend Euro pro Stück. Damit hätte ich mit meiner Frau einen wonderful Holiday bekommen."

„Sie haben aber keinen öffentlichen Auftrag, Williams. Wie soll ich da Gerätschaften aus unserer Waffenkammer besorgen? Sie müssen sich die Dollars von ihrer Abteilung zurück holen. Das dürfte doch kein Problem sein."

Williams wandte den Blick ab und nickte nur.

Badman fauchte und spuckte. Aber die Männer blieben, entgegen zu sonst, nicht stehen, sondern gingen weiterhin im gleichen Tempo auf ihn zu. Das war neu für Badman. Für einen kurzen Augenblick stutzte er. Warum ließen sie sich trotz seiner Drohgebärden nicht davon beeindrucken und liefen weiter? Aber als die Kerle zielstrebig den Hauseingang anpeilten war es mit seiner Selbstbeherrschung vorbei. Er blieb stehen und justierte sich, um zum Angriff überzugehen. Vor seinen Augen sah er noch wie die Männer mit einem Gerät in der Hand herumfuchtelten und es direkt auf ihn richteten. Badman setzte zum Sprung an. Sie hatten es nicht anders gewollt. Er würde ihnen das Gesicht zerkratzen und so endlich seine Prioritäten setzen, die sie nie im Leben vergessen würden! Außerdem konnte er es nicht länger zulassen, dass diese Kerle seine Mädchen bedrohten!

Plötzlich verspürte er einen brennenden Schmerz! Einen rasenden, brennenden, nicht enden wollenden Schmerz, der seinen kompletten Körper befiel. Eine ungeheure Hitzewelle durchströmte ihn von den Ohren beginnend bis zum Ende seines Schwanzes. Das Herz schlug rasend schnell. Sein Blut kochte. Badman spürte die Wucht des Aufpralls nicht mehr, als er auf dem Boden aufschlug.

*

Ein eigentümliches Gemisch von Düften erfüllte den Raum. Die Haare der Mumie sind mit einem Harz behandelt worden, bevor sie zu kleinen Zöpfen geflochten worden waren. Doktor Thal entnahm einige Proben.

„Die werde ich in meinem rechtsmedizinischen Labor untersuchen lassen."

„Wenn sie möchten, werde ich das sofort arrangieren, Doktor Thal."

„Das wäre allerdings eine große Hilfe. Ich wäre ihnen sehr dankbar."

„Wenn wir gerade dabei sind, Herr Doktor, ich würde gerne noch eine Probe eines Zahnes mitnehmen. Die Untersuchungen könnten in unserem Institut synchron verlaufen. Ich denke, dann bekommen wir in maximal drei Tagen schon erste Ergebnisse über das wahre Alter."

Doktor Thal grinste die junge Doktorandin an.

„Sie denken mit und haben einen logischen Verstand, Frau Viersen. Ihnen steht eine große Zukunft ins Haus."

Die junge Frau wurde puterrot.

Doktor Thal wandte sich Stettmaier zu. „Wären sie damit auch einverstanden?"

Stettmaier starrte gedankenverloren auf die Mumie. Sie trug ein seltsames braunes Gewand, was ehemals wohl eine andere Farbe hatte. Auch das Gewand war mit Harzen durchtränkt. Es war eng an sie geschmiegt und warf im unteren Teil Falten. Das Antlitz war fast perfekt erhalten. Sogar die Nase war noch erkennbar. Normalerweise gingen knorpelhaltige Körperteile verloren und verrotteten mit der Zeit. Stettmaier hatte schon einige Mumien in seinem Leben gesehen und auch untersucht. Wie alt war diese Mumie? Im alten Ägypten war das Gewand, wie diese Mumie es trug, nicht üblich. Aber das konnte natürlich dem kühleren Klima geschuldet sein. Bei den Skelettfunden wartete er noch auf das Ergebnis der Untersuchungen des rechtsmedizinischen Instituts, um das Alter von fünftausend Jahren endgültig zu bestätigen. Fielen der Sarkophag und die Mumien in das gleiche Zeitalter?

Sie warfen viele ungeklärte Fragen auf. Zum Beispiel der Prozess der Mumifizierung. Wurden damals schon Natronsalze verwendet, um dieses Ergebnis zu erzielen? Waren dieser Mumie das Gehirn und die Organe entfernt worden? Es wurden keine Kanopenkrüge gefunden. Im alten Ägypten, vor fünftausend Jahren, zu vordynastischer Zeit, war es noch nicht üblich, die Organe zu entnehmen. Er konnte sich von dem Anblick der Mumie kaum losreißen...

„Doktor Stettmaier?"

„Wie bitte?"

„Mir ist klar, dass sie so fasziniert sind. Aber meine Doktorandin möchte eine Probe eines Zahnes der Mumie mitnehmen, und heute noch, zusammen mit den Haaren und Leinenbinden, untersuchen lassen. Wären sie damit einverstanden?"

Stettmaier musste sich zusammen nehmen. Die schlaflose Nacht zeigte erste Spuren.

„Selbstverständlich."

„Dann machen wir uns an die Arbeit."

Der Mund der Mumie war leicht geöffnet. Mit etwas Druck schoben sie den Kiefer der Mumie nach unten. Doktor Thal beleuchtete mit einer Lampe den Innenraum des Mundes. Es war nicht ein einziger Zahn zu sehen.

„Das habe ich noch nie gesehen, Doktor Thal. Nach dem Zustand der Mumie handelt es sich um einen relativ jungen, gesunden Menschen. Wenn ich mir das Becken ansehe, könnte es sich um eine Frau handeln. Das ergibt vorläufig für mich keinen Sinn. Es war das Ziel der Mumifizierung den Körper eines verstorbenen Menschen so perfekt wie möglich zu erhalten, damit er im Jenseits weiterleben kann. Man hat in Ägypten die Mumifizierung durch Zufall entdeckt. Tote verwesten im heißen Wüstensand nicht. Vor fünftausend Jahren war das alles erst im Entstehen. Aber mit den fehlenden Zähnen kann ich jetzt auch nichts anfangen."

Die Doktorandin untersuchte mit ihren sensiblen Händen in Gummihandschuhen den Kiefer.

„Man hat der Mumie post mortem alle Zähne gezogen."

„Woher wissen sie, dass es nach dem Tod der Mumie passiert ist," wollte Jo neugierig wissen.

„Die Wunden sind nicht verheilt. Zu ihren Lebzeiten hätte der Körper umgehend mit der Heilung begonnen."

„Und was sagt das aus?"

„Ob es eine kulturelle Bedeutung hat, weiß ich nicht. Ich nehme

Gewebeproben mit und lasse sie untersuchen."

Durch das Loch im Schädel war zu sehen, dass ein beträchtlicher Teil des Gehirns fehlte. Die Masse, die noch vorhanden war, blieb immer noch im Prozess der Verwesung. Die Doktorandin warf Doktor Thal einen langen blick zu. Sie entnahm auch von der Hirnmasse eine Probe und hatte es plötzlich sehr eilig.

„Wann kann ich denn mit den Ergebnissen rechnen bezüglich des Alters der Sarkophage und den Skelettfunden. Ich habe auch Untersuchungen angestellt, aber meine Apparaturen sind doch ziemlich veraltet."

„Spätestens in zwei Tagen, Doktor Stettmaier."

*

„Musste das sein?"

Williams starrte auf den leblosen, steifen Körper des Katers.

„Ist ihnen eine andere Lösung eingefallen? Dann kommt sie jetzt zu spät! Wir müssen in das Haus hinein und sehen ob wir irgendwelche Dokumente oder Papiere finden. Wir werden dieses Vieh irgendwo unterwegs verscharren, damit ihn hier keiner findet."

„Ich werde ihn nicht anfassen."

„Sie sind wirklich alles andere als ein Marines. Wie haben sie bloß die Grundausbildung überstanden?"

Williams zog die Spiegelbrille aus und steckte sie in die Tasche seine Camouflageshemdes.

„Ich habe die gehobene Laufbahn angestrebt und saß die meiste Zeit hinter einem Schreibtisch, mit Ausnahme des Schießtrainings. Aber ich habe in meinem Leben nicht viele Bullits verbraucht."

Kulmbach griff in das Fach der praktischen Cargohose und präsentierte einen Satz verschiedener Werkzeuge.

„Und so was lassen die in der Weltgeschichte herum reisen? Warum haben die keinen Mann geschickt, der erfahren ist im Umgang mit Verbrechern und schon einiges an Einsätzen hinter sich hat?"

Williams zögerte zunächst mit einer Antwort. Aber dann sagte er, „es soll ein unauffälliger Einsatz werden. Niemand in der Öffentlichkeit darf mitbekommen, was wir hier tun."

Kulmbach nickt geringschätzig. „Das könnte die nächste Zeit ein wenig schwierig werden."

Er probierte mit zwei Imbusschlüsseln das Schloss zu knacken. Es gelang ihm auf Anhieb.

„Mit zwei Drähten hätte ich dieses altmodische Schloss öffnen können."

Die schwere, massive Holztür ging knarrend auf. Williams sah sich um, ob sie immer noch alleine waren. Aber niemand war zu sehen. Mit den Tasern in den Händen betraten sie das Haus.

„Hier sieht es noch aus wie im vergangenen Jahrhundert. Aber was gedenken sie eigentlich hier zu finden, Williams?"

„Irgend ein Dokument, das auf die wahre Identität von Rachel Steingrün hinweist. Ich muss unbedingt etwas finden."

„Das heißt, wir müssen die Schränke durchwühlen."

„Wenn es nicht anders geht."

„Ich hoffe auch, dass wir etwas finden, das diesem Fall endlich eine Wendung gibt. Mein Büro wartet auf einen Bericht."

„Wenn es das ist was ich vermute, steht bei ihnen und mir eine Beförderung an!"

„Und wenn wir uns irren? Was machen wir, wenn Steingrün noch ein Ass im Ärmel hat?"

Williams schob die Spiegelbrille über die Stirn.

„Genau deswegen sind wir hier. Wir sind hier, um dieses Ass zu finden und ihr zuvorzukommen."

Kulmbachs Blick blieb weiterhin skeptisch.

Williams betrat das Wohnzimmer. Das alte Klavier erregte seine Aufmerksamkeit. Kulmbach observierte immer wieder die Fenster, ob sich jemand dem Haus näherte. Fasziniert starrte Williams die alte Aufnahme auf dem Klavier an. Er nahm den Bilderrahmen in die Hand und ging zum Fenster, um das Bild besser betrachten zu können.

Plötzlich wurde die Tür mit voller Wucht aufgestoßen... Kulmbach drehte sich blitzschnell um, hielt den Elektroschocker auf Hendrik. Er verfehlte ihn und die blauen Blitz entluden sich sinnlos an der Decke. Hendrik ging drohend auf ihn zu. Kulmbach wollte noch eine Ladung abfeuern, aber der Akku war leer. Kulmbach griff nach einem Blumenständer, um Hendrik abzuwehren und schlug nach ihm. Er traf Hendrik an der Stirn, aber der Schlag zeigte kaum Wirkung.

Kulmbach flüchtete sich hinter die Tür. Außer sich vor Wut verpasste ihm Hendrik einen satten Faustschlag und knallte Kulmbach mit der Tür an die Wand. Die Waffe fiel ihm aus der Hand und er brach zusammen.

Vor Schreck erstarrt, ließ Williams das Bild fallen. Es fiel auf den Boden und der Glasrahmen zerbrach in tausend Teile.

Hendrik fackelte nicht lange und versetzte dem völlig überraschten Amerikaner zwei Faustschläge hintereinander. Er packte ihn am Schlafittchen, um noch einen Schlag nachzusetzen. Aber er hielt plötzlich inne. Ein klägliches miauen drang durch die offene Tür. Hendrik ließ den Amerikaner, der wie ein nasser Sack zwischen seinen Händen hing, achtlos fallen und rannte nach draußen. Badman hob völlig geschwächt seinen Kopf und maunzte. Es hörte sich mehr an wie ein krächzen.

„Du lebst! Was haben sie dir bloß angetan?"

Hendrik streichelte sanft über den gepeinigten Körper des Katers.

„Du lebst, mein Freund! Diese widerwärtigen Kreaturen haben es nicht geschafft, dich platt zu machen! Du bist der mutigste Kerl, der mir je begegnet ist."

Hendrik untersuchte Badman ob er sonstige Verletzungen aufwies.

Währenddessen rappelte Kulmbach sich hinter der Türe auf.

„Williams?"

Ein Stöhnen drang aus dem Wohnzimmer.

„Wir müssen von hier verschwinden und zwar schnell!"

Kulmbach beobachtete Hendrik, der sich immer noch um den Kater kümmerte. Kulmbach schlich sich ins Wohnzimmer und zog

Williams vom Boden, der noch leicht benebelt war.

„Kommen sie hoch, Mann! Reißen sie sich zusammen! Wir müssen hier raus."

Kulmbach griff nach einem Arm von Williams und zog ihn zum Balkon. Er warf förmlich Williams über die Brüstung und sprang hinterher. Jetzt war Williams wieder besser in Form und sie rannten so schnell sie konnten in den Wald hinein.

Hendrik hatte wohl bemerkt, dass die Agenten über den Balkon geflüchtet waren. Aber das Leben von Badman war ihm um einiges wichtiger, als diesen Agenten sinnlos hinterherzuhetzen. Sanft nahm er Badman auf den Arm und trug ihn ins Wohnzimmer auf das Sofa. Dann brachte er ihm eine Schale mit frischem Wasser, die der Kater begierig austrank.

„Was meinst du, Badman? Sollen wir beim Tierarzt vorstellig werden?"

Badman fand das keine so gute Idee. Aber Hendrik hatte keinen Bock, mit dem Kater lange darüber zu diskutieren. Er rief Frederick an, um ihm den Vorfall zu erzählen.

„Diese Agentenarschlöcher sind in das Haus eingebrochen! Aber nicht nur das. Sie haben Badman außer Gefecht gesetzt! Er kann sich kaum bewegen und wenn er aufstehen will, fällt er immer wieder um. Mein Gott, Frederick, ich dachte der Kater ist tot! Wie hätte ich das den Mädchen erklären sollen? Ich fahre Badman gleich zum Tierarzt, auch wenn er überhaupt keinen Bock dazu hat. Ich weiß nicht, was diese Idioten mit dem Kater gemacht haben."

„Mit dem Traktor?"

„Nein. Mit dem Rad. Harry, unser Postbote hatte mich in der Frühe angerufen, da er einen wichtigen Brief für mich hat, und so nebenbei hat er erwähnt, dass die Typen in bescheuerten Armeeklamotten und einem Jeep unterwegs zu unserem Haus waren. Da habe ich den Traktor abgestellt und bin mit dem Rad von meinem Bauernhof weggefahren. Und anscheinend keine Sekunde zu spät gekommen!"

„Wir unterhalten uns unterwegs weiter. Ich bin gleich bei dir, dann fahren wir gemeinsam zum Tierarzt, egal was der Kater sagt. Und den Geländewagen lasse ich abschleppen. Der darf sich zu unseren sichergestellten Fahrzeugen gesellen."

Irgendwo im tiefsten Wald saßen Kulmbach und Williams unter einem Baum, der sie vor neugierigen Blicken schützte. Williams Gesicht war auf einer Seite feuerrot und schon prächtig angeschwollen. Aufs Kulmbachs Stirn prangte eine Beule so groß wie ein Gänseei.

„Was war denn an diesem alten Foto auf dem Klavier so besonders?"

Williams hatte einen eigentümlichen Glanz in den Augen.

„Ich wusste doch, dass es wahr ist! Es war keine Spinnerei!"

„Was denn, um Himmelswillen? So reden sie doch, Williams!"

„Erinnern sie sich noch, was sie auf dem Bild gesehen haben?"

„Ja, doch! Dafür bin ich ausgebildet worden, mir alles zu merken und aufzunehmen. Viele Menschen auf einer großzügigen Treppe vor einem imposanten Gebäude. Wahrscheinlich eine Universität, irgendwann in den vierziger Jahren des vergangenen Jahrhunderts. Aber die Aufmerksamkeit gilt zwei jungen Frauen im Vordergrund. Eine dicke, rothaarige Frau mit einem hübschen Gesicht, und eine blonde Frau, mit weißem Hütchen und überdimensionalen weißen Knöpfen an einem blauen Kleid. Ich bin doch nicht blind. Was ist denn so wichtig daran? Von diesen Akteuren auf diesem Foto dürfte schwerlich noch jemand am Leben sein."

„Dazu kommen wir später. Erinnern sie sich an den Mann im Hintergrund in dem unauffälligen Anzug?"

Kulmbach erinnerte sich nur daran, dass es fast alles junge Männer waren, bis auf einen, der älter wirkte, mit einem grimmigen entschlossenen Gesichtsausdruck und nicht so recht in das Bild passen wollte.

„Muss man den kennen?"

„Das ist mein Urgroßvater. Chester Joshua Williams."

*

Stettmaier saß völlig erschöpft auf einem unbequemen Stuhl in dem gekachelten Raum. Dunkle Ringe um seine Augen und eine blasse Gesichtsfarbe zeichneten sich zusehends ab, je später der Tag wurde. Mehrere Male fiel ihm etwas auf den Boden, weil seine Hände anfingen zu zittern.

„Was halten sie davon, wenn wir für heute Feierabend machen? Sie sehen aus, ohne ihnen zu nahe treten zu wollen, als hätten sie drei Tage nicht geschlafen."

Stettmaier hob müde den Kopf.

„Ich glaube auch, Doktor Thal. Die letzte Zeit habe ich nicht gut geschlafen. Und die Entdeckung dieser Sarkophage hat nicht unbedingt dazu beigetragen. Aber ich hätte zumindest den anderen Sarkophag noch gerne geöffnet."

„Warum sind sie so unruhig? Frau Viersen hat doch schon Proben von den Leinenbinden entnommen. Es geht alles seinen Weg."

Stettmaier konnte Doktor Thal schlecht erzählen, was er in der vergangenen Nacht erlebt hatte. Sein chaotisches Privatleben ging den Rechtsmediziner auch schlicht und ergreifend nicht das geringste an.

„Ich kann nichts dagegen tun. Das ist meine Natur. Ich gehe jedem damit auf den Wecker."

„Aber man sollte schon erkennen wann die Grenzen erreicht sind. Denn dann kommt man an einen Punkt, an dem auch kein Kaffee mehr hilft, sondern nur noch Ruhe. Glauben sie mir, ich weiß wovon ich rede. Meine Arbeitszeiten sind auch nicht gerade das, was man geregelt nennt."

Jo und Rachel sahen sich verstohlen an. Sie kannten die wahre Ursache für Stettmaiers Zustand und schämten sich dafür, dass sie in der vergangenen Nacht unfreiwillig Zeuge jener dramatischen Unterhaltung zwischen Stettmaier und seiner Frau geworden waren.

„Aber ich muss ihnen Recht geben, Doktor Thal. Ich bin völlig übermüdet, und sie haben schließlich auch schon ihre Stunden gearbeitet. Morgen ist auch noch Zeit."

Stettmaier warf noch einen Blick auf die Mumie, bevor sie wieder in der Kühlkammer verschlossen wurde.

„Sie ist so unfassbar schön."
Jo erschien es, als ob er ein stilles Zwiegespräch mit der Mumie führte. Nach einer Weile wandte er sich ab.
„Niebenreit ist zurück von seiner Exkursion. Ich werde mich mit ihm treffen und mich mit ihm austauschen."
Doktor Thal sah ihn skeptisch an.
„Feierabend machen sieht anders aus."
Aber Stettmaier hatte keine Lust dem Doktor zu erklären, dass es ihm grauste, in das einsame, stille, kalte Haus zu fahren. Die Ereignisse der Nacht hätten ihn nur umso schneller wieder eingeholt.
„Niebenreit hat mich auf ein Feierabendbier eingeladen."
Thal zog seine Jacke an.
„Ja, dann! Bis morgen."
Jo griff nach ihrem Zündschlüssel. Dabei fiel das rote Stück Stoff, welches am Zaun hängengeblieben war, als Sofia Hals über Kopf wegrannte, heraus und fiel auf den Boden. Schnell bückte sie sich, um es aufzuheben, aber Doktor Stettmaier hatte es gesehen und kam ihr zuvor. Verwundert rieb er mit den Händen immer wieder über den Stoff.
„Wo haben sie das her?"
Seine Stimme klang seltsam kalt und emotionslos.
Jo hielt vor Schreck den Atem an. Sie konnte doch unmöglich dem Doktor die ganze Wahrheit sagen! In ihren Gedanken pulsierte es heftig. Aber die halbe Wahrheit konnte er erfahren. Das musste er auch. Ihr blieb auch gar nichts anderes übrig. Schließlich hielt er das Corpus Delicti in seiner Hand und das war nicht mehr zu leugnen. Fieberhaft suchte sie nach den passenden Worten. Rachel überlegte derweil, in welches Vieh sie sich unauffällig verwandeln könnte.
„Ich habe dieses wunderschöne Stückchen Stoff an einem Teich eines verwilderten Gartens gefunden. Genau genommen, an dem Restaurant, das schon seit mehreren Jahren geschlossen ist. Es hing in einem Zaun und war umgeben von Tau und Spinnweben. Für mich, zusammen mit diesem frühen Sonnenaufgang ein wunderbares Motiv!"
Die Augen des Doktors ließen sie nicht eine Sekunde aus dem Blick.

Jo wurde es ziemlich ungemütlich.

„Wie sie wissen, bin ich Journalistin und habe neben diesem Auftrag auch noch eine Serie über stille, einsame Plätze in dieser Gegend erstellt. Und dieser, seit Jahren unberührte Teich, ist sozusagen ein „Lost Place". Das heißt für mich, ich kann unglaublich schöne stimmungsvolle Bilder einfangen, die ich in meinem Artikel gut gebrauchen kann."

Schnell zückte sie den Fotoapparat und zeigte dem Doktor mehrere Bilder, die sie am frühen Morgen geschossen hatte. Auf ihnen waren die aufsteigenden Nebel, der feuerrote Sonnenaufgang, die ersten Blumen am Teich, der Frosch auf dem Seerosenblatt, das feuerrote Stück Stoff, und Rachels zarte Hand, an der das Wasser herunter perlte.

„Ich bin extra zu der frühen Stunde hingefahren, um diese Aufnahmen zu ergattern. Aber der rote Stofffetzen ist eine wunderbar bunte Unterbrechung, mit der niemand gerechnet hatte und wertet so die Aufnahmen auf. Sehen sie doch nur, wie die Farbe des Stoffes mit dem frühen Sonnenaufgang harmoniert."

„Sie haben niemanden sonst gesehen? Oder etwas gravierendes bemerkt?"

Jo schüttelte energisch mit dem Kopf.

„Zum Glück nicht. Wenn wir andere Menschen angetroffen hätten, wäre die Stimmung im Eimer, und das frühe Aufstehen völlig umsonst gewesen."

Jo fühlte sich nicht gut unter dem steinernen Blick des Doktors.

„Haben wir etwas verbotenes gemacht?"

Ihre Stimme klang schrill und viel zu hell. „Wir sind doch niemandem zu nahe getreten, oder haben jemand ohne sein Wissen fotografiert."

Rachel dachte, dass es an der Zeit war sich einzumischen, bevor Jo sich um Kopf und Kragen redete.

„...Na gut, den Frosch haben wir nicht um Erlaubnis gebeten, das ist wahr. Da wird dir eine schöne Rechnung ins Haus flattern, wenn er herausbekommt, dass er als Model gedient hat."

Über das Gesicht des Doktors huschte für einen Lidschlag lang so etwas wie ein Lächeln. Das rote Stoffstückchen ließ er in seiner Tasche verschwinden.

„Wo sollen wir die Nacht verbringen? Ich habe keine Lust wieder an diesen „Lost Place" zu fahren, wie du es so wunderbar und treffend ausgedrückt hast."

„Fahren wir zur Ausgrabung, dort dürften wir die meiste Ruhe haben. Der Parkplatz ist von der Straße aus nicht zu sehen. Und wir sind dort von fremden Blicken geschützt."

Jo schickte eine Nachricht an Hendrik, weil er telefonisch nicht zu erreichen war.

„Meinst du, der Doktor hat dir diese Geschichte geglaubt?"

„Keine Ahnung! Ich bin mir nicht sicher, ob ich es selbst glauben würde. Aber was blieb mir denn anders übrig?"

„Allerdings... übrigens eine gute Geschichte mit den Bildern und so. Du solltest wirklich darüber nachdenken, sie zu veröffentlichen."

Bei einem Discounter stockten sie ihre Lebensmittelvorräte auf und dann steuerten sie die Ausgrabung an. Zu ihrer Überraschung standen auf dem Parkplatz noch mehrere Wagen.

„Sieh an. Professor Niebenreit und Sherin sind da. Ich bin neugierig, was sie von dem neuen Fundplatz erfahren haben."

„Ich habe Hunger, Jo!"

„Geht ganz schnell, Rachel. Nur schnell die neuesten Inputs sammeln, und dann machen wir uns einen gemütlichen Abend."

Zum wiederholten Male probierte sie Hendrik zu erwischen. Aber auch dieses Mal wurde der Anruf nicht entgegengenommen.

„Das verstehe ich nicht! Hängt er denn immer noch auf seinem Bauernhof herum?"

„Es kann auch sein, dass er in der Küche hantiert und sich etwas zu essen macht. Bratkartoffeln zum Beispiel, die ich jetzt liebend gerne auch futtern würde!"

In Rachels Stimme wirkte so ein beunruhigender drohender Unterton mit. „Ich kann auch zum Wehrwolf mutieren, dann fresse ich eben das, was mir vor der blutigen, ausgehungerten Nase liegt. Im schlimmsten Fall bist du das!"

Um die Wirkung ihrer Worte zu unterstreichen gab sie ihren Augen einen roten Schimmer und ihre Eckzähne ragten bedrohlich bis zum Kinn. Jo bekam einen gehörigen Schreck und prüfte vorsorglich, ob die Wagentür offen und zur Flucht bereit war.

„Bist du irre? Ich habe mir fast in die Hosen gemacht! Wirklich sehr überzeugend!"

„Wenn ich Hunger habe, kenne ich mich selbst nicht mehr."

„Iss einen Schokoriegel! In der Werbung funktioniert das doch auch. Vielleicht können wir gelegentlich auf dieses Talent zurückgreifen."

„Beim nächsten Talentwettbewerb."

„Oder so."

Stefan und Yannis, die beiden Studenten, waren dabei, ihre neuesten Funde, undefinierbare Scherben, die noch nicht einsortiert waren, zu nummerieren, und je nach Fundort in Kisten zu verstauen. Von Niebenreit und Stettmaier waren nur verhaltene Stimmen zu hören. Wie sich herausstellte, standen sie neben dem Geländewagen und unterhielten sich leise. Ihre Unterhaltung war sehr intensiv und Jo wollte sich bemerkbar machen, aber Rachel deutete an, dass es besser wäre zu schweigen und hielt Jo ab, weiter auf die Männer zuzugehen.

„Was ist denn los? Du bekommst doch gleich etwas zu essen," zischte Jo böse. Rachel legte nur ihren Finger auf den Mund und deutete nach vorne.

„...bis dahin hatte ich immer noch gehofft, dass sich unsere Beziehung bessert und sich unsere Ehe retten lässt. Aber seit heute Nacht verstehe ich die Welt nicht mehr, Wolfgang."

„Wenn es das Lokal ist, in dem ihr euer erstes Rendezvous hattet, kann es sein, dass sie ehrliche Absichten hatte. Aber dann hat sie kalte Füße bekommen und ist in Panik ausgebrochen. Verstehen kann ich es auch nicht. Aber mit dem Frauenverstehen ist das ohnehin so eine Sache. Als Mann bist du da echt verloren. Schenkst du ihr unerwartet Blumen fragt sie dich, ob du ein schlechtes Gewissen hast. Schenkst du ihr keine Blumen fragt sie dich aber auch, ob du ein schlechtes Gewissen hast. Eigentlich kannst du immer nur ins offene Messer laufen und irgendwie versuchen zu überleben."

Stettmaier nickte nur und gab ansonsten keine weitere Antwort. Niebenreit hakte weiter nach. Das blasse, ungesunde Aussehen seines alten Freundes beunruhigte ihn doch sehr.

„Hat sie sich seitdem wieder bei dir gemeldet?"

„Nein. Und ich kann sie nicht erreichen."

„Hm."

„Und weißt du was auch seltsam ist? Sie hat zu mir gesagt, dass sie das Kleid trägt, welches ich ihr in Marokko habe anfertigen lassen." Jo hörte etwas rascheln.

„Diese Journalistin mit ihrer Kollegin hat ausgerechnet an diesem Morgen dort Aufnahmen gemacht und dieses Stück Stoff gefunden."

„Und was ist so seltsam daran? Du sagtest doch selbst, dass sie überstürzt davongelaufen ist und dabei wurde das Kleid beschädigt."

„Aber es gibt da einen Punkt, der mich seitdem immer wieder zum nachdenken bringt. Das hier ist eine billige Mischung aus Kunstfasern und Baumwolle. Das Kleid, welches ich ihr extra habe schneidern lassen, war ein Gemisch aus Seide und Leinen. Darauf habe ich sehr geachtet, weil sie diese Kombination sehr gerne mag."

„Wann hast du ihr dieses Kleid geschenkt?"

„Vor fast vier Jahren. Kurz nachdem wir uns kennengelernt hatten."

„Dann kann es doch sein, dass sie es aussortiert hat. Aber um dir eine Freude zu machen, hat sie sich ein ähnliches besorgt, in der Hoffnung, du würdest den kleinen „Betrug" nicht merken."

„Du willst mir Mut machen. Aber da könnte etwas dran sein, denn das Parfüm war das Gleiche, welches ich ihr zusammen mit dem Kleid geschenkt habe."

„Dir bleibt nichts anders übrig als zu warten, bis sie sich wieder meldet."

„Aber weißt du was noch seltsam ist? Warte, ich spiele dir die Sprachnachricht vor."

„Das musst du nicht, Volker. Das ist doch sehr privat und geht mich doch gar nichts an."

„Ich muss aber mit jemandem darüber sprechen. Sonst werde ich verrückt."

„Dein Vertrauen ehrt mich, mein Freund."

Für einige Augenblicke herrschte Schweigen.

„Ich verstehe das nicht."

„Was verstehst du nicht?"

„Die Sprachnachrichten wurden gelöscht."

„Das ist auch eine Art von Lebenszeichen. Sie wird sich wieder bei dir melden. Aber was war denn so seltsam?"

„Das Kleid ist nicht aus Marokko! Auf dem Khan Kalili Basar in Kairo habe ich einen Schneider gefunden, der innerhalb von zwei Tagen dieses Kleid erschaffen hat. Sie hat es über alle Maßen geliebt, und ich kann mir nicht vorstellen, dass sie die Herkunft des Kleides vergessen hat."

*

Frederick und Hendrik fuhren so schnell es die Straßenverhältnisse erlaubten, zur Tierarztpraxis. Zur Sicherheit schaltete Frederick das Blaulicht ein, um freie Bahn zu haben. Badman fauchte und spuckte was das Zeug hielt. Er wusste nur zu genau was passierte, wenn er gezwungen wurde, in so ein verdammtes Eisending mit Rädern einzusteigen. Aber alles sträuben half nichts.

„Geh du schnell mit diesem Wutknäuel in die Praxis. Ich muss Meldung machen, wo ich zur Zeit mit dem Einsatzwagen unterwegs bin."

„Du sagst denen jetzt allen Ernstes, dass du zum Tierarzt gefahren bist?"

„Nicht so ganz. Ich war auf der Suche nach den Tätern von eurem Einbruch!"

Immer noch aufgeregt erzählte Hendrik was passiert war. Die Ärztin hörte ruhig zu, während Badman weiterhin unentwegt fauchte. Sie zog sich Handschuhe an und untersuchte ihn. Danach war noch eine Röntgenaufnahme fällig.

„Alle Muskeln tun ihm weh, und sind immer noch stark verkrampft. Deshalb kann er sich nicht auf den Beinen halten. Er hat am ganzen

Körper schlimme Schmerzen. Stumpfe Verletzungen, die von einem Schlag herrühren können, kann ich zum Glück nicht feststellen. Badman wurde Opfer eines Elektroschockers. Es ist ein Wunder, dass er noch lebt!"

Badman und Hendrik starrten die Ärztin zugleich an.

„Sie haben ihn rechtzeitig gefunden, sonst wären seine Muskeln in diesem Krampfzustand geblieben. Das hätte böse Folgen haben können. Aber sein Herz hat das alles gut überstanden, ist intakt und schlägt regelmäßig. Die Schmerzen werden in wenigen Tagen abklingen. Er bekommt von mir jetzt noch eine Spritze gegen die Schmerzen, und etwas, das entkrampfend und entspannend wirkt. Ich gebe ihnen auch noch Medikamente mit. Die sollte er noch so eine Woche verabreicht bekommen."

Die Ärztin legte vor den fauchenden Kater ein kleines Kissen aus Stoff hin. Badmans Fauchen wurde leiser. Neugierig roch er an dem kleinen Kissen. Dann nahm er es zwischen seine Pfoten und rieb intensiv seine Wangen daran. Danach konnte sie ungehindert Badman die Injektion verpassen.

„Das ist ja ein Ding! Sie können zaubern, Frau Doktor."

„Nein, kann ich nicht. Ich kenne halt nur ein paar Tricks, die ziemlich hilfreich und besser wie jede Chemie sind. In dem Kissen ist Katzenminze. Das beruhigt ihn und er wird ein klein wenig high. Ich kann doch damit rechnen, dass sie diesen unglaublichen Vorfall zur Anzeige bringen."

„Worauf sie sich verlassen können, Frau Doktor."

„So spektakulär im Polizeiwagen mit Blaulicht wurde noch kein Tier hierher gebracht."

Auf dem Weg zurück zu den drei Tannen beobachteten sie, wie Badman auf dem Schoß von Hendrik saß und mit dem Kissen spielte. Aber seine Bewegungen wurden fahriger und schließlich schlief er ein.

„Willst du mir nicht erklären, in welchen Schlamassel Rachel da geraten ist, Hendrik? Und ihr selbst geratet auch immer mehr in Gefahr! Du siehst doch, dass mit diesen Typen nicht zu spaßen ist.

Jetzt war es Badman. Wen trifft es als nächsten? Wenn ich euch helfen soll, muss ich die ganze Wahrheit wissen. Ich weiß, dass irgendwie alles mit Agnes Fahrenkamp zusammenhängt. Kennst du die Geschichte von Rachel Steingrün? Aus den dreißiger Jahren in Berlin?"

„Donnerwetter! So viel weißt du schon?"

„Hältst du mich für blöd?"

„...Äääh nein."

„Dann weißt du auch, in welchem Verwandtschaftsverhältnis Rachel zu der Rachel Steingrün steht, die zusammen mit Agnes Fahrenkamp nach Amerika ausgewandert ist, deren wahrer Name ich im übrigen immer noch nicht weiß?"

Hendrik lief der Schweiß in Bächen an der Stirn herunter.

„Ich weiß nicht wie ich das sagen soll."

„Was wissen diese Agenten, was wir nicht wissen? Warum sind sie wie der Teufel hinter Rachel her?"

„Ich kann dir versichern, dass Rachel nichts böses oder sonst was unredliches getan hat. Sie ist der ehrlichste und aufrichtigste Mensch auf der Erde! Ach nein, das stimmt jetzt so auch wieder nicht! Jedenfalls ist sie der beste Kumpel, den ich je hatte. Danach kommt direkt Badman."

„Das haben mir bereits Rachel und Jo versichert, dass sie, sozusagen, keinen Dreck am Stecken hat. Aber wenn ich nicht die ganze Wahrheit kenne, weiß ich nicht, wie ich ihr weiterhin helfen soll, wieder aus diesem Dilemma herauszufinden. Über Rachel findet sich, außer ihrem angeblichen "Flug" von Amerika nach Deutschland, nichts. Sie taucht nirgends auf und als Person existiert sie auch nicht! Es wird nicht lange dauern bis unsere Sicherheitsorgane auf Trab sind. Du weiß was das heißt?"

„Das sie uns ständig auf dem Kieker haben?"

„So ungefähr. Wenn sie nichts zu verbergen hat, wird Rachel es sonst der Staatssicherheit erklären müssen. Und dann bin ich außen vor. Das müssen wir unbedingt verhindern."

Hendrik streichelte den Nacken von Badman. Er war nach diesem enormen Stress eingeschlafen. Das Katzenminzekissen hielt er zwischen seinen Vorderpfoten, der Kopf lag darauf und er träumte wundersam von Mäusen in Regenbogenfarben.

„Ich weiß, dass es so nicht mehr weitergehen kann, Frederick. Aber sie muss dir die Wahrheit selbst sagen. Das kann nur sie allein."

Auf dem Weg durch die Stadt sah Frederick ein Rad stehen, welches ihm ziemlich bekannt vorkam. Die Lenkstange leicht verbogen und das Hinterrad war mit Erde und Gras behaftet. Es stand vor dem Jugendzentrum. Frederick griff zum Funk.

„Omrup, ich hätte einen Auftrag für dich. Vor dem Jugendzentrum in der Stadt steht ein weißes Fahrrad, dessen Lenker etwas verbogen ist. An dem Reifen sind Erd- und Grasspuren zu sehen. Kannst du bitte hinfahren und den Halter oder die Halterin des Rades feststellen."

„Mach ich. Die werden sich überglücklich schätzen mich zu sehen. Dort im Jugendzentrum haben sich viele rebellische Teenager versammelt, denen der Umweltschutz unserer derzeitigen Regierung nicht schnell genug geht."

„Natürlich fährst du da nicht alleine hin. Nimm noch zwei Leute mit."

„Hast du bei dem Einbruch etwas erreicht?"

Omrup sprach nicht deutlich aus, was er eigentlich sagen wollte, aber über Funk waren zu viele Ohren dabei.

„Die Täter sind immer noch auf der Flucht... aber die Arschlöcher kriegen wir!"

Zunächst verhaltenes Schweigen. Dann dröhnte eine weibliche, tragende Stimme, „Ich bitte um Funkdisziplin!"

*

Doktor Stettmaier trank sein Bier aus. Niebenreit klopfte ihm wie zur Beruhigung noch einmal auf die Schulter.

„Du wirst sehen, alles wird gut."

„Wenn es doch nur ein Fünkchen Hoffnung geben würde."

In der Stimme von Stettmaier lag so viel Verzweiflung.

„Gönne deinem Kopf eine Nacht Schlaf. Denk an deine Zukunft. Morgen ist ein wichtiger Tag."

Stettmaier nickte nur und ihm entfuhr ein tiefer Seufzer. Er setzte sich in seinen Wagen und fuhr los. Jo und Rachel schlichen sich zurück zu ihrem Wagen und machten sich dann laut bemerkbar.

„Professor Niebenreit? Gut, dass sie noch da sind. Können wir sie kurz sprechen?"

„Mensch Kinder! Ich wollte gerade gehen. Es war ein langer Tag." Der Professor wirkte gestresst und ziemlich ärgerlich.

„Wir stören auch nicht lange. Ich möchte sie nur darüber informieren, dass vor zwei Tagen in der Nacht jemand auf dem Ausgrabungsgelände herumgelaufen ist. Das haben wir völlig vergessen. Ich finde das sollten sie wissen."

„Na und? Das Projekt macht die Leute neugierig. Soweit ich weiß ist nichts beschädigt worden. Oder ist mir da etwas entgangen? Was machen sie überhaupt nachts hier? Haben sie kein Zuhause?"

„D...doch natürlich. Wir haben sogar ein sehr schönes Zuhause," stotterte Jo aufgeregt. Aber sie ahnte, dass es jetzt wohl besser wäre, nicht weiter auf diesen Vorfall einzugehen. „Ich hatte noch viel zu tun, mit dem Artikel und so, und da ich nie ohne meinen Laptop unterwegs bin, habe ich meinen Beitrag in der Nacht noch fertiggestellt. So bin ich nun mal... hat die neue Fundstelle etwas, das sich lohnt?"

„Nicht wirklich. Nach dem Hype um diese Ausgrabungsstelle wollte sich wohl jemand profilieren und hat sozusagen eine Megalithstätte „erschaffen". Auf den ersten Blick war zu sehen, dass das Ding eine Fälschung ist. „Neu neolithisch" würde ich sagen. Keine drei Monate alt. Verlorene Zeit für mich. Die Öffnung der Sarkophage war mit Sicherheit spektakulärer. Da hatten sie den richtigen Riecher, Frau Wenkert. Doktor Stettmaier hat mich bereits davon unterrichtet. Jetzt müssen wir nur noch die Ergebnisse der Altersbestimmung abwarten. Das wird morgen ein spannender Tag! Und wenn die jungen Damen nun nichts dagegen haben, mache ich jetzt Feierabend."

Yannis und Stefan waren dabei den Pavillon zu verschließen. Yannis trat auf einen durchsuchten Erdhaufen. Ein Teil der Erde rieselte sanft in die Grabanlage zurück.

„Kannst du nicht aufpassen!" schimpfte Stefan. „Das darfst du morgen ganz alleine wieder raus schaufeln. Und du kannst von Glück sagen, dass er bereits durchgesiebt wurde, sonst könntest du die ganze Arbeit noch einmal machen!"

„Einen Moment noch!" rief Yannis und sprang behende in die Ausgrabung. „Ich habe da etwas gesehen."

„Bist du jetzt total bescheuert? Das hat doch Zeit bis morgen."

„Reg dich ab, Stefan. Ich glaube das gehört nicht hier hin."

„Noch´n Sarg?"

„Nicht doch. Der würde gut ins Bild passen."

„Eine leere Bierdose? Ein Kassenzettel? Ein Kondom?"

„So schlimm ist es nun auch wieder nicht."

Yannis hielt den gefundenen Gegenstand hoch. Neugierig griff Stefan danach.

„Kannst du etwas damit anfangen, Stefan?"

„Mein Notizbuch! Du hast tatsächlich mein altes Notizbuch gefunden! Du bist echt der Burner! Ich war schon echt verzweifelt, wie ich meine Berichte für die Klausur fertig schreiben sollte."

„Du darfst mir sehr gerne heute Abend ein Bier spendieren."

„Auch zwei wenn es denn sein muss."

„Hoffentlich kannst du noch alles entziffern. In dem feuchten Boden hat es doch ziemlich gelitten."

„Hast du einen Blick hinein geworfen?"

„Nein! Wie denn? Ich habe es doch eben erst gefunden. Aber jetzt wo du es sagst...zeig mal her."

Stefan presste das Buch eng an seine Brust.

„Niemals!"

„Warum nicht?"

Stefan wurde leicht rot.

„...Ach weißt du.. hier stehen auch sehr private Sachen drin.."

„...Aha..du meinst mit pornografischem Wortlaut und so?"

Stefan grinste, aber es wirkte irgendwie hilflos.

„Du bist ein Idiot, Yannis. Aber es trifft den Kern der Wahrheit."

Professor Niebenreit schüttelte mit dem Kopf.

„Diese Chaoten sind unmöglich. Aber ich bin froh, dass Stefan sein altes Buch wieder hat. Er notiert peinlichst genau was gefunden wurde, und schreibt auch seine persönlichen Eindrücke dazu. Außerdem ist er ein begnadeter Zeichner und hat so manches mit seinen Zeichnungen offenbart, was der Kamera entgangen ist. Sie sind sehr wertvoll für uns."

„Wie muss ich das verstehen, Professor Niebenreit? Was kann denn einer Superkamera entgehen?"

„Die Bedeutung. Dann habe ich mich eventuell falsch ausgedrückt und muss mich korrigieren. Die Kamera nimmt das Bild auf, das sie sieht. Nicht mehr und nicht weniger. Stefan hingegen zeichnet alles was er fühlt, und so bekommt so mancher Gegenstand, der mit der Kamera völlig unscheinbar wirkt, bei ihm eine ganz andere Bedeutung. So manchem Geheimnis konnte er verschiedenen Projekten schon auf die Schliche kommen."

„Heißt das, er kann Gegenstände schneller erkennen und zeitlich einsortieren, während andere noch am recherchieren sind?"

„So habe ich das noch gar nicht gesehen. Aber so ungefähr trifft es den Nagel auf den Punkt. Ich weiß gar nicht ob er sich seiner Fähigkeit wirklich bewusst ist."

Wirklich glücklich schien Stefan nicht zu sein. Seine Notizen hatten unter der feuchten Erde gelitten. Missmutig blätterte er das Notizbuch durch.

„Wenn du es trocknest wird das wieder," versuchte Yannis ihn zu trösten. „Es ist schon spät. Lass uns nach Hause gehen."

Stefan legte das Notizbuch in eine Tasche als wären es rohe Eier. Verstohlen warf er einen Blick auf den Erdhaufen, unter dem sein Buch aufgetaucht war.

„So ein Mist", fluchte Stefan leise. „Wo sind die fehlenden Seiten?"

Der alte Geländewagen des Professors rauschte über den Parkplatz auf die Straße.

Jo und Rachel hatten es sich in ihrem Wagen gemütlich gemacht. Rachel fiel über die mitgebrachten Lebensmittel her und Jo öffnete eine Flasche Wein. Endlich war Hendrik per Videocall zu erreichen. Als er erzählte was passiert war, blieben Rachel und Jo vor Schreck der Mund offen stehen. Rachel bestand darauf, mit Badman selbst zu sprechen. Er lag immer noch auf dem Sofa mit seinem Katzenminzekissen zwischen den Pfoten. Als Hendrik das Telefon vor ihn hielt und er Rachels Stimme hörte, fing er an laut zu schnurren.

„Ihr seht, es geht Badman wieder gut. Frederick ist auf hundertachtzig. So böse habe ich ihn noch nie gesehen. Er will jetzt geeignete Maßnahmen ergreifen, aber dazu braucht er deine Hilfe Rachel.. du musst mit ihm Klartext reden. Diesem widerlichen Treiben dieser „Möchtegernagenten" muss unbedingt Einhalt geboten werden!"

„Aber was soll er denn tun, auch wenn er die Wahrheit kennt?"

Hendrik rieb sich mit beiden Händen durch seine schwarzen Locken.

„Das weiß ich auch nicht, verdammt nochmal! Aber wir hätten einen Kopf mehr zum nachdenken. So geht es auch nicht weiter. Wo seid ihr jetzt?"

Jo übernahm nun das Gespräch, und erzählte von der vergangenen Nacht am Teich mit dem seltsamen Zusammentreffen Stettmaiers mit seiner Frau und von der Arbeit auf der Universität.

„Frederick hat mir davon erzählt. Man kann euch aber auch keine zwei Minuten alleine lassen."

Nach dem Gespräch ließen sie zunächst alles Revue passieren.

„Siehst du was passiert, wenn man mit mir befreundet ist, Jo? Ihr geratet alle in Gefahr! Sogar mein Freund Badman, der mit diesem Schlamassel absolut nichts zu tun hat. Wahrscheinlich wäre es doch das Beste, wenn ich für immer verschwinde."

„Du kannst ja nochmal als Wiedehopf umherhüpfen und mir einen Vogel zeigen."

„Ich habe dir einen Vogel gezeigt? Das musst du mir näher erklären."

„Also noch einmal.. wer hat sich denn mit dem Flügel an die Stirn getippt? Na wer war das wohl?"

„Tut mit Leid, Jo. Kommt nicht wieder vor. Aber ist dir aufgefallen, wie Stefan den Erdhaufen fixiert hat?"

„Das habe ich gesehen. Und er hat fürchterlich geflucht, da noch einige Seiten fehlten."

„Vielleicht die wichtigsten, die er ausgerechnet für seine Klausuren braucht?"

„Gut möglich."

„Ich bin für heute Abend satt.. zwei gute Taschenlampen haben wir auch.. und es ist noch nicht ganz dunkel.. hättest du Bock?"

„Wir sollen den Haufen durchsuchen, Rachel? Ich glaube nicht, dass es von Professor Niebenreit gerne gesehen wird, wenn wir unerlaubt in der Anlage herumturnen."

„Nur den Erdhaufen."

„Nur den Erdhaufen... sonst rühren wir nichts an!"

Gesagt, getan! Bewaffnet mit Handschuhen, Gummistiefeln und Taschenlampen machten sie sich auf den Weg.

„Wo lag das Notizbuch genau? In dem Erdhaufen oder in der freigelegten Grabung?"

„Ist das wichtig?"

„Jetzt wo du es sagst, keine Ahnung. Wir müssen den Dreckhaufen sowieso durchsuchen. Ob das Notizbuch mittendrin oder ganz unten lag. Aber jetzt bringst du mich zum Nachdenken. Yannis ist ausgerutscht und ein Teil der Erde ist zurück in die Grabung gefallen. Es kann sein, dass das Notizbuch in der Grabung lag und die Erde darauf gefallen ist."

„Der Haufen wurde schon durchsucht, aber ich möchte trotzdem so wenige Spuren wie möglich hinterlassen."

„Wir werden schon aufpassen."

Jo arbeitete an dem Erdhügel über der Grabung und Rachel in der Grabanlage. Die Erde in der Anlage war ziemlich locker. Als sie die Erde von einer Seite zur anderen schaufelten, stieß sie auf Papier.

„Ich habe was gefunden."

Es handelte sich um vier Blätter, die natürlich arg unter der Feuchtigkeit gelitten hatten. Vorsichtig befreiten sie die Seiten von der Erde, aber die Feuchtigkeit hatte die Seiten schon massiv durchzogen.

„Und jetzt mach die Erde wieder so, wie wir sie vorgefunden haben."

Jo fotografierte die Bilder zunächst mit ihrem Handy und später mit ihrer Kamera.

„Ich mache vorsichtshalber Aufnahmen davon, falls sie nicht mehr zu retten sind."

Im Wagen, als sie es sich gemütlich gemacht hatten, sahen sie sich die Blätter genauer an. Auf der ersten und letzten Seite war nur noch schwer zu erkennen um was es sich handelte. Es schienen einzelne Studien über Mumien zu sein. Auf den darauffolgenden Seiten waren unfassbar schöne Zeichnungen von den Sarkophagen zu sehen. Auf den Seiten dazwischen waren Hieroglyphen aufgezeichnet. Oben rechts stand etwas geschrieben, was leider durch die Feuchtigkeit nicht mehr identifiziert werden konnte.

„Stefan wird wissen was es heißt und kann es ersetzen."

„Unfassbar schön diese Zeichnungen. Es stimmt was Professor Niebenreit über ihn sagt. Seine Fähigkeiten sind bemerkenswert. Als wäre er dabei gewesen."

Das Glas Wein zum späten Feierabend schmeckte gut. Jo beförderte die Bilder des Tages auf ihren Laptop und bereitete den nächsten Artikel vor. Rachel saß neben dem Wagen mit ihrem lebenswichtigen Diffuser um den Hals, und beobachtete den Nachthimmel mit seinen funkelnden Sternen.

„Heimweh nach der alten Heimat?"

„Quatsch."

„Das möchte ich dir auch geraten haben, Rachel!"

„Klapp den Laptop zu!"

„Wie bitte?"

„Klapp das Ding zusammen, Jo. Ich höre etwas!"

Jetzt konnte auch Jo Geräusche vernehmen. Verstohlen klemmte sie sich neben Rachel, die hinter einem Baum Deckung gesucht hatte.

„Das letzte Mal, als wir etwas in der Nacht wahrgenommen hatten, saßen wir in der Krone dieses wunderschönen Baumes."

„Und hatten uns eine Flasche Wein und einen Joint reingezimmert."

„Hast du schon etwas gesehen?"

Rachel deutete hinüber zur Grabung. Der Mond war nicht mehr ganz so voll. Aber es genügte immer noch, um zu sehen, dass jemand in einem rotkarierten Hemd zielstrebig mit einer Taschenlampe auf den Pavillon zuging.

„Hat der Doktor etwas vergessen?"

„Oder etwas Neues entdeckt, was er unbedingt nachprüfen muss."

„Sollen wir uns zeigen und unsere Hilfe anbieten?"

„Nein, lieber nicht. Warum ist er alleine hier?"

„Weil er keine Zeugen dabei haben möchte, wenn er sich geirrt hat?"

„Gute Theorie."

*

Doktor Stettmaier fand in seinem Haus weiterhin keine Ruhe. Nach der Exkursion auf der Ausgrabung war er nicht schlauer als vorher. Er klopfte den Dreck von den Schuhen ab, ließ aber von seinem vergeblichen Vorhaben ab, und stellte die Schuhe unter das Vordach. Stettmaier spürte noch Niebenreits Pranke auf seinen Schultern. „Alles wird gut," hat er gesagt. Dieser Trost erschien Stettmaier so nutzlos. Aber was sollte er auch anderes sagen? Stettmaier überprüfte noch einmal alle E-Mailadressen und Telefonnummern von Sofia. Es gelang ihm nicht, eine Verbindung herzustellen. Jedwede Telefonverbindung schien nicht mehr zu existieren und auf ihrer E-Mailadresse reagiert sie auch nicht. Ihm blieb nur übrig zu warten, bis sie sich wieder meldete.

Er setzte sich vor seinen Computer, um sich abzulenken. Sein Interesse galt der Forschung über Sarkophage. Ab wann genau gab es diese Art der Bestattung? Aber konnte man denn so argumentieren? Oder müsste es stattdessen nicht heißen, wie alt ist der älteste Fund von Sarkophagen? Der älteste Fund war ein Holzsarg, der in Sakkara gefunden wurde. Fünftausend Jahre alt. Aber war das ein Beweis? Es war doch gut möglich, dass es noch weit bessere gab. Man hat sie bloß noch nicht gefunden. Der Holzsarg gehörte auch keineswegs einem König, sondern „nur" einem Beamten. Er arbeitete für die ersten Dynastien des ägyptischen Pharaos. Man weiß nur noch nicht so genau für welchen. An ihm wurden auch schon Spuren der Einbalsamierung gefunden. An den Knochen waren Reste von Harz vorhanden, die auf eine Einbalsamierung hindeuteten. Aber was für eine Erscheinung boten die Sarkophage, die hier an dieser Grabstelle gefunden wurden? Wie war das möglich? Waren sie womöglich jünger als die Knochenfunde? Aber dagegen sprachen die weiblichen Skelette, die an den Schädeldecken die gleichen Verletzungen trugen, wie die Mumie, der mit allerhöchster Wahrscheinlichkeit die gleichen Verletzungen mit der Statue zugefügt wurde, die den Gott Seth darstellt.

Er forschte weiter im Internet nach. In den Museen fand er nichts vergleichbares was ungefähr dem Alter gleich war. In den Museen in Kairo und Abydos stammten die ältesten Sarkophage inklusive der Mumien so um zweitausendfünfhundert vor der Zeitrechnung. Davor allerdings wurde es sehr dünn und außer den Holzsärgen von Sakkara war noch nichts bei Grabungen aufgetaucht. Im neunzehnten Jahrhundert allerdings wurden viele Funde, die in Ägypten entdeckt wurden, überwiegend von weißen Europäern außer Landes geschleppt und schlicht weg verhökert. Es war ein unruhige Zeit für Ägypten. Nach dem kurzen Königreich von Pascha Mohammed Ali geriet Ägypten wirtschaftlich immer mehr ins straucheln. Frankreich und England nutzten das bedingungslos aus, um mit Ägypten zu ihren Gunsten „Geschäfte" zu machen. Die Engländer schlugen die Aufstände, die sich gegen die Fremdherrschaft wehrten, brutal und blutig nieder. Ägypten wurde zum kolonialen Einzugsbereich Englands erhoben, auch wenn es noch dem Osmanischen Verbund angehörte. Für Schieber und Hehler war es die große Zeit. Nie verschwanden so viele antiquarische Kunstgegenstände, wie zu dieser Zeit. Erst im späten zwanzigsten Jahrhundert wurde dem Einhalt geboten. Auf alten Zeichnungen zu Anfang des neunzehnten Jahrhunderts fand er schließlich Sarkophage, die denen ziemlich ähnelten, welche hier gefunden worden waren. Aber sie waren weder katalogisiert oder sonst wie aufgeführt.

„Dann gehören die auch bestimmt zu den berühmten

Museumsleichen, die schon seit Jahrzehnten in irgendwelchen Kellern der Museen liegen und von denen niemand mehr etwas weiß. Das wäre nicht das erste Mal. Ich werde eine Anfrage an verschiedene Museen machen. Ich bin gespannt, ob dabei etwas heraus kommt."

In der Nacht bekam er wiederum keinen Schlaf. Immer wieder musste er an die seltsame Begegnung mit Sofia denken. Wenn er an seine Frau dachte, umwehte ihn sofort ein Hauch von Jasmin. Dieser Duft war ihm so vertraut.

Am nächsten Morgen fuhr er in aller Frühe auf die Ausgrabung. Diese Journalistin und ihre Kollegin waren schon da. Niebenreit stand am Pavillon und trank einen Becher heißen, dampfenden Kaffee. Nur zu gern ließ er sich auch einen Becher einschenken.

Jo und Rachel musterten verstohlen den Doktor. Tiefe Augenringe verrieten, dass er auch in dieser Nacht nicht viel Schlaf gefunden hatte. Das war aber auch kein Wunder, wenn er sich in der Nacht noch auf dem Grabungsgelände herumgetrieben hatte. Still stand er neben Niebenreit und trank seinen Kaffee. Jo überlegte, ob sie eventuell den Doktor ansprechen sollte, aber dann besann sie sich anders und ließ ihn in Ruhe.

„Ich fahre gleich zur Uni. Möchtest du mitfahren, Wolfgang?"

„Gute Idee, Volker. Du hast gestern gut gearbeitet. Wenn Doktor Thal deine Untersuchungen bestätigt, können wir darauf bauen, dass alles, was bis jetzt gefunden wurde, wirklich original und circa fünftausend Jahre alt ist. Darauf können wir aufbauen."

Stettmaier zeigte Niebenreit einige Bilder auf dem Handy. Stefan und Yannis glotzten neugierig über die Schulter von Stettmaier.

„Ich habe diese Zeichnungen von Anfang des neunzehnten Jahrhunderts gefunden. Leider kann ich den Namen des Künstlers nicht finden, der sie angefertigt hat. Niemand weiß mehr wo diese Sarkophage sind, und ob sie überhaupt real sind. Aber sie ähneln denen, die wir hier gefunden haben."

„Das ist ein verdammt guter Anhaltspunkt. Denn bis jetzt wissen wir nicht viel über Einbalsamierungen aus dieser frühen Epoche. Und wir wissen schon gar nicht, wie diese Sarkophage hier in diesen einsamen Landstrich gelangen konnten."

„Wir müssen noch einmal alles durchsuchen. Wir haben ein Fragment eines Dokumentes gefunden, auf dem der Name „Nesut" verzeichnet war. Es wäre enorm hilfreich, wenn wir noch etwas dergleichen finden würden."

„Von mir aus stellen wir wieder alles auf den Kopf! Herr Ruman wird sich immens darüber freuen!"

„Dieser Ruman tickt nicht richtig. Ich würde gerne wissen, wann der falsch abgebogen ist!"

„Du sprichst mir aus dem Herzen, Volker!"

Sherin hatte sehr aufmerksam zugehört.

„Wir können noch etwas tiefer in den Boden gehen. Aber da ist nicht mehr viel Erde vorhanden. Darunter befindet sich direkter Fels. Ich werde die „ägyptische" Seite des Megalithgrabs noch einmal unter die Lupe nehmen."

Die Studenten nickten schicksalsergeben und prosteten sich mit Kaffeebechern zu.

„Dann machen wir jetzt den zweiten Aufguss. Ich bin gespannt, was dabei heraus kommt, Stefan."

Aber bevor es mit der Ausgrabung wieder losging, wollte Jo ihr Paket loswerden. Sie hatte ein Tasche geschultert, in der sie die fehlenden Seiten des Notizbuches von Stefan in Papier eingeschlagen hatte, damit sie nicht weiter zerstört wurden. Stefan ging zielstrebig auf die Ausgrabung zu.

„Ich habe was für dich, Stefan," rief Jo ihm zu.

„Der Tag hat erst angefangen und schon nervst du. Ist das so ein Journallistending?"

„Könnte aber interessant für dich sein!" gab Jo zurück.

Stefan blieb stehen, stemmte die Hände in die Hüften und sah sie herausfordernd an.

„Da bin jetzt aber mal so gar nicht neugierig."

„Wart´s nur ab."

Jo griff in die Tasche und überreichte ihm fast feierlich die in Papier eingeschlagenen Seiten. Verwundert nahm er das Paket an und öffnete es.

„Ich bin so erleichtert. Ihr seid so klasse Mädels! Jetzt brauch ich nichts mehr nachzuzeichnen. Ich bin wirklich sehr dankbar. Wann habt ihr die denn gefunden?"

Rachel wollte gerade erzählen, als ihr Jo zuvor kam.

„Ihr wart gerade mal fünf Minuten weg. Ich wollte noch ein paar Aufnahmen machen und stolperte über diesen dämlichen Haufen. Da habe ich die Papiere gesehen. War reiner Zufall. Ich hoffe, ich habe nicht noch mehr Schaden angerichtet."

Stefan runzelte die Stirn und nahm das Paket an. Er schlug das Papier auf und besah sich die alten Zeichnungen, die teilweise von schwarzen Flecken verunreinigt waren.

„Man kann nicht mehr alles entziffern. Aber daran tragt ihr keine Schuld. Jetzt kommt es auf mein gutes Gedächtnis an, um alles wieder zu vervollständigen. Aber die ersten Zeichnungen der Sarkophage sind noch gut zu erkennen. Der erste Eindruck ist immer der wichtigste. Ich werde meine Zeichnungen mit den alten vergleichen, die Doktor Stettmaier gefunden hat. Vielleicht können wir so einige Rückschlüsse ziehen oder finden womöglich sogar Verknüpfungen. Habt ihr euch die Seiten angesehen?"

„Das ließ sich leider nicht verhindern. Aber wir haben nicht im geringsten verstanden, was wir gesehen haben."

Er rannte hinunter zu seinem Auto und legte die Seiten auf den Rücksitz.

„Ich habe Fotos davon gemacht."

Aber Jo war sich nicht mehr sicher ob er aufmerksam zuhörte, denn er wandte sich voller Aufmerksamkeit seiner Arbeit zu. Mit feinen Pinseln galt es nun das Grab von oben bis unten neu zu durchforsten. Stettmaier und Niebenreit tranken ihren Kaffee aus, stiegen in den Geländewagen, und wollten gerade losfahren.

Auf der Landstraße fuhr ein Einsatzwagen der Polizei entlang. Verwundert ließ Rachel den Pinsel sinken, den ihr Sherin kurz zuvor überreicht hatte. Der Einsatzwagen bog ab und fuhr auf das

Ausgrabungsgelände. Jo staunte nicht schlecht, denn in der Gesellschaft von Frederick befand sich Doktor Thal nebst Cornelia Viersen, die mit ihrem Privatwagen hinterher gefahren war.

„Was will Doktor Thal hier auf dem Grabungsgelände? Ich bin doch mit ihm auf der Uni verabredet?"

Alle stiegen aus dem Einsatzwagen. Doktor Thal ging auf Stettmaier zu. Sein Gesichtsausdruck war sehr ernst. Er deutete auf die Grabungsstelle.

„Ich wusste, dass ich hier alle Mitglieder des Teams antreffe. Das war mir sehr wichtig, dass ihr alle zusammen seid. Leider kenne ich den geschichtlichen Zusammenhang nicht. Die Rechtsmedizin besteht aus Pathologen, Forensiker und Wissenschaftlern und wir können auch nur wissenschaftlich arbeiten. Und es wird schwierig sein, den wahren Sachverhalt aufzuklären. Wenn ihnen das überhaupt jemals gelingen wird. Aber was wir herausgefunden haben, bestätigt ihre Untersuchungen, Doktor Stettmaier. Die Sarkophage, die Skelettfunde und die Beigaben in der Grabanlage entsprechen exakt den Altersbestimmungen, die sie in ihren Untersuchungen erarbeitet haben. Wir haben hier sozusagen ein Grossover von zwei Kulturen vor uns. Wie das alles zusammenpasst ist eine absolute Mammutaufgabe."

Die Archäologen fielen sich zusammen mit den Studenten gegenseitig in die Arme.

„Hättest du das gedacht, Volker?"

„Ich weiß nicht, Wolfgang. Ich bin völlig durcheinander!"

Stefan füllte einen Becher mit Kaffee und drückte ihm dem völlig überforderten Doktor in die Hand.

„Nehmen sie einen ordentlichen Schluck Kaffee.. obwohl.. angesichts dieses Ergebnisses wäre doch ein Glas Sekt angebracht."

Jo ließ die ganze Zeit über die Kamera mitlaufen. Später würde sie Professor Niebenreit und Doktor Stettmeier dazu überreden, ein kurzes Statement über die nun unbestreitbaren Ergebnisse abzugeben. Das wäre ein Paukenschlag, der nicht mehr zu überhören wäre.

Stettmaier schüttete sich vor Aufregung heißen Kaffee über seine

Jacke. Sherin tupfte mit einem Tuch die Jacke des Doktors trocken.
„Und was haben sie über die Altersbestimmung der Mumie herausgefunden?"
Die Doktorandin verschränkte unzufrieden ihre Arme.
„Die Ergebnisse stehen noch aus. Es dauert leider noch einen Tag. Zur Zeit laufen mehrere Untersuchungen und Tests ab. Ich will keine Fehler machen."
„Da verlassen wir uns ganz auf dich, Cornelia. Ich bin gespannt was die DNA ergibt. Ob es sich bei den Mumien um Frauen von der Trichterbecherkultur handelt oder um Ägypterinnen."

*

Mit dem Geländewagen war die Strecke bis zu den „heiligen drei Tannen" in fünfundzwanzig Minuten zu schaffen. Aber als sich Williams und Chester in der Dunkelheit aus dem Wald geschlichen hatten, war das Fahrzeug nicht mehr da. Aus dem Wald hatten sie beobachten können, wie ihr Wagen unter Aufsicht der Polizei abgeschleppt wurde.
„Ich werde mich an Ort und Stelle beschweren!," zischte Kulmbach böse. „Das ist eine Behinderung unserer Undercovertätigkeit. Aber ich habe die Nummer dieses Reviers nicht. Ob ich einfach die 110 wählen soll? In dieser Einöde müsste ich doch direkt dort landen?"
Williams hockte auf dem Boden und ließ trockene Tannennadeln durch seine Hände gleiten. Sein auf geschwollenes Gesicht glich von Minute zu Minute mehr einem Kürbis und er verspürte einen wahnsinnigen Durst.
„Sie wollen sich beschweren? Sehr gut! Und welche Erklärung haben wir für den Einbruch und den massakrierten Kater? Unauffällig sollten wir agieren. Was wollen sie der Polizei erklären? Nach ihrer eigenen Aussage könnte es schwierig werden."
Böse sah Kulmbach dem Abschlepper und dem Polizeiwagen hinterher, die mit angemessener Geschwindigkeit über die

Landstraße davonfuhren. Kulmbach befühlte seine beträchtliche Beule. Kopfschmerzen plagten ihn. Aber es blieb ihnen nichts anderes übrig, als den Ball flach zuhalten. Er sehnte sich nach einer heißen Dusche, einem kühlen Bier und das Fußballmatch heute Abend im Fernseher.

„Ich werde uns ein Taxi ordern."

Der Akku des Handys war leer. Kulmbach konnte noch nicht einmal einen Notruf absetzen. Williams griff in seine Tasche.

„Mein Mobil ist weg! Ich muss es bei der Flucht aus dem Haus verloren haben. Was machen wir jetzt?"

„Dreimal dürfen sie raten! Ohne diesen ganzen Gadgetscheiß sind wir absolut hilflos."

Nun stand ihnen ein beschwerlicher Fußmarsch durch freies Gelände bevor. Sie wagten es nicht, die offene Straße zu benutzen weil sie Angst hatten, dass eine Polizeistreife auf sie aufmerksam wurde. Nach mehreren Stunden waren sie endlich mehr tot als lebendig an ihrem R&B Hotel angekommen.

„Hatten sie einen Jagdunfall?" begrüßte sie der Portier an der Rezeption etwas hämisch.

„Kann man so sagen," antwortete Kulmbach etwas einsilbig. Die Beule auf der Stirn ließ sein linkes Auge nahezu verschwinden. Williams sah nicht viel besser aus, seine Lippe war dick angeschwollen und er hatte das Gefühl, dass sein Kopf mit Wasser gefüllt war. Er spürte seine Füße nicht mehr. Der Portier übergab den Gepeinigten ihren Schlüssel.

„Scheint so, als ob das Wild gewonnen hätte."

Williams stolperte zunächst ins Bad und trank mindestens drei Liter frisches Wasser. Sie waren vollkommen erschöpft.

„Erklären sie mir, was es mit ihrem Urgroßvater auf sich hat. Laden sie sich seinetwegen so viel Stress auf? Oder liegt ein begründeter Verdacht vor, Williams?"

„Sie haben das Foto auf dem alten Kamin gesehen?"

„Ja, und weiter."

„Meine Vermutungen wurden nur bestätigt."

„Darf ich an ihren Vermutungen teilnehmen?"

„Selbstverständlich. Diese Person auf dem Bild, die sich Rachel Steingrün nennt, und die dicke Frau mit den roten Haaren, Agnes Fahrenkamp, wurden damals schon von der gerade neugegründeten CIA verdächtigt, Spionage für die Sowjetunion betrieben zu haben."

„Sie wurden verdächtigt? Das heißt, denen ist es nicht gelungen, Spionage nachzuweisen?"

„Nein! Mein Urgroßvater zählte zu den ersten Mitarbeitern der CIA. Aber er konnte keine stichhaltigen Beweise liefern."

„Was veranlasste denn ihren Urgroßvater zu der Annahme, dass die Frauen Spionage betrieben?"

„Sie haben mit den unterschiedlichsten Physikern in der ganzen Welt kommuniziert. Auch in der damaligen Sowjetunion."

„Was können denn Physiker für Geheimnisse ausplaudern? Das Geheimrezept für Coca Cola ist bis zum heutigen Tag noch geheim. Das wäre doch mal was!"

Williams Augen verengten sich ärgerlich und er sog scharf die Luft ein.

„Oppenheimer, der Erfinder der Atombombe, war ein Physiker. Ahnen sie jetzt etwas von der Tragweite, die Menschen mit solchem Wissen auslösen können?"

„So langsam dämmert mir was. Woher wusste ihr Urgroßvater, dass sie mit der damaligen Sowjetunion zusammenarbeiteten?"

„Das war damals relativ einfach. Es wurde nicht so genau auf Datenschutz geachtet wie heute. Es gab praktisch keinen. Schließlich herrschte kalter Krieg zwischen den Großmächten. Ihre Telefongespräche und der komplette Posteingang wurden kontrolliert. Meinem Urgroßvater ist nichts entgangen!"

„Das ist ja alles ganz schön und klingt so spannend, dass man daraus einen Spionagethriller drehen könnte. Aber um was ging es denn genau bei den Bemühungen ihres Urgroßvaters?"

„Er erzählte meinem Großvater ständig etwas über die Einstein-Rosen-Brücke."

„Was soll das sein?"

„Ich habe nicht die geringste Ahnung. Mein Urgroßvater sprach davon, dass diese Einstein-Rosen-Brücke so etwas wie ein Portal war, mit dem die Frauen Informationen in die Sowjetunion geschleust haben."

Kulmbach gab den Begriff mit der Brücke in seinem Handy ein.

„Hier steht, dass es sich bei der Einstein-Rosen-Brücke um ein mathematisches Konstrukt handelt. Nathan Rosen und Einstein haben geschrieben, dass man irgendwie zwei Universen miteinander verbinden kann. Man nennt sie auch Wurmloch. Das ganze soll irgendwie mit „Zeitschichten" funktionieren. Aber ich lese auch, dass sich die Physiker bis heute die Zähne daran ausbeißen."

„Mich interessiert nicht was Einstein gesagt oder geschrieben hat, Kulmbach. Der gehörte genau zu dem verdächtigen Kreis wie dieser Rosen. Sie haben diese komische Rosen-Brücke genutzt, um ihre Spionagetätigkeit zu verschleiern. Die damaligen Überwachungsbehörden hätten damals härter durchgreifen sollen. Dann wären wir Amerikaner nämlich zuerst im Weltall gewesen und nicht die Russen mit ihrem kümmerlichen Juri Gagarin."

„Aber das ist doch alles solange her. Und die Amerikaner waren doch schließlich die ersten auf dem Mond. Das ist doch auch nicht zu verachten."

„Ich bleibe dabei, wenn unser Überwachungsapparat unter McCarthy und Edgar G. Hoover noch brutaler durchgegriffen hätten, wären wir heute schon auf dem Mars... oder noch weiter!"

Kulmbach zuckte nur mit den Schultern.

„Es ist aber auch nicht erbaulich, auf den Fehlern vergangener Jahrzehnte herumzureiten. Wir müssen in die Zukunft schauen."

Williams nickte. Er schaute aus dem schmutzigen Fenster des R&B Hotels. Ihm schmerzten immer noch die Füße. Diese dämlichen Kampfstiefel waren alles andere als bequem. Nur mit Hilfe von Kulmbach war es ihm gelungen die Stiefel auszuziehen. Die mit Blut durchtränkten Strümpfe klebten eisern an den geschundenen Füßen. Die nächste Zeit wird er wohl nur in Badelatschen herumlaufen können.

„Mein Urgroßvater konnte den Frauen Spionage nie nachweisen. Aber wissen sie was ihm trotzdem gelungen ist?"

„Jetzt bin ich gespannt."

Das war absolut gelogen. Es interessierte Kulmbach einen Dreck. Er setzte sich auf das Bett, trank an seiner Flasche Bier und schaltete den Fernseher an. Das Fußballspiel lief bereits und er hatte ein Tor verpasst! Dieser Amerikaner ging ihm langsam aber sicher auf die Nerven! Was er brauchte, war ein Bezug zur heutigen Zeit. Ein Beweis, zumindest ein Indiz. Er hatte ohnehin schon genug Scherereien, und seine Abteilung verlangte endlich handfeste Fakten.

„Diese Frauen haben in Unzucht miteinander gelebt. Sie waren ein lesbisches Paar. Im Amerika der fünfziger Jahre legte man großen Wert auf Anstand, Sitte und Moral. Woman and Men gründen eine Family und bekommen Kinder. Das ist das einzige Modell, was meiner Meinung nach bis zum heutigen Zeitpunkt funktioniert. So ein Verhalten wider die Natur ist gegen Gottes gewollte Ordnung, und das war auch die Lebenseinstellung meines hoch geschätzten Urgroßvaters."

„In Amerika wären sie ein guter Wanderprediger. Darüber sollten sie nachdenken, wenn sie ihren Job verlieren,"erwiderte Kulmbach zynisch. Seine Äußerung war eigentlich als Joke gedacht.

„Glauben sie wirklich? Ich habe schon ernsthaft darüber nachgedacht. Das ist vielleicht meine wahre Bestimmung."

Kulmbach schüttelte resigniert mit dem Kopf und schüttete sich eine Handvoll Erdnüsse in den Mund.

„Gottes gewollte Ordnung darf niemand verletzen. Niemand! Letzten Endes war das der Grund, warum er die Frauen erfolgreich aus Amerika vertreiben konnte. Egal in welchem amerikanischen Bundesstaat sie sich aufhielten, mein Urgroßvater war da und machte ihnen das Leben zur Hölle."

„So ganz und vollkommen lesbisch kann Rachel Steingrün nicht gewesen sein."

Williams runzelte unzufrieden die Stirn.

„Das ist das, was ich bis heute nicht verstehe. Die Rachel Steingrün, die im Flugzeug gesessen hat, sieht auf den Punkt gleich aus, wie die Rachel Steingrün aus Amerika in den fünfziger Jahren des vergangenen Jahrhunderts. Ich werde noch wahnsinnig! Die Rachel Steingrün, die „Ältere", ist aber zusammen mit Agnes Fahrenkamp nach Deutschland zurückgekehrt. Sie hat nie wieder amerikanischen Boden betreten."

„Dann hat sie womöglich die Einstein-Rosen-Brücke benutzt?"

„Wie auch immer. Jedenfalls steht Rachel, die „Jüngere", im Verdacht, Spionage mit Russland zu betreiben. Und diese Jo Wenkert gehört ebenfalls dazu. Ich kenne noch nicht die Zusammenhänge. Aber wir sind hier einer großen Sache auf der Spur."

„Vielleicht kann ich weiterhelfen. Jo Wenkert steht in einem Verwandtschaftsgrad zu Agnes Fahrenkamp. Es ist ihre Großnichte."

„Dann schließt sich der Kreis!"

*

Stettmaier spürte diesen Enthusiasmus, der von der gesamten Crew rückhaltlos bestätigt wurde. Das war ein phantastisches Ergebnis. Nun galt es weiterzuforschen, wie die Sarkophage zu dieser Megalithanlage gelangten. War es ein religiöser Akt? Hatten sich hier zwei Kulturen für kurze Zeit zusammengefunden? Wenn er doch nur etwas mehr von dem Lederstück gefunden hätte, auf dem Hieroglyphen gezeichnet waren. Alle bearbeiteten auf ein neues die Grabanlage in der Hoffnung, doch noch etwas zu finden, was weitere Informationen liefern würde. Immerhin hatten sie auf dem kleinen Lederstück die Hieroglyphen für „Sohn" und „Seth" gefunden. Daraus konnte man den Namen „Nesut Seth" lesen. „Sohn von Seth". Da es hier kein Papyrus gab, benutzte „Nesut Seth" die Haut von einem Rind, also Leder.

Sehr geschäftig rannte die zierliche Journalistin mit den kupferroten Locken auf der Anlage hin und her und machte jede Menge Fotos. Ihre Kollegin legte den Pinsel beiseite und ermahnte die Journalistin ihre Arbeit zu beenden. Der Polizist sah nervös auf seine Uhr.

„„Wenn das noch lange dauert, muss ich leider alleine losfahren."

„„Nur noch eine Aufnahme, dann bin ich fertig. Heute Abend noch werde ich diesen Artikel online stellen."

„Jo sah sich die Aufnahmen an.

„„Perfekt! Ich muss nur aufpassen, dass ich nicht die Aufnahmen mit dazunehme, die ich von dem Notizbuch gemacht habe."

„Schick sie doch Stefan, dann bist du diese Sorge los."

„Gute Idee, Rachel."

Neugierig hob Stettmaier den Kopf. Aufnahmen eines Notizbuches? Welches Notizbuch?

„Darf ich fragen um welche Aufnahmen es sich handelt, die nicht online gehen dürfen? Oder ist das ein streng gehütetes Geheimnis?"

Jo speicherte alle Aufnahmen die sie brauchte, auf dem dafür vorgesehen Ordner auf ihrem Laptop ab. Jo wusste nicht so recht wie sie sich verhalten sollte. Aber Stefans Grafik und Zeichenkünste waren doch eigentlich nichts unbekanntes.

„Es sind Aufnahmen von Stefans Notizbuch. Es ging währen der Grabung verloren und Yannis hat es wieder gefunden. Aber es fehlten noch einige Seiten. Ich wollte, weil das Licht perfekt war, noch einige Aufnahmen machen, da tauchten die fehlenden Seiten des Buches in der Grabanlage auf."

Jo bediente sich dieser Notlüge. Keiner sollte wissen, dass sie sich explizit wegen den fehlenden Blättern auf die Suche gemacht haben.

„Durch Zufall sind die fehlenden Seiten wenig später aufgetaucht. Da man aber nicht wissen kann, wie die Seiten beschädigt sind und ob sie durch Feuchtigkeit eventuell später ruiniert werden, habe ich sie fotografiert. Ich muss Stefan die Aufnahmen noch zuschicken."

„Ob sie mir einen Blick darauf gestatten?"

„Ich weiß nicht ob Stefan das recht ist."

„Sie handeln, wie ein perfekte Journalistin handeln muss. Natürlich werde ich mit ihm darüber sprechen."

Er winkte Stefan zu, und zeigte auf die Kamera von Jo.

„Darf ich mir die Fotos von deinem Notizbuch ansehen?"

Infernalischer Lärm dröhnte in diesem Moment über das Tal. Ein Kampfjet in niedriger Flughöhe schoss über den Himmel. Stefan schaute ärgerlich nach oben und winkte nur ab.

„Selbstverständlich."

Yannis legte den Pinsel weg und strich sich eine Haarsträhne aus dem Gesicht.

„Wissen die Klimaschützer wie viel Sprit so ein Kampfjet und Panzer brauchen?," brüllte er gegen den Fluglärm an. „Anscheinend nicht. Seltsamerweise klebt sich keiner von denen an einem Militärflugplatz fest. Ist das so eine Art Grauzone , in der alles erlaubt ist? Darf das Militär so viel Sprit verbrennen und Lärmbelästigung machen wie es will?"

„Es ist immer das Gleiche, Yannis. Wenn die „Großkopferten" vom Frieden sprechen und zugleich mit dem Säbel rasseln, ist das nie ein gutes Zeichen. Man schiebt Menschenrechte vor, aber es geht immer nur um gewisse Strukturen. Absatzmärkte, Bodenschätze, Aktien, und Gewinndiversität."

„Das glaube ich auch. Schwierige Zeiten, Stefan. Was wollte denn Stettmaier von dir?"

„Irgendwelche Bilder ansehen, die Jo gemacht hat. Sie hat Bilder geschossen, als du mein Notizbuch gefunden hast."

Jo hatte, nachdem sie von Stefan praktisch die Erlaubnis bekam, ihre Kamera an das Laptop angeschlossen. Neugierig schaute er sich die Bilder an. Niebenreit kam dazu und blickte ihm über die Schulter.

„Kommst du, Volker? Wir wollten doch zur Uni fahren."

„Bin gleich soweit. Sieh dir die Zeichnungen von Stefan an."

„Ich weiß, dass der Junge gut ist."

„Die Sarkophage sehen den alten Zeichnungen, die ich gefunden habe so ähnlich."

Niebenreit schaute auf sein Handy.

„Das ist phantastisch. Aber wir müssen jetzt los. Doktor Thal hatte es eilig und ist bereits mit Frau Viersen unterwegs."

Jo spürte den inneren Zwist von Stettmaier.

„Ich kann ihnen die Fotos zuschicken und sie können sie sich in aller Ruhe ansehen, wenn sie Zeit dazu haben."

Dankbar nickte ihr der Doktor zu.

„Sie haben mir ein Interview versprochen."

Niebenreit kratzte sich nervös am Hinterkopf. Aber er war sich der Tragweite dieses Interviews bewusst. Nach diesen

Untersuchungsergebnissen gab es keinen Grund mehr, der Öffentlichkeit immer nur häppchenweise etwas zu servieren.
„Machen wir es kurz und schmerzlos."
Doktor Stettmaier wollte nicht vor die Kamera und überließ dem Professor das Wort. Zweimal musste sie die Aufnahme neu beginnen, weil Yannis durch das Bild lief, dabei Grimassen schnitt, und sich wie ein Ägypter bewegte. Nach dem Lachflash dauerte es eine Weile bis sich alle wieder beruhigt hatten. Sogar dem übernächtigten Doktor gelang ein Lächeln. Aber erst durch die Androhung vom Professor, dass die Runde Freibier wohl heute Abend ausfallen würde, gelang es Jo ein halbwegs vernünftiges Interview zu führen. Doktor Stettmaier starrte fasziniert auf sein Handy.
„Oh mein Gott! Wie ist das nur möglich?"

Frederick stand immer noch neben seinem Einsatzwagen.
„Was machst du eigentlich hier?"
„Dich und Rachel mitnehmen, wenn ihr euch heute noch loseisen könnt. Mein Gott, ist das ein alberner Vogel. Und wie er ganz ungeniert mit euch flirtet ist ja wohl ein ziemlich dicker Bock!"
Rachel klopfte sich ihre Hände an der Hose ab.
„Es stört dich wie Yannis mit uns flirtet?"
„A...also ich sag mal so...das kann man doch besser machen."
„Ach ja? Und wie?"
„Dich scheint er besonders ins Auge gefasst zu haben."
Frederick fühlte, wie er puterrot wurde. Rachels strahlend blaue Augen waren direkt auf ihn gerichtet. Das verbesserte nicht unbedingt seine kreativen Wortschöpfungen.
„Yannis schleicht um dich herum wie ein pubertierender Auerhahn"
„Pubertierender Auerhahn? Du meinst also, ich bin zu alt für ihn?"
„N..nein...doch...ich weiß nicht...du bist für niemanden zu alt...".
Der Klos im Hals wurde immer dicker. Aber das Blut schoss weiter ungehindert in die Kopfregion.
„Jedenfalls passt er nicht zu dir."
„Was meinst du mit passen? Wie ein Kleid? Ich finde die dunklen Haare ergeben zu meinen einen netten Kontrast."

Jo verfolgte belustigt, wie sich Frederick um Kopf und Kragen redete und hatte ihre Kamera und Laptop eingepackt.

„Um welche Bilder ging es dem Doktor?"

„Um das Notizbuch von Stefan. Er hat die Gabe, Zeichnungen von den Fundgegenständen zu machen, die die Kamera nicht so richtig wahrnimmt. Das heißt, sie nimmt sie ganz normal auf, aber Stefan erkennt, im Gegensatz zur Kamera, verschiedene Details und hebt sie vielleicht sogar unbewusst hervor. Professor Niebenreit sagt, dass sein Talent sehr wertvoll ist, Frederick."

„So etwas hatten wir vor vielen Jahren bei der Polizei auch. Aber das ist lange her. Und warum sieht sich der Doktor die Bilder auf deinem Laptop an und nicht direkt im Notizbuch von Stefan?"

„Als das Buch gefunden wurde hat Stefan bemerkt, dass mehrere Seiten fehlen. Rachel und ich durchsuchten abends nach Feierabend die Grabanlage und haben in der lockeren Erde die fehlenden Blätter gefunden. Falls die Blätter stark beschädigt sind, habe ich sie zur Sicherheit fotografiert. Wir haben doch nicht etwa was verbotenes getan?"

„Nein...nein. Mich interessiert nur wie kommt das Buch dorthin?"

„Vielleicht hat Stefan das Notizbuch auf den Rand der Mauer gelegt, und es ist durch die ständigen Arbeiten mit der Schaufel, dem Sieb und noch allerlei Werkzeugen auf den Boden gefallen. Es war die letzten Tage ziemlich hektisch."

„Mag sein. Aber wenn du die Blätter unter der Erde gefunden hast, würde das bedeuten, dass es schon längere Zeit dort gelegen hat."

*

Frederick fuhr mit den Frauen aus der Stadt und erklärte ihnen dabei was er vorhatte. Vor dem Jugendzentrum blieb er stehen.

„So ein Mist!"

„Was ist denn los?"

„Das Rad ist nicht da."

Jo hatte die Bilder von dieser Nacht noch auf ihrem Laptop.

„Das ist aber auch kein Wunder. Es ist viel zu früh. Die Kinder sind noch in der Schule."

„Daran habe ich nicht gedacht. Omrup hatte leider keinen Erfolg bei der Suche nach dem Besitzer des Rades. Die Jugendlichen halten alle zusammen."

Nach eine halben Stunde kamen die ersten Jugendlichen. Manche kamen mit dem Rad, andere mit Motorrollern, und einige zu Fuß.

„Jetzt wollen wir doch einmal sehen, ob wir den jungen Herrn erkennen, der nachts vor eurem Wagen gestürzt ist."

Einige Jugendliche setzten sich auf das Geländer und andere nahmen auf der Treppe Platz. Von den Klamotten her konnte jeder zweite der Jugendlichen der junge Mann auf dem Fahrrad sein. Überweite Jogginghosen und Hoodies mit bunten Schriftzügen. Aus einem Handy klang der aggressive Modus eines Rappers. Der Polizeiwagen wurde von den Jugendlichen argwöhnisch beobachtet. Manche begannen Witze über die Uniform von Frederick zu reißen und wollten sich schier ausschütten vor lachen. Jo deutete auf ihre Klamotten und entgegnete, „euer Outfit erinnert mich an so eine Art Uniform. Ihr seht doch auch alle irgendwie gleich aus. Das ist doch ebenfalls so eine Art Gruppenzwang. Könnt ihr sonst noch was, außer gleich auszusehen?"

Auf einem Handy erklang ein bestimmter Beat. Ein junger Kerl, hochgewachsen, mit blonden, im Nacken ausrasierten Haaren, fing an zu dem Beat zu rappen.

„Eure Ordnung geht mit auf den Geist!
Eure Ordnung macht mich fertig, dann wisst ihr was das heißt!
Ich will mein eignes Ding. Ich lass mich nicht verplanen!
Mein Leben gehört mir, das kannst du jetzt schon ahnen!"...

Fasziniert hörten Jo und Rachel dem Jugendlichen zu.

Auf der gegenüberliegenden Seite kam aus einer Seitenstraße ein Radfahrer mit einem Hoodie bekleidet auf einem leicht lädierten Rad. Der Lenker war etwas verbogen. Als er den Einsatzwagen sah, drehte er blitzschnell um und war in der Fußgängerzone verschwunden. Frederick versuchte ihm noch nachzurennen.

Jugendliche, die auf einem Geländer vor dem Zentrum saßen lästerten. „Stellt der Bulle sich doch tatsächlich mit seiner auffälligen Erbsenkarre hier so auf, dass er schon von weitem zu sehen ist! Wie dämlich kann man denn sein?"

Nach einer suboptimalen Verfolgungsjagd durch die Stadt stand Frederick wenig später völlig atemlos vor den Jungs und Mädels.

„Wisst ihr wer der Junge auf dem Rad war?"

„Nö!"

Ein Mädchen zog sich ihre Mütze noch tiefer in die Stirn.

„Was willst du denn von dem? Hat er was verbrochen, was euch Bullen nicht so in den Kram passt?"

Frederick rollte genervt mit den Augen.

„Könnt ihr mal runter fahren und normal sprechen.. wie andere Menschen auch? Ich will ihn doch nur etwas fragen. Ist das zu viel verlangt."

Das Mädchen schaute kurz auf ihr Handy und tippte etwas ein.

„Den Kerl den ihr sucht kennen wir nicht, und das ist jetzt keine Lüge. Ehrlich nicht."

„Aber das beschädigte Rad wurde doch schon öfter hier am Jugendzentrum gesehen."

„Das gehört keinem. Also eigentlich gehört es dem Jugendzentrum, aber jeder darf es benutzen," antwortete das Mädchen.

Einer der Sozialarbeiter bestätigte, dass das Fahrrad Eigentum des Jugendzentrums war.

„Es ist für die Jungs und Mädels gedacht, die kein eigenes Rad besitzen. Sie würden staunen, wenn sie wüssten wie hoch die Zahl der Kinder mittlerweile ist, bei denen es Zuhause am Nötigsten fehlt."

Jo nickte dem Rapper zu. „Du hast Rhythmus und weißt die Worte gut und pointiert zu setzen. Von wem ist das?"

„Habe ich selbst geschrieben."

„Ich bin beeindruckt."

Der junge Mann nickte ihr kurz zu, dann zog er seine Kapuze hoch und betrat das Jugendzentrum.

Desillusioniert saßen Frederick und die Mädels später wieder im Einsatzwagen.

„Ich muss die Wohngebiete mit den sozialen Brennpunkten in Augenschein nehmen."

„Aber trotzdem können wir einen kleinen Erfolg verbuchen, Frederick."

Geistesgegenwärtig hatte Jo einige Aufnahmen von dem Jungen auf dem Fahrrad gemacht. Auf einem war das blasse Gesicht zu erkennen.

„Das ist der gleiche Junge, der in jener Nacht vor unserem Auto gestürzt ist."

*

Cornelia Viersen hatte die Tests mehrere Male wiederholt. Aber es blieb immer beim gleichen Ergebnis. Sie bat einen Kollegen die Tests in seiner Abteilung noch einmal durchzuführen, weil sie sich nicht sicher war, ob sich bei ihr ein Fehler eingeschlichen hatte, oder ihr Equipment nicht ganz in Ordnung war. Aber auch bei ihm liefen die Tests und Untersuchungen genau so wie bei ihr. Bei den DNA Strängen kam das gleiche Ergebnis. Als sie mit Doktor Thal zusammen auf die Grabanlage fuhr und er schon fast feierlich mitteilte, dass die Sarkophage und die Skelettfunde aus der gleichen Zeit stammten, liefen in der Forensik noch einige Untersuchungen. Das Thema war zu wichtig, und es fiel schwer, kühlen, wissenschaftlichen Kopf zu bewahren. Von dem Verriss einiger Kollegen, wenn die Untersuchungen sich als falsch erweisen würden, ganz zu schweigen. Aber jetzt war das Ergebnis da! Diese Nachricht würde einschlagen wie eine Bombe!

Jo saß zusammen mit Rachel und Frederick immer noch vor dem Jugendzentrum. Omrup meldete sich vom Büro.

„Frederick, du sollst bitte sofort auf die Universität in den Bereich

Archäologie und Anthropologie kommen, lässt Doktor Thal dir ausrichten. Es wäre brandeilig und sehr wichtig."
„Die Untersuchungen sind abgeschlossen. Ich bin so neugierig. Heute werden wir erfahren, ob die Mumien in den Sarkophagen Einheimische oder Ägypter sind. Das wird spannend!"
„Ich wurde gerufen!", bremste Frederick den Enthusiasmus von Jo aus. „Von euch war keine Rede!"
Jo´s Locken tanzten wie wild um ihren Kopf. Wie immer wenn sie sehr nervös war.
„Das kannst du uns nicht antun. Das ist ein großer Moment und ich werde diejenige sein, die diese Nachricht an die Öffentlichkeit bringt. Das ist mein Job! Dafür habe ich hart gearbeitet!"
Frederick schaute zerknirscht aus dem Fenster.
„Ich nehme euch mit."
„Wir wären sowieso nicht ausgestiegen."

*

Hendrik ließ den Traktor stehen und fuhr an diesem Tag nicht zu seinem Bauernhof. Er hatte bedenken, Badman alleine zu lassen. Soweit ging es ihm besser und seine Lieblingsleckerchen schmeckten ihm auch wieder. Aber irgendwie hatte Hendrik das Gefühl, dass Badman noch nicht so richtig wiederhergestellt war. Er bewegte sich noch ziemlich langsam. Sein Gang war steif und holperig, als wären seine Beine geschient. Aber wirklich seltsam war, dass er den lieben langen Tag mit dem Minzekissen umherzog. Er nahm es sogar mit hinaus auf den Hof. Nach mehreren Versuchen gelang es ihm, auf die Bank zu springen. Der Kater legte seine Pfoten auf das Kissen, als wollte er es beschützen. Bei jedem unerkannten Geräusch zuckte er zusammen. Als er einen Wagen hörte, schnappte er sich sein Minzekissen und stolperte in die Scheune. Aber als er sah, dass es Harry der Postbote war, schlich er vorsichtig heraus und setzte sich unter den Holunderbusch. Harry stieg aus und sah Hendrik an seinem

Traktor arbeiten. Er wünschte ihm einen guten Morgen und übergab ihm die neueste Post.

„Was wollten die beiden Männer eigentlich, die tagelang vor eurem Haus herumlungerten?" Harry hielt sich entsetzt den Mund zu. „Meine Güte! Das geht mich doch überhaupt nichts an. Bitte verzeih mir, Hendrik. Aber mein Mann sagt schon immer, dass mein Mundwerk schneller als mein Kopf ist."

„Das ist schon in Ordnung, mein Freund. Dank deines Anrufes ist Badman noch am Leben. Zeit für einen Kaffee? Dann erzähle ich dir was gestern vorgefallen ist."

„Gerne! Ihr wart mein letztes Haus für heute. Danach ist Feierabend."

Harry griff in seine Tasche. Dieses Geräusch kannte Badman. Das Wasser lief ihm in seiner Schnauze zusammen. Neugierig pirschte er sich näher, mit dem Minzekissen in der Schnauze. Harry reichte ihm ein leckeres Katzenstängchen. Er aß es zur Hälfte und die andere Hälfte legte er vor das Kissen.

„Das ist jetzt sein neuer Freund!"

„Der Kater hat einen Gang wie diese Aufziehspielzeuge von früher. Kann es sein, dass er seine Frauchen vermisst? Die habe ich schon lange nicht mehr gesehen."

Daran hatte Hendrik noch gar nicht gedacht. Damit wurde wieder einmal bewiesen, was für ein feinfühliger Mensch doch Harry war.

„Das ist gut möglich. Jo arbeitet an einer wichtigen Reportage, und Rachel begleitet sie. Deshalb muss Badman mit mir vorlieb nehmen. Wir sind zur Zeit eine Männer WG."

„Ich muss mich korrigieren. Jo habe ich in der Zeitung gesehen und online. Das macht sie außerordentlich gut. Sie hat wirklich was drauf."

„Hinter dem reizenden Kopf steckt ein scharfer Verstand!"

Hendrik erzählte in knappen Sätzen was am Tag vorher passiert war.

„Hast du eine Anzeige gemacht?"

„Ich hatte die Polizei hier," gab Hendrik ausweichend zur Antwort.

„Einer der beiden ist Amerikaner und angeblich bei der CIA und der andere ist ein Deutscher vom LKA. Sie sind hinter Rachel her.

Irgendwie hat das was mit Amerika zu tun. Aber das schlimme ist, sie weiß selbst nicht was die eigentlich wollen."

„Jedenfalls tun sie sich schwer mit der Öffentlichkeit. Die meiden sie wie die Pest. Und ihr Verhalten zeigt, dass sie buchstäblich über Leichen gehen. Ich weiß übrigens wo die Herrschaften untergekommen sind. In der Nähe des Bahnhofes gibt es doch dieses billige R&B Hotel. Dort sind sie unter gekrochen."

„Das ist eine gute Nachricht, Harry. Darüber werde ich umgehend die Polizei informieren."

Hendrik kramte sein Handy heraus und setzte diese wichtige Nachricht an Frederick ab.

Harry tauchte genussvoll einen Keks in den leckeren Kaffee.

„Mann! Ist das gut! Ach übrigens, der Brief auf den du mit Spannung gewartet hast, entsprach er deinen Erwartungen?"

Hendrik klopfte sich mit der Hand vor die Stirn.

„Mensch Harry! Den habe ich in der Aufregung komplett vergessen. Warte bitte, ich gehe ihn holen. Der ist immer noch im Briefkasten."

Mit zitternden Händen öffnete er den lange ersehnten Brief.

„*...teilen wir ihnen mit, dass die nötige Genehmigung für die Sanierungsmaßnahmen zwecks Erhaltung der Immobilie erteilt wird. Desgleichen gilt auch für die Scheune und Modernisierung der Stallanlagen...*"

Das Schreiben beinhaltete noch mehrere Paragraphen und Gesetzestexte. Aber das war alles nicht wichtig. Dass Hendrik seinen Traum endlich verwirklichen konnte, das war wichtig.

„Magst du, wenn du mit den Umbauarbeiten fertig bist, irgendetwas mit Tieren machen oder nur Landwirtschaft."

„Ich hatte mal den Traum Käse selbst herzustellen. Aber ich will und kann keine Tiere schlachten. Da war ich wohl etwas zu naiv. Wenn Ziegen oder Kühe Jungs auf die Welt bringen, die keine Milch geben, was bleibt dann?"

„Da ist was dran," bestätigte Harry. Er schlürfte den letzten Tropfen Kaffee aus.

„So, jetzt muss ich aber los. Ich habe da so eine Idee. Ich melde mich bei dir."

Badman legte sein Minzekissen auf die Bank und ging langsam auf den Wald zu. Da er immer noch Schmerzen hatte wirkte sein Gang leicht unsicher und staksig. Dann drehte er sich um, maunzte und sah Hendrik herausfordernd an.

„Bleib vom Wald fern. Du bist noch nicht fit genug. Was machst du zum Beispiel, wenn dich ein Wildschwein angreift?"

Dieses Argument hatte Hendrik soeben erfunden. In diesem Waldstück wurden noch nie Wildschweine gesichtet. Er hoffte, dass Badman nicht wirklich darüber Bescheid wusste. Der Kater ging ein paar holprige Schritte, dann wiederholte sich das Spiel.

„Ich muss den Traktor reparieren. Die Einspritzdüse ist defekt, das Gasgemisch ist nicht so wie es sein sollte. Du hörst doch selbst, was der für hässliche Geräusche macht."

Der Kater blieb unbeeindruckt sitzen und seine grünen Augen waren nur auf Hendrik gerichtet.

„Der Traktor geht dir am Arsch vorbei. Sehe ich das richtig?"

Badman antwortete mit einem zarten maunzen.

„Du willst, dass ich dich auf deiner Tour in den Wald begleite?"

Resigniert legte Hendrik das Werkzeug aus der Hand.

„Aber ich kann keine Mäuse fangen. Das kannst du dir abschminken...vielleicht kann ich dir zuarbeiten."

Badman schien genervt mit den Augen zu rollen. Gemeinsam trotteten sie in den Wald. Aber Hendrik fiel auf, dass der Kater eine bestimmte Spur verfolgte. Hinter einer Tanne blieb er stehen und rümpfte empört die Nase.

„Hast du etwas gefunden. Ein Mauseloch, vielleicht sogar den Bau eines Fuchses?"

Badman warf Hendrik einen verzweifelten Blick zu, so als würde er an seinem Verstand zweifeln.

„Ich bin nicht so ein geübter Jäger wie du. Aber ich gelobe Besserung. Also was haben wir denn da schönes?"

Auf dem Boden lag ein ansehnlicher Haufen menschlicher Exkremente. Darüber verstreut lagen weiße benutzte Papiertücher.

„Wunderbar! Jetzt haben wir den Platz gefunden, wo diese widerlichen Typen den Wald verseucht haben. Ich bin dir sehr dankbar, Badman, aber jetzt lass uns zurückkehren. Du hast immer noch den Gang eines alten Mannes. Eigentlich bräuchtest du einen Stock!"

Aber der Kater sah das anders und blieb stur stehen.

„Was denn noch?"

Etwas abseits der Hinterlassenschaft kratzte er auf dem Boden. Dann markierte Badman den Haufen, so wie es sich gehört. Der Wald mit seinen Bewohnern und sämtlichen Bäumen gehörte schließlich zu seinem Besitz. Badman spürte, dass sich sein inneres Gleichgewicht langsam wieder einpendelte.

„Das ist ein weiter Schritt zur Verbesserung deiner Gesundheit!" Hendrik gesellt sich zu ihm, ständig darauf achtend, nicht in den Haufen zu treten. Etwas schimmerte durch die Äste hindurch. Ein Handy. Ein amerikanisches Handy.

*

Mittlerweile war Professor Niebenreit zusammen mit Doktor Stettmaier, Sherin und den Studenten an der Universität angekommen. Auf der Fahrt zur Universität hatte Stettmaier von den Zeichnungen Stefans erzählt.

„Das ist unfassbar. Er hat alte Hieroglyphen gezeichnet. Das ist wahrscheinlich so eine Art Hochrechnung von ihm, wie es vor fünftausend Jahren gewesen sein könnte. Wirklich sehr interessant."

„Aber im archäologischen Bereich sollte man sich nur wenig mit Mutmaßungen und Hochrechnungen abgeben. Wie oft musste der Lauf der Geschichte neu geschrieben werden, weil man verschiedenen „Mutmaßungen" und Gerüchten mehr geglaubt hat, als der Wahrheit."

„Das ist natürlich nicht zu leugnen, Sherin. Aber Stefan hat sich so viel Arbeit gemacht. Es wird mir trotzdem Spaß machen sie zu übersetzen und zu lesen. Diese Journalistin hat mir die Aufnahmen auf mein Handy geschickt, aber ich habe das Telefon verlegt und kann es nirgends mehr finden. Das ist sehr ärgerlich!"

„Das ist leider typisch für dich. Du solltest wie die Schulkinder dein Telefon an einer Schnur um den Hals tragen. Okay. Gut für Brainstorming."

Angeregt fachsimpelten sie darüber wie das Ergebnis wohl ausfallen würde. Überrascht waren sie allerdings von der Anwesenheit des Polizisten. Sherin schüttelte ungläubig mit dem Kopf.

„In Deutschland will man aber auch stets auf Nummer sicher gehen."

Jo hatte ihre Kamera schussbereit in der Hand. Aber Doktor Thal wollte zunächst nicht, dass Aufnahmen gemacht werden.

„Aber warum denn nicht?" begehrte Jo auf. „Warum darf ich so ein wichtiges Ereignis nicht mit Fotos dokumentieren?"

„Sie müssen nur ein wenig warten, Frau Wenkert. Sonst nichts."

Rachel legte ihr beruhigend eine Hand auf die Schulter.

„Du bekommst deine Chance noch."

Caroline Viersen wirkte unruhig. Sie verknotete ihre Hände. Um sich zu beruhigen, steckte sie ihre Hände in die Hosentaschen, um sie wenige Augenblicke später wieder zu verknoten. Die Sarkophage standen auf zwei großen Tischen in dem weiß gekachelten Raum. Eine seltsame Kälte hing in der Luft, die nicht nur von der Klimaanlage herrührte. Nach und nach verstummten alle, und sahen Doktor Thal nun erwartungsvoll an. Die Deckel der Sarkophage waren geöffnet und die Mumien lagen mit gekreuzten Armen darin. Eine Mumie war von Doktor Stettmaier und Doktor Thal bereits von den Binden befreit worden. Ein seltsamer Duft lag in der Luft. Doktor Thal übergab die Akte der völlig überraschten Doktorandin in die Hand.

„Unsere hervorragende Doktorandin, Frau Viersen, hat hervorragende Arbeit geleistet. Sie hat ihre eigene Diagnose und ihr Wissen selbst in Frage gestellt und Hilfe bei Kollegen aus der Rechtsmedizin, Pathologie und Forensik gesucht. Aber nur um festzustellen, dass ihre erste Diagnose richtig war."

Mit hochrotem Gesicht und einem Puls von gefühlten fünfhundert Schlägen, begann sie, zunächst stockend, aber dann immer fließender, zu erzählen. Zunächst erklärte sie, welche Tests von der

Radiokarbonmethode bis zur Zelldiagnose, Blutbestimmung und DNA Untersuchung durchgeführt wurden.

„...Und weil ich mir nicht sicher war, weil immer wieder das gleiche Ergebnis kam, nahm ich die Hilfe von Kollegen und ihrem technischen Equipment in Anspruch. Aber auch sie kamen alle zu dem gleichen Ergebnis...“

Frau Viersen unterbrach hier um etwas Luft zu schöpfen. In dem Raum war es buchstäblich totenstill. Nichts war zu hören. Nur dieser seltsame Duft zog wie ein zarter Schleier durch den Raum, der ansonsten nur nach Formaldehyd und Desinfektionsmittel roch.

„...Es handelt sich bei diesen Mumien um zwei Frauen. Beide Frauen sind zu neunzig Prozent an den Verletzungen gestorben, die ihnen mit größter Wahrscheinlichkeit mit der Statue des Gottes Seth zugefügt wurden. Wir können das so genau festlegen, weil die Wundränder der schwerwiegenden Verletzungen nicht verheilt sind. Aber die Radiokarbondatierungen haben noch etwas anderes ergeben. Man kann hier nicht mehr von Mumien sprechen. Verunsichert hat mich, dass bei den vielfältigen Untersuchungen immer wieder Reste von Medikamenten gefunden wurden. Diese Frauen sind maximal vor drei Monaten getötet worden.“

In dem kleinen Raum entstand so etwas wie ein kleiner Tumult. Alle redete durcheinander und bombardierten die Doktorandin mit Fragen. Doktor Thal sorgte dafür, dass Ruhe einkehrte.

„Jetzt fragen wir uns, wer liegt in diesen Sarkophagen? Aber das ist nicht so einfach zu ermitteln. Wir wissen, dass es sich bei einer Leiche, die ich zunächst mit Doktor Stettmaier untersuchte, um eine Frau zwischen achtunddreißig und fünfundvierzig Jahren handelt. Die zweite Leiche ist etwas jünger, so zwischen dreißig und fünfunddreißig Jahren.“

„Weiß man denn schon, um wen es sich bei den Leichen handelt?“ unterbrach Sherin die Ausführungen Doktor Thals.

„Nein, Frau Sanwat. Normalerweise helfen uns bei einem unbekannten Leichenfund die Zähne weiter. Aber hier können wir leider keinen Zahnarztbefund abrufen, weil bei beiden Leichen alle Zähne post mortem entfernt wurden. Aber die Untersuchungen sind noch nicht abgeschlossen, und natürlich müssen wir jetzt die Ermittlungsarbeit der Polizei mit einbinden. Hier handelt es sich eindeutig um Mord."

*

„Warum rufst du mich auf meinem privaten Telefon an, Frederick? Das ist doch ein öffentlicher Einsatz. Brauchen wir dafür nicht irgendeinen Wisch vom Staatsanwalt?"

„Dafür haben wir jetzt keine Zeit, Omrup!...Hier liegt ein schwerer Einbruch vor, mit einem direkten Augenzeugen."

„Das ist mir schon klar und liegt auch alles hier zur Anzeige vor. Ich erinnere nur an die spektakuläre Fahrt mit Martinshorn und Blaulicht, um den Kater rechtzeitig zum Tierarzt zu bringen."

„Dank deiner Hilfe haben wir daraus eine wunderbare Verfolgungsjagd gemacht, um die Täter zu stellen!"

„Die wir aber leider nicht vorweisen können. Darüber war man not amused."

„Das könnte sich sehr schnell ändern."

„Du weißt wo sie sich aufhalten?"

„In dem schmuddeligen R&B Hotel am Bahnhof."

„Aber du kannst annehmen, dass zumindest dieser Agent der CIA so etwas wie Diplomatenstatus genießt und wir ihn nicht lange festhalten können."

„Diese Menschen haben einen brutalen Einbruch begangen, und wir ziehen sie aus dem Verkehr. Wer weiß, was denen sonst noch so einfällt! In der Arrestzelle werden wir sie außerdem mit Hendrik Scharmann konfrontieren."

„Du hast nicht viel Zeit, um eine Lösung zu finden, Frederick! Kann ich mit deiner Hilfe rechnen?"

„Das könnte schwierig werden. Bei dem sensationellen Fund an der Ausgrabung hat sich herausgestellt, dass die sogenannten „Mumien" erst drei Monate tot sind. Wir werden jede Menge zu tun haben."

*

„Nie wieder werde ich diese schrecklichen Boots tragen."
Williams öffnete den Deckel des Abfalleimers und stopfte die Stiefel
hinein.
„Mit so etwas werden Kriege gewonnen."
„Nicht meine Kriege."
„Ich weiß! Sie führen die Kreuzzüge wieder ein. Ich rede ja auch
von richtigen Kriegen. Mit schießen, Bomben und Minen."
„Heute haben wir Drohnen und lassen Menschen von unserem gut
geschützten Büro aus sterben, welches tausende von Kilometern vom
Kriegsgeschehen entfernt ist! Aber was hinter den Vorhängen
geschieht ist doch viel relevanter, Kulmbach. Wenn wir es jetzt
richtig anstellen, können wir einen Spionagering auffliegen lassen,
der bereits in der dritten Generation besteht. Meinem Urgroßvater bis
hin zu meinem Vater ist es nicht gelungen, diese
Spionageorganisation, die ausschließlich nur aus Frauen besteht, aus
dem Verkehr zu ziehen. Und mein unerschütterlicher Glaube an Gott
und die von Gott gegebene Ordnung werden uns dabei helfen, das
Böse zu vernichten."
Williams bestrich seine desolaten, wunden Füße dick mit einer
Heilsalbe und wartete mit dem Frühstück, bis sie eingezogen war.
Ein vernünftiges Frühstück war ihm leider nicht vergönnt. Weil sein
Unterkiefer stark angeschwollen, war trank er nur Kaffee und tauchte
dabei eine Toastscheibe ein. Das Gesicht Kulmbachs sah keineswegs
besser aus. Die dicke Beule auf dem Kopf wuchs durch seine Haare.
Die linke Augenpartie war stark angeschwollen und das Auge nur
noch als schmaler Schlitz zu sehen.
„Wir haben einen Einbruch begangen und müssen unseren
führenden Abteilungen den Sachverhalt erklären."
„Noch hat uns die hiesige Polizeiorganisation nicht aufgespürt,
Kulmbach! Und solange müssen wir gar nichts. Ich, von meiner

Warte aus gesehen, fühle mich rechtlich und juristisch völlig abgesichert."

Williams goss sich noch eine Tasse Kaffee ein und überlegte, eventuell einen zweiten Toast einzuweichen. Es klopfte an der Tür.

„Endlich!"

Kulmbach eilte zur Tür.

„Ich hatte noch nachträglich ein Butterhörnchen bestellt."

Omrup Sifur und seine Kollegin waren nach der Dienstanweisung von Frederick umgehend zu dem Hotel gefahren.

„Eigentlich kann ich es nicht fassen wie blöd diese Typen sind. Ich dachte doch tatsächlich, dass sich der Amerikaner, zumindest nach diesem Vorfall, in die USA absetzt."

Natürlich leisteten Kulmbach und Williams der Aufforderung, die Polizisten sie zu begleiten, heftigen Widerstand. Erst als Omrup mit den Handschellen drohte, ließen ihre heftigen Wortkaskaden nach und sie stiegen in den Einsatzwagen. Williams allerdings lief auf Mullbinden in blau-weißen Badesandalen, weil er nicht in der Lage war, solides Schuhwerk zu tragen.

„Was gedenken sie jetzt mit uns zu veranstalten?"

„Lassen sie sich überraschen," antwortete Omrup einsilbig. Kulmbach setzte seinen Einschüchterungsblick ein, mit dem er bei seinen Untergebenen meistens auf Erfolg stieß. Nur die linke Augenbraue konnte er nicht mehr heben, um den Ausdruck noch zu verstärken.

„Wir sind dabei, einen internationalen Spionagering auffliegen zu lassen! Wenn sie noch auf eine Karriere bei der Polizei hoffen ermahne ich sie, uns so schnell wie möglich wieder freizulassen. Sie ahnen nicht, mit welchem Regierungsapparat sie es zu tun bekommen."

Omrup setzte sich betont gemütlich hin.

„Aber so nehmen sie doch Platz, meine Herren. Regierungsapparat? Sie sprechen doch jetzt hoffentlich nicht von Bundesnachrichtendienst, Staatssicherheit, Spionage.... hab ich was vergessen?"

Kulmbach schaute ihn spöttisch an.

„Das haben sie! Wenn sie als kleiner Provinzpolizist verhindern, dass gefährliche Subjekte endlich aus dem Verkehr gezogen werden, müssen sie sich darauf einstellen, dass von höchster Stelle, also direkt vom Verteidigungsministerium, reagiert wird!"

Omrup erwiderte zunächst nichts. Er zog die Mundwinkel nach unten und nickte.

„Das ist wirklich allerhand."

Kulmbach deutete das als Zustimmung. Den leichten Sarkasmus in der Stimme Omrups hatte er wohl überhört.

„Ich spreche auch von der Abteilung, die interne Angelegenheit bei der Polizei überwacht. Ihnen muss doch klar sein, dass sie uns in der Ausübung unserer Tätigkeit massiv stören, und mit daran Schuld tragen, wenn wir diese Spione nicht überführen können. Im schlimmsten Fall können sie aus dem Dienst entlassen werden, wofür ich höchst persönlich sorgen werde."

Der überheblich Ausdruck in Kulmbachs Augen ging Omrup erheblich auf die Nerven. Aber die unverhohlene Drohung erreichte leider nicht ihr Ziel.

„Jetzt hab ich aber Angst!"

„Sollten sie auch! Lassen sie uns gehen!"

„Das geht auf gar keinen Fall. Ihnen wird zur Last gelegt in das Haus, das sich im Eigentum von Jolanda Wenkert befindet, widerrechtlich eingebrochen zu sein und erheblichen Schaden angerichtet zu haben. Ferner haben sie bewusst die Katze von Frau Wenkert mit einer Elektroimpulswaffe schwer verletzt."

„Das sind sehr schwere Anschuldigungen. Wie gedenken sie das zu beweisen? Einmal ganz davon abgesehen, dass sie ihre Kompetenz sowieso überschritten haben, als sie uns widerrechtlich verhaftet haben."

Omrup hatte die Nase gestrichen voll. Er öffnete die Tür.

„Hendrik Scharmann? Würden sie bitte ins Büro kommen."

Als Hendrik mit seinen 1,92 m das Büro betrat wurde es finster. Hysterisch kreischte Williams auf, dabei fiel der Stuhl um und er stand mit hochrotem Kopf mit dem Rücken an der Wand. Unruhig befühlte Kulmbach sein Beule, als er die großen Hände von Hendrik sah.

„Wie können sie diesen Menschen nur hereinlassen?" brüllte Williams.

„Dieses Beast will uns umbringen. Sehen sie uns doch an!" Verzweifelt deutete er auf sein geschwollenes Kinn. „Das hat er getan!"

Omrup setzte sich gemütlich auf seinen Stuhl und verschränkte die Hände hinter seinem Kopf, dabei nickte er Hendrik zu, ohne auch nur mit einem Wort auf das Gekeife von Williams einzugehen.

„Sie haben zur Anzeige gegeben, dass zwei Männer widerrechtlich in das Haus zu den „heiligen drei Tannen" eingebrochen sind. Sie haben ihre Katze bewusst mit einem Elektroschocker lebensgefährlich verletzt, sodass sie umgehend von einem Tierarzt versorgt werden musste. Ferner wurden sie von den Männern angegriffen. Sie machten daraufhin von ihrem Recht auf Selbstverteidigung Gebrauch, um das eigene Leben zu schützen. Selbst schwer angeschlagen hörten sie das klägliche miauen ihrer Katze. Sie kümmerten sich um das Tier und währenddessen gelang es den Männern zu entkommen. Erkennen sie die Männer wieder?" Hendrik starrte den vor Angst schlotternden Amerikaner und den LKA-Beamten an.

„Die erkenne ich sofort, auch wenn ihre Gesichter etwas deformiert sind."

Kulmbach hatte seine Fassung wiedergewonnen.

„Bleiben sie bei ihrer Aussage, Herr Scharmann?"

„Das hatte ich eigentlich vor."

„Sie ziehen die Aufmerksamkeit des Bundesnachrichtendienstes auf sich, wenn sie darauf beharren."

Kulmbachs Hand tastete immer noch an der Beule herum.

„Sie wollen mich in die Enge treiben und mir Angst einjagen!" stellte Hendrik fest.

„Ich nicht unbedingt. Aber bei uns in Deutschland gibt es Institutionen, mit denen man sich nicht anlegen sollte."

Williams stand immer noch an der Wand. Seine Zähne klapperten vor Angst. Hendrik ging drohend einen Schritt auf Kulmbach zu. Omrup tat so, als hätte er was wichtiges auf seinem Computer zu tun. Aber dann stand er auf.

„Ich besorge mir einen Kaffee. Hat noch jemand Lust auf ein Heißgetränk?"

Kulmbach starrte nur auf die riesige Faust von Hendrik.

„Scheiß auf Kaffee! Sie können jetzt nicht das Büro verlassen."

„Warum nicht? Ich muss nur die Tür aufmachen."

Zum Beweis schaute er in den Raum davor und zwinkerte der bereitstehenden Kollegin zu. „So einfach ist das."

„A..aber sehen sie denn nicht, dass Scharmann uns bedroht?"

Omrup verschränkte leicht seine Arme.

„Herr Scharmann hat sie noch nie bedroht. Das einzige was er getan hat war, sich zu verteidigen. Im übrigen hat er sie als die Einbrecher identifiziert und kann jetzt zu ihrer Beruhigung gehen."

Hendrik ließ die Männer nicht aus den Augen. Als er an ihnen vorbei zum Ausgang ging flüsterte er:

„Auf ihrem Kopf ist immer noch Platz für eine weitere Beule! Kommen sie uns nie mehr zu nahe!"

*

Diese Nachricht, dass die Mumien nicht länger als drei Monate tot sind, war ein gewaltiger Paukenschlag. Die Sarkophage, samt ihrem Inhalt, wurden sofort in die Rechtsmedizin beordert. Fassungslos standen alle in dem weiß gekachelten Raum, der plötzlich noch kälter und abweisender als sonst wirkte.

„Ich muss meinen Artikel zu Ende bringen."

„Aber du kannst auf keinen Fall schreiben, was hier vorgefallen ist, Jo. Du musst dich noch etwas gedulden."

Das passte ihr überhaupt nicht. Sie hakte nach.

„Warum nicht, Frederick? Es wurde doch betätigt, dass diese Frauen vor drei Monaten und nicht vor Jahrtausenden ums Leben gekommen sind. Die Frauen werden doch mit Sicherheit vermisst, und so können wir vielleicht schneller ihre Identität feststellen."

Frederick rieb sich über seinen imposanten Schnauzbart.

„Gedulde dich, bis die letzten Untersuchungen erledigt sind. Warte noch ein bis zwei Tage."

Jo hatte das letzte Jahr genügend Zeit, Frederick kennenzulernen. Mittlerweile war sie in der Lage, seine Gesten und vor allem in seinen dunklen wachen Augen, zu lesen.

„Du hegst einen Verdacht!"

„N..nein...J..ja... ich weiß noch nicht so recht. Warte noch ein wenig, bis ich die schwammigen Schlieren in meinem Kopf zu ganzen Sätzen formen kann."

„Jawohl, Spongebob."

Doktor Stettmaier stand völlig niedergeschlagen und schockiert in der Ecke des kalten Raumes und sah fassungslos zu, wie die Sarkophage unter Geleitschutz der Polizei abtransportiert wurden.

„War denn alles nur fingiert? Sind wir einer unglaublichen Lüge aufgesessen?"

Der Professor zuckte mit den Achseln.

„Was soll man dazu sagen? Die Frauen stammen aus unsere Zeit und die Sarkophage aus dem Neolithikum, genau genommen, aus dem alten Ägypten. Das alles passt nicht zusammen."

Sherin blätterte in ihren Unterlagen.

„Wir müssen jetzt abwarten, was die Untersuchungen ergeben, der Tag ist gelaufen. Lass uns zurück an die Grabungsstelle fahren."

„Das muss ich leider unterbinden," mischte Frederick sich ein. „Das ist nun die Fundstelle zweier Leichen. Aus ermittlungstaktischen Gründen darf die Ausgrabung die nächste Zeit nicht mehr betreten werden. Nur die Spurensicherung und die KTU haben noch Zugang. Das müssen sie verstehen. Und sie sollten sich alle bereit halten, weil wir jede Menge Fragen an sie haben."

Niebenreit zog unwillig die Brauen zusammen.

„Werden wir verdächtigt, dass wir mit dieser abscheulichen Sache etwas zu tun haben? Oder verdächtigen sie uns, sogar an diesen

entsetzlichen Morden beteiligt gewesen zu sein?"
Fredericks dunkle Hundeaugen bekamen einen leicht wölfischen Ausdruck.
„Wir müssen ermitteln! Jeder, der auch nur annähernd mit dieser Grabung etwas zu tun hat, rückt in unser Visier! Auch für uns ist es neu, den Mörder von Frauen zu finden, von denen wir bislang glaubten, dass sie fünftausend Jahre alt sind. Aber schließlich bauen wir auf ihr Wissen und ich bin sicher, dass sie uns bei den Ermittlungen weiterhelfen können."
Niebenreit starrte fassungslos den Polizisten an. Yannis und Stefan gingen mit bitterer Miene auf den Ausgang zu.
„Das heißt doch nichts anderes, als dass wir uns gegenseitig bespitzeln sollen!," schimpfte Stefan laut.
„Selbstverständlich nicht!" konterte Frederick. „Sie sollen lediglich darüber berichten, ob es etwas ungewöhnliches gegeben hat. Oder ob sie etwas beobachten haben, das ihnen suspekt vorkam."
Frederick beobachtete, wie einer der Studenten die Lippen zusammenpresste. Irgend etwas schien den jungen Mann stark zu beschäftigen.
„Wollen sie noch etwas sagen? Nur heraus damit! Die kleinste Kleinigkeit kann uns schon weiterhelfen."
„Na ja.. ich weiß nicht ob es von Bedeutung ist," stotterte Yannis verlegen, „aber vor Monaten, ungefähr so Anfang Februar, waren Rumans Leute mit Baugeräten auf dem Gelände, genau an diesem Punkt, an dem jetzt die Grabung stattgefunden hat."
Niebenreits hünenhafte Statur baute sich neben Yannis auf.
„Das entspricht den Tatsachen. Aber Ruman hatte im Februar die Genehmigung, mit den Vorarbeiten zu beginnen."
Frederick rieb sich nachdenklich über seinen Schnauzer.
„Wusste Ruman damals schon von der Ausgrabung?"
Niebenreit zuckte mit den Schultern.
„Ich weiß es nicht. Bis dato glaubte die „Ruman Investment" alles im Griff zu haben. Erst danach wurde die Megalith Anlage durch Stefan entdeckt. Daraufhin leitete ich den sofortigen Baustopp ein. Es kann natürlich auch sein, dass seine Bauleute das Grab entdeckt

haben und Ruman mit Bauarbeiten das Grab gezielt zerstören wollte. Aber das sind alles nur Vermutungen."

Resigniert legte er seine große Hand auf die Schulter von Stettmaier.

„Lass uns irgendwohin gehen, wo wir gemeinsam unsere Wunden lecken und vielleicht einen Whiskey zu uns nehmen können."

Frederick nickte Jo und Rachel zu, und sie verließen gemeinsam diesen unwirtlichen kalten Raum.

„Wo willst du denn mit deinen Ermittlungen anfangen, Frederick?"

„Zunächst einmal werden wir die Vermisstenliste durchsehen. Hier liegen zwei Frauen, die irgendwo ein Leben hatten, die sozial vernetzt waren, Familie und Freunde hatten."

„Das ist ein guter Ansatz. Kann ich irgendwie helfen? Mit einem Artikel in der Zeitung und einer guten Beschreibung?"

„Was willst du denn beschreiben? Eingepackte Frauen in Leinenbinden?"

„So in etwa. Aber wir kennen mittlerweile das vermutliche Alter, ihre Haarfarbe und Größe. Ich muss doch sowieso die Wahrheit schreiben. Wenn ich auch noch nicht weiß, wie ich das in die richtigen Worte packen soll, ohne, dass die Crew der Ausgrabung sinnlos billigen Hasskommentaren ausgesetzt wird."

„Das wird sich wohl nicht ganz vermeiden lassen. Und dieser Ruman wird diese Situation gut für sich zu nutzen wissen...aber da fällt mir ein, dass Ruman und Stettmaier sich kennen, auch wenn sie sich in der Öffentlichkeit sehr probat gestritten haben und, dass jeder, besonders wir die Polizei, den Streit mitbekommen haben?"

Jo runzelte die Augenbrauen.

„Hältst du es wirklich für möglich, dass Ruman mit Stettmaier gemeinsame Sache macht?"

„Ich halte alles und nichts für möglich, und muss Fakten und Beweise finden. Nach Rumans eigener Aussage ist er völlig im Eimer, wenn dieses Projekt schief geht. Für ihn steht letztendlich seine Existenz auf dem Spiel."

Jo beobachtete Doktor Stettmaier, wie er zusammen mit Stefan am Eingang des Institutes stand und rauchte. Niebenreit stand wartend an seinem Geländewagen und tippte auf seinem Handy. Frederick folgte ihrem Blick.

„Zeige mir doch mal die Aufnahmen von den fehlenden Seiten des Notizbuches, die ihr gefunden habt."

*

Doktor Thal führte nun die Untersuchungen an den mumifizierten Frauenleichen im rechtsmedizinischen Institut durch. Er vermisste die wissenschaftlich fundierten Argumente von Stettmaier und seine professionelle Vorgehensweise, an eine Sache heranzugehen. Aber es war ihm auch klar, dass Stettmaier nicht mehr an diesen Untersuchungen teilnehmen durfte, bis dieser Tatbestand des Mordes an den Frauen aufgeklärt war. Frau Viersen war in ihrem Element. Mit Feuereifer arbeitete sie von früh bis spät, um die Identität der Frauen aufzuklären. Niemand war mehr daran interessiert, die mumifizierten Leichen zu erhalten. Jetzt ging es darum zu enthüllen, und das im wahrsten Sinne des Wortes, um welche Personen es sich handelte. Auch galt es, die Kleidung auf ihren ursprünglichen Zustand herzurichten. Das war eine sehr umfangreich und aufwendige Arbeit.

Die ältere der Frauen verfügte über eine hervorragende Gesundheit. Ihre Muskeln waren gut trainiert und nur an den Gelenken war so etwas wie Verschleiß zu erkennen. Übermäßige Fettansammlungen fanden sich bei beiden Frauen kaum. Bei der Altersbestimmung der Frauen war es schon ein wenig schwieriger. Hier kam es darauf an sehr sorgfältig zu arbeiten. Die Frauen waren zwischen fünfunddreißig und vierzig Jahre alt. Beide, wobei man sagen muss, dass die jüngere schon fast als mager einzustufen war. Die kleinere, und jüngere von ihnen, hatte blondiertes, schulterlanges Haar und wahrscheinlich blaue Augen. Aber da stand noch ein letzter DNA-Check aus, um ganz sicher zu gehen. Bei der größeren, etwas älteren Frau, fielen ihre dichten dunklen Haare auf. Die rotbraune

Verfärbung rührte vom Mumifizierungsvorgang her. Ihre ursprüngliche Farbe war ein tiefes dunkelbraun. Kriminaltechniker hatten sich der Garderobe der Frauen angenommen. Die blonde Mumie trug ein beigefarbenes ärmelloses Kleid. Da der Stoff des Kleides eine Kunstofffaser mit Viskosezusammensetzung hatte, war es relativ einfach, ihn von den Ölen und Harzen der Mumifizierung zu befreien. Es entpuppte sich als ein ganz normales Kleid, wie es in jeder Boutique zu finden war. Anders sah es bei der zweiten Leiche aus. Das Material bestand aus keiner Kunstfaser und es dauerte etwas, bis der Stoff komplett auf seine Zusammensetzung hin untersucht war. Es war ein Gemisch aus Leinen und Seide und der Stoff erstrahlte in einem feurigen rot.

*

So ganz nebenbei hatte Frederick Jo und Rachel mitgeteilt, dass er die „Agenten" Kulmbach und Williams verhaften ließ, und mindestens 48 Stunden festhalten kann. Das bedeutete für sie, dass sie für zwei Tage nach Hause fahren konnten. Für ein klärendes Gespräch mit Frederick blieb ihnen keine Zeit. Frederick war inmitten schwieriger Ermittlungsarbeit. Rachel wusste nicht ob sie darüber erleichtert sein sollte. Es tat ihr weh, den besten Freund weiterhin im unklaren zu lassen. Sie nahmen den Weg durch das Industriegebiet. Er führte auch an dem Autohaus mit den eleganten englischen Luxuskarossen vorbei.
„Fahre noch einmal zurück, Jo."
„Warum?"
„Das siehst du gleich."
Jo wendete brav und langsam fuhren sie an dem Autosalon vorbei. Vor dem Haus waren die Parkplätze für die Kunden angebracht. Hinter den Glasfassaden standen auf echtem Marmor zwei der edlen Luxusgeschöpfe.
„Was soll ich denn sehen? Außer hochdotierten Wagen kann ich sonst nichts erkennen. Und im Gegensatz zu nachts, laufen jetzt Menschen darin herum. Aber nicht viele."

„Das ist auch nicht wichtig. Fahre noch wenige Meter...," dirigierte Rachel. „Ja.. genau so, und jetzt bleib stehen. Was siehst du jetzt?"
Jo glotzte auf die Wand, die mit edler Eisenrost Ornamentik verziert war.
„Ich sehe eine Wand."
Rachel blickte suchend um sich.
„Vor der Wand stand eben noch ein Rad."
„Du meinst das gleiche Rad, mit dem der Junge in der Nacht vor unserem Wagen gestürzt ist."
„Genau das."
„Bricht der Junge jetzt am helllichten Tag ein?"
„Er braucht nicht gewaltsam einzudringen, er kann einfach hineingehen."
„Und anscheinend unbemerkt wieder hinausgehen."
„Und was sagt uns das, Jo?"
„Dass er eine gewisse Beziehung zu diesem Laden hat. Gehen wir doch fragen."
Jo zeigte vorne am Eingang ihren Presseausweis und erfand eine fadenscheinige Geschichte über Jugendliche, die einen ungewöhnlichen Lebensweg gehen und von ihr zu einem Interview geladen werden. Ein junger Mann, so zwischen sechzehn und achtzehn Jahren, sei ihr dabei besonders ins Auge gefallen. Ob es wohl möglich wäre, sich mit diesem Jugendlichen kurzzuschließen. Die Dame am Empfang lächelte diskret.
„Warten sie bitte. Ich kenne keinen in unserem Autohaus, auf den diese Beschreibung passt. Aber zur Sicherheit werde ich nachfragen. Der junge Mann kann auch in unserer Werkstatt arbeiten. Einen Augenblick Geduld bitte."
Jo setzte sich auf einen der ausladenden Sessel und ließ ihren Blick rund schweifen. Hinter geräumigen Schreibtischen saßen jeweils gut gekleidete Herren und Damen, die an ihren Computern arbeiteten. An einem Schreibtisch erklärte eine Dame im beigen Kostüm einem Kunden die Vorzüge und technischen Raffinessen ihres neuesten Modells. Die Dame am Empfang winkte Jo zu.
„In der Werkstatt arbeitet ein junger Mann, auf den die

Beschreibung passen könnte. Aber so kommen sie dort nicht hinein. Ich stelle ihnen einen Ausweis aus, und dann gehen sie durch diese Tür in das Büro des Meisters."

Jo kam sich mit dem sicherheitsrelevanten Gebaren der Firma seltsam vor. Sie war gespannt, wie das Zusammentreffen wohl ausfallen möge. Der Meister saß an seinem Schreibtisch und tippte in den Computer ein. Am Eingang des Büros stand ein junger Mann mit blonden Haaren und Arbeitskleidung. Er wirkte sehr blass und sah teilnahmslos zu Jo hinüber. Oder beobachtete er sie? Jo erinnerte sich plötzlich daran, dass sie vor dem Jugendzentrum gestanden hatte, als Frederick den Radfahrer verfolgte. Durch die Arbeitskleidung hatte sie ihn zunächst nicht erkannt. Aber er war es. Jo war sich nun absolut sicher. Vor ihr stand der junge, talentierte Rapper. Zumindest konnte er hier nicht weglaufen. Betont lässig hatte er seine Arme verschränkt. Sehr kräftige Arme. Auch überragte er Jo mindestens um zwei Handbreit. Aber in seinen Augen war ein leichtes unruhiges flackern. Der Meister tippte auf seine Uhr.

„Zehn Minuten! Mehr sind nicht drin. Nächste Woche geht es los mit den Prüfungen. Also beeilen sie sich bitte."

Jo zeigte auf den Raum mit den Kaffeeautomaten. Der Meister wedelte nur mit einer Hand.

„Gehen sie nur! Aber wie gesagt, nur zehn Minuten. Der Junge arbeitet hart. Ich will, dass er die Prüfung besteht."

Jo stellte dem Jungen, der sich als Mike Olewski vorstellte, unverfängliche Fragen. Wie er sich seine Zukunft vorstelle und was ihn bewogen hatte, in dem Autohaus zu arbeiten. Sie fotografierte ihn mehrmals und fragte ihn auch so ganz nebensächlich, wie er auf seinen Arbeitsplatz kommt. Öffentliche Verkehrsmittel oder eigenes Fahrzeug.

„Ich habe einen Roller. Damit komme ich überall hin. Ich brauche genau zwanzig Minuten von Zuhause aus."

„Was machst du in deiner Freizeit? Gehst du oft in das Jugendzentrum?"

Mike neigte den Kopf und zog die Augenbrauen zusammen.

„Wenn gute Musik angesagt ist."

„Zweifellos. Das habe ich gesehen. Du hast wirklich Talent."
„Ich hatte schon einige Auftritte."
„Hast du auch ab und zu das Rad aus dem Jugendzentrum benutzt?"
Die blass blauen Augen waren lauernd auf sie gerichtet.
„Nein! Warum sollte ich mir das antun? Das benutzen nur Honks, die von Zuhause aus keine Kohle haben. War´s das? Ich habe jetzt keine Zeit mehr."
Jo zeigte ihm den Schnappschuss, den sie von dem Jungen auf dem Rad vor dem Jugendzentrum gemacht hat.
„Kennst du den?"
„Nein."
„Wirklich nicht? Sehen sie noch einmal genau hin."
Anstatt das Foto anzusehen starrte er die Decke an.
„Verdammt nochmal nein! Du gehst mir auf den Zeiger. Was willst du denn von ihm?"
„Ich möchte ihm nur die gleichen Fragen stellen wie dir. Das ist alles."
Der große Blonde verschränkte die Arme.
„Dann such ihn doch und lass mich damit zufrieden."
Jo nickte. „Ja, das werde ich tun.. Danke schön, dass du dir Zeit genommen hast. Hast du das Terrain heute verlassen? Zur Frühstückspause beispielsweise?"
„Was soll diese dämliche Frage?" empörte sich Mike. „Ich weiß nicht was du von mir willst."
„Es ist nur für meine Statistik. In Frankreich zum Beispiel treffen sich die Auszubildenden in den Pausen, um sich auszutauschen. Ich dachte das wäre hier auch üblich."
Seine Augen blieben misstrauisch auf sie gerichtet. „In den Pausen arbeite ich an meinen Gig´s."
Sie ging zurück in den Verkaufsraum. Ein junges Mädchen, mit langen, dunklen Haaren durchquerte den Raum und legte einem Mann Papiere vor, danach verschwand sie wieder hinter einer der Türen. Sonst war niemand in dem Raum zu sehen.
„Kann ich noch etwas für sie tun?" sprach sie der Herr am Schreibtisch an.

Jo verneinte und verließ den Autosalon. Rachel war ausgestiegen und hatte sich das Gelände angesehen.

„Hast du was erreicht?"

Jo zeigte ihr die Aufnahmen von dem jungen Mann. „Wir müssen sie mit den Aufnahmen vergleichen, die wir vor dem Jugendzentrum und in der Nacht gemacht haben."

Sie verglichen die Bilder mit den Fotos der angeblichen „Reportage". Jo spielte das Video durch, auf dem Mike vor dem Jugendzentrum seinen Rap vortrug.

„Der Radfahrer und Mike tragen die gleichen Klamotten. Jogginghose und Hoodies in Oversize."

„Aber so laufen hier fast alle rum."

„Kannst du dir eine bessere Tarnung vorstellen, Rachel?"

Die Größe konnte man schlecht einschätzen. Das blasse Gesicht mit der großen Brille ähnelte etwas dem jungen Mann in der Werkstatt. Aber das war sehr schlecht möglich, weil sich Jo zu diesem Zeitpunkt mit Mike über Rap unterhalten hatte. Der Roller war ebenfalls auf den Mitarbeiterparkplätzen zu sehen.

„Kann der junge Mann sich teilen? Wer hat dann das Rad gefahren?"

*

Frederick wartete voller Spannung in der Rechtsmedizin auf Doktor Thal. Er war nervlich ziemlich angespannt. Diese Morde, die viel zu spät als Morde in der heutigen Zeit diagnostiziert wurden. Somit wurden dem Täter unnötig viel Zeit geschenkt, die er nutzen konnte, um weiterhin Spuren zu verwischen. Ferner war da noch diese Angelegenheit mit Rachel, die ihn zusehends auch privat belastete. Objektives arbeiten fiel ihm sehr schwer, da er Rachel und Jo, die in diese Sache involviert waren, sehr gerne mochte. Aber etwas machte ihn weiterhin stutzig. Warum teilten sie ihm nicht die ganze Wahrheit mit? Sie sagten zwar beide, dass sie ihm endlich reinen Wein einschenken wollten, aber dann kamen sozusagen die mumifizierten

Frauenleichen dazwischen. Und nun war er voll in die Ermittlungsarbeit eingebunden. Omrup hatte die „Agenten" Kulmbach und Williams zwei Tage auf Eis legen können. Aber nach dieser Zeit wird es viele Fragen geben. Frederick wagte nicht daran zu denken, wer sich im Falle von Rachel alles einschalten wird. Doktor Thal wartete bereits in seinem Büro auf ihn.

„„Wir haben weitere Untersuchungen an den Frauenleichen gemacht. Und ich kann sagen, wir haben kaum Schlaf bekommen. Zunächst sah es so aus, dass beide Frauen zu Lebzeiten kerngesund waren. Aber das hat sich grundlegend geändert. Bei einer der Frauen wurde eine schwerwiegende Art von Krebs gefunden, die früher oder später unweigerlich zum Tode geführt hätte. Dabei handelt es sich um die etwas ältere Frau, die das rote Kleid getragen hatte. Der Krebs muss sie schnell dahingerafft haben, denn ihre Muskeln waren durch den Sport noch immer gut trainiert."

Frederick schaute den Doktor ungläubig an.

„Wie bitte? Die Frau hatte also Krebs im Endstadium?"

Doktor Thal nickte. „Sie war wahrscheinlich aus therapiert, wie es im Fachjargon heißt. Ein Fall für die Palliativmedizin."

„Muss ich das so verstehen, dass der Mörder, seiner Ansicht nach, einen sogenannten Gnadenakt vollführt hat?"

„Oder Experimente starten wollte. Das liegt nun an euch, das herauszufinden."

„Wie lange sind beide Frauen tot? Gab es unterschiedliche Todeszeitpunkte?"

„Die Frau in dem beigen Kleid ist genau drei Monate und vier Tage tot. Bei der Frau im roten Kleid ist es etwas länger. Bei genaueren Untersuchungen hat sich herausgestellt, dass sie seit vier Monate nicht mehr unter uns weilt. Bei diesem aggressiven Krankheitsbild wären ihr sowieso nur noch wenige Wochen verblieben."

Frederick hatte einen Kloß im Hals.

„Diese Nachricht muss ich zunächst einmal verdauen. Wie pervers muss man gestrickt sein?"

„Ich habe auch schon viel erlebt, aber das überschreitet auch meinen Begriff von Kriminalität."

Der Doktor zeigte ihm zwei Kleider, welche sicher verpackt unter Folie lagen.

„Die KTU hat das rote Kleid der größeren Leiche untersucht, einem chemischen Prozess unterzogen, und fast wieder in den Originalzustand zurückversetzen können. Die Jungs und Mädels sind unfassbar gut. Bei dem Kleid der kleineren Frauenleiche war es etwas leichter. Könnte man fast wieder tragen. Wir haben Fotos gemacht, mit denen ihr arbeiten könnt."

Frederick starrte auf das rote Kleid. Sofort verknüpfte er das rote Kleid mit dieser seltsamen Nacht in diesem verwunschenen Garten des stillgelegten Restaurants, wobei er unfreiwillig Zeuge wurde, wie Sofia, die Frau von Doktor Stettmaier dort einen filmreifen Auftritt hinlegte, um ihrem Gatten das Leben so richtig zu vermiesen. War das Zufall? Oder lag in der Kühlkammer die Ehefrau von Stettmaier und jemand spielte ein grausames Spiel mit ihm?

Eine Stunde später ließ er die gesamte Crew, die an der Ausgrabung beteiligt war, auf das Revier kommen. Nacheinander präsentierte er allen die Fotos von den wiederhergestellten Kleidern.

„Sagt ihnen das etwas? Kennen sie Frauen, die diese Kleider getragen haben könnten. Überlegen sie genau."

Die Studenten konnten mit den Kleidern wenig anfangen. Sherin neigte leicht den Kopf.

„Das rote Kleid wirkt sehr edel. Aus welchem Stoff wurde es hergestellt?"

Frederick schaute im Computer nach der Analyse des Kleides.

„Aus einem Gemisch von Leinen und Seide, Frau Sanwat. Diese Herstellungsart wird viel in Ägypten praktiziert."

„Eine Frau, die dieses Kleid getragen hat kenne ich leider nicht. Aber das beige Kleid... lassen sie mich nachdenken... bei uns arbeitete für kurze Saison eine Grabungstechnikerin. Die hat gerne nach Feierabend solche Kleider getragen. Aber sie war nicht lange bei uns."

Fredericks dunkle Augen bekamen einen urtümlichen Glanz.

„Können sie sich noch an ihren Namen erinnern?"

Sherin schürzte die Lippen. „Ich weiß nur ihren Vornamen, Bettina."
„Jetzt kann ich mich auch erinnern," entgegnete Niebenreit. „Bettina
Zimmermann hieß sie. Sie war verdammt gut in ihrem Job. Aber sie
hatte keine Lust mehr bei uns zu arbeiten. Es gab kaum etwas für sie
zu tun. Ein Grabungstechniker macht Pläne, weiß welche Ausrüstung
man braucht, und vermisst die Grabung und so weiter...Aber ..sie
denken doch nicht, dass..."
Niebenreit wagte das ungeheuerliche nicht auszusprechen.
„Kann ich das Foto von dem roten Kleid noch einmal sehen?"
Frederick ist aufgefallen, dass Niebenreit im Gesicht ziemlich blass
wurde. Stettmaiers Kopf war auf die Brust gesunken und er begann
zu weinen. Er bat Frau Sanwat und die Studenten das Büro zu
verlassen.
„Gehen sie bitte nicht, warten sie hier."
Dann ging er wieder ins Büro und setzte sich gegenüber,
„Was hat sie so aus der Bahn geworfen, Doktor Stettmaier?
Erkennen sie das Kleid? Wissen sie wer es getragen hat?"
„Es ist ein Unikat. Ich habe es für meine Frau in Kairo auf dem Kan-
Kalilli-Basar nähen lassen," schluchzte er immer noch haltlos.
Frederick wandte sich an Niebenreit. „Was wissen sie über das
Kleid?"
„I..ich weiß gar nichts. Das heißt, mein Freund hat mir von dem
Kleid erzählt, das er für seine Frau anfertigen ließ. Deshalb bin ich so
überrascht."
Stettmaier griff sich an den Hals. Er schien keine Luft mehr zu
bekommen.
„Brauchen sie ein Glas Wasser?"
Stettmaier konnte sich nicht mehr beruhigen und schluchzte nun
hemmungslos.
„Ich habe vor meiner Frau gestanden und sie nicht erkannt. Es ist
doch meine Frau, nicht wahr? Das wollen sie mir doch damit sagen?"
Was sollte Frederick darauf entgegnen.
„Die Untersuchungen sind noch nicht abgeschlossen. Wir müssen
noch warten."
Niebenreit sah voller Mitleid seinen Freund an, der so verzweifelt

war.

„Du musst es ihm erzählen."

„Was?... Was muss ich ihm erzählen?"

„Die angeblichen Nachrichten von deiner Frau."

Der Professor stand auf. „Ich glaube, ich habe meine Kompetenzen weit überschritten. Es liegt an dir, ob du darüber sprechen willst, Volker."

Stettmaier war völlig am Boden zerstört. Das rote Kleid aus dem Sarkophag. Die verhängnisvolle Begegnung in der Nacht mit Sofia.

„Wollen sie mit mir sprechen?"

Fredericks Verstand versuchte die Situation zu analysieren. Hatte er hier den Mörder der Frauen aus den Sarkophagen vor sich?

„Befürchten sie, dass es sich bei der Leiche, die dieses Kleid getragen hat, um ihre Frau handelt?"

„...Sie kann es nicht sein."

„Und was veranlasst sie zu glauben, dass es sich bei der mumifizierten Leiche nicht um ihre Frau handelt?"

Fredericks dunkle Augen waren ununterbrochen auf Stettmaier gerichtet. Die Schatten unter den Augen schienen fast schwarz, seine Haut wirkte dünn wie Papier. Er presste die Lippen fest zusammen.

„Ich habe vor drei Tagen mit ihr gesprochen."

Stettmaier erwartete, dass der Polizist irgendwelche Einwände brachte. Aber stattdessen fühlte er nur den aufmerksamen Blick der dunklen Augen auf sich ruhen.

„Ich weiß nicht wie ich das erklären soll."

„Versuchen sie es. Ich höre zu."

„Vor ungefähr drei Monaten hat meine Frau mich verlassen. Eigentlich wollte sie nur etwas Abstand zwischen uns bringen. Trennung auf Zeit sozusagen. Aber als sie aus der Wohnung in München ausgezogen war, habe ich nur noch sporadisch Nachrichten bekommen. Ich hatte die Hoffnung schon aufgegeben. Aber vor drei Tagen erreichte mich die Nachricht, dass sie mich sehen will."

„Kann ich die Nachrichten sehen?"

„Nein. Ich weiß nicht warum, aber sie wurden am nächsten Tag gelöscht."

„Unsere Fachleute bekommen das wieder hin."

„Das wird vorläufig nicht möglich sein, weil ich das Handy verlegt habe. Ich kann es nirgendwo finden."

„Erzählen sie weiter."

„Sie schrieb, dass sie mich an dem Restaurant treffen wollte, wo wir unser erstes Date hatten. Ich hatte keine Ahnung, dass das Restaurant geschlossen war. Es war schon sehr spät am Abend.. eigentlich war es schon dunkel. Ich war sehr aufgeregt, ob sie denn nach den vergangenen Monaten wirklich erscheint. Aber tatsächlich! Ich konnte mein Glück kaum fassen! Sie saß auf der Bank vor dem Teich und trug ein rotes Kleid."

„Konnten sie denn in der Dunkelheit erkennen, dass es sich um ihre Frau handelt?"

„Aber ja doch! Ich hörte doch ihre Stimme. Sie hat sogar das arabische Parfüm getragen. Zuerst dachte ich, dass es mit der Versöhnung klappt und war voller Zuversicht. Ich beugte mich zu ihr und wollte sie berühren. Aber dann, von einer Sekunde auf die andere änderte sich alles. Sie sprang auf und schrie, dass es zu spät für uns wäre und ist Hals über Kopf weggerannt."

Er rieb sich über die Augen seufzte tief.

„Ich kann selbst nicht verstehen, dass ich das erzähle! Wer soll mir diese hanebüchene Geschichte glauben?"

Frederick stockte für einen Moment der Atem. Wie sollte er reagieren? Sein Geheimnis preisgeben? Sollte er sagen, dass er mehr oder weniger unfreiwillig Zeuge dieses Vorfalls wurde? Nie hätte er gedacht, dass dieser Vorfall juristisch relevant werden könnte.

„Die Journalistin hatte am nächsten Tag einen Fototermin und fand das im Zaun."

Er griff in die Tasche seines karierten Hemdes und förderte ein Stück roten Stoffes zu Tage.

„Das ist alles was ich als Beweis erbringen kann...mehr ein Indiz fürchte ich."

Frederick steckte den Stofffetzen in ein Tütchen. Vielleicht war doch noch etwas darauf zu finden, was ihm weiterhelfen konnte.

„Das werden wir auf alle Fälle untersuchen lassen. Für heute können sie gehen... ach noch etwas... wie war der Gesundheitszustand ihrer Frau, als sie noch zusammen waren?"

„Es ging ihr fabelhaft. Sie erfreute sich bester Gesundheit. Regelmäßiges joggen und Sport waren bei ihr an der Tagesordnung. Warum fragen sie? Sie hatte keine Krankheit, und die Leiche im Sarkophag starb an der Verletzung, die ihr mit der Sethstatuette zugefügt wurde. Das habe ich selbst noch festgestellt."

Stettmaier entfuhr ein tiefer Seufzer.

„Was übte ihre Frau für einen Beruf aus?"

„Sie ist...Dozentin für alte Malerei. Ihr Gebiet umschließt das Mittelalter und die Renaissance. Aber alte und prähistorische Kunst interessierte sie auch besonders."

Frederick trug einige Notizen in sein Notebook ein.

„Habe ich noch eine Frau?"

„Die letzten Untersuchungen sind noch nicht abgeschlossen."

Irgendwie brachte es Frederick nicht fertig, Stettmaier die Wahrheit über die Frauenleiche in dem Sarkophag zu sagen.

*

Jo hatte den Abend Zuhause genossen. Badman biss die Mädels zunächst alle beide kräftig in die Waden. Er gab Töne von sich, die man so noch nie von einer Katze gehört hatte. Es hörte sich an wie lachen und weinen zugleich.

„So zeigt er, wie sehr er euch vermisst hat! Aber mir ging es auch nicht besser! Darf ich euch auch beißen?"

Hendrik schenkte den Mädels einen feurigen, glutroten Wein ein. Im Backofen duftete ein Nudelauflauf. „In diesem herrlichen Essen, das ich im übrigen von Rachel gelernt habe, sind schon die ersten frischen Gartenkräuter drin. Und dazu gibt es Löwenzahnsalat, den Badman und ich selbst gesucht haben. Und als Dessert gibt es Streuselkuchen von der Bäckerei Wittkemper."

„Das ist ein Wort! Endlich vernünftiges Essen! Aber die wahren

Helden seid ihr! Ich hätte die „Agenten" so gerne nach deiner „Behandlung" gesehen."

„Stell dir einen Kürbis vor der auf den Boden fällt... ja, das kommt ungefähr hin."

Hendrik riss Jo vom Boden hoch und bedeckte ihr Gesicht mit tausend Küssen. Badman wich nicht mehr von Rachels Seite. Nur wenn es gerade in sein Zeitkonzept passte, würdigte er auch Jo mit der nötigen Aufmerksamkeit und Liebe, die ihr schließlich zustand. Aber das war nicht weiter schlimm. Sie hatte mehr oder weniger nur Augen für ihren Hendrik. Nach dem guten Essen und nachdem jeder jedem alles erzählt hatte, was in den letzten Tagen vorgefallen war, zog sie sich mit Hendrik zurück. Für ihr Gefühl hatten sie viel zu lange auf Zärtlichkeiten verzichten müssen.

Rachel verwandelte sich zur großen Freude von Badman in eine Eule. Er humpelte zwar noch erheblich, aber mit ihrer Hilfe gelang es ihm doch eine Maus zu fangen. Badman konnte nur nicht verstehen, warum die Eule in den Nachthimmel schaute, und sich mit den Flügeln die Ohren zuhielt, wenn er der Maus den völligen Garaus machte. Gemeinsam saßen sie unter dem blühenden Kirschbaum. Badmans Beweglichkeit war noch nicht soweit hergestellt, dass er auf den Baum klettern konnte, um seine Maus zu verspeisen, wie es sonst üblich war.

Die Tageszeitungen mit dem Image von „Revolverblättern" hatten Wind davon bekommen, dass etwas ungewöhnliches mit den Grabungen im Gange war. Das war aber auch kein Wunder, denn anstelle des Archäologenteams gab es nun Absperrbänder, Einsatzwagen der Polizei, und jede Menge Menschen in weißen Overalls. Über die mumifizierten Frauenleichen trieften sie nur so von „Mutmaßungen". Die Gazetten fabulierten über einen großangelegten Betrug, um die Erschließung des Industriegebietes zu verhindern. Manche gingen gar soweit, einen Serienmörder in der Provinzstadt zu vermuten. Kurzum, die Gerüchteküche brodelte heftig. Ruman gab sich vor der Presse siegesgewiss.

244

Jo orderte einen Termin mit Ruman. Sie war neugierig ob er einem Interview zustimmen würde.

*

Omrup hatte viel zu tun. Mit einem weiteren Kollegen musste er noch heute zur Firma von „Ruman Invest" fahren. Noch gab es zu den Frauenleichen keine konkreten direkten Todesdaten. Aber mit dem Säbel konnte man schon mal rasseln. Ruman sollte ruhig wissen, dass er auf dem Schirm der Polizei stand. Aber vorher hatte Omrup noch eine Pflicht zu erledigen, die ihm schwer auf dem Magen lag. Seine Chefin hatte vorzeitig eine Mail an das Landeskriminalamt gemacht mit der Info, dass der Kollege Kulmbach und der amerikanische Mitarbeiter des CIA wegen eines nicht genehmigten Eindringens in das Haus bei den „heiligen drei Tannen" im Polizeirevier in Gewahrsam genommen wurden. Eine Stunde später wurde die Mail beantwortet. Sie besagte, dass der Kollege Kulmbach und Williams umgehend auf freien Fuß zu setzen waren, und sie sich selbst um diese Angelegenheit kümmern. Die Schadenfreude flackerte wie Irrlichter in Kulmbachs Augen. Williams hatte stundenlang nur gebetet und sagte: „Der Herr hat mich erhört. Unsere Mission ist noch nicht vorbei."

*

Am nächsten Morgen fuhr Jo in die Redaktion, weil sich die Taktik des Berichterstattens komplett geändert hatte.
„Das war´s dann mit dem schönen Exklusivbericht, Frau Wenkert."
Goldfischer drehte den Monitor weg.
„Das würde ich so nicht sagen."
„Aber wie stellen sie sich das vor? Wenn ich das richtig verstehe, gilt die komplette Grabungscrew als tatverdächtig."
„Das ist allerdings wahr. Aber ich werde am Ball bleiben, Herr

Goldfischer. Zum einen ist hier eine original Megalithanlage entdeckt worden. Daran gibt es nichts zu rütteln. Jetzt gilt es zu ermitteln, inwieweit diese Frauenmorde dazu benutzt wurden, um entweder die Grabanlage historisch „aufzuwerten", oder eben genau das Gegenteil, damit andere Interessen gewahrt werden."

„Historisch aufwerten würde ich jetzt als Außenstehender so deuten, dass doch einige Leute der Gabungscrew dahinterstecken. Und wenn sie von Interessenwahrung sprechen, meinen sie die von „Ruman Investment"?"

„Allerdings! Hier ist Explosivstoff drin."

„Gibt es sonst noch etwas, von dem ich unterrichtet sein müsste?"

In Jo's Kopf arbeitete es fieberhaft. Was meinte Goldfischer mit dieser Andeutung?

„Die Untersuchungen an den mumifizierten Leichen sind noch nicht ganz abgeschlossen. Aber es könnte sein, dass..." Jo unterbrach sich selbst. Zu ungeheuerlich war es, was ihr durch den Kopf ging.

Goldfischer sah sie ruhig an.

„Reden sie ruhig weiter, Frau Wenkert. Ihre Worte gehen in mein Ohr und sonst nirgendwo hin. Das verspreche ich ihnen. Ich werde keinen reißerischen Artikel darüber verfassen lassen. Die Berichterstattung gehört alleine ihnen. Auch auf ihrem Blog sind die Zahlen schon unverschämt hoch. So ein Geschäft mache ich mir doch nicht kaputt. Ich gebe ihnen mein Ehrenwort und Apfelpfannkuchen ist Zeuge."

Auf „Apfelpfannkuchen" war Verlass.

„Es kann sein, dass es sich bei einer der Leichen um die Frau von Doktor Stettmaier handelt... aber zugleich ist es auch unmöglich."

„Du lieber Himmel! Aber wieso ist es unmöglich? Das wird immer spannender."

Jo griff zu einer Notlüge. Unmöglich konnte sie ihrem Chef mitteilen, was der wahre Grund für den nächtlichen Besuch war.

„Ich recherchiere noch in einem anderen Fall. Wenn es soweit ist, lasse ich die Bombe platzen. Auf jeden Fall war ich in dieser Nacht bei dem stillgelegten Gasthaus und habe mit eigenen Augen gesehen, wie sich Doktor Stettmaier mit seiner Frau getroffen hat."

„Aber dann ist doch alles klar. Warum entlasten sie den Doktor nicht, bevor er für ein Verbrechen angeklagt wird, das er vielleicht nicht begangen hat?"

„Daran habe ich auch schon gedacht. Die hiesige Polizei weiß auch schon Bescheid. Aber Hauptwachmeister Knöbel meinte, das könnte auch eine Finte sein."

„Eine Finte? Dann müsste der Doktor oder seine vermeintliche „Frau" Kenntnis davon gehabt haben, dass sie anwesend waren."

Das hatte Jo nicht bedacht.

„Formulieren sie ihren Artikel so, wie sie es immer tun, Frau Wenkert. Berichten sie nur die Wahrheit. Damit dienen sie dem Image unseres Journals am Besten. Auf ihrem Blog können sie eventuell einige Fragen stellen. Aber bitte keine Meinungsmache!"

„Ich werde es berücksichtigen, Herr Goldfischer. Grüßen sie ihre Töchter von mir."

„Das werde ich auf keinen Fall vergessen."

Auf ihrem Handy erschien die Nummer von „Ruman Investment."

„Guten Morgen! Wenn sie ein Interview mit Herrn Ruman wünschen geht es leider nur jetzt sofort! Es gibt sehr viel zu tun!"

„Ich bin schon unterwegs."

„Ruman Investment" befand sich in einem eindrucksvollen Gebäude. Es war ein zweistöckiges Haus, in dem sich jede Menge Mitarbeiter befanden. Den Wagen von Markus Ruman, dem Geschäftsführer, konnte man schon von weitem erkennen. Er stand direkt vor dem Gebäude auf einem eigens für ihn reservierten Platz. Jo stellte sich die Frage, wie viele Geschäfte man abwickeln musste, um so ein Firmenkonstrukt erfolgreich in die schwarzen Zahlen zu steuern. Das Sekretariat leitete sie zu einem Büro. Persönlich hatte Jo Ruman noch nie zu Gesicht bekommen. Ruman saß in einem gemütlichen „Chefsessel". Er war mittelgroß, von normaler Statur und so zwischen vierzig und fünfundvierzig Jahre alt. Natürlich hatte Jo vorher im Internet nachgeforscht, wie die „Ruman Investment" wirtschaftlich dastand. Es gab verschiedene Plattformen, auf denen man die veröffentlichten Jahresabschlüsse studieren konnte. Rachel hatte herausgefunden, auch wenn es etwas verschleiert dargestellt wurde, dass sich die „Ruman Investment" seit letztem Jahr nur etabliert hat, weil Markus Ruman mit einem erheblichen Teil seines Privatvermögens eingestiegen ist. Auf Jo wirkte er ziemlich überheblich und arrogant.

„Wie sehen sie sich und ihr Unternehmen in der Zukunft?"

„Ich sehe für unsere Investoren und die „Ruman Investment" ein klare Zukunft! Unsere kleine Stadt und die ländliche Umgebung brauchen dringend benötigte Arbeitsplätze. Die Infrastruktur muss unbedingt auf Vordermann gebracht werden. Sollen wir denn länger zusehen, wie die Menschen immer weiter abwandern? Wir werden dauerhafte Arbeitsplätze schaffen. Auszubildenden wird eine neue Chance gegeben, und der kleine Arm der Universität muss weiter vergrößert werden. Dann hat auch meine Tochter eine gute Chance ihr weiteres Leben hier in dieser Gegend zu verbringen. Ich sehe da große Chancen in Computertechnik und so weiter...."

Als nächstens meldet er sich zur Wahl des Bürgermeisters an, dachte Jo. Oder als Messias... jedenfalls als ein Entscheidungsträger.

„Gut, dass sie das ansprechen, Herr Ruman. Ich höre aus ihren Worten, dass sie die Universität in jedem Fall unterstützen wollen."

„Das entspricht absolut der Wahrheit! Ich denke zumindest an die Zukunft unserer Jugendlichen."

Ruman wirkte in seinem „Chefsessel" wie ein Gott des absoluten „Business". Der „Elon Musk" der Provinz.

„Aber warum waren sie dann so vehement daran interessiert, die Entdeckung des Megalithgrabes zu verhindern?"

Mit der rechten Hand trommelte er nervös auf den Tisch. Seine linke Augenbraue zuckte.

„Das erklärt sich doch von selbst."

Jo nahm die körperlichen Reaktion von Ruman sehr wohl wahr. Nun galt es herauszufinden, ob sich das noch etwas verbessern ließ.

„Können sie das bitte erläutern?"

Die Augenbraue hatte ihren Rhythmus gefunden. Die Finger der rechten Hand passten sich an. „Vielleicht sollte er Musiker werden," ging es Jo durch den Kopf. Im Zeitalter der Musicals war das doch eine perfekte Mischung. So eine Mischung zwischen Musk, Messias und Musiker.

„Diese Ausgrabung war mir von Anfang an suspekt. Und ich hatte schon immer meine eigene Meinung dazu. Sie zerstört mehr, als sie erschaffen kann. Das bei dieser Grabung manipuliert wurde, ist doch mittlerweile ganz offensichtlich."

„Sie sind also der Meinung, dass es sich dabei um eine grobe Fälschung handelt?"

„Allerdings! Warum wurden denn die Grabungen eingestellt? Und warum wird gemunkelt, dass sogar Frauen ermordet und mumifiziert wurden? Ich lag doch mit meinen Vermutungen genau richtig und meine Bedenken waren nicht umsonst."

Bis jetzt unterschied sich Ruman in nichts von den Wortphrasen, die sie vom Gemeinderat gehört hatte. Es wurde Zeit, Ruman aus seiner Komfortzone zu locken.

„Glauben sie, dass einige Grabungsteilnehmer, wenn es sich denn wirklich bei den Frauen um Mord handelt, daran beteiligt sind?"

„Was sie von mir hören wollen, liegt klar auf der Hand. Aber denken sie doch selbst einmal nach. Wer, wenn nicht Menschen vom Fach, die das ausgiebig studiert und gelernt haben, wären dazu in der Lage, so ein Szenario zu inszenieren? Um ihre Interessen zu wahren, schrecken sie sogar nicht vor Mord zurück!"

Die Augenbraue zuckte nicht mehr und die Hand ruhte auf dem Tisch. Ruman hatte sich wieder völlig unter Kontrolle. Dieser Punkt ging an ihn.

„Welche Interessen denn? Glauben sie wirklich allen Ernstes, dass die Archäologen und anderen wissenschaftlichen Mitarbeiter ihre Arbeit mit Morden zu manifestieren suchen?"

„Warum denn nicht? Soweit ich weiß, fehlen auf der Universität für diesen Bereich die nötigen Geldmittel. Wäre das Verbrechen nicht erkannt worden, hätte die Tür für öffentliche Sponsoren offen gestanden."

Diese Information war auch Jo nicht neu. Professor Niebenreit erwähnte einmal, dass er sich Sorgen um seine Professur machte, und es liefen Gerüchte, diese Fakultät eventuell zu verkleinern oder gar ganz zu schließen.

„Auch Doktor Stettmaier? Wie bekannt ist, haben sie mit ihm gemeinsam die Schule besucht."

Die Fassade bröckelte.

„Bei ihm bin ich mir nicht so sicher. Stettmaier könnte man eventuell von diesem Komplott gegen mich ausschließen."

„Aber ist es nicht so, dass sie bereits im Februar mit den Vorarbeiten auf dem Gelände begonnen haben und kurz darauf ist diese Megalithanlage entdeckt worden, und sie waren damals schon alles andere als erfreut."

Rumans Blick war nicht mehr ganz so gefestigt. Die Augenbraue vibrierte leicht.

„Was wollen sie damit sagen? Natürlich war ich sauer. Eine Woche später sollten die Bauarbeiten beginnen."

Jo schlug die Beine übereinander und wirkte nach außen hin sehr gelassen.

„Was will ich damit ausdrücken? Ich reflektiere nur auf ihre Fragen. Sie unterstellen allen Grabungsteilnehmern, dass sie sogar zu einem oder mehreren Morden fähig wären, um ihre eigenen Interessen zu wahren. Habe ich das so richtig verstanden?"

„Korrekt."

„Aber müssen sie sich dann nicht darauf einstellen, dass die Gegenseite, also die Grabungsteilnehmer, das Gleiche von ihnen behaupten?"

„Jetzt ist es aber gut. Trauen sie mir einen Mord zu?"

„So, wie sie den Grabungsteilnehmern. Außerdem liegt ihnen auch daran, ihr Interessensgebiet, und das im wahrsten Sinne des Wortes, zu wahren."

„Als nächstes werfen sie mir vor, dass ich mit Stettmaier gemeinsame Sache gemacht habe, um den größtmöglichen Vorteil herauszuschlagen. Ich bekomme gleich Besuch von der Polizei! Habe ich das ihnen zu verdanken? Verlassen sie umgehend das Gelände. Wenn ich in ihrem Provinzblatt lese, dass sie mich mit der Ausgrabung und den Frauenleichen irgendwie in Verbindung bringen, bekommen sie eine Verleumdungsklage an den Hals, die sich gewaschen hat."

Auf dem Weg zu ihrem Wagen formulierten sich in Jo´s Gedanken bereits die Sätze für den Artikel am nächsten Tag. Sie verließ das Gelände der Zeitung und fuhr auf ihren Lieblingsparkplatz, um erste Eindrücke für den Artikel zu schreiben. Dann rief sie Frederick an.

„Ich hatte soeben ein Interview mit Ruman."

„Bist du jetzt total bescheuert? Was soll das?"

„Wieso? Das Gespräch war ziemlich aufschlussreich."

„Das kann ich mir nicht vorstellen. Der riecht doch jetzt förmlich, dass er Land gewinnen kann. Er muss, egal wie, seine Interessen durchsetzen. Hat er dir gedroht? Er droht jedem der anderer Meinung ist."

„...Na ja, ein wenig. Aber nur ein klitzekleines bisschen. Mit einer fetten Verleumdungsklage, wenn er was negatives im „Unabhängige Journal" über seine Person liest."

„Meine Fresse! Dann pass bloß auf."

„Ich schreibe bloß was er gesagt hat."

„Ob das vernünftig ist, lasse ich mal so im Raum stehen."

„Er hat gesagt, dass er womöglich beschuldigt wird, mit Ruman gemeinsame Sache gemacht zu haben. Sehr, sehr laut hat er das gesagt! Und, dass er Besuch von der Polizei bekommt! Dann durfte ich gehen."

„Kann ich davon ausgehen, dass du nicht ganz unschuldig daran bist, dass er diese Äußerung von sich gegeben hat. Klingt interessant. Aber das kannst du auf keinen Fall veröffentlichen!"

„Das hatte ich im Originaltext auch nicht vor. Aber darf ich schreiben, dass Ruman mit Stettmaier bekannt ist? Das stopft ihm vielleicht sein großes Maul."

„...Und sorgt weiter für Verwirrung! Du liebst Ärger."

„Unser Journal braucht unbedingt steigende Umsatzzahlen."

„Aber ich weiß nicht, ob du ihm hilfreich bist, wenn du im Stile dieser Revolverblätter schreibst! Dein Chef hat großes Vertrauen in dich gesetzt. Willst du das wirklich aufs Spiel setzen?"

Zerknirscht dachte sie an die Unterhaltung mit Goldfischer und beschloss, ein anderes Thema aufzugreifen.

„Ich bringe dir das Telefon, welches meine Helden im Wald gefunden haben."

„Gute Idee. Dann muss ich nicht extra raus fahren. Hier ist der Teufel los! Das kannst du dir lebhaft vorstellen. Jeder aus dem Grabungsteam muss ein Alibi nachweisen. Das ist nicht schön!"

„Gehört Ruman auch zu dem Kreis der Verdächtigen?"

„Ich fürchte, ja. Denn er hat auch ein handfestes Motiv. Eigentlich ist er der einzige, der davon profitiert, wenn die Grabungen eingestellt werden. Omrup dürfte gerade bei ihm sein. Aber auch darüber wirst du nichts berichten. Das ist Ermittlungsarbeit. Wenn du es trotzdem veröffentlichst, bekommst du Ärger mit der Staatsanwaltschaft. Und wie du dir vorstellen kannst, ich natürlich auch. Ruman befindet sich in einer Ausnahmesituation. Für ihn gibt es nur alles oder nichts!"

Das Mitleid für Ruman hielt sich bei Jo in Grenzen. Vielleicht sollte sie den Artikel über Ruman doch ein wenig bissiger schreiben.

„Gibt es schon neue Ergebnisse von den Untersuchungen von den Frauenleichen?"

„Ich warte darauf. Schneller geht es nur in den Krimis im Fernsehen. Ich mache mich gleich auf die Socken. Unsere Truppe hat etwas am Grabungsgelände gefunden, was ich mir unbedingt ansehen soll."

„Das hört sich spannend an. Ich schreibe nur noch etwas fertig und dann komme ich nach. In spätestens zehn Minuten bin ich da."

„...Warte mal! Da kommt gerade eine Nachricht von Omrup. Auf Geheiß des LKA Wiesbaden musste er Kulmbach und Williams freilassen. Das heißt für dich und Rachel, dass die Schonzeit vorbei ist!"

„Das ist jetzt aber so was von suboptimal."

Während sie telefonierte, gab sie diese Nachricht an Rachel weiter.

Mit schnellen Fingern huschte sie über die Tastatur. Kritisch las sie die ersten Zeilen durch. Sie überlegte immer noch, ob sie Ruman den Wölfen zum Fraß vorlegen wollte. Aber um den endgültigen Artikel zu verfassen, ließ sie sich noch bis kurz vor Redaktionsschluss Zeit.

Die Bedenken von Frederick waren nicht von der Hand zu weisen. Während sie ihren Laptop schloss, bemerkte sie einen Schatten neben dem Wagen. Aber bevor sie reagieren konnte, wer oder was sich da neben ihr aufbaute, wurde die Tür geöffnet. Das Handy wurde ihr brutal aus der Hand gerissen.

„Was soll das? Was wollen sie von mi...."

Ein irrer Schmerz raste durch ihren Schädel. Verzweifelt versuchte sie, sich am Lenkrad festzuhalten, um die Orientierung nicht zu verlieren. Die Bäume auf dem Parkplatz verloren jegliche Farbe. Die Landschaft wirkte wie schwarz-weiße Negative von alten Fotos. Diese Harmonie wurde nur unterbrochen von den blutroten Schlieren, die vor ihren Augen tanzten. Ein wahnsinnig pochender Schmerz im Rhythmus ihres Herzschlages hatte sich in ihrem Gehirn festgesetzt. Ihr wurde übel.

Ihr entfuhr ein leichtes Stöhnen. Jo sah sich außerstande vernünftige Worte zu formen. Aus den roten Schlieren formten sich Buchstaben, die scheinbar sinnlos vor ihren Augen tanzten. Die Buchstaben formten sich zu einem Namen...Rachel...

Da traf sie unvermittelt ein weiterer heftiger Schlag. Der unvorstellbare Schmerz übermannte sie. Alles war nun schwarz-weiß... Sie hatte über ihren Körper keine Kontrolle mehr. Nacheinander wurde alles dunkel. Sie stürzte in unendliches Schwarz, aus dem es kein Entrinnen mehr gab.

*

Das komplette Areal des Grabungsgeländes war abgesperrt. Auf Grund der mumifizierten Leichen war die gesamte Truppe des KTU ausgerückt, um die letzten Geheimnisse des Megalithgrabes freizulegen. Frederick parkte seinen Wagen neben den anderen Einsatzwagen. Die Verbindung zu Jo war unterbrochen. Wahrscheinlich wieder einmal kein vernünftiges Internet. Daran sollte gearbeitet werden! Er schüttelte nur mit dem Kopf, über ihr äußerst riskantes Manöver mit Ruman. Den galt es nicht zu unterschätzen. Er war wie ein waidwundes Raubtier, dem das Wild davonläuft.

Ein Mitarbeiter der KTU kam im weißen Overall auf ihn zu.

„Ich bin schon sehr gespannt."

Er deutete auf die rechte Seite des Grabes.

„Damit sollte sich eigentlich diese Archäologengruppe herumschlagen. In diesem ägyptisch anmutendem Anbau haben wir noch bebautes Areal gefunden. Diese Entdeckung ist den Archäologen bisher verborgen geblieben."

„Wie ist das möglich? Sie haben doch die Kammer immer wieder bis aufs äußerste untersucht."

„Das war ziemlich geschickt gemacht. Die, die diese Kammer anlegten, wollten ganz bewusst nicht, dass sie entdeckt wird. Vor dieser Mauer hatten sie Erde angehäuft. Danach vermischten sie die Erde mit Lehm. Anschließend flochten sie Wurzelwerk hinein, und schon sah es aus wie unberührte Natur."

Frederick begleitete ihn in das Grab hinein. Ihn umgab der typische Geruch von feuchter Erde. In der Kammer war Frederick etwas beklommen zumute.

„Wo Jo nur bleibt? Die zehn Minuten sind doch längst vorbei."

Neugierig blieb Frederick am Eingang der neu entdeckten Kammer stehen. Überall waren Karten mit Zahlen auf dem Boden und in kleinen Nischen verstreut. Vor den Karten lagen verschiedene Artefakte. Ein Bildnis mit ägyptischer Prägung war an die Wand. Mehrere menschliche Figuren mit Tierköpfen waren darauf zu sehen. Diese Bilder waren reliefartig in den Stein geschlagen worden. Unter einer Figur mit Widderkopf entdeckte er eine Hieroglyphe. Zwei waagerechte Striche die durch zwei Querstriche miteinander verbunden waren. Darüber befand sich ein geschlossener Halbkreis. Frederick machte verschiedene Fotos. Er hätte es Jo so sehr gegönnt, die ersten Aufnahmen davon zu machen. Frederick wollte einen weiteren Schritt nach vorne machen, um den Rest der Kammer zu sehen. Wie aus dem Nichts heraus schoss ein weißer Arm vor seine Brust.

„Mensch Knöbel! Bis hier hin und nicht weiter! Pass doch auf, wo du mit deinen Quadratlatschen hin tappst!"

Frederick blieb vor Schreck fast das Herz stehen.

„Hast du sie noch alle? Mich so dermaßen zu erschrecken?"

Doktor Thal zeigte ein breites Grinsen.

„Hast du etwa Angst vor dem Fluch der ägyptischen Götter?"

„Nein! Aber vor dir! Du siehst wie ein Geist aus in dem Overall. Was machst du überhaupt hier?"

„Du hast Angst vor mir? Das ist sehr beruhigend. Dann bringst du auch den nötigen Respekt mit."

„Die Angst verfliegt gerade und wandelt sich.. .ich drücke es höflich aus, in Ungeduld, die sich aber von Minute zu Minute zu einem Wutanfall auflädt. Also, was hast du hier zu suchen?"

Die Taschenlampe Thals beleuchtete den letzten Teil der Kammer. Vor ihnen lagen die bleichen Gebeine eines Skeletts.

*

Im Haus war es kalt und ungemütlich. Es war zwar schon Frühling, aber das Haus lag in einer bergigen Gegend, und in der Nacht wurde es immer noch empfindlich kühl. Stettmaier hatte vergessen die Heizung einzuschalten. Er saß fröstelnd an seinem Computer. Aber in seinen Gedanken schweifte er immer weiter ab zu Sofia.

„Warum hast du gesagt, du trägst das Kleid aus Marokko? Du wusstest doch ganz genau woher es stammte. Schließlich haben wir diese Schneiderei in Kairo auf dem Kan-Kallili-Basar Monate später gemeinsam besucht."

In seinen Gedanken spann die Erinnerung ihr Netz weiter aus. Bei seinen vielen Expeditionen hatte er stets etwas für Sofia mitgebracht. Unter anderem auch einige Artefakte aus Marokko. Aber was den Irrtum auslöste, konnte er sich immer noch nicht erklären. Um sich abzulenken starrte er auf seinen Monitor. Dort hatte er alles wie in einem Tagebuch festgehalten.

„Was haben wir übersehen?"

Ihm war immer noch nicht klar, wie er zusammen mit den anderen auf diesen unglaublichen Betrug hereinfallen konnte. Wie war das möglich? Die Radiocarbonuntersuchungen hatten doch eindeutig ergeben, dass die Särge mindestens fünftausend Jahre alt waren. Bei den Skelettfunden stellte sich ebenfalls heraus, dass sie aus dem Neolithikum stammten. Es war so schade, dass er sein Handy nicht mehr wiederfand. Mit den Aufnahmen der Särge hätte er wunderbare Vergleiche ziehen können. Gemeinsam mit Niebenreit und Sherin hatten sie bis gestern noch gemeinsam versucht zu ergründen, wie die Särge in dieses Gebiet kamen. Das hatte sich nun erübrigt. Aus seinem Gedächtnis zeichnete er die Hieroglyphen nach, an die er sich noch erinnern konnte. Die Hieroglyphen tanzten vor seinen Augen. Er zeichnet sie auf, so, wie sie in seiner Erinnerung auftauchten. Erstaunt schaute er auf sein Ergebnis.

„Ich muss mich geirrt haben."

Aber so sehr er auch in seinen Erinnerungen kramte, es kam immer wieder auf das Gleiche hinaus.

„Ich muss unbedingt zusammen mit Stefan seine Notizen durcharbeiten. Was für ein messerscharfer Verstand!"

Ihm war kalt und er stand auf, um sich etwas hochprozentiges einzuschenken... von der Terrasse aus wehte ein kalter Luftzug ...

*

Rachel hatte die Nachricht von Jo gelesen. Diese „Agenten" waren also wieder auf freiem Fuß. Fühlte sie deshalb so eine innere Unruhe? Ihr Herz schlug unregelmäßig und viel zu schnell. Normalerweise kündigte sich so eine unübersichtliche Situation an. Aber hier war sie nicht unübersichtlich. Es war offensichtlich, dass die „Agenten" wieder auf die Menschheit losgelassen wurden. Mit einer Harke bearbeitete sie das Blumenbeet im Garten. Aber etwas stimmte nicht. Ihre innere Unruhe wuchs. Badman lief neben ihr her und maunzte sie ständig an.

„Ich weiß auch nicht was mit mir los ist. Aber anscheinend kannst du es auch fühlen. Das macht mir Angst!"

Die Blumen, die sonst immer leuchtende Blüten hatten, waren verblasst. Ihre Farben wirkten irgendwie verwässert. Rachel ließ die Harke fallen und griff nach ihrem Handy. Als sie das Beet verließ, wandten die Blumen ihre Köpfe und schienen ihr traurig nachzusehen. Sie wählte Jo´s Nummer. Es war abgeschaltet. Das gab es normal bei Jo nicht. Sie war immer erreichbar. Aber sie spürte, dass Jo Verbindung zu ihr aufnehmen wollte. Bei Hendrik hatte sie sich auch nicht gemeldet. Warum auch? Das einzige, was Jo Rachel nahelegte, war, dass sie sich aus der Öffentlichkeit zurückzog. So weit es ihr möglich war, sollte sie unauffällig und unsichtbar bleiben. Daran hatte sie sich auch gehalten und arbeitete in ihrem Garten in der Gestalt eines einfachen Gärtners. Erst bei näherem Hinsehen konnte man ein Ähnlichkeit mit Harry dem Postzusteller feststellen. Aber wer würde das schon überprüfen? Der Kater fing plötzlich an wütend zu fauchen.

„Was soll ich denn machen? Ich spüre auch, dass sie mich zu erreichen versucht. Es ist zum verrückt werden."

Entgeistert starrte Rachel auf ihr Telefon. Diese Nummer kannte sie nicht. Wie war das möglich, dass sie auf ihrem Handy erschien. Nur Hendrik und Jo verfügten über diese Nummer. Irgend ein Fishing? Aber als das Handy zum dritten Mal mit der gleichen Nummer klingelte ging sie ran. Badman verstummte schlagartig.

„Ich...brauche..deine ..Hilfe."

„Jo? Bist du das?" Rachel hatte ihre Stimme, vor Erleichterung Jo zu hören, leicht erhoben. In der Eile hatte sie vergessen, ihre Stimme ihrem Aussehen anzupassen. „Ich habe mir solche Sorgen gemacht?"

„Ich muss kotzen."

„Deswegen rufst du an? Da wäre eine Apotheke vielleicht hilfreicher gewesen... und die dritte Portion Nudelauflauf zusammen mit einer Flaschen Wein war wohl doch nicht so prickelnd. Aber ich bin so schrecklich erleichtert, deine Stimme zu hören.Wo bist du?"

Es kam keine Antwort. Statt dessen hörte sie nur Würgegeräusche.

„Okay! Den voran gegangenen Worten folgt die Tat."

Statt einer Antwort verstärkten sich nur diese entsetzlichen Geräusche.

„Dir geht es nicht so gut. Kannst du mir sagen wo du dich befindest?"

Jo fluchte leise, zu leise.

„Ich kann dich nicht verstehen!"

„... Ich stehe auf dem Parkplatz hinter dem Industriegebiet."

„Ich komme zu dir. Aber das dauert zu lange. Es ist besser wenn Frederick vorbeischaut."

„...Gute Idee.. man hat mich niedergeschlagen. I..ich habe Kopfschmerzen...und mir wird schon wieder schlecht."

„Kann man euch denn keine zwei Minuten alleine lassen?" brüllte Frederick entrüstet ins Telefon. Rachel fühlte, dass Frederick sich um Jo sorgte.

„Sie hat mich mit einer fremden amerikanischen Nummer angerufen."

„Ich stehe auf dem Grabungsgelände. Vielleicht fünf Minuten entfernt. Bin sofort bei ihr."

Mit Blaulicht und Vollgas fuhr er die Straße entlang. Von unterwegs rief er den Notdienst an.

Der kleine Wagen stand einsam und alleine auf dem Platz. Jo saß seitlich mit offener Tür im Auto. Ihr Gesicht war von einer geisterhaften Blässe. Am Hinterkopf lief ein Blutrinnsal herunter.

„Was ist passiert?"

Sie verzog vor Schmerzen das Gesicht.

„Ich wurde niedergeschlagen."

Mit einem Taschentuch tupfte er das Blut am Nacken weg.

„Hast du gesehen wer es war? Kannst du eine Täterbeschreibung abgeben?"

„Nein. Die Tür wurde aufgerissen und dann verspürte ich auch schon den Schlag... es ging alles sehr schnell...aber dann knallte es noch einmal auf meinem Schädel...und alles war dunkel."

Die Augen von Jo wurden schwer. Ihr wurde übel und sie musste

sich erneut übergeben. Sanft rieb er ihr das Gesicht sauber.
„Sieh mich an. Kannst du mein Gesicht sehen?"
Die Pupillen von Jo´s grünen Augen waren unnatürlich groß.
„Du erinnerst mich an den Hund von der Bäckerei Wittkemper. Aber sein Schnauzbart ist größer...Seit wann hast du vier Augen?"
„Bei dir bräuchte ich zwanzig Augen! Und das wäre noch zu wenig! Das Telefon, mit dem du Rachel angerufen hast, hat eine amerikanische Nummer. Ist es das, welches Badman und Hendrik im Wald gefunden haben?"
„Jooo.... Das Arschloch hat meinen Laptop und das Handy mitgenommen!"
„Du hast nicht gesehen, wer dir das angetan hat?"
Jo schniefte und griff sich an den schmerzenden Kopf.
„Nein. Um deinen Kopf kreisen kleine Vögel. Ich kann sie nicht richtig erkennen. Ist ein Wiedehopf dabei?"
„So einer mit einem niedlichen Hahnenkamm?"
„Ja."
„Ich glaube nicht."
Der Krankenwagen traf mit Blaulicht ein.
„Auf keinen Fall gehe ich ins Krankenhaus. Ich fahre jetzt nach Hause. Du solltest die Vögelchen füttern."
Frederick gedachte, sie auf keinen Fall auch nur noch einen Meter mit dem Wagen fahren zu lassen.
„Ich werde mich hüten dich dort abzuliefern. Wie es jetzt weitergeht, lassen wir nun die liebe Frau Doktor entscheiden."
...Wenige Minuten später...
Die Tür des Krankenwagens wurde geschlossen.
„Wir bringen sie jetzt sofort in die Klinik. Es besteht der Verdacht auf eine Gehirnerschütterung. Außerdem haben sie immense Wahrnehmungsstörungen. Das muss unbedingt überprüft werden."
„Haben sie zwischen den Vögelchen um den Kopf von Frederick einen Wiedehopf gesehen?" tönte die Stimme von Jo aus dem Krankenwagen. „ Er muss da sein!..."
„Wenn ihnen so viel daran liegt, dann fliegt da auch ein Wiedehopf ...und ja, wir werden die Vögelchen füttern."

*

Der Reiher saß auf dem Dach des kleinen roten Wagens. Er hatte genug gehört. Er schraubte sich mit unsicheren Flügelschlägen hoch und flog hinter dem Krankenwagen her. Der Einsatzwagen der Polizei mit Frederick fuhr hinterher. Später, bei der Unfallaufnahme wartete der Reiher ungeduldig im Park auf einer Rotbuche. Aber was konnte er hier schon ausrichten? Nichts! Im dritten Stock entdeckte er einen Raum mit einem geöffneten Fenster. Es handelte sich um den Pausenraum der Schwestern. Über einem Stuhl hingen ein blauer Kittel und eine blaue Hose. Er flog durch das offene Fenster, nahm im Schnabel die Kleidungsstücke auf. Da ging plötzlich die Türe auf. Eine vor sich hin schimpfende junge Frau betrat das Zimmer. Beim Anblick des riesigen Vogels begann sie laut zu kreischen.. Da der Reiher keinen Bock auf unnötige Diskussionen hatte, flog er mit dem blauen Kittel und der Hose schleunigst aus dem Fenster. Wenig später landete er im Park des Krankenhauses in der Rotbuche. In den Zweigen des großen Baumes fand er genügend Deckung. Auf Grund seines Gewichtes bogen sich die Äste leicht nach unten.

„Allmählich sollte ich Übung darin haben, mich in einem Baum umzuziehen. Zum Glück hatte ich die perfekte Tarnung. Denn wem, außer einem Reiher, gelingt es aus dem Stand hochzufliegen? Gänse und Störche brauchen eine Start- und Landebahn wie ein dreihundert achtziger Jet!"

Jetzt galt es nur noch, unauffällig die Baumkrone zu verlassen und das Krankenhaus zu betreten.

Oben im Schwesterzimmer, im dritten Stock, herrschte ziemliche Aufregung.

„Alles klar! Du hast dich klar genug ausgedrückt! Da war wirklich ein sehr großer Reiher, der deine Klamotten mitgenommen hat. So was kommt täglich vor! Besonders, wenn am Tag zuvor Polterabend war... ich kann davon ausgehen, dass der Reiher Mittagsschicht hat, sonst hätte er die lieber die Skinny Jeans von Helga mitgenommen!"

„Aber wenn ich es doch sage! Da war ein Reiher! Er war fast so groß wie ich, und..."

„Dann müssen wir uns keine Sorgen machen und deine Klamotten passen ihm ausgezeichnet... wie für ihn gemacht. Ich bin gespannt in welcher Abteilung er arbeitet."

Rachel interessierte sich nur mittelmäßig für die junge Frau, der niemand glauben wollte. Ihr lag mehr daran über den Zustand Jo's zu erfahren. Lange musste sie nicht suchen. In der Notaufnahme war die aufgeregte und wütende Stimme von Jo nicht zu überhören.

„...Das können sie getrost vergessen."

„Aber so seien sie doch einsichtig, Frau Wenkert. Sie wurden niedergeschlagen, und..."

„Sie haben mich doch durchleuchtet, gescannt, mindestens einen Liter Blut abgezapft, Elektronen gemessen, oder wie das zum Geier heißt! Und ich weiß nicht, was sie noch alles mit mir angestellt haben oder nicht?"

„Selbstverständlich haben wir das. Eingehende Untersuchungen und anschließende Diagnostik gehören zu unseren Aufgaben! Außerdem heißt es EEG, genau genommen eine Elektroenzophalografie. Wir haben ihre Hirnströme vermessen. Sie haben, außer einer kleinen Gehirnerschütterung, keine ernsthaften Verletzungen, aber trotzdem wäre es besser, wenn sie..."

„Ich gehe nach Hause."

„Aber so seien sie doch vernünftig!"

„Dafür habe ich keine Zeit. Außerdem war ich in meinem ganzen Leben noch nie vernünftig. Warum soll ich ausgerechnet jetzt damit anfangen."

Frederick saß neben Jo und versuchte beruhigend auf sie einzureden.

„Die Ärzte haben kein Attentat auf dich vor, sondern sie wollen dir nur helfen."

Schmollend verschränkte Jo ihre Arme.

„Ich weiß! Ist mir aber so was von egal!"

„Bleib wenigstens so lange bis der Schwindel nachlässt, und dein

Gesicht wieder etwas Farbe bekommt. Du siehst aus wie ein Geist."
„Darüber können wir reden, Frederick. Hast du auf dem Parkplatz
einen Wiedehopf gesehen?"
„Und du sagst zu mir, dass du nach Hause gehen kannst, wenn du
überall Wiedehopfe siehst?"
„Das verstehst du nicht!... noch nicht."
„Was muss man denn rauchen, um das zu verstehen?"
„Katzenminze vielleicht? Oder doch besser Suppengrün?"
Eine Schwester betrat den Raum. Sie trug eine blaue Mütze, und
einen Mundschutz aber keine Schuhe. Ein junger Arzt sah sie
verständnislos an.
„Ihre Arbeitskleidung ist nicht korrekt. Wo sind ihre Schuhe?"
„Das ist mir ehrlich gesagt auch ein Rätsel. Im Schwesternzimmer
wurde angeblich von einem Reiher Kittel und Hose geklaut."
„Ich hörte davon..."
„Wahrscheinlich hat er auch meine Schuhe gestohlen...Sehr schade.
Die waren nagelneu. Zeiten sind das!"
Leicht irritiert verließ der junge Arzt das Zimmer. Die Schwester
umarmte Jo und gab ihr einen zarten Kuss auf die Wange. Frederick
starrte die Schwester entsetzt an.
„Rachel? Was machst du hier? Und wie kommst du an dieses
Outfit?"
„Du hast uns mitgeteilt, dass die „Agenten" wieder auf freiem Fuß
sind. Ich muss mich doch tarnen!"
„Und was soll das Geschwätz von dem Reiher? Seid ihr alle total
bescheuert? Jo sucht überall Wiedehopfe und du erzählst dem
Doktor, dass ein diebischer Reiher unterwegs ist."
Jo schlug sich leicht an die Stirn und verzog sofort vor Schmerzen
das Gesicht.
„Aber natürlich! Dass ich nicht gleich darauf gekommen bin. Ein
Reiher kann in kürzester Zeit eine große Strecke zurücklegen. So ein
Wiedehopf hätte viel zu lange bis ins Krankenhaus gebraucht."
Der Gesichtsausdruck Fredericks wandelte zwischen Verzweiflung
und laut losheulen.
„Rede du ihr zu, Rachel. Wie du selbst hören kannst wäre es

wirklich besser, wenn sie noch einige Tage hier bleibt. Vielleicht in der neurologischen oder noch besser, in der psychiatrischen, geschlossenen Abteilung. Die kennen sich damit doch bestens aus."

Die grünen Augen von Jo funkelten ihn böse an.

„Du willst mich in die Klapse stecken. Das verzeihe ich dir so schnell nicht!"

Frederick erkannte mit einem Schlag, dass Jo's Augen klar waren. Das Geschwätz mit dem Reiher und dem Wiedehopf ließ er außen vor.

„Wer kann dir das angetan haben?"

„Das ist die erste vernünftige Frage, Frederick. Aber ich habe leider auch keine passende Antwort parat. Da wären drei Kandidaten..."

„Drei? Mir würde einer vollkommen ausreichen."

„Zum einen wäre da der junge Mann, den ich im Autohaus interviewt habe. Er reagierte ziemlich seltsam als ich ihn fragte, ob er am Morgen das Gelände verlassen hatte. Vielleicht hat er etwas mit dem Ein- und Ausbau der elektronischen Geräte an den Edelkarossen zu tun. Mike Olewski heißt er. Du hast ihn schon gesehen, Frederick. Vor dem Jugendcenter hat er gerappt. Kannst du dich erinnern?"

Frederick nickte.

„Ich war dabei, Frederick. Während Jo das Interview führte, stand an der Seite des Hauses das Fahrrad von unserem nächtlichen Video. Nach dem Interview fuhren wir vom Platz und da war das Rad nicht mehr da. Kann Zufall sein. Kann auch etwas dran sein."

Frederick notierte sich den Namen.

„Ich werde mir den Jungen näher ansehen. Wer kommt deiner Meinung nach sonst noch in Frage?"

Jo verdrehte kurz die Augen, weil eine Schmerzwelle durch ihren Schädel raste.

„Die „Agenten" kämen auch in Frage. Sie arbeiten teilweise im Verborgenen. Auch bei ihnen könnte ich mir vorstellen, dass sie daran interessiert wären, an das Laptop zu kommen."

„Klingt logisch. Aber du hast Rachel mit dem amerikanischen Handy angerufen. Wären sie nicht mehr daran interessiert gewesen?"

„Es lag im Handschuhfach unter zwei Müsliriegeln versteckt. Einer davon war angefressen."

„Okay! Beste Tarnung ever! Und wer bleibt noch?"

„Ruman! Ihm geht der Arsch auf Grundeis. Wenn sein Konzept schief geht, ist er völlig ruiniert. Es liegt ihm viel daran sein Image aufzupolieren. Einen schlechten Artikel könnte er gerade jetzt nicht verkraften."

Frederick schaute nachdenklich aus dem Fenster.

„Ich hätte noch einen vierten Kandidaten."

„Wow!"

„Du hattest doch die Aufnahmen von den fehlenden Seiten des Notizbuches von Stefan. Vielleicht gibt es da etwas zu sehen, was nicht für unsere Augen bestimmt ist."

*

Helena Wagendorf von der kriminaltechnischen Untersuchung, saß im Schneidersitz in dem zuletzt entdeckten, verborgenen Teil des „ägyptischen Tempels", wie er von allen genannt wurde. Die verborgene Kammer mit dem Skelett war gut getarnt. Sie sollte, im Gegensatz zu der großen Grabanlage, schon vor fünftausend Jahren für niemanden mehr zugänglich sein. Für immer und ewig. Warum diese Kammer so geheimnisvoll aufgebaut war, entzog sich der Kenntnis von Helena. Schließlich war sie kein Archäologe. Doktor Thal hatte die Gebeine des Skelettes in das rechtsmedizinische Institut überführen lassen. Sie war schon sehr gespannt auf die Ergebnisse. Der Teil der Mauer, die durch Flechtwerk von Wurzeln mit Erde und Lehm zu einer festen Einheit geworden war, sodass sie die Jahrtausende überdauerte, unterzog sie wieder einer eingehenden Untersuchung. Helena nahm verschiedene Proben von Erde, Lehm und Wurzelwerk. Obwohl der „Ägyptische Tempel" gut ausgeleuchtet war, fühlte sich Helena ziemlich unbehaglich. Die menschlichen Figuren mit den Tierköpfen schienen sie direkt anzusehen, und zu beobachten. Besonders die eine mit dem

Widderkopf und der seltsamen Hieroglyphe darunter. Das Bildnis wirkte ehrfurchtgebietend.

„Ich komme dir nicht zu nahe und ich habe Respekt vor dir. Wir versuchen bloß zu ergründen was hier passiert ist. Auch wäre es interessant zu wissen, warum du und deinesgleichen so weit von Zuhause und im Verborgenen seid. Ich fürchte, ohne die Hilfe von den Archäologen kommen wir hier nicht weiter."

*

„Kann ich dich alleine lassen, oder drehst du vollkommen durch?"

„Wie darf ich das bitte schön verstehen, Frederick?"

„Genau so wie ich es sage, Jo."

„Wie stufst du mich denn ein?"

„Du willst die Wahrheit hören?"

„Das wäre von einem immensen Vorteil. Besonders dann, wenn ich anschließend kontern muss."

„Kontern ist besser als kotzen!"

Rachel begann nervös im Zimmer auf und ab zu laufen.

Frederick rollte genervt mit den Augen.

„Also gut. Ich halte dich für eine größenwahnsinnige, völlig aus dem Ruder laufende, intelligente, aber ständig sich selbst überschätzende Journalistin, die nicht im mindesten ahnt, in welcher Gefahr sie schwebt."

Jo hatte nicht einen Moment daran gedacht, dass ihr jemand nach dem Leben trachten würde. Etwas leiser und ängstlich, aber dennoch renitent sagte sie, „willst du mir einen Wachhund in Uniform hier im Krankenhaus vor die Tür setzen?"

Frederick dachte an seine Chefin, und wie sie die Kosten auf dem Revier hin und her schob, um den Laden am laufen zu halten.

„Nein. Fahr nach Hause, Jo! Hendrik und Badman werden gut auf dich aufpassen, während die Polizei ihre Arbeit macht. Du hättest die

Agenten sehen sollen, als Hendrik sie bei dem Einbruch überrascht hat. Und dafür hat er nur zwei Minuten gebraucht! Bei ihm seid ihr beide in Sicherheit!"

Frederick drehte sich sachte um und warf Rachel einen vielsagenden Blick zu.

„Du hast schließlich auch noch etwas auf dem Kerbholz, was nach wie vor immer noch der Aufklärung bedarf!"

Vor Nervosität zog Rachel die blaue scheußliche Mütze ab, die ihren Kopf wie einen Helm umgab. Eine Flut goldenen Haares floss in Kaskaden über ihren Rücken bis zu den Hüften. Erleichtert und mit beiden Händen begann Rachel ihre juckende Kopfhaut zu bearbeiten.

Frederick war total fasziniert. Er bewunderte die Haarpracht von Rachel. Der Glanz und das Leuchten ihrer Haarpracht überwältigten ihn. Zu gerne hätte er mit beiden Händen diese wundervolle Pracht berührt. Jo bemerkte, dass die Nervosität von Rachel langsam sichtbar wurde. Das Leuchten ihrer Haare wurde immer intensiver. Um ihren Körper baute sich ihre Aura in zartem hellblau auf. Jo musste reagieren bevor Rachel wie eine Leuchtboje in hellblau durch das Zimmer schwebte.

„Die Gefahr ist viel zu groß! Deine Bedenken sind vollkommen richtig. Ich fahre nach Hause, Frederick! Bist du nun zufrieden?"

„...Ä...ääh was?"

Frederick glotzte noch immer hingebungsvoll Rachel an. So etwas schönes hatte er noch nie gesehen...Er hatte sie noch nie mit offenem Haar gesehen. Sonst trug sie ihre Pracht zu einem Zopf gebunden oder einem strengen Knoten im Nacken.

„Ich sagte, dass ich nach Hause fahre!" Jo wurde es schwindlig, weil sie ihre Stimme erhoben hatte. Aber sie musste leider handeln. Der Blaustich um Rachel wirkte mittlerweile wie eine kleine Gasflamme. Frederick saß da mit einem entrückten Grinsen.

„Rachel zieh deine Mütze wieder an. Du musst an deine Tarnung denken. Wenn man nicht alles selber macht."

Brav zog sich Rachel die Mütze über und drehte ihre Haare zu einem Dutt zusammen. Das hellblaue Leuchten ließ nach.

„Weißt du eigentlich wie schön du bist?"

„N..nein, Frederick. Dort wo ich herkomme gelte ich als normaler Durchschnitt."

„Dann müssen die Menschen in deiner Heimat überdurchschnittlich blöd und blind sein. Gehen wir eine Schokolade zusammen trinken?"

„Jederzeit, nur heute nicht. Ich werde zusammen mit dieser Skandalnudel nach Hause fahren und sie ans Bett fesseln."

Jo wusste nicht so recht was sie davon halten sollte. Aber, dass Frederick von Rachel hingerissen war, stimmte sie trotz der widrigen Umstände etwas heiter.

Durch Frederick fuhr ein leichter Schreck. Er war wieder im hier und jetzt und schämte sich. Ein leichter Rotschimmer huschte über seine Wangen.

„Selbstverständlich, Rachel. Bitte entschuldige."

Rachel schenkte ihm ein strahlendes Lächeln.

„Ich denke nicht daran. Du bist mir noch eine Schokolade schuldig!"

Frederick atmete tief ein bevor er weitersprach.

„Ich habe Anweisungen gegeben Williams und Kulmbach überwachen zu lassen. Inoffiziell! Jede Polizeistreife muss dann einen Umweg fahren. Dann ist hier eine Baustelle, und dort ein Stau...man hat ja so seine Tricks. Aber sobald sie sich den drei Tannen nähern, schlagt ihr Alarm! Wenn meine Chefin davon Wind bekommt, habe ich jede Menge Ärger am Haken."

Rachel strahlte ihn an.

„Weißt du wie lieb das ist?"

Frederick fühlte, dass sein Gesicht abermals die Farbe von Ketchup annahm.

„Wenn ich so lieb bin, habe ich doch auch die ganze Wahrheit verdient..."

„Das hast du...und.."

Frederick warf einen Blick auf sein Handy.

„Ich muss zur KTU. Da gibt es etwas Neues."

„Unterrichtest du uns darüber, wenn es etwas Neues gibt?"

„Klar doch! Ich möchte unbedingt Stefan Biel kontaktieren. Sein Notizbuch interessiert mich. Vielleicht hat er etwas gezeichnet was von Relevanz ist, und er selbst keine Ahnung davon hat! Aber er ist

zur Zeit nicht zu erreichen."
„Vielleicht sitzt er in einer Vorlesung?"
„Das ist natürlich möglich."
„Ich habe die fehlenden Seiten des Notizbuches Doktor Stettmaier geschickt. Er kann dir bestimmt weiterhelfen."

*

Helene lag mit ihren Vermutungen richtig. Als sie ihren Bericht zusammen fasste, war Knöbel endlich da.
„Hatten sie viel zu tun?"
„In dieser kleinen Stadt habe ich die letzte Zeit sehr viel zu tun. Was gibt es denn so wichtiges was du mir mitteilen musst?"
Er hatte zum wiederholten Male versucht, Stefan Biehl zu erreichen. Aber es lief nur die Mailbox.
Helena deutete auf ihren Monitor.
„Diese versteckte ägyptische Kammer birgt ein Geheimnis. Aber eines, das es in sich hat."
„Von den Knochenfunden habe ich schon erfahren."
„Die meine ich nicht, denn darüber solltest du dich mit Doktor Thal unterhalten."
„Jetzt machst du es aber verdammt spannend."
Sie lächelte ihn süffisant an.
„Bis gestern war ich der Meinung, dass diese Kammer seit fünftausend Jahren unberührt war. Aber etwas hat mich an dem verflochtenen Wurzelwerk gestört."
„Was hat dich denn an dem Wurzelwerk gestört? War es nicht schön verflochten? So etwas würde mich natürlich auch immens stören."
Wieder lief nur die Mailbox von Stefan Biehl.
„Deine Nerven scheinen ziemlich am Ende zu sein. Atme einmal tief durch."
Helena befand sich im Recht. Es gab keinen Grund, seinen Sarkasmus an ihr auszulassen. Er steckte das Handy in die Tasche

und schenkte ihr die Aufmerksamkeit, die ihr zustand.

„Tut mir Leid! Ich bin ein wenig durch den Wind."

„Schon gut. Also noch einmal von vorne. Ich habe mir Proben von dem Wurzelwerk, der Erde und dem Lehm mitgenommen. Die Proben von der gegenüberliegenden Wand entsprechen tatsächlich einem Alter von Fünftausend Jahren. Auch die Verflechtungen der Wurzeln und die Pollen haben das gleiche Alter. Bei den Pollen und den Resten der Verflechtungen handelt es sich um „Pavicum", das ist der lateinische Namen für Hirse. Das würde auch dem damaligen Klima entsprechen, denn Hirse mag es gerne warm. Und hier an dieser Stelle, an der unsere Kollegen den Eingang zu dieser Kammer gefunden haben, finde ich nur die übliche Zaunwinde, „Calystegia sepium". Das machte mich stutzig. Diese Zaunwinde findet man hier überall."

Frederick bemühte sich ein kluges Gesicht zu machen. Aber Helena durchschaute ihn.

„Ich sehe schon, dass du dich mit Gras und Kräutern nicht unbedingt auskennst."

„Na ja, immerhin mag ich Pfefferminztee, und heiße Schokolade besteht zum Teil auch aus vegetarischem Zeug."

Helena lächelte nachsichtig.

„Ich werde mit dir wie mit einem ABC-Schützen sprechen. Dann klappt es vielleicht besser. Fangen wir von vorne an. Auf dem ganzen Gelände wächst seit tausenden von Jahren keine Hirse mehr. Es war wärmeres Klima. Die Sommer waren freundlicher und die Winter nicht so kalt. Die jüngsten Pollen, die ich hier gefunden habe, sind viertausend Jahre alt und die ältesten fünftausend dreihundert Jahre. Ebenso die Erdproben und der Lehm. Diese Kammer ist nachweislich zu Zeiten des Neolithikums gebaut worden."

„Schön für die Archäologen. Aber was bringt uns das?"

„Diese Kammer wurde vor nicht allzu langer Zeit geöffnet. Nach meinen Untersuchungen stammen die Pollen der Zaunwinde und die Wurzelverflechtungen aus dem vorigen Jahr. Die Erde und der Lehm wurden sogar in diesem Jahr erst vervollständigt."

*

Jo stand vom Bett auf. Schwindel erfasste sie und sie ließ sich erschöpft zurücksinken.

„Du kannst noch nicht einmal das Krankenhaus verlassen, ohne, dass ich dich mindestens zehn Mal vom Boden auf kratzen muss. Wie stellst du dir das vor?"

„Nach zehn bis zwölf Kaffee wird mir bestimmt besser."

„Willst du dein geschütteltes Gehirn in Kaffee ertränken...? Obwohl, wenn ich es mir genau überlege, wäre das gar nicht so schlecht."

Jo grinste und probierte es wieder mit dem Aufstehen. Der Boden und die Wände standen schief.

„Warum durfte ich Hendrik nicht anrufen?"

„Er macht sich ohnehin Sorgen genug um uns. Ich muss ihm das ersparen. Ich freue mich so für ihn, dass er die Baugenehmigung erhalten hat, um das alte marode Gemäuer so zu gestalten, wie er es sich schon immer gewünscht hat. Wenn ich ihn ständig mit meinen Sorgen belaste, bleibt für ihn nicht mehr viel Zeit."

„Aber er liebt dich doch, Jo."

„Und ich hätte gerne, dass das so bleibt."

Rachels Mimik ließ darauf schließen, dass sie mit diesem Arrangement nicht so ganz einverstanden war.

„Heute Abend werde ich ihm alles erzählen. Das verspreche ich dir!"

Rachels Gesichtszüge entspannten sich etwas.

„So wie wir mit den Männern umgehen, ist es erstaunlich, dass sie uns immer noch in ihrer Nähe dulden."

„Hiermit geloben wir Besserung, Rachel!"

„Ich fand es ausgesprochen nett von Frederick, dass er den Wagen, nachdem er untersucht worden war, hier auf dem Parklatz des Krankenhauses hat abstellen lassen."

Jo saß auf der Bettkante.

„Ich musste ihm schon gut zureden, den Wagen nicht nach Hause

zu bringen. Ich wollte Hendrik nicht beängstigen."
„Deine Nerven möchte ich haben!"
„Lass uns gehen!"
Untergehakt bei Rachel verließen sie das Zimmer. Jo war immer noch extrem schwindlig.
„Kannst du Auto fahren?"
„Ja. Aber ich habe keinen deutschen Führerschein. Und der amerikanische ist seit über siebzig Jahren abgelaufen."
„Ist egal. Ich glaube nicht, dass ich den Wagen steuern kann."
„Dann müssen wir uns aufs Klo begeben. Am besten auf ein Behindertenklo weil die am meisten Platz haben."
„Warum?"
„Wenn wir in eine Kontrolle geraten, welchen Führerschein soll ich vorzeigen?"
„Scheiße! Daran habe ich nicht gedacht."
Wenig später verließen zwei junge Frauen die Klinik, die sich vom Antlitz her ziemlich ähnlich sahen.
„Und was sagen wir Hendrik, wenn er uns in diesem Aufzug sieht?"
„Gar nichts. Weil wir einen kleinen Umweg fahren. Fahr los. Durch das Industriegebiet zu dem Autohaus mit den Edelkarossen. Bis heute Abend bin ich wieder fit."
„Du hast Mike im Verdacht?"
„Oer derjenige, der das Rad fährt? Wir werden sehen."
Rachel war aufgeregt. Seit langer Zeit saß wie wieder hinter einem Steuer. Aber es war wie schwimmen und Fahrrad fahren. Nach wenigen Minuten war die Unsicherheit vorbei, und wenn sie in eine Kontrolle geraten würden, brauchte sie bloß den Führerschein von Jo vorzuzeigen. Völlig problemlos!
Allerdings saß Jo in der Schwesternkluft in blau neben ihr und trug die vornehme Blässe von Quark. Sie kamen zu spät. Der Autosalon hatte schon geschlossen. Auf dem Parkplatz standen nur noch einige Wagen der Angestellten.. und ein Roller. Rachel parkte das Fahrzeug hinter dem Eingang. So waren sie nicht zu sehen. Aber wenn einer der Angestellten das Gebäude verließ, konnten sie beobachten, um wen es sich handelte. Mike kam aus der Werkstatt mit einem Helm in

der Hand. Er schaute sich suchend um und nickte. Dann stieg er auf seinen Roller und fuhr los.

„Sollen wir ihn verfolgen?"

Rachel hatte die Hand schon am Zündschlüssel.

„Nein."

Es war eigenartig, ihrem eigenen Abbild gegenüber zu sitzen, und irritierte sie etwas.

„Er hat jemandem zugenickt. Und ich will wissen, wem."

Nacheinander verließen die Angestellten den Salon. In wenigen Minuten war der Platz leer.

In der Werkstatt wurde von innen ein Fenster geöffnet. Durch das Fenster erschien die schlaksige Gestalt eines jungen Mannes. Seine Haare waren nicht zu erkennen, weil er eine Mütze trug.

„Na also! Diesem jungen Mann würde ich doch allzu gerne ein paar Fragen stellen."

Er kletterte aus dem Fenster und ging neben das Gebäude. Hinter den Sträuchern kam er mit dem schon wohl bekannten Fahrrad hervor.

„Wenn wir jetzt warten bis er auf das Rad gestiegen ist, sind wir soweit wie am Anfang. Er wird in das unwegsame Gelände fahren, wo wir ihn nicht verfolgen können."

„Dann müssen wir ihn vorher stoppen!"

Mit Vollgas fuhr Rachel über den Platz und blieb vor dem völlig überrumpelten jungen Mann stehen.

Rachel sprang aus dem Auto und versperrte dem Jungen den Fluchtweg. Jo kletterte mühsam aus dem Wagen und riss das Fahrrad an sich. Der Junge versuchte zu fliehen, aber Rachel war blitzschnell und hatte ihn im sicheren Griff. Der Junge schrie leicht auf. Rachel öffnete die hintere Wagentür und katapultierte den Jungen hinein.

„Gute Idee! Die Schlösser sind defekt und die Türen lassen sich von innen nicht öffnen."

Der Junge brüllte laut los, von wegen Freiheitsberaubung und so.

„Ist der im Stimmbruch?"

Rachel hatte ihr altes Aussehen währen des kleinen „Kampfes" mit dem Jungen wieder angenommen. Da Rachel ziemlich hochgewachsen war, endete die Jeans unterhalb des Knies und das Shirt war knalleng und bauchfrei.

Wütend riss sich der Junge die Mütze vom Kopf. Aber die fransigen blonden Strähnen waren irgendwie mit der Mütze verwachsen. Eine Flut dunkelbrauner, glatter gepflegter Haare fiel über seine Schultern.

„Was soll das? Das ist Freiheitsberaubung! Seid ihr aus der Klapse ausgebrochen? Gibt´s die Klamotten auch in deiner Größe? Meine Güte! Ihr seid wirklich aus der Klapse ausgebrochen! Ich bin gefangen und sitze mit zwei Psychos im Auto! Mein Vater wird euch gehörig den Arsch aufreißen!"

Die Stimme wurde immer schriller, wie das bei jungen Mädchen in dem Alter wohl üblich ist.

„Wer ist denn dein Vater?"

„Schon einmal was von „Ruman Investment" gehört? Der Namensgeber ist mein Vater!"

*

Frederick erinnerte sich, dass Jo ihm mitgeteilt hatte, dass sie die Bilder des Notizbuches zu Doktor Stettmaier geschickt hatte. Aber auch er war telefonisch nicht zu erreichen. Frederick erreichte Professor Niebenreit auf der Universität, denn er ging seinem normalen Alltag nach. Er saß in seinem Büro und bereitete sich auf eine Vorlesung vor.

„Ich weiß auch nicht, wo Doktor Stettmaier ist. Ich habe schon seit zwei Tagen nichts mehr von ihm gehört. Vielleicht hat er sich in seinem Haus verkrochen. Aber das ist doch auch kein Wunder, wenn es immer noch ungewiss ist, ob es sich bei einer der mumifizierten Frauen um die Leiche seiner Frau handelt."

„Geben sie mir bitte Bescheid, wenn er sich bei ihnen meldet?"

„Selbstverständlich."

„Gehen sie bei ihrer Vorlesung auf ihre letzte Grabung ein?"

„Nein. So lange die Polizei noch am Ermitteln ist, werde ich kein Wort darüber verlieren."

„Wer hat eigentlich die neue Kammer gefunden?"

„Das war Stefan Biehl. Unser Streberstudent und bester Mann! Er ist zwar schon dreißig, aber mit dem Eifer eines Zwanzigjährigen. Tag und Nacht hat er anfänglich auf der Grabung verbracht. Das hätte ich Ende des vorigen Jahres noch nicht gedacht, dass er sich so entwickeln würde."

Stefan wurde hellhörig.

„Können sie mir das näher erläutern?"

„Warten sie."

Niebenreit krauste die Stirn. Er rief auf dem Computer eine Liste auf.

„Sehen sie hier. Noch bis zum vorletzten Semester fehlte er mehr, als, dass er anwesend war. Nie im Leben hätte ich gedacht, dass er das Zwischenexamen so fulminant ablegt."

„Gab es einen Grund dafür? Stressiger Zusatzjob?"

„Nicht nur. Ich weiß gar nicht ob ich darüber reden darf..."

„Gab es gesundheitliche Probleme?"

„Das kann ich nicht sagen. Ich weiß nur, dass er für die versäumten Lesungen Atteste gebracht hat."

„Hat Biel nicht auch die Megalithanlage entdeckt?"

„Ja, das hat er."

„Wie kam er darauf? Was ich sagen will, was hat ihn dazu gebracht, ausgerechnet hier eine Megalithanlage zu vermuten?"

„Er hat bei uralten Sagen in dieser Gegend nachgeforscht, in denen Riesensteine aufeinander saßen, wozu Menschen aber niemals fähig gewesen wären."

„Und diese alten Sagen haben ihn veranlasst dort zu suchen, wo sie schließlich auch fündig wurden?"

„So hat er es uns zumindest erzählt."

„Wann genau hat Biehl diese Anlage entdeckt?"

„Das war Anfang März...nein warten sie...das war Ende Februar, genau am 28. Das war ein großer Tag für uns."

„Ich hätte gerne einen Blick in sein Notizbuch geworfen."

„Das würden wir alle gerne! Sein Talent ist sehr selten."

„Im Februar haben doch auch die Vorarbeiten der „Ruman Investment." begonnen."

„Was hat das eine mit dem anderen zu tun?"

„Genau das müssen wir herausfinden."

Später, in seinem Wagen, telefonierte Frederick mit Omrup.

„Wir müssen uns diesen Stefan Biehl genauer ansehen."

„Das ist doch einer dieser Studenten. Ich werde ihn durch das Raster laufen lassen."

„Ich fahre jetzt zu Stettmaier. Aber ich habe keine genaue Adresse von ihm. Er soll hier in der Gegend ein Haus haben."

Frederick hörte wie Omrup auf den Tasten herum hämmerte.

„Es handelt sich um das kleine Dorf westlich von uns. Waldstraße fünf... warte. Ich habe einen Plan aufgerufen... Ja, hier steht es.. etwas außerhalb direkt am Wald. Sieht einsam aus."

„Was hat es bei Ruman gegeben? Kann er eventuell für den Überfall auf Jo in Frage kommen?"

„Cholerisch wie immer! Hat herum gebrüllt, dass mir die Ohren geklingelt haben. Aber zu der Zeit als der Überfall geschah, saß ich bei Ruman im Büro. Ich bin also sozusagen sein Alibi."

„Aber er kann Leute beauftragt haben."

„Das kann ich nicht ausschließen."

„Fahre noch einmal zurück zu Ruman."

„Wunderbar! Er wird mich auffressen...mit Haut und Haaren."

„Bei deinem Gewicht wird er wenigstens satt! Nein. Im Ernst. Im Februar sind bereits Vorarbeiten geleistet worden. Ich will wissen, wer an den Arbeiten beteiligt war."

„Da ist noch eine Mail gekommen..von der Rechtsmedizin... du hast doch so ein rotes Stoffstück abgegeben...wer hat sie denn geschrieben?..das muss doch irgendwo stehen...ich kann den Namen nicht finden..."

„Meine Güte, Omrup hättest du die Güte und würdest nur das vorlesen, was relevant und wichtig ist?"

Tief beleidigt fuhr Omrup fort.

„Stoffstück besteht zu 80% aus Baumwolle und 20% Viskose. Es

waren Spuren von Waschmittel darin zu finden...auf dem Stoffstück wurde ein Haar gefunden. Ein schwarzes Haar. Dieses Haar besteht aus Polyaminosäure. Poly...methyl...du lieber Himmel...wer soll diesen Scheiß aussprechen...glutamat. Dann wird es in ein Gemisch aus Dichlorethan und Äthyl...also verschiedenen Chemikalien getaucht und das nennt man das Canecalon."
„Das schwarze Haar stammt von einer Perücke!"

*

Jo hatte sich auf den Rücksitz neben das Mädchen gesetzt.
„Ihr könnt euch auf so einiges gefasst machen. Mein Vater hat massenhaften Einfluss! Überall! Obwohl...."
Sie deutete auf den blauen Kittel.
„Nach eurem Outfit zu deuten, seid ihr aus einer Klinik ausgebrochen. Psychische Abteilung? Womöglich geschlossene? Hört ihr Stimmen, die euch befehlen Menschen zu entführen? Mein Vater wird euch auseinander nehmen!"
Das Mädchen zog die Brille aus, die wohl nur die Aufgabe hatte, das Aussehen zu verändern. Nun sah man braune Augen, die das hübsche Gesichtchen perfekt abrundeten.
„Dann ruf ihn doch an!"
„Wie bitte?"
„Ruf deinen Vater an! Das ist übrigens eine gute Idee. Ich fürchte, du bist noch minderjährig. Da können wir keinen Ärger gebrauchen."
„Scheiße!"
„So schlimm ist es nun auch wieder nicht!"
„Ihr wisst überhaupt nichts."
„Das sagst du! Aber ich habe eine Aufnahme von dir, auf der du mitten in der Nacht aus genau diesem Autohaus gekommen bist."
Ein Augenblick der Erinnerung tauchte in ihren klugen braunen Augen auf.
„Kann ich diese Aufnahme sehen?"

Voller Schmerz dachte Jo an ihren Laptop und ihr Handy und wollte schon achselzuckend sagen, dass es ein Schuss in den Ofen war und sie nur geblufft hatte. In ihrem Rücken verspürte sie einen Widerstand. Da Rachel und sie den Wagen die letzte Zeit als Übernachtungsmöglichkeit genutzt hatten, wurde die Rückbank gerne als Lager benutzt. Für Klamotten und allerlei Kleinigkeiten. Unter anderem auch für ihre Kamera.

Entzückt griff sie danach und schaute sich die Bilder an.

„Sieh dir das an. Glaubst du mir jetzt?"

Das Mädchen schaute sich die Bilder an. Aber ihre Arroganz stieg wieder und sie wirkte ziemlich selbstsicher.

„Und? Was sollen diese Bilder aussagen? Außer, dass nachts ein Typ mit blonden Haaren auf einem Fahrrad in der Gegend herumfährt."

„Weil wir die Metamorphose soeben selbst miterleben durften... übrigens, die blonden Strähnchen an der Mütze waren eine gute Idee. Darauf wären wir von alleine nie gekommen. Aber erkläre das lieber deinem Vater. Er hat nämlich am Morgen davor in diesem Autosalon, zusammen mit deiner Mutter, seinen neuen Wagen abgeholt. Und am nächsten Morgen wurden auf seinem Firmengelände komplizierte elektronische Teile ausgebaut und völlig unbemerkt wieder eingebaut."

Die selbstsichere Fassade brach langsam zusammen.

„Hast du von diesen Aufnahmen gewusst?"

„Nein!"

„Ich bin mir da nicht mehr so sicher."

In den Augen des Mädchens war nun reine Panik zu erkennen.

„Was willst du damit andeuten? Willst du mir irgend etwas anhängen?"

„Gegen Mittag wurde ich überfallen und zusammengeschlagen. Mein Laptop, zusammen mit meinem Handy, sind dabei entwendet worden. Vielleicht wegen den komprimittierenden Aufnahmen?"

Erstaunt riss das Mädchen die Augen auf.

„Deshalb siehst du so Scheiße aus...! Aber warum trägt deine Freundin dann Kinderklamotten?"

Ein Ausdruck der Erkenntnis zog über ihr Gesicht. „Ihr seid aus der

Klinik ausgebüchst! Zumindest du, und dann habt ihr die Klamotten getauscht."

„So ähnlich. Also... hast du etwas mit dem Überfall zu tun?"

Angewidert verzog das Mädchen das Gesicht.

„Ich könnte so etwas gar nicht. Jede Art von körperlicher Gewalt ist mir höchst zuwider."

Betroffen schwieg das Mädchen. Jo pokerte weiter.

„Du nicht. Du hättest auch wahrscheinlich nicht die Kraft dazu, so einen Schlag auszuführen. Aber was ist mit deinem Freund Mike? Der ist doch körperlich so ausgestattet, dass es ein leichtes für ihn wäre."

Das Mädchen wandte Jo ihr Antlitz zu.

„Niemals würde er so etwas tun. Er steckt mitten in der Gesellenprüfung. Und er liebt seine Musik über alles. Er hat noch so viel vor im Leben. Er will später sogar Maschinenbau studieren! Außerdem hat er das Gelände heute den ganzen Tag nicht verlassen. In der Mittagspause hat er für seine Prüfung gelernt."

„Dann ist er doch nahezu prädestiniert dafür, diese verrückten Überfälle auf die Wagen zu verüben."

Ihre Augen wurden vor Schreck noch größer.

„Mike hat damit nichts zu tun..."

„Weil...?"

Das Mädchen schwieg verbissen.

„Das wird mir zu heiß! Wir fahren dich jetzt nach Hause. Wahrscheinlich ist es wirklich besser, wenn du dich mit deinen Eltern berätst und ihr einen Anwalt hinzuzieht."

Rachel nickte zustimmend.

„Mir wird das auch zu heiß."

Sie drehte den Zündschlüssel um und startete den Wagen. Die Hände des Mädchens hielten sich so krampfhaft am Vordersitz fest, dass die Knöchel weiß hervortraten.

„Warum ruft ihr nicht die Polizei?"

„Würdest du dich dann wohler fühlen? Wie heißt du eigentlich?"

„Sandra."

„Ein schöner Name. Ich bin Jo... und das ist... meine Freundin

Rachel!"
Sandra hob schwach eine Hand zum Gruß
„Hi. Du bist die Journalistin."
„Ja, und was machst du eigentlich hier? Die Polizei hat doch alle
Mitarbeiter und Auszubildenden überprüft?"
„Ich bin nur Praktikantin, die mitten im Abitur steht."
„Aber die standen doch auch auf der Liste."
„Ich nicht."
„Und warum nicht?"
„Weil ich mich gelöscht habe."
„Donnerwetter! Aber das würde heißen, dass du dich ins ...ins... wie
nennt man das bloß?..."
Jo ließ bewusst eine Spanne verstreichen.
„Ich kann mich ins Computermanagement schleichen, wenn du das
meinst. Wenn ich mein Abi bestanden habe, will ich auf der Uni in
die Informatik einsteigen."
„Warst du auch Praktikantin in den anderen Autohäusern, in denen
ebenfalls elektronische Teile aus und wieder eingebaut wurden?"
Sandra nickte nur und hielt dabei den Kopf gesenkt.
„Darf ich nachfragen warum du das alles zugibst? Hast du keine
Angst vor den juristischen Folgen? Was soll diese Selbstgeißelung?"
„In einer Woche werde ich achtzehn. Also falle ich noch unter das
Jugendstrafgesetz."
„Gibt es nicht noch einen Grund? Willst du deinen Freund decken
und schützen?"
Sandra sah sie mit großen, traurigen Augen an. Aber sie sagte kein
Wort. Rachel versuchte vergeblich, sich das Shirt über den Nabel zu
ziehen.
„Es geht gar nicht um deinen Freund."
Sandra begann zu weinen und nickte.
„Er hat ständig versucht es mir auszureden. Hat davon gesprochen,
dass ich mir meine Zukunft ruiniere."
„Da hat er nicht so ganz unrecht, dein Freund. Was willst du
eigentlich damit bezwecken? Warum begibst du dich in eine solche
Gefahr?"

Sandras Augen wurden lebhaft.

„Es ist so eine Art Demonstration. Ich prangere diesen Konsumterror an. Niemand braucht solche fürchterlichen Karossen, die mehr kosten, als ein normaler Arbeitnehmer in zehn Jahren verdienen kann. An unseren Schulen wird an allen Ecken und Kanten gespart. Ganze Workshops fallen aus, weil keine Planstellen für Lehrer da sind. Selbst auf der Universität müssen sie jeden Pfennig dreimal umdrehen, um die Semester zu überstehen. Das kann doch so nicht weitergehen! Deshalb habe ich dieses Experiment gemacht! Die Krönung sollte der Wagen meines Vaters sein! Ab morgen will ich bewusst dafür die Verantwortung übernehmen, um auf den Konsumzwang und auf die fehlenden Geldmittel in der Bildung hinzuweisen! Für alles Mögliche wird Geld hinausgeworfen, und wir Jugendlichen müssen möglicherweise ins Ausland wenn wir vernünftig studieren wollen. Der Wagen meines Vaters war der letzte, den ich manipuliert habe."

„Wenn es der letzte Wagen war, was hast du dann in dieser Verkleidung in dem Laden gemacht?"

„Ich habe alles resettet. Auf den Stand zurück gebracht! Niemand soll meine Spur aufnehmen und verfolgen können. Ich will sie selbst darauf hinweisen und der ganzen Welt zeigen, wozu diese Entwicklung führt. Hier werden Millionen für Luxus verpulvert und an anderen Stellen wird es dringend gebraucht!"

Rachel stieg aus dem Wagen und bat Jo ebenfalls mit nach draußen.

„Was sollen wir jetzt machen? Sandra ist so idealistisch verpeilt. Wenn sie morgen zur Polizei geht, ist ihr komplettes Leben im Eimer."

„Im Prinzip ist nichts passiert. Sie wollte nur zeigen, dass sie es kann. Was für ein unglaubliches Können und Talent! Aber hier geht es noch um etwas anderes. Wir können sie nicht vor sich selbst schützen, damit sie in Zukunft weiterhin keine Dummheiten macht."

„Ich habe aber keine Lust als Denunziant zu arbeiten."

„Ich auch nicht. Schon gar nicht bei Ruman."

Sie stiegen wieder in den Wagen ein. Sandra arbeitete an ihrem

Handy.

„Benachrichtigst du deinen Freund?"

„Nein. Ich bereite alles vor. Jede meiner Aktionen habe ich dokumentiert. Ich zeige sogar auf, wie ich die Sicherheitssysteme umgangen habe, und..."

„Das ist keine gute Idee, Sandra!" unterbrach Jo.

„Warum nicht? Ich will doch genau darlegen, wie sinnlos das alles ist, und was das alles für Kosten verursacht, und, dass man mit dem Geld doch andere wertvolle Ressourcen erarbeiten kann, um unsere Umwelt zu schützen."

„Aber damit öffnest du allen Dieben und Verbrechern Tür und Tor. Es dauert noch wenigstens Wochen und Monate bis eine neue Firewall gebaut ist. Bist du dir darüber im klaren? Hast du nur eine geringe Vorstellung davon, wenn du per Internet den Schlüssel bietest, um die Sicherheitssysteme zu umgehen, was in der Welt los ist?"

„Daran habe ich nicht gedacht. Das ist doch genau das Gegenteil von dem was ich erreichen will."

„Du hast genug bewiesen. Kannst du das „Projekt" einschlafen lassen?"

„Im Prinzip schon. Wie soll das gehen? Ihr seid Mitwisser! Und du bist eine Journalistin und lässt dir so eine Story nicht entgehen. Für wie blöd hältst du mich? Ich werde noch heute alles online stellen. Niemand soll mich in der Hand haben und ich will nicht erpressbar sein!"

„Mach das! Schule kaputt! Abi kaputt! Studium kaputt! Die Autokonzerne dürften sich auch bei dir melden! Die Beziehung zu deinen Eltern wird sich dadurch nicht gerade verbessern... dein Vater hat zur Zeit ganz andere Sorgen!"

„Mein Vater verschwendet keinen einzigen Gedanken an mich. Er denkt nur an sein „Ansehen" und sein derzeitiges Projekt."

„Kannst du dir eventuell vorstellen, dass dein Vater finanzielle Sorgen hat?"

„Ich weiß genau was du meinst. Wenn dieser Deal schief geht, sitzt er auf dem Trockenen. Aber eigentlich wusste mein Vater immer was er tut. Finanziell hat er einen guten Riecher. Dass er sich so stresst, mit dieser Megalithanlage, kann ich nicht nachvollziehen. Ich an seiner Stelle würde sie sogar für meine Zwecke nutzen und einspannen. Die Sparte Archäologie auf der Uni braucht dringend finanzielle Mittel. Ich könnte mir da so eine Art „Sponsoring" vorstellen. Warum soll so etwas nicht Seite an Seite gehen? Mike und ich haben da einen Plan entwickelt, der für beide Parteien sinnvoll wäre. Aber anstatt uns zumindest zuzuhören faselt er ständig davon, dass Mike so etwas wie „unter meiner Würde" sei, und mir geistig nicht das Wasser reichen könnte! Wir wollen uns nach dem Studium selbstständig machen. Mike kümmert sich um die Hardware und ich um die Software! Wir werden völlig neue Konzepte erarbeiten, die die Welt verändern werden! Auch wenn es meinem Vater nicht passt!"

Sandras Augen leuchteten.

„Könnte schwierig werden, wenn einer im Gefängnis sitzt. Es gibt Jugendstrafanstalten. Schon mal gehört? Rate mal wer das sein wird, und rate mal wer zumindest eine Bewährungsstrafe bekommt, weil er als Mittäter angeklagt wird?"

„Scheiße!"

„Das ist noch milde ausgedrückt, Sandra."

„Ich kenne euch doch gerade mal eine Stunde und kann euch unmöglich trauen."

„Das Risiko bleibt bei dir. Großes Kino... für höchstens zwei Tage...dann bist du für die Öffentlichkeit, in unserer kurzlebigen Welt der Informationen, schon wieder langweilig. Ich bin Journalistin und weiß wovon ich rede. Oder ein Leben voller Abenteuer, Liebe und jeder Menge Prüfungen auf der Uni."

„Das Risiko bleibt bei mir. Und woher weiß ich, dass es bei mir bleibt?"

„Alles was dir bleibt, ist uns zu vertrauen."

„Artet das jetzt zu einer Art Beichtstuhl aus? Damit kann ich nicht so viel anfangen."

„Dann wären wir schon zu dritt."

„Also wenn ich das „Projekt" einschlafen lassen soll, hätte ich gerne

etwas mehr Sicherheit in der Hand."
Rachel reichte Jo die Kamera.
„Du kannst einen Teil der Vereinbarungen erfüllen."
Jo nahm die Kamera in Empfang.
„Ich werde vor deinen Augen die Aufnahmen löschen."
Argwöhnisch beobachtete Sandra das Geschehen.
„Und was ist mit den anderen Aufnahmen?"
„Welche anderen?"
„Du willst mich verkohlen! Die auf deinem Handy und dem Laptop.Wahrscheinlich hast du sie auch in einer Cloud gespeichert. Genau deswegen macht ihr doch so einen Aufstand. Wieso findet ihr sie nicht, anstatt hier wie in der Bronzezeit zu arbeiten? Das ist doch das einfachste von der Welt!"
„Das normale Suchprogramm kann ich nicht starten, weil auch mein Handy gestohlen wurde."
„Du vertraust mir?"
„...Äääh ...ja."
„Passwort!"

*

Auf der Fahrt zu dem Haus von Stettmaier gingen Frederick so einige Gedanken durch den Kopf. Hat man Stettmaier eine groteske Komödie vorgespielt, von der er mehr oder wenig unfreiwillig Zeuge geworden ist? Warum sollte sich seine Frau Sofia eine Perücke anziehen? War dem Initiator dieser geisterhaften Komödie daran gelegen, dass Stettmaier diese phantastische Geschichte der Polizei kundtat, um ihn als unglaubwürdig darzustellen? Denn wer würde so eine hanebüchene Story glauben? Oder steckt womöglich Stettmaier selbst dahinter? Aber was könnte der Grund dafür sein? Die Gegend wurde einsamer und die Häuser immer spärlicher. Mitten in seinen Gedanken wurde er unterbrochen. Doktor Thal meldete sich.
„Wir haben wieder eine neue DNA-Untersuchung bei den

mumifizierten Leichen der Frauen gemacht."

„Gibt es etwas Neues? Ich bin nämlich gerade auf dem Weg zu Stettmaier."

„Es sind noch keine hundert Prozent... aber zu achtzig Prozent könnte es sich um die Frau von Stettmaier handeln. Eine einzige genealogische Untersuchung muss noch gemacht werden und sequenziert werden. Bei der zierlicheren, jüngeren Leiche gibt es keine Zweifel mehr. Sie hatte in ihrer Kindheit eine Operation am rechten Ohr. Der Knochen, genannt Mastoideum, war in ihrer Kindheit mehrfach entzündet so, dass er entfernt werden musste. Eine eindeutige Krankenakte lässt darauf schließen, zusammen mit der DNA-Untersuchung, dass es sich bei ihr um Bettina Zimmermann handelt."

„Verdammt gute Arbeit! Ihr seid hervorragend. Endlich bekommen die Leichen einen Namen."

„Der Rest liegt nun bei dir."

„Ich gebe mir Mühe. Gibt es etwas Neues über die Knochenfunde in der neu entdeckten Kammer?"

„Das ist sehr interessant. Vom Aufbau der Knochen und dem Bau des Beckens können wir davon ausgehen, dass es sich um einen Mann handelt, der vor über fünftausend Jahren hier bestattet wurde. Sein Knochenaufbau ist zierlicher und feingliedriger als von den Männern, die man aus dieser Zeit in dieser Gegend gefunden hat. Allerdings, so ungewöhnlich wie das Grab, ist auch die Herkunft des Mannes. An der Pollenanalyse und Untersuchungen an den Zähnen konnte nachgewiesen werde, dass der Mann keineswegs aus unserer Region stammt, sondern viel weiter weg. Er hat sich lange Zeit von Brot ernährt, dessen Mehl durch Siebe aus Binsengras gesiebt wurde. Spuren von Binsengras waren immer noch festzustellen. Außerdem hat er in seiner Kindheit reichlich Barsch und Wels zu sich genommen. Außerdem Wachteln und Tauben. Wein und Bier gehörten auch zu seinem täglichen Konsum. All das gab es in unserer Region im Neolitikum noch nicht. Aber in Ägypten! Außerdem wird es Zeit, dass ihr einen Archäologen hinzuzieht. Der Schädel war vom Rest des Körpers getrennt, und an der Schädeldecke befindet sich exakt die gleiche Verletzung, wie bei den anderen Knochenfunden. Er lag genau gegenüber. Normalerweise ist es doch so, dass bei den Ägyptern Wert darauf gelegt wurde, dass der Körper so gut wie möglich erhalten wurde. Das habe ich zumindest so von Stettmaier gelernt."

„Und du bist sicher, dass diese Knochen fünftausend Jahre alt sind und aus dem Neolithikum stammen?"

„Ich bin mir absolut sicher! Von der Radiokarbonmethode, bis zur Pollenanalyse habe wir nichts ausgelassen! Vielleicht sollte ich noch erwähnen, dass auf dem Schädel ein Stein lag. Es muss doch eine bestimmte Bewandtnis damit haben. Aber dafür sind wir nicht die richtige Adresse!"

„Es ist bemerkenswert, dass sich die Grabanlage als echt erweist. Aber jemand hat sie benutzt, um zwei Leichen für immer und ewig zu entsorgen."

Am anderen Ende war ein kurzes Räuspern zu hören.

„Ich habe eine unmaßgebliche Meinung."

„Nur heraus damit!"

„Dieser jemand wollte, dass sie gefunden werden. Aber ich glaube nicht, dass es etwas mit den Funden aus dem Neolithikum zu tun hat."

„Vielleicht doch! Unsere mumifizierten Leichen erlitten den gleichen Tod, wie die Skelettfunde vor der Grabkammer. Ihnen wurde der Schädel mit einer Sethstatuette eingeschlagen. So wurde vorgegaukelt, dass die mumifizierten Leichen aus dem Neolithikum stammen. Unser Knochenfund dagegen hinter dieser Kammer wurde erst von unserer genialen Helena von der KTU gefunden!"

„Das ist jetzt aber ganz schön verzwickt, Frederick! Aber auch hier zeigt sich die gleiche Verletzung."

„Auf dem Schädel lag ein Stein?"

„Ja."

„Handelt es sich hierbei womöglich um einen Zauber? Um ein Ritual?"

„Ich bin doch kein Archäologe und schon gar kein Schamane!"

„Einen Zauber, der ihn im Jenseits festhält. So, dass er niemals mehr

wiederkehren kann?"
„Ich habe nicht die geringste Ahnung, aber die Vorstellung gefällt mir!"

*

Sandra packte ihre Tasche aus, und beförderte ein Laptop der neusten Generation ans Tageslicht. Sie gab das Passwort ein und arbeitete verbissen einige Minuten lang.
„Ich könnte jetzt auch selbst die „kompromittierenden" Fotos herunterladen.. aber ich gönne euch die Ehre es selbst tun zu dürfen! Wer von euch hat noch ein Handy dabei?"
Sandra schaute in zwei ratlose Gesichter.
„Ich kann davon ausgehen, dass ihr zur Zeit über kein technisches Gerät verfügt.. ihr seid also wirklich Hals über Kopf aus der Klinik geflohen!"
Sandra neigte den Kopf zur Seite und deutete auf Jo.
„Bei dir ist es klar ersichtlich. Du wurdest überfallen, niedergeschlagen, und man hat dein technisches Inventar geraubt. Was hast du denn so brisantes aufgenommen, dass du anscheinend jemandem gewaltig auf die Zehen getreten bist? Aber ich betone noch einmal: Mike hat damit nicht das geringste zu tun!"
Jo wollte Sandra nicht unbedingt unter die Nase reiben, dass sie eventuell sogar ihren Vater in Verdacht hatte, daran beteiligt gewesen zu sein.
„Hängt das mit diesem seltsamen Megalithgrab zusammen? Im Internet kursieren phantastische Gerüchte. Als Bloggerin und Journalistin kannst du da in ein Wespennest gestoßen sein. Hast du meinen Vater im Verdacht, dass er in dieser Sache mit drin hängt? Wundern würde es mich nicht, so cholerisch wie er mit den Menschen umgeht.. aber hinter diesem großen Getue eines Zähne fletschenden Bullterriers sieht es ganz anders aus."
Jo wusste nicht so recht, was sie darauf antworten sollte.

„Was heißt in Verdacht? Er reagiert ziemlich unsanft, weil sein Projekt auf diesem Gelände sich zeitlich verzögert. Aber der Vergleich mit dem Bullterrier ist gar nicht so schlecht," sagte Jo mit einem leichten Grinsen im Gesicht.

Sandra wandte sich an Rachel.

„Aber was ist dein Problem? Außer, dass du in Kinderklamotten herumrennst."

Sanft legte Sandra ihre Hand auf die Stirn von Rachel.

„Wow! Du glühst förmlich! Was für eine Geschwindigkeit! Du musst eine IQ von über einhundertfünfzig haben. Das habe ich noch nie erlebt! Wie kommst du damit klar? Warst du deshalb in der Klinik?"

„Du kannst das fühlen?"

„Selbstverständlich! Bist du so eine Art Psycho und musst Medikamente nehmen, weil du sonst gefährlich und unberechenbar bist? So ein Soziopath?"

Sandras Blick wurde kritisch.

„N...nein..ich nehme keine Medikamente. Ein Soziopath bin ich schon gar nicht. Ganz im Gegenteil, ich bin voller Gefühle. Sogar die Blumen können meine Gefühle aufnehmen."

Rachels Aura begann wieder sanft zu leuchten. „Also was ich sagen will... ich bin nicht ganz von dieser Welt. Es gibt da so einige Probleme."

Sandra rollte genervt mit den Augen.

„Ich glaube, damit habt ihr beide ein Problem! Wo bekommen wir jetzt ein Handy oder ein Laptop her, damit ich euch die Daten übermitteln kann? Oder was haltet ihr davon mich mitzunehmen?"

„Auf gar keinen Fall! Wie du bei mir siehst, kann es ziemlich gefährlich werden. Das können wir auf keinen Fall riskieren!"

Jo bekam rasende Kopfschmerzen. Sie griff zum Handschuhkasten und wühlte darin herum.

„Diese Scheiß Aspirin müssen doch hier irgendwo sein."

Alles mögliche kam ans Tageslicht. Ein Müsliriegel und ein halber, an dem sich schon leichte Schimmelspuren zeigten. Taschentücher. Jede Menge Kassenzettel, Kronenkorken, eine leere Limodose, drei verschiedene Fettstifte, zerbröselte Kekse, drei Weinkorken, zwölf Kugelschreiber und ein Brillenetui. Was hatte es damit auf sich? Sie selbst benutzte keine Brille. Neugierig öffnete sie das Etui. Vor ihr lag ein Handy mit einem Ladekabel. Jo hatte es schlichtweg vergessen. Es musste schon mindestens ein Jahr darin liegen.

„Kannst du etwas damit anfangen, Sandra? Das ist mein Firmenhandy. Ich benutze es nur sehr selten."

„Ich werde es etwas aufpimpen!"

Nach wenigen Minuten.

„Ich habe schon lange nicht mehr in der Steinzeit gearbeitet. Aber es hat funktioniert. Damit kannst du dein Handy und den Laptop orten. Schau mal es ist gar nicht so weit entfernt."

Hoffnungsvoll mit großen dunklen Augen schaute Sandra die jungen Frauen an. Aber vergebens.

Rachel startete den Wagen.

„Aber für dich ist die Reise hier zu Ende. Wir werden dich nach Hause fahren.

„Was ist mit eurem Versprechen, das ihr mir gegeben habt?"

„Meine Bilder sind in der Cloud? Ich versuche sie herunterzuladen."

„Was heißt hier versuchen? Bist du eine Frau der Tat oder ein Versuchsschaf?"

Jo´s grüne Augen zogen sich ärgerlich zusammen.

„Dein ungezügeltes Mundwerk geht manchmal seltsame Wege, Sandra. Aber ich kann deine Ungeduld verstehen. Siehst du, was ich jetzt mache?"

Gespannt starrte Sandra auf das Handy. Fast feierlich drückte Jo auf löschen. Eine Straße vor Rumans Haus ließen sie Sandra aussteigen.

„Überlege jetzt genau was du tust."

„Mein Abitur bauen und mir mit Mike eine Zukunft aufbauen. Auch wenn es meinem Vater nicht passt!"

„Das ist eine verdammt gute Idee. Freu dich auf die Zukunft!...Hast du deshalb so eine spektakuläre Aktion gestartet, wegen deinem Vater?"

„Ich glaube, ja. Ihr habt was gut bei mir! Und zieht euch um Himmelswillen andere Klamotten an, sonst landet ihr wirklich noch

in der Klapse!"
Sie sahen Sandra nach, bis sie aus ihrem Blickwinkel verschwunden war.

Langsam fuhren sie zurück zur Adresse von Sandra. Sie sahen gerade noch, wie das Mädchen in der Haustür verschwand.
„Ich habe ihr nicht so richtig getraut. Für eine fast Achtzehnjährige verfügt sie über enorm viel Mut!"
Das Ortungssystem führte sie aus der Stadt heraus. Über die Landstraße verließen sie den gewohnten Bezirk. Nach einer Weile begann das Ortungssystem zu piepen.
„Wo sind wir denn hier gelandet?"
„Irgend so ein kleines Nest."
Ihnen bot sich ein schönes pittoreskes Bild wie auf einer alten Postkarte. Gegenüber, an einem Hügel gelegen, befand sich ein alter Friedhof.
„Hat einer dieser Kandidaten dein Laptop und dein Handy mit ins Grab genommen?"
„Sehr witzig, Rachel! Wirklich lustig und echt funny!"
Gegenüber am Waldrand stand ein kleines, altes Haus. Ein Backsteinbau aus dem neunzehnten Jahrhundert. Es wirkte sehr malerisch. Als sie in die Nähe des Hauses kamen, verstärkte sich das Piepen. Nur der Einsatzwagen der Polizei störte das romantische Gesamtbild.

*

Frederick stand vor der Tür Stettmaiers und betätigte die Klingel. Niemand öffnete. Sein Handy meldete sich erneut. Wütend wollte er den Anruf wegdrücken. Aber er sah, dass es Omrup war.
„Was gibt's?"
„Im Februar fingen die Vorarbeiten für das Industriegebiet an. Ich habe die Mitarbeiterliste. Und ich musste gar nicht lange suchen. Du

wirst staunen. Es ist..."

Aus dem Haus drang ein Geräusch zu Frederick. Es hörte sich an, als ob ein Möbelstück umgefallen ist.

„Ich bin am Hause von Stettmaier. Aber ich frage mich, warum er nicht öffnet? Ich habe ihn doch gehört."

„Es geht ihm nicht so gut?"

„Das ist eine Möglichkeit. Doktor Thal kann zu achtzig Prozent sicher sein, dass es sich bei der etwas älteren mumifizierten Leiche um die Ehefrau von Stettmaier handelt. Ich sehe mich mal im Garten um."

„Wann kommst du zurück ins Büro?"

„Sobald ich hier fertig bin."

Frederick stieg von den Stufen und ging durch den Vorgarten.

„Herr Stettmaier? Sind sie Zuhause?"

Er bekam keine Antwort. Auch in dem teilweise verwilderten Garten war niemand zu sehen. Der Garten grenzte direkt an den Wald. Unter den Büschen blühten weiße Buschwindröschen. Ein Eichhörnchen sprang auf einen blühenden Kirschbaum und ein Eichelhäher käckerte aufgeregt. Narzissen standen neben gelben vollen Löwenzahnblüten und üppigen Brennnesseln. Hier und da schauten kleine glockenartige Blumen aus der Wiese empor. Zwischen den Steinplatten im Garten leuchteten intensiv blau leuchtende Veilchen.

„Herr Stettmaier?"

Es blieb still. Das Haus war wohl verlassen. Enttäuscht wandte sich Frederick um. Die Balkontür stand nur leicht angelehnt. Frederick wäre es unbemerkt geblieben, wenn ein leichter Windhauch sie nicht geöffnet hätte.

„Herr Stettmaier?"

Frederick betrat das Wohnzimmer. Es roch nach kaltem Zigarettenrauch. Der Aschenbecher quoll über. Auf dem Tisch standen zwei Weingläser. In einem davon befand sich ein Rest Wein und das andere war noch voll, es schien unberührt zu sein. Das Foto einer schönen Frau mit langen, dunklen Haaren stand auf einem Regal.

„Dann musst du wohl Sofia sein."

Ein altmodischer, wuchtiger Sessel stand dem Fernseher gewandt zu. An der Rückenlehne waren Spitzen eines Haarschopfes zu erkennen.

„Herr Stettmaier?"

Frederick bekam keine Antwort. Alles blieb still. „Bitte entschuldigen sie, wenn ich so überraschend bei ihnen auftauche. Aber die Tür stand offen..." Immer noch blieb es ruhig.

„Sind sie eingeschlafen, Herr Stettmaier?"

Er machte einen weiteren Schritt auf den Sessel zu. Was er nun zu sehen bekam, verschlug ihm doch gleichermaßen den Atem! Tote Augen starrten ihn an.

*

Der einzige Platz zum parken war vor dem Friedhof. Sie stellten ihren Wagen neben den von Frederick.

„Was machen wir jetzt?"

„Das weiß ich ehrlich gesagt auch nicht so genau, Rachel."

„Wer wohnt da in diesem Haus?"

„Woher soll ich das wissen?"

„Wir könnten Frederick fragen, was er da macht, Jo."

„Wie kannst du so sicher sein, dass er sich in dem Haus aufhält!"

„Wo soll er denn sonst sein? Auf dem Friedhof vielleicht? Da wird er keine Antwort finden."

„Tolle Idee! Wenn er uns sonst sehen will erfinden wir Ausreden, und wenn er am ermitteln ist stehen wir rum, und behindern ihn bei seiner Arbeit. Erschlagen wird er uns, und das mit vollem Recht."

„Aber komisch finde ich es schon. Dann lass uns lieber deinen Kram finden. Das Ortungssystem scheint gut zu funktionieren."

Jo warf einen skeptischen Blick auf Rachel.

„Du bringst mich zum Nachdenken. Wie lange steht Frederick hier schon?"

„Wie meinst du das?"

„Weil die Motorhaube bereits erkaltet ist."
Das Handy piepte erneut.
„Ich habe kein gutes Gefühl, Jo!"
Es führte von dem Haus weg.
„Wer dein Laptop gestohlen hat, ist damit immer noch unterwegs."
„Oder in diesem einsamen, aber schönen Dörfchen dauert es etwas länger bis die Signale eintrudeln."

*

An der Stirn der Leiche prangte ein Loch. Neben dem Loch fehlten zwei kleine Ecken.
„Nun bist auch du ein Opfer von Seth geworden! Warst du in den fiesen Plan eingeweiht? Oder bist du jemandem auf die Schliche gekommen?"
Frederick griff nach seinem Handy, um das Revier von dem Vorfall zu unterrichten. Zu spät bemerkte er eine Bewegung in der Küche. Der Kerzenständer warf einen wunderbaren Schatten bevor er auf seinem Schädel landete...

*

Das Piepen führte vom Haus weg. Der Einsatzwagen stand immer noch verwaist da.
„Hier stimmt etwas nicht! Wir sehen uns jetzt das Haus an!"
Rachel deutete auf das Namensschild. Darauf war „Stettmaier" zu lesen.
„Jetzt bekommt alles langsam einen Sinn!"
Jo betätigte die Klingel und lauschte gebannt. Niemand öffnete. Rachels Herzschlag beschleunigte sich. Ihre Aura begann beunruhigend blau zu leuchten.

Ungehindert liefen sie durch den Garten. Keine Menschenseele kam ihnen aus dem Haus entgegen. Wo Rachel entlang lief hinterließ sie eine Spur von traurigen Blumen, die erschreckend schnell verblassten. Die Narzissen ließen ihre Köpfe hängen, die Löwenzahnblüten verschlossen sich und der Kirschbaum ließ weiße Blütenblätter fallen. Die Balkontür stand auf. Auf dem Tisch aus hellem Holz standen zwei Weingläser. Eines davon war voll Rotwein, in dem anderen befand sich nur noch ein Rest. Ein Bild hing an der Wand.

„Das muss Sofia sein! Sie ist sehr schön und wirkt sehr mondän. Aber kannst du dir vorstellen, dass Sofia sich in diesem Haus mit der altmodischen Einrichtung aufgehalten hat?"

„Nein! Auf gar keinen Fall!"

„Aber zu Stettmaier passt es auch nicht."

„Das sieht so nach Erbmasse aus!"

Ein wuchtiger Sessel, ebenfalls aus hellem Holz und brauner Polsterung stand vor einem modernen Fernseher.

„Frederick?"

Rachel bekam keine Antwort. Ihre Aura umhüllte sie wie eine Wolke. Gefühle der Angst und Sorge stiegen von Minute zu Minute. Ihre Aura war mittlerweile so blau wie die Veilchen in den Fugen der Steinplatten.

„Stettmaier und Frederick werden sich doch hier nicht zum Wein trinken getroffen haben."

„Und hinterher einen Waldspaziergang gemacht haben."

Jo griff nach ihrem Handy, um im Revier anzurufen.

„Das kann doch nicht wahr sein. Ausgerechnet jetzt haben wir kein Netz. Das piepen hat auch aufgehört."

„Das ist jetzt nicht so wichtig, Jo. Ich will wissen wo Frederick ist! Das ist alles nicht gut hier. Ich kann das spüren! Hier ist etwas schreckliches passiert!"

Auf dem Sessel lag ein großes Kissen. Der Abdruck eines Menschen, der zuletzt darauf Platz genommen hatte, war noch immer zu sehen. Oberhalb des Polsters war ein Fleck zu sehen.

„Was könnte das sein? Rotwein?"

Jo bemerkte auf der Lehne des Sessels einige Schlieren.

„Das ist Blut! Wir müssen unbedingt die Polizei benachrichtigen!"

Ein riesiger, klobiger Kerzenständer stand auf einem Tisch im Esszimmer. Aber etwas fiel Jo sofort auf. In dem Haus wurde schon länger kein mehr Staub gewischt. Der ursprüngliche Standplatz des Kerzenständers war zu sehen, weil dort kein Staub lag. Nacheinander durchsuchten sie das ganze Haus. Aber weder von Frederick noch von Stettmaier war im Haus etwas zu finden.

„Ich spüre die Intensität des Todes!"

„Du machst mir Angst, Rachel."

Das Haus war leer und wirkte auf seltsame Weise seelenlos. Wie eine leere Hülle.

„Als wir in diesen Ort gefahren sind, führte uns das Ortungssystem zu diesem Haus. Aber dann hat es, bis es sich ausgepolt hatte, auf dem Friedhof verstärkt. Hier, in diesem schrecklichen Haus können wir nichts mehr ausrichten."

Im Flur stand ein klobiges Telefon.

„Ob das noch funktioniert?"

Jo hörte das Freizeichen. Nervös wählte sie die eins eins null. Eine leicht näselnde Stimme meldete sich.

„Notrufzentrale!"

„Bitte kommen sie sofort nach Walddorf in die Waldstraße."

„Mit wem spreche ich bitte?"

„Schön, dass es ihnen wichtig erscheint, zunächst nach meiner Identität zu fragen, als sich zu erkundigen was passiert ist. Jo Wenkert ist mein Name. Und bevor sie weiter fragen. Ich rufe sie von dem Festnetzanschluss von Stettmaier an."

„Ist Herr oder Frau Stettmaier Inhaber des Anwesens?"

„Das nehme ich doch an!"

„Der Grund ihres Anrufes?" näselte die Stimme weiter.

„Ein Einsatzwagen von ihnen steht vor dem Haus von Doktor Stettmaier. Aber von ihrem Kollegen Frederick Knöbel fehlt jede Spur."

„Gibt es einen besonderen Grund, warum sie annehmen, dass dem Kollegen etwas passiert ist? Gibt es in der Wohnung Zeichen von Gewalt?"

„Könnte sein. Das heißt wir vermuten es. Deshalb rufen wir auch an!"

„Sie sind nicht allein? Wie ist der Name der zweiten Person?"

„Das ist jetzt nicht ihr Ernst!"

„Wie ist der Name der zweiten Person! Und wie sind sie in das Haus in der Waldstraße eingedrungen?"

„Ich verstehe den Wortlaut „eingedrungen" nicht. Das Haus verfügt über Türen und die haben wir benutzt."

„Ein Einsatzwagen ist bereits unterwegs."

„Das ist doch ein Wort! Bitte beeilen sie sich, wir machen uns große Sorgen!"

Ratlos standen sie vor dem alten Haus. Rachel hielt ihre Nase hoch und schnupperte wie ein Jagdhund.

„Ich spüre noch Fredericks Aura!"

„Wir müssen ihn finden."

„Im Haus ist er nicht."

„Das irritiert mich!"

Der kleine Wagen von Jo stand auf dem Parkplatz neben dem Einsatzwagen von Frederick vor dem Friedhof.

„Bis die Kollegen von Frederick kommen, koche ich uns einen Kaffee."

Auf dem Weg zu ihrem Auto fiel Jo auf, dass die Signale auf dem Handy wieder stärker wurden.

„Könnte es sein, dass das Verschwinden von Frederick und das Piepen irgendwie zusammenhängen?"

„Wir waren noch nicht im Keller."

*

Feuerrote Wolken zogen dahin. Schwarze, giftige Schwaden fraßen die Wolken auf. Das leuchtende Rot verblasste. Die schwarzen Schwaden wurden immer dichter. Die schwarzen Schwaden gaben sich mit den Wolken nicht zufrieden. Nach und nach verleibten sie sich den blauen Himmel ein, bis nur noch grenzenlose, traurige Dunkelheit blieb. Irgendein Hindernis sorgte dafür, dass ihm jeder Atemzug Schmerzen im Rücken verursachte. Manchmal hatte er das Gefühl, dass der Untergrund etwas nachgab. Ein seltsames Geräusch war zu hören...Sssschrrr, ssschrrr. Es war regelmäßig. Frederick zählte mit. Sechs Mal ertönte es. Dann kehrte Ruhe ein.

*

Jo und Rachel gingen ins Wohnzimmer und beraten den Flur. Eine Treppe, belegt mit Teppichboden, führte hinunter zu den Kellerräumen. Muffiger Geruch empfing sie, als sie die Tür öffneten. Uralte Einweckgläser mit Obst standen im ersten Raum auf den Regalen. „Kirschen 2012" war auf einem Glas zu lesen. Die anderen Gläser waren nicht jünger. Staub und Spinnweben waren überall im Keller. Gegenüber standen verschiedene Artefakte, die Stettmaier wohl aus seinen Studienreisen mitbrachte. Schön eingepackt und datiert wie die Einweckgläser. Bis zu den Artefakten waren Fußspuren zu sehen. Aber ab dann war der Keller die letzten Jahre unberührt. Der Staub hatte alles konserviert und für alle Zeiten festzuhalten. Im letzten Keller war der Hauch der Ewigkeit eindeutig unterbrochen. Hier war eine Fußspur zu sehen. Eine alte klapprige Holztür führte hinaus in den Garten.

Jo und Rachel hielten vor Schreck den Atem an. Eine überdimensionale Holzkiste stand mitten im Raum. Der schwere Holzdeckel war mit Schrauben verschlossen.

„Wenn der Einsatzwagen noch vor der Tür steht, hat Frederick dieses Haus nicht verlassen."

„Das heißt, er muss in der Kiste sein. Wie bekommen wir dieses verdammte Ding auf?"

*

Frederick wusste nicht in welchem Zustand er sich befand. War er schon tot? Es war so schrecklich dunkel. Warum konnte er nichts mehr hören? Aber da war doch was? Ja! Jetzt konnte er weitere Geräusche wahrnehmen. Er wollte seine Angst laut heraus schreien. Aber kein Ton kam von seinen Lippen. Auch seine Hände und Füße waren fixiert. Es war ihm unmöglich sich zu artikulieren oder sich sonst wie bemerkbar zu machen.

*

Fieberhaft suchten Jo und Rachel im Keller nach Werkzeug. Sie fanden eine stabile Harke und eine Rohrzange.

„Ich fühle, dass Frederick in Gefahr ist. Wir müssen uns beeilen!"

Die Spitze der Harke trieben sie unter den Deckel. Es gelang ihnen mit Hilfe der Rohrzange die erste Schraube zu lösen.

„Das dauert alles viel zu lange."

Die zweite Schraube ließ sich besser lösen.

„Frederick! Geht es dir gut? So antworte doch?"

Rachels Stimme überschlug sich fast. Von der Holzkiste drang kein Lebenszeichen zu ihnen.

Die dritte Schraube war endlich los. Jo fand noch einen Schraubendreher, den sie ebenfalls benutzen konnten, um die restlichen Schrauben zu lösen.

„Kannst du Frederick schon sehen?"

„Ich kann seine Hand erkennen. Aber er bewegt sich nicht! Ich glaube mir wird schlecht!"

„Dafür haben wir jetzt keine Zeit Rachel! Wir müssen uns beeilen! Was haben die bloß mit ihm gemacht!"

„Ich fürchte nichts Gutes!"

Die vierte Schraube war in das Holz eingefressen und es dauerte, bis Jo endlich die Schraube herausdrehen konnte.

„Kannst du nun mehr erkennen?"

„Auf dem Arm klebt Blut!"

Die fünfte und sechste Schraube waren endlich gelöst. Rachel und Jo schlugen den Deckel zurück. Der Schrei der Frauen hallte ungehört von den Wänden wider.

„Oh nein!"

*

„Ich frage mich wo Frederick bleibt?"
Helena Wagendorf von der KTU kam mit ihrem Laptop unter dem Arm ins Büro.
„Wo Frederick ist weiß ich nicht. Aber ihr habt doch einige Aufnahmen der Journalistin zur KTU gegeben." Sie stellte den Laptop auf.
„Zum Beispiel dieses Video, zu diesem Unfall, Anfang Mai."
Omrup lud Helena ein Platz, zu nehmen.
„Jetzt bin ich gespannt. Die Journalistin, Frau Wenkert, hat ein Video gedreht, als sie Anfang Mai in einem Stau stand. Ein Verkehrsteilnehmer hatte behauptet, jemand sei über die Straße gelaufen, weshalb er abrupt auf die Bremse getreten ist. Aber niemand hat ihm geglaubt."
„Wir haben das Video stark vergrößert und dann in slow Motion Technik abgespielt."
Auf dem Video war zu sehen, wie ein Mann in geduckter Stellung hinter einem Obstbaum Deckung suchte.
„Geht es noch etwas genauer und größer?"
Helena bearbeitete ihren Laptop.
„Das rotkarierte Hemd ist der Knaller!"
„Stettmaier hat eine Vorliebe für diese Mode. Ich habe ihn noch nie in einem anderen Outfit gesehen. Ich denke das reicht! Gute Arbeit, Helena!"
Omrup sah sich den Link über die „Ruman Investment" an, der Anfang Februar sogar im Regionalfernsehsender gezeigt wurde. Neugierig sah ihm Helena über die Schulter.
„Darf ich?"
Mit geübten Griffen war es ihr möglich, jeden Beteiligten in Großaufnahme zu präsentieren.

„So! Jetzt machen wir von jedem ein schönes Foto und dann können wir uns die Bilder nacheinander ansehen. Dieses Gesicht kenne ich doch. Wo habe ich das schon mal gesehen?"

„Auf dem Video der Journalistin, Helena. Ich habe mich geirrt."

Er stand wieder auf dem Parkplatz der Ruman Investment. Die Sekretärin stand abweisend vor ihm.

„Sie können das Büro jetzt nicht betreten. Herr Ruman muss sehr wichtige Angelegenheiten regeln, die keinen Zeitaufschub dulden!"

Omrup klopfte an die Tür und trat ein.

„Was fällt ihnen ein? Verlassen sie sofort das Gelände!"

„In Ordnung. Aber ich komme wieder! Mit einem Schreiben vom Staatsanwalt. Dann kann ich auch viel leichter arbeiten und muss nicht für jeden Scheiß fragen!"

Ruman legte das Telefon weg.

„Was in aller Welt rechtfertigt denn so einen Auftritt, dass sie sogar Gefahr laufen, Hausfriedensbruch zu begehen, der sie äußerst teuer zu stehen kommen kann!"

„Wir ermitteln in zweifachem Mord! Und der oder die Täter brachten ihre Opfer sozusagen vor den Augen der Öffentlichkeit in diese Megalithgräber. Und den Grundstein dazu hat ihre Firma gelegt. Mit Fernsehen, Pressestellen und dem ganzen Brimborium!"

Ruman wollte etwas erwidern und scharf dagegen angehen. Aber zum ersten Mal in seinem Leben versagte ihm die Sprache. Er setzte sich wortlos an den Schreibtisch.

„A...aber warum soll die „Ruman Investment" so etwas tun? Da ist doch überhaupt kein Sinn dahinter? Wissen sie was jeder Tag, an dem wir nicht mit den Baumaßnahmen beginnen können, kostet? Das sind fünfstellige Summen!"

„Ich bin nicht hier, um mit ihnen über ihre finanzielle Situation zu reden...oder vielleicht doch? Die Ausgrabung steht zur Zeit in keinem gutem Licht da. Umso schneller sie eingestellt wird umso besser für sie."

Ruman fand sehr schnell zu seiner alten Verfassung zurück.

„Und damit das alles wirklich gut und überzeugend wirkt, muss man zwei Menschen umbringen, fachgerecht mumifizieren und dann auch

noch unbemerkt in diese Katakomben bringen. Meine Güte! Hören sie sich gelegentlich auch einmal selbst zu?"
„Aber ihr Equipment war dabei eine große Hilfe."
„Das wird immer besser!"

*

Jo spürte einen Würgereiz im Hals. Rachels Aura leuchtete in einem intensiven blau. Ihr Schrei tönte noch immer in ihren Ohren. Vor ihnen lag eine Leiche...Aber sie trug keine Polizeiuniform. Ihnen strahlte trotz diffusem Licht, die schreienden Farben eines rotkarierten Hemdes entgegen.
„Oh mein Gott! Das ist doch Doktor Stettmaier!"
Auf dem mit Staub bedeckten Boden führten Fußspuren durch eine alte Kellertür ins Freie.
„Hier durch ist der Mörder entkommen!"
„Dann muss er sich hier im Haus auskennen!"
Das Kellerfenster war durch einen Vorhang verdeckt. Jo zog ihn zurück. Sofort zog ein milchiger Lichtschein durch das Fenster ins Innere des Raumes. Kleine Staubmoleküle schwebten herum wie winzige Sterne. Wie magisch angezogen folgten ihre Blicke dem Lichtschein, der in der Holzkiste endete. Nur widerwillig warfen sie einen Blick in die Kiste.
„Wir haben uns geirrt! Das ist nicht Doktor Stettmaier!"
Die toten Augen von Stefan Biehl wirkten immer noch leicht überrascht. Rachel fing an zu weinen.
„Wo ist Frederick?"

*

„Halten sie sich zu unserer Verfügung!"

„Jetzt habe ich aber Angst!"

„Sollten sie auch!"

Wütend verließ Omrup das Büro und ließ die verdutzte Sekretärin stehen. Wo blieb bloß Frederick? Er spürte selbst, dass bei seinen Beschuldigungen einiges im Argen war. Nur was? Auf seinem Notebook sah er sich die Fotos an, die Helena von den einzelnen Personen gemacht hatte. Bei zwei von den Bildern stutzte er.

„Also wenn das kein gemeinsamer Nenner ist, weiß ich auch nicht weiter."

Über Sprechfunk erreichte ihn die Zentrale.

„Fahren sie bitte nach Walddorf in die Waldstraße. Dort wohnt ein Herr Wolfgang Stettmaier. Sie können es nicht verfehlen, es steht nur ein Haus da. Die Kollegen, die den Einsatz übernehmen sollten, wurden abgezogen, weil sie sich um einen Verkehrsunfall mit Verletzten kümmern müssen. Eine Frau, mit Namen Jo Wenkert hat undeutlich zur Anzeige gebracht, dass angeblich etwas schwerwiegendes passiert ist. Aber sie ist nach eigenen Angaben nicht alleine. Eruieren sie wie diese Personen in das Haus gelangt sind. Ihr Kollege Frederick Knöbel befindet sich noch immer vor Ort. Fahren sie vorbei und tragen sie zur Klärung der Situation bei."

„Ich bin schon unterwegs!"

*

Frederick hatte kaum noch Luft zum atmen. Sein Wahrnehmungsvermögen war stark getrübt. Ihm wurde kalt. Die Todesangst wich vor dem unausweichlichen. Er wurde müde. Es wäre doch schön jetzt einzuschlafen. Einfach so... Er hörte Stimmen. Eine davon sprach ziemlich seltsam. Unter ihm gab irgendetwas nach. Ein seltsamer Geruch umfing ihn. Eine Flüssigkeit lief über seine Hand.

*

„Ich muss hier raus!"

„Wir müssen aufpassen was wir anfassen, Rachel! Wir befinden uns an einem Tatort!"

Sie stiegen die Stufen hinauf und verließen das Haus durch den Haupteingang.

„Wo ist Frederick? Was ist mit ihm passiert?"

„Wir müssen davon ausgehen, dass er das Haus nicht freiwillig verlassen hat!"

„Du meinst, dass er etwas gesehen hat, was nicht für seine Augen bestimmt war?"

Sie stiegen in ihren Wagen.

„Kannst du mir sagen, warum die Polizei so lange braucht?"

„Schau doch mal auf der Karte nach, wo du hier bist? Ich nehme an, das war der Grund, warum du dich hier niedergelassen hast."

Rachel nickte.

„Viele Plätze, um sich unsichtbar zu machen. Mir blieb doch nichts anderes übrig!"

„Das war doch kein Vorwurf. Ich kann mir nicht im geringsten vorstellen wie es ist, seit zweihundert Jahren ein Leben in Einsamkeit und Abgeschiedenheit führen zu müssen. Nicht einmal deinen Doktor in Physik hast du lange für dich behalten können."

„Darüber mache ich mir später Gedanken. Ich hatte Agnes. Ein großes Geschenk, das ich niemals vergessen werde! Aber jetzt lebe ich und jetzt will ich herausfinden wo Frederick ist."

„Wir haben alles abgesucht. Gefunden haben wir Stefan Biehl. Ermordet! Ob Stettmaier darin verwickelt ist? Die Weingläser sprechen eigentlich dafür. Und wieso trägt Stefan auch so ein kariertes Hemd?"

„Das ist eine gute Frage. Aber Stettmaier ist doch so schrecklich wissbegierig. Hat er etwas heraus gefunden? Allerdings weiß ich nicht, ob er zu einem Mord fähig ist. Auch leidet er sehr darunter, dass seine Frau ihm solche Schwierigkeiten macht. Denk doch nur an diese Nacht! Warum so eine Komödie?"

Aus dem Handy von Jo erklang das vertraute Piepen.

„Dein Handy hat die Spur wieder aufgenommen."

„Wohin führt es uns? Hier steht weit und breit kein Haus."

„Auf den Friedhof!"

„Das verstehe ich nicht."

„Ich auch nicht, Rachel. Noch nicht!"

Zielstrebig liefen sie auf das Hauptportal des Friedhofes zu. Ihr Weg führte sie an alten Gräbern mit schönen Blumengestecken vorbei. Als Rachel ihren Weg kreuzte, ließen sie augenblicklich die Köpfe hängen und sie verblassten. Rachel war in einem Zustand, in dem sie es nicht einmal bemerkte. Das Piepen wurde stärker und lauter. Am Ende eines Ganges fand zur Zeit eine Beerdigung statt. Diskret wandten sich Jo und Rachel ab, um die traurige Feier nicht zu stören. Wenige Menschen, die meisten davon sehr alt, standen mit einem Pastor und seinen Ministranten an einem offenen Grab. Im Hintergrund hörte man wie jemand zu seinem Nachbarn sagte: „Also verstehen kann ich es nicht. Der Neffe hätte wenigstens zur Beerdigung von Elfriede kommen können. Schließlich hat sie ihm zu Lebzeiten noch ihr Haus vermacht! Also Anstand ist etwas anderes!"

„Zumal er schon in dem Haus wohnt! Das ist doch kein Benehmen!"

„Bei ihm geht es zu wie in einem Taubenschlag!"

„Woher weißt du das?"

„Ich pflege doch zusätzlich zu dem Grab meines Mannes und meiner Eltern noch die Gräber meines Nachbarn und seiner Frau. Die Blümchen auf den Gräbern geben mir so etwas wie eine innere Ruhe...Aber da sehe ich gerade, dass auf einer Linie alle Blumen den Kopf hängen lassen.. ich sollte doch etwas mehr Dünger ins Gießwasser geben.. ich habe doch den ganzen Tag Zeit, bevor ich mich zu meinem Mann zur ewigen Ruhe geselle."

„Es kann auch sehr schnell gehen, wenn du nicht gleich zum Thema kommst!"

Der Pastor unterbrach seine Predigt und warf einen strafenden Blick zu den Klatschtanten hinüber. Dann fuhr er mit seinen Ritualen fort.

„Du sagtest, dass es zugeht wie in einem Taubenschlag!"

„Das ist noch milde ausgedrückt. Sieh doch nur! Da fährt schon wieder ein Einsatzwagen vor. Sonst bekommt man die Polizei das ganze Jahr nicht zu sehen und heute gleich zweimal!"

Der Pastor warf einen genervten Blick zum Himmel. Mit der Schaufel streute er etwas Erde auf den Sarg und übergab sie an die nächsten Anverwandten.

Der Sarg samt den menschlichen Überresten fand seine letzte Ruhestätte in einem pompösen Grab mit einem Aufbau, der einer kleinen Kapelle ähnelte.
„Hier ruht die Familie Stettmaier."

Das Piepen war nun nicht mehr zu überhören. Die Menschen verzogen angesichts dieses ungehörigen Affronts angewidert ihre Gesichter. Jo sah, dass Omrup ratlos an der Tür von Stettmaiers Haus stand. Mit erhobenen Armen stand sie da und winkte ihm zu. Aber er reagierte nicht und blieb an der Haustür stehen. Sie sah, wie er sein Handy herausnahm und wählte. Wenig später wählte er eine andere Nummer. Jo wählte dagegen verzweifelt eine andere Option. Sie nahm zwei Finger in den Mund und sandte einen scharfen Pfiff zum Himmel. Endlich drehte Omrup seinen Kopf. Das Handy hielt er immer noch am Ohr. Die Trauergäste begannen zu raunen und zu schimpfen. So was ungehöriges hatte es die letzten vierzig Jahre nicht mehr gegeben! Rachel hielt den Kopf schief und lauschte wie ein Wolf. Der Pastor kam mit Riesenschritten drohend auf sie zu. Rachel blieb trotzdem wie angewurzelt stehen. Ihr Gefühl konnte sie nicht täuschen.
„Seid doch einmal still!" brüllte sie so laut sie dazu imstande war. Erschrocken hielten die Trauergäste inne und starrten Rachel an, deren Aura in herrlichstem himmelblau zu leuchten begann. Die jungen Leute waren begeistert.
„Braucht man für so was Internet?"
Augenblicklich kehrte Ruhe ein...
Aus dem Sarg klang unverkennbar eine Melodie.
„Muss nur noch kurz die Welt retten!"
Die Menschen stoben entsetzt auseinander. Rachel lief direkt auf den Pastor zu.
„Der Sarg muss sofort nach oben gezogen werden!"

Der Pastor stemmte böse die Hände in die Hüften.

„Sie haben sich schon genug Scherze erlaubt! Jetzt ist Schluss! Denken sie auch einmal an die Totenruhe, die sie derart grob verletzt haben?"

„Ich denke an die Lebenden! Ich flehe sie an! Lassen sie den Sarg nach oben ziehen, sonst springe ich in das Grab."

Der Pastor lugte über seine Brille hinweg und schaute die Frau in ihrer seltsamen Garderobe an.

„Wir werden ihnen helfen! Aber nicht auf diese Art. was haben sie sich bloß dabei gedacht? Sehen sie nur wie sie diese Menschen erschreckt haben. Was halten sie von einer ordentlichen Beichte?"

„Für so etwas habe ich keine Zeit! Lassen sie endlich den Sarg nach oben ziehen!"

„Aber danach wird ihr Gewissen viel leichter! Und wenn das nicht hilft, könnte ihnen ein guter Therapeut weiterhelfen!"

Omrup rannte über den Platz. „Was ist hier los?"

„Ich kann es dir später erklären. Dieser Sarg muss nach oben."

„Auf gar keinen Fall," erwiderte der Pastor. „Die Totenruhe muss gewahrt bleiben! Der Sarg bleibt wo er ist!"

„Hast du eben meine Nummer gewählt, Omrup?"

„Ja, doch. War das schlimm?"

„Wähle sie noch einmal!"

„Wenn das so einen Aufruhr auslöst weiß ich nicht, ob das so eine gute Idee ist."

„Bei dem Leben von Frederick tue es!"

Nach Bruchteilen von Sekunden klang es melodisch aus der Grube.

„Muss nur noch kurz die Welt retten!"

„Kann mir das jemand erklären?"

„Nein!" brüllte Jo. „Später! Jetzt müssen wir handeln! Wir fürchten um das Leben von Frederick! Vertrau mir Omrup!"

Omrups dunkle Augen wurden riesengroß.

„F...Frederick ist da unten?"

„Ich fürchte, ja!"

Die Totengräber wollten die Seile hochziehen und sich schleunigst aus dem Staub machen.

Omrup nahm tief Luft. Dann wandte er sich an die Totengräber.
„Holt den Sarg nach oben."
Einer der Totengräber verschränkte die Arme.
„Für eine Exhumierung brauchen sie eine Genehmigung. Haben sie
so ein Papier?"
Jos Geduld war erschöpft.
„Jetzt reicht´s aber! Bis auf wenige Häufchen ist noch keine Erde
drin! Das genügt noch nicht einmal um Sonnenblumenkerne
einzupflanzen!"
Sie stieß den Totengräber zur Seite und nahm das Seil. Rachel stellte
sich gegenüber. Omrup nahm ebenfalls ein Seil. Ein Jugendlicher aus
der Trauergruppe löste sich.
„Endlich mal was los in diesem Nest! Ich werde helfen."
Ein Junge und ein Mädchen kamen noch hinzu.
„Tante Elfriede wird ihre Beerdigung niemals vergessen!"
Einer der Jugendlichen wandte sich an Rachel.
„Wir veranstalten nächste Woche eine Riesenparty. Hast du keine
Lust die D-Jane zu machen? Mit dem Trick stichst du alle aus!"

Im Gegensatz zu den geübten Totenträgern stießen sie den Sarg öfter
an der Grabwand an, als ihnen lieb war. Aber schließlich war es
geschafft. Der Sarg tauchte endlich an der Oberfläche auf. Die
Menschen hatten einen Ring um das Grab gebildet. Die älteren
davon saßen auf den Bänken und warteten ab, was da wohl als
nächstes passierte. Auf den meisten Gräbern hinter den Grabsteinen
waren diverse Gartengeräte zu finden. Mit Harken und Rechen
brachen sie die Nägel aus dem Sarg heraus. Gemeinsam hoben
Rachel und Jo den Deckel hoch. Ein leichenblasses unbewegliches
Gesicht schimmerte ihnen entgegen.
„Wir kommen zu spät!"
Omrup standen Tränen der Verzweiflung in den Augen.
„Scheiße!" murmelte einer der Jugendlichen. Die Alten auf den
Bänken bekreuzigten sich.. ein sanfter Frühlingswind wehte über den
Gräbern. Die Härchen von Fredericks Schnauzbart bewegten sich
leicht. Rachel beugte sich hinab.

„Er atmet...! Ich bin mir absolut sicher! Ich habe seinen Atem gespürt!"

Rachel streichelte ganz sanft seine Wange. „Du lebst und brauchst nur die Augen aufzumachen!"

Jo und Rachels Aufmerksamkeit galt nun Frederick. Gemeinsam zogen sie ihn aus dem Sarg heraus, in dem er um ein Haar die letzten Stunden seines Lebens verbrachte. Unter der weißen Decke war eine Unebenheit. Sie war von Flecken verunreinigt. An der Wand des Sarges lehnte das Laptop und das Handy von Jo.

Frederick begann zu husten und richtete sich langsam auf. Verwundert schaute er sich um.

„Wo bin ich?"

„Zurück im Leben!"

Er deutete auf den Sarg.

„War ich etwa da drin?"

„Aber nicht für lange."

„Ich hätte nie gedacht, dass ich diesen Schlager einmal lieben würde!"

Das Antlitz von Frederick wurde noch etwas blasser.

Aus dem Leichenwagen stieg eine Frau in einem eleganten schwarzen Hosenanzug aus. Niemand achtete darauf. Sie kam näher. Interessiert beugte sie sich zu Frederick hinunter.

„Nach diesem schrecklichen Erlebnis wird ihr Kreislauf nicht der beste sein. Ich gebe ihnen etwas dafür."

Sie lächelte Rachel und Jo vertrauensvoll an. Das schwarze Kopftuch und die dunkle Sonnenbrille ließen sie mondän wirken. Sie drückte Jo und Rachel sanft zur Seite.

„Ich brauche etwas Platz, um seinen Puls zu fühlen. Es ist gleich vorbei."

Frederick stockte der Atem. Er hatte den Ring erkannt. Nach Minuten der Bewusstlosigkeit war er in dem Haus zu sich gekommen. Ein Mann und eine Frau hatten ihn aus dem Wohnzimmer geschleift. Für einen Augenblick hatte er das Antlitz der Frau gesehen. Er hielt die Augen geschlossen und musste abwarten was weiter passiert.

„Er ist nicht tot."

„Das ist doch egal. Dort wo er hingeht gibt es ohnehin kein Entkommen."

„Der Platz wird sehr eng sein."

„Es ist gut, dass die Verwandtschaft darauf bestanden hat, sie offen aufzubahren. Das erleichtert uns die Aufgabe ungemein."

„Ich bin begeistert. Zumal wir nur einen Sarg zur Verfügung haben."

„Wenn wir das Geld haben, kaufe ich dir noch einen."

„So lange hatte ich eigentlich nicht vor zu warten!"

Frederick wurde in den Kofferraum eines Wagens gelegt. Dann verlor er das Bewusstsein. Zu sich gekommen ist er in dieser unendlichen Schwärze ohne Raum.

Rachel wich nicht von seiner Seite.

„Puls kann ich selbst fühlen. Und der war eben noch in Ordnung!"

Ihr Instinkt warnte sie davor, diese Frau in die Nähe von Frederick zu lassen.

Blitzschnell schoss aus dem Arm der Frau ein seltsamer Gegenstand hervor. Die Statue des Seth. Jetzt erst war zu erkennen, dass der Kopf schmal geformt und scharf wie eine Rasierklinge war. Aber Rachel und Jo stellten sich ihr entgegen. Die Menschen schrien entsetzt auf.

„Stehen sie langsam auf und lassen sie... dieses Ding fallen!"

Omrup stand unweit von ihnen mit seiner Waffe im Anschlag. Die Frau bewegte sich nicht.

Die Gesichter der Menschen gingen wie bei einem Tennisspiel immer hin und her.

„Ich sage es nicht noch einmal Frau Stettmaier. Legen sie dieses Ding weg! Das Spiel ist vorbei!"

„Ich bestimme wann es vorbei ist!"

„Sie glauben, dass sie die Herrin über Leben und Tod sind!"

Sofia bückte sich, griff dann aber blitzschnell zur Seite. Mit einem Arm drückte sie Rachel eng an sich. Rachel fühlte die messerscharfe Klinge der Sethstatue an ihrer Kehle.

„Bin ich das etwa nicht? Legen sie die Waffe weg! Oder wollen sie dafür verantwortlich sein, dass es noch mehr Tote gibt?"

„Wer ist die Frau, die ihre Identität im Sarkophag widerspiegeln sollte?"

„Das hätte sehr gut funktioniert, wenn Stefan sein Notizbuch nicht verloren hätte. Sie sind ein guter Polizist, Knöbel und haben letztendlich die richtigen Schlüsse daraus gezogen... ach, und was mein Double angeht. Ich habe sie aus einer Palliativklinik mitgehen lassen. Eine leichte Überdosis eines Herzmedikamentes hat alle Probleme beseitigt. In dem Laden waren sie froh, dass wieder ein Platz frei wurde. Biehl, mit seinen Fähigkeiten der experimentellen Archäologie, war nahe zu kongenial in der Fähigkeit des Einbalsamierens. Ihr wärt fast darauf reingefallen!"

„Warum musste Frau Zimmermann sterben? Sie hat doch nicht das geringste mit ihnen zu tun," sprach Frederick immer noch ziemlich erschöpft.

„Da sagen sie was! Dieses junge Ding hatte den Fehler begangen, an Stefan Biehl kein Interesse zu zeigen. Das hat der junge Herr nicht verdaut. Und so schuf er mit Bettina eine zweite Mumie. Es war, im Gegensatz zu heute, Platz genug da. Sein Ururgroßvater hatte die Sarkophage aus der Erbmasse von Giovanni Batista Belzoni, diesem berühmten Grabräuber aus dem neunzehnten Jahrhundert, der sich für einen Archäologen hielt, auf dem Schwarzmarkt gekauft. Und seitdem befanden sie sich im Familienbesitz. Das war praktisch!"

„Was sollte diese lächerliche Komödie bei dem stillgelegten Restaurant?"

„Was für eine Komödie? Ich weiß nicht was sie meinen?"

„Sie haben doch in dieser Nacht ihren Mann an dieses Restaurant bestellt und ihm die traurige zerrissene Ehefrau vorgespielt!"

„Nie im Leben! Stefan erwähnte so etwas, dass er Stettmaier einen Denkzettel verpasst hätte. Mit einem falschen Kleid, falschen Haaren, aber mit meiner original angepassten KI-Stimme! Da wusste ich, dass Stefan nicht mehr lange an meiner Seite weilen würde. So klug wie er ist, hatte er doch Schwachstellen. Ich hatte keine Kontrolle mehr über ihn. Aber was kann man erwarten, wenn man sich in einem Sanatorium kennenlernt. Stefan war eine Zeitbombe.

Ich musste ihn erledigen, bevor er explodierte."

„Und Herr Knöbel sollte sterben, weil er der einzige war, der sie wahrhaftig gesehen hat."

„Er ist unwichtig. Aber er musste für immer verschwinden."

Omrups Hand mit der Waffe zitterte merklich.

„Ihrer beiden Leben waren sehr hoch versichert, Frau Stettmaier. War das der Grund? Haben sie mit ihrem Mann zusammen gearbeitet?"

Jo suchte fieberhaft nach einem Ausweg. Fredericks Gesicht erstarrte. Die Sethstatue mit dem Kopf war etwas in die Haut von Rachel eingedrungen. Wenige Blutstropfen traten bereits hervor. Rachels Aura glühte in intensivem blau.

„Meinem Mann? Wie kommen sie darauf?"

Das Rinnsal von Blut wurde mehr.

„Wo befindet sich Herr Stettmaier?"

„Nicht weit von ihnen! Seine Intelligenz und Fähigkeit, glasklare Schlussfolgerungen und Diagnosen zu stellen, habe ich immer bewundert!"

Die Alten auf den Bänken begannen sich zu bekreuzigen. Omrup wurde unsicher.

Rachel sah Jo an und nickte unmerklich. Jo nickte zurück. Innerhalb von Bruchteilen von Sekunden hielt Sofia nur den roten leeren Pullover in der Hand. Omrup suchte den Blickkontakt mit Frederick. Ein Eichhörnchen biss Sofia herzhaft in die Hand. Mit einem Sprung war Omrup zur Stelle, überwältigte die Frau und sicherte sie mit Handschellen.

Unmerklich griff Jo nach Hose und Jeans und hängte sie in den nächsten Baum. Ein Eichhörnchen zog die weiße Leichendecke des Sarges herunter, und sprang in wenigen Sätzen in den Baum und war verschwunden.

Frederick saß jetzt aufrecht und seine Augen bekamen einen neuen Glanz. Unbemerkt von den anderen stieg Rachel den Baum wieder hinunter und sah Frederick dabei ängstlich in die Augen.

„Auf die Erklärung bin ich jetzt aber gespannt!"

In dem Tumult hatte keiner etwas von der Verwandlung Rachels mitbekommen. Über das Eichhörnchen wunderte sich niemand, weil die sich zahlreich auf dem Friedhof zwischen den Haselnusssträuchern herumtrieben. Omrup hatte sich verständlicherweise auf Frau Stettmaier konzentriert. Und die Trauergäste schwankten zwischen einem Wunder und letztendlich zu viel Bier. Manche faselten von einem Engel mit blauen Flügeln. Bis auf Frederick... ihm war nichts entgangen.

Frederick musste mit Schaudern feststellen, dass er nicht alleine in dem Sarg gelegen hat. Unter der Leichendecke, auf der er die letzten Stunden unfreiwillig gelegen hatte, lagen die sterblichen Überreste von Stettmaier. Mit beiden Händen umklammerte er das Notizbuch von Stefan.

„Sein letztes Bild in seinen Augen bin ich! Ich hatte immer noch Macht über ihn! Still, und ohne Gegenwehr erlitt er seinen Tod", kreischte Sofia. „Er hatte förmlich darauf gewartet! Ich habe ihn nur erlöst!"

Der Einsatzwagen mit der immer noch zeternden Sofia Stettmaier fuhr mit Blaulicht vom Friedhof.

„Wo ist eigentlich Tante Elfriede?"

*

Der herbeigerufene Notarzt wollte Frederick mit in die Klinik nehmen.

„Dafür habe ich keine Zeit! Hier gibt es noch viel zu tun. Eine Dusche wäre angebracht. Den Duft des Todes werde ich wohl ein Leben lang bei mir tragen und nie mehr vergessen."

„Aber wäre es nicht besser, wenn du nur zur Kontrolle..."

„Das sagt genau die richtige! Du siehst immer noch grün aus!"

Jo zuckte nur mit den Schultern. „Das war doch etwas ganz

anderes!"
„Klar doch. Ich habe auch von dir keine andere Antwort erwartet."
Er wandte sich an Rachel. Dabei lief sein Gesicht puterrot an.
„Dein Gesicht zeigt Farbe. Das ist wunderbar."
„Ich sehe bestimmt wieder aus wie eine Himbeere!"
„Himbeere steht dir gut!"
„Und dir steht blau gut! Wie machst du das?"
„Das passiert immer wenn ich aufgeregt bin! Ich kann es leider nicht kontrollieren!"
Die Blumen auf dem Friedhof hoben ihre Köpfe und strahlten in einer wunderbaren, nie gesehenen Farbenpracht. Die Alten bekreuzigten sich abermals.

Mittlerweile waren die anderen Einsatzkräfte auch eingetroffen. Der Parkplatz war nun voll besetzt. Frau Stettmaier wurde abgeführt. In ihrem Gesicht zeichnete sich ein höhnisches Grinsen ab.
„Wann kann ich, bitte schön, meinen Leichenwagen wieder haben?"
Mit beiden Händen gestikulierend wies ein Mann im eleganten dunklen Anzug auf den schwarzen Leichenwagen.
„Das ist ihr Wagen?" antwortete Omrup erstaunt.
„Aber ja doch. Ich hatte ihn an dieses Beerdigungsinstitut ausgeliehen." Er zeigte eine Visitenkarte auf der stand:
    Pietät
    Stille
    Diskretion.
    Tag und Nacht
    Seth...Der pietätvolle Weg ins Jenseits
    0175 7300 666"
„Das wird wohl noch eine Weile dauern."
„Warum?"
„Weil... immer noch eine Leiche fehlt?"
Der Bestattungsunternehmer schien den Geisteszustand von Omrup stark anzuzweifeln.
„Wir sind hier auf einem Friedhof. Da gibt es genug davon. Nehmen sie sich doch was sie brauchen!"

*

Die Auflage der Zeitung hatte sich am nächsten Tag verdreifacht. In dem kleinen Dorf war sie am frühen Morgen ausverkauft und es musste nachgeliefert werden. Jo bekam auf ihrem Onlinebericht sechsstellige Klicks. Das war sensationell!

Jo wurde von Angeboten großer Gazetten nur so überflutet. Sie zeigte Goldfischer die zahlreichen Angebote.

„Ich habe nur darauf gewartet, Frau Wenkert! Mit ihrem Talent kann ich sie unmöglich in dieser kleinen Stadt halten! Soll ich es trotzdem wagen, ihnen eine höhere Marge anzubieten?"

Jo riss entsetzt die Augen auf.

„So habe ich das nicht gemeint, Herr Goldfischer! Ich möchte nur darauf hinweisen, wie weit unsere Nachrichten in die Welt gehen! Freiwillig werde ich diesen Job jedenfalls nicht aufgeben! Apfelpfannkuchen ist Zeuge! Und ja! Sie dürfen mir eine höhere Marge anbieten. Ich liebäugele damit, mir eventuell ein Wohnmobil zuzulegen."

Die Megalithanlage wurde wieder freigeben. Aber das Archäologenteam war zunächst unendlich traurig über den Verlust von Doktor Stettmaier... und letztendlich auch über Stefan Biehl, dessen Lebensweg ein ganz anderer war, und ebenfalls tragisch endete. Bei den Aufnahmen die Jo bei dem Verkehrsunfall, und in der Nacht bei der Grabung gemacht hatte, stellte es sich heraus, dass Stefan Biehl darauf zu sehen war. Mit allergrößter Wahrscheinlichkeit wollte er so, im gleichen karierten Hemd, Stettmaier die Schuld zu schieben. Stefans Ururgroßvater hatte die Sarkophage im neunzehnten Jahrhundert, aus für heute unerklärlichen Quellen, gekauft. Sie sind echt und haben sich bei jeglicher Untersuchung als keine Fälschung erwiesen. In diese Särge hatten er und Sofia Stettmaier die mumifizierten Frauenleichen hinein platziert. Stefan hatte im Februar bei „Ruman Investment" gearbeitet. In der Nacht hatte er die Särge in der Megalithanlage eingebettet. Er hat das so gut gemacht, dass ihm zunächst niemand auf die Schliche kam. In seiner Wohnung fand man den Nachlass seines Ururgroßvaters. Darin war in einem Bericht zu lesen, dass es Zeugen gegeben hat, die diese Megalithanlage noch mit eigenen Augen gesehen haben. Daraufhin hat er sich auf die Suche gemacht und sie tatsächlich gefunden. Das Notizbuch beinhaltete nicht nur die Bilder und die Sarkophage, sondern auch ganze Texte, die in dem Grab vor fünftausend Jahren deponiert wurden. Ein einzigartiger Fund. Hunderte von hauchdünnen Schiefertäfelchen, die eine interessante Episode aus der Zeit um dreitausend zweihundert vor der Zeitrechnung erzählen. Man hatte sie in der Wohnung von Stefan Biehl sichergestellt.

Die Idee zu dieser bösen Tat hatte allerdings Sofia, die Frau Stettmaiers. Da beide massive psychische Probleme hatten, lernten sie sich in einem Sanatorium in München kennen. Sofia erkannte, dass sie hier ein intelligentes, willfähriges Werkzeug vor sich hatte, mit dem sie ihre hochfliegenden Pläne verwirklichen wollte.

Sie täuschte ihren eigenen Tod vor, indem sie eine schwerkranke Frau gleichen Alters und gleicher Blutgruppe „opferte". Nun war es an der Zeit, sich um ihren Mann zu kümmern. Aber durch die gute Ermittlungsarbeit von Knöbel gab es Schwierigkeiten, und sie musste ihren Plan schneller durcharbeiten. Stefan pfuschte ihr ins Handwerk, indem er seine Angebetete ebenfalls zu einer Mumie herrichtete. Auch die Nummer des nachts an dem Teich mit Stettmaier ließ sie sicher sein, dass Stefan irgendwann entbehrlich sein würde. Wie praktisch, wenn man einen Leichenwagen gemietet hatte. Nachdem sie Stettmaiers Leiche und Knöbel im Sarg kunstgerecht versenkt hatten, besuchten sie das Haus von Stettmaier und dort ereilte Stefan sein Schicksal. Später wollte sie ihn dort abholen und ebenfalls auf dem Friedhof deponieren. Aber dazu kam es leider nicht mehr.

Und wozu das Ganze?
Das Geld der Lebensversicherung wäre, da keiner der beiden laut

Versicherung überlebt hätte, einem Trust zugeflossen, der auf den Namen Henrietta Cooldress ausgestellt war. Einen Pass mit diesem Namen wurde in einem Schließfach am Bahnhof gefunden.

Sherin stürzte sich mit Inbrunst auf Stefans Notizbuch und die Schiefertäfelchen.

„Volker hätte gewollt, dass ich es übersetze. Ich werde ihm diese Arbeit widmen!"

*

Am gleichen Ort...nur fünftausend Jahre früher....

„Dies schreibe ich in einem Land, in dem Kälte das Licht des Ra brechen kann und Osiris weiße Sterne herabfallen lässt. Es ist ein unvergleichliches Wunder, wenn die Seelen des Baa auf die Erde fallen und wir diese Seelen spüren und fühlen können. Die Bewohner dieses Landes haben ein gutes Gespür zu ihren Ahnen. Sie sind durch diese weißen Sterne direkt mit ihnen verbunden.

Ich gebe diese Geschichte genau so wieder, wie Nesut sie mir teilweise zugetragen hat. Es ist eine aufregende Geschichte, an der auch ich teilhabe. Die Götter mögen mir verzeihen, dass ich seinen Wortlaut gelten lasse. Ich bin nur die Überträgerin. Nein, das entspricht nicht der Wahrheit. Ich bin eine Hemet-Nedjer, eine Priesterin und Dienerin Amuns, dem obersten aller Götter. Niemals zeigt er sich, niemand kennt sein Antlitz. Deshalb heißt er auch der Verborgene. Der Schöpfergott schlechthin. Alle anderen Götter sind aus ihm entstanden, auch seine Kinder, so wie Seth! Mein Name wurde mir gegeben, als sich mein Blut zeigte und ich zur Frau wurde. Ich bin Amun-neith. Und ich weiß nicht ob ich diesen Namen noch tragen darf..."

...Ägypten, genannt „Kemet", und das obere nördliche Niltal genannt „Buti" zur Zeit der Inthronisation Narmers.

Heute war sein großer Tag. Es war seine Entscheidung. Die gefährliche Nacht mit ihren Dämonen wich dem Tag. Das tägliche Wunder stand kurz bevor. Ra streckte seine Feuerstrahlen aus. Nut, die Himmelsgöttin verblasste zusehends. Ihre Sternenkinder schickten sich an,sich unter dem Schutz ihrer Mutter zurückzuziehen. Die Dämonen der Nacht waren besiegt. Der Himmel erstrahlte in reinstem Feuer. Es war so unfassbar schön, dass es ein menschliches Auge kaum begreifen konnte. Nur ein Priester, der mit den Göttern vertraut war und mit ihnen kommunizierte, war in der Lage, dieses Wunder zu erfassen. Mit erhobenen Händen stand Nesut vor einem uralten zerfallenen Tempel. Seit ewigen Zeiten betete niemand mehr darin. Er, Nesut, hatte diesen Tempel neu geweiht. Liebevoll sah er, dass die Statue des Gottes Seth von den Strahlen des Ra umhüllt wurde. Er hatte es gewusst! Er hatte es immer gewusst! Die Götter waren ihm wohlgesonnen. Tief in seinem innersten fühlte er, dass sich die Götter alleine ihm zuwandten. Und angeführt wurden sie von dem stärksten, der sich gegen alle anderen erfolgreich durchgesetzt hat. Heute bekam er von den Göttern die absolute und direkte Botschaft, dass nur Seth der oberste Gott war. Seth selbst hatte zu ihm, Nesut, gesprochen. Er hatte das Wort direkt an ihn, seinen niedrigsten Diener gerichtet. Vor Demut ließ er sich im Sand nieder und betete zu seinem Gott. Selbst Horus und Osiris, nebst den anderen Gottheiten, mussten sich ihm unterwerfen. Allerdings sahen das die Priester in den Tempeln von Kemet anders. Für sie war nach wie vor Amun der oberste der Götter. Heute würde er seinem Land etwas Gutes tun. Seth persönlich hatte es ihm befohlen, und er duldete kein Versagen! Das fruchtbare Nildelta lag viele Tagesreisen hinter ihm. Tehenu mit der Hauptstadt Buti war nicht mehr ein freies Land, das von einem König regiert wurde. Es war usurpiert worden. Aus dem Süden. „Dechret" die rote Krone von Buti war nutzlos geworden und beschmutzt. Der neue Herrscher aus dem Süden König Narmer hatte es gewagt „Dechret" in „Hedjet"die weiße Krone zu integrieren, und das sie fortan eine Krone sein sollten. Nesuth hatte fassungslos zusehen müssen, wie Buti zerbrach und in das Land Kemet mit eingegliedert wurde. Diese Bastarde aus dem

Süden hatten dafür gesorgt, dass Buti nie mehr existierte...aber vielleicht war noch nicht alles verloren. Er hatte gekämpft und dafür plädiert, dass dieser Krieg nicht mit normalen Mitteln gewonnen werden konnte. Aber den Fürsten seines Landes war es nicht möglich, sich zu einigen. Man wollte ihm noch nicht einmal mehr zuhören und verwies ihn darauf, sich auf seine Aufgaben zu beschränken und Seth in die Reihe der vielen Götter zurückzustellen. Die Menschen waren des Krieges müde. Zu viele junge Menschen waren einen sinnlosen Tod gestorben und das Volk hungerte. Als bei den Friedensverhandlungen die Abgeordneten des Südens in Buti am Verhandlungstisch saßen, war es Nesut, der in unverblümtem Hass den Saal verlassen hatte. Anwetra, der Fürst von Buti, bestellte Nesut zu sich. Seit der Kindheit waren sie miteinander befreundet. Sie waren zusammen auf der Priesterschule und hatten gemeinsam das neue komplizierte Schriftsystem und den Dienst an den Göttern studiert. Anwetra bat Nesut inständig, um ihrer Freundschaft willen, endlich Seth nicht mehr um neues Kriegsglück und siegreiche Schlachten anzubeten, sondern Horus, den siegreichen Götterfalken und Hathor, seine Mutter, um Frieden und Wohlstand zu bitten. Nesut gab nach außen hin nach, aber insgeheim hegte er Groll gegen die Usurpatoren und gegen seinen Freund Anwetra. Im Tempel führte er lange Zwiesprache mit Seth. Seth war ein Gott des Krieges und würde niemals wegen einer Schüssel Hirsebrei den Pfad des siegreichen und gerechten Krieges verlassen. Seth dürstete nach einem neuen Opfer! Immer wenn das vollbracht war, fühlte Nesut eine innere Zufriedenheit. Aber dieser Zustand hielt nie lange an. Dann verlangte Seth ein neues Opfer. Aber in dieser neuen Ordnung fiel es Nesut schwer, Seth das Opfer darzubringen. Nesut selbst hätte lieber den Tod gewählt als sich zu unterwerfen. Anwetra ließ sich von einem dieser Bastarde aus dem Süden, die sich Horuspriester schimpften, neu salben und fungierte nur noch als Befehlsempfänger von Narmer. Dem neuen Herrscher über Ober und Unterägypten! Man legte ihm nahe, bei der Zeremonie dabei zu sein. Ihm wurde übel als er sah wie der oberste Priester aus dem Süden im Leopardenfell Anwetra die neue Priesterwürde in Form eines

Pektorals um die Schultern legte. Nur widerwillig ließ er die gleiche Prozedur über sich ergehen, weil er sonst den Tempel nicht mehr betreten durfte. Aber in seinen Gottesdiensten waren immer weniger Menschen anwesend, weil in seinen Gebeten immer noch Seth den Vorzug erhielt. Seine strengen und teilweise grausamen Rituale waren nicht mehr so beliebt. Aber wahrscheinlicher war, dass seine Rituale als zu streng galten und die Menschen sich vor ihm und besonders Seth fürchteten. Wer seine Rituale und Anordnungen nicht befolgte, musste damit rechnen, Nacht für Nacht von Ammet, der Menschenfresserin gequält zu werden. Man sprach auch heimlich davon, dass manche Abtrünnige mit dem Tod bestraft wurden. Man fand vorwiegend junge Sklavinnen nach langem Suchen in der Wüste, mit den typischen Verletzungen an der Schläfe. Ein Loch mit zwei kleinen Ausbuchtungen. „Das ist die Strafe für Abtrünnige, die sich von Seth abwenden!"

Nesut betrachtete seine Auslegung der Rituale als die einzig wahren. Auch wenn er dafür blutige Opfer im Namen Seths ausführen musste. Seine Götter stammten aus der Zeit, als die Menschen noch in der Wüste lebten. Und Seth war der mächtigst und stärkste von ihnen. Seine Macht beruhte darauf, dass man Respekt, oder um es besser auszudrücken, Furcht vor ihm hatte. Seth ist wie er, ein Geschöpf der Wüste und solange er an der Macht blieb, brauchte man in Buti nichts zu befürchten. Aber die Priester im Nildelta missbrauchten Seth für ihre eigenen Interessen und lehnten es ab, Nesuts strengen Regeln zu folgen, sondern den neuen Regeln aus dem Süden. Nesut war fassungslos.

„Ich werde alle das Fürchten lehren, die mir nicht folgen. Die Dämonen der Nacht werden sie verschlingen. Mein Sieg ist mir gewiss!" teilte die Stimme in Nesuts Kopf mit. Daraufhin ließ er sich in seinem Haus einen eigenen Tempel bauen und zelebrierte dort heimlich seine alten Rituale weiter. Aber auch hier verschwanden Sklavinnen. Hotepsasi, dem obersten Priester wurde zugetragen was sich in Nesuts Haus abspielte, und er verbot ihm ab sofort den Zutritt zu den öffentlichen Tempeln und entband ihn von seinem Eid. Dann konnte auch Anwetra nicht mehr für ihn tun und es kam was kommen musste.

Sobek-har der übergeordnete Priester aus dem Süden sorgte dafür , dass er aus der Priesterkaste ausgestoßen wurde, weil er sich geweigert hatte, die neuen Doktrinen anzuerkennen und Narmer als obersten Führer und mit Horus gleich anzusehen. Er musste den Tempelbezirk umgehend verlassen. Aber als die Nacht hereinbrach schickte Sobek-har seine Priester und eine bewaffnete Eskorte von Soldaten zu Nesuts Haus, um ihn endgültig zum Schweigen zu bringen. Aber Nesut wurde von der Stimme in seinem Kopf gewarnt und war rechtzeitig geflohen. An der ehemaligen Grenze zu Kemet legte er das verhasste Priesterornat an und die Wachposten ließen ihn passieren. Aber Nesut wusste, warum ihm nichts passierte. Seth war bei ihm und sprach ständig zu ihm. Seth war sein ständiger Begleiter und wachte über ihn. Nur durch ihn, da war Nesut sich absolut sicher, war es möglich dass Seth wieder seine alte Macht bekam.

Nun saß er vor dem verlassenen Tempel und beobachtete Ra, wie er in seinem Glanz am Himmel emporstieg. Thinis, die Hauptstadt von Kemet, lag vor ihm. Heute würde er Geschichte schreiben und der Name von Narmer würde für alle Zeiten aus den Annalen gelöscht werden. Er, Nesut würde dafür sorgen, dass die Sonnenbarke des Königs wieder in die nördlichen Lande fuhr. Heute wurde ein kleines „Heb-Sed Fest" in der neuen Hauptstadt gefeiert, normalerweise feiert der König dieses Fest erst, wenn er dreißig Jahre auf dem Thron gesessen hat. Aber anlässlich der Eroberung des Tehenulandes wollte Narmer sein vereinigtes Königreich mit den Priestern zusammen weihen. Ein großes Fest stand bevor. Brot und Bier sollte großzügig im ganzen Land an die Bevölkerung verteilt werden, damit sie die Gräuel des Eroberungsfeldzuges vergaßen.

Nesut stieg in die Fluten des heiligen Nils und reinigte seinen Körper. Mit dem Messer rasierte er sich den Schädel. Dann rieb er ihn mit kostbarem Öl ein. Sein Erscheinungsbild musste mit den Priestern Kemets absolut übereinstimmen. Er legte den kostbaren Lendenschurz aus weißem Leinen an, und befestigte seinen Gürtel mit dem Tierschwanz daran. Anschließend legte er das Pektoral um, welches ihm der Priester aus Kemet überreicht hatte. Nesut hatte das Gefühl, das Pektoral, das überwiegend aus Leder und Perlen bestand, brannte auf seiner Haut. Er sprach unablässig Gebete zu Seth und entschuldigte sich für diesen unerhörten Frevel. Dann umrandete er seine Augen mit Kajal. In den grünen Fluten des Nils bewunderte er sein Abbild. Nesut war zufrieden. Bei dem alten Tempel hinterließ er seine Habseligkeiten, um sie später abzuholen und machte sich auf den Weg in die Stadt. Er schloss sich einer Delegation von Priestern aus den umliegenden Städten an und niemand hinterfragte ihn, sondern man grüßte ihn freundlich und reichte ihm die Hand. Körperlicher Ekel empfand Nesut dabei, aber er zauberte ein Lächeln in sein Gesicht. Niemand sah, dass seine Augen dabei eiskalt waren. Alle Tempel, und auch der Palast des Königs, waren in Thinis aus Lehmziegel gebaut. Immer mehr Menschen versammelten sich. Viele waren aus beiden nun vereinigten Königreichen zusammengekommen, um den einzigen König zu sehen. Den Erhabenen, der so große Schlachten geführt hat. Aber einer der Priester sagte kichernd zu seinem Nebenmann: „Ganz so wie es uns erzählt wird, ist es doch nicht zugegangen. Zugegeben, Narmer ist ein großer Feldherr. Aber die meiste Arbeit hat vor ihm schon der Skorpionkönig erledigt. Ihm oblag es nur noch, die letzte entscheidende Schlacht zu führen."

„So ist das nun einmal in unserer Welt. Vom Skorpionkönig wird niemand mehr sprechen, aber Narmer wird in die Geschichte eingehen, und sein Name wird noch in Millionen von Jahren bekannt sein."

„Ich habe außerdem noch vom Meister der Bienen, dem Zeremonienmeister, erfahren, dass Narmer eine neue Bezeichnung einführen will."

Eine bildschöne Priesterin mit schwarzen, glänzenden Augen löste sich aus ihrem Kreis von Priesterinnen heraus und trat auf Nesut zu.

Von diesem Augenblick an war sie von den grünen geheimnisvollen Augen Nesuts fasziniert.

„Ja, das habe ich auch gehört. Er will sich von nun an „Per aa" nennen."

„Das heißt großes Haus. Das soll einer verstehen."
Der blutjunge Priester wandte sich an die Priesterin und verbeugte sich ehrfürchtig. „Hemet-Nedjer Amuns! Weißt du was das bedeutet?"

„Aber natürlich! Es bedeutet, dass die Königreiche miteinander für immer verbunden sind und, dass es nur noch einen Palast für einen König gibt. Dieser König bekommt deshalb den verdienten Titel Pharao. Dieser Tag wird niemals vergessen werden"
Der junge Priester lächelte sie an. „Ich danke dir. Du bist schon eine erfahrene Priesterin und weißt sehr viel, Amun-neith!"
Die bezaubernde Hemet-Nedjer lächelte ihn an. „Und du sprichst mich nie wieder an! Ich bin eine Priesterin Amuns. Es ist verboten mit ihnen zu sprechen...auch wenn du mein leiblicher Bruder bist."
Sie gab dem jungen Priester einen zärtlichen Nasenstüber.

„Und jetzt geh mir aus dem Weg, sonst belege ich dich mit dem Fluch der Appetitlosigkeit und du kannst bei dem Festmahl nur zusehen!"
Die Hemet-Nedjer schenkte Nesut ein bezauberndes Lächeln.

„Was für ein schöner Tag. Amun, der Verborgene hat für Frieden gesorgt!"
Nesut lächelte hintergründig. „Ich weiß genug, um mein Reich zu schützen und mein Gott wird mich dabei leiten."
„Es erübrigt sich zu sagen, dass Amun deinen Gott beschützt und ihm eine Aufgabe erteilt hat! Dann bist du hier herzlich willkommen. Hier werden viele Priester benötigt die Amun, Horus, Re, Isis und Hathor anbeten und ihre Dienste versehen."
Nesut schaute auf den Königspalast. „Danke. Das weiß ich zu schätzen."
„Wir sind alle Priester des Amun, wie du unschwer an unserer Robe erkennen kannst. Wir wurden ausgebildet, um hier in den Dienst dieser neuen Tempel zu treten, die heute von Narmer als oberstem Priester und Priesterinnen gesegnet werden. Dann werden wir nie mehr in die Öffentlichkeit treten und für immer dem Verborgenen dienen."

In Gedanken sandte Nesut ein Gebet zu Sachmet, der blutrünstigen, löwenköpfigen Kriegsgöttin. Aber sie war auch verantwortlich für Seuchen und Epidemien. Wenn seine Gebete sie erreichten und Seuchen dieses Land heimsuchten, wäre er seinem Ziel wesentlich näher.

„Komm begleite uns! Dann kannst du den König aus nächster Nähe sehen."

Ein Glücksfall! Nesut musste sich nicht auf Umwegen hineinschleichen sondern bekam direkten Zugang zu dem Tempel. Die Statue des Seth unter seinem Lendenschurz fühlte sich kühl an. Die Schnauze des Sethtieres war messerscharf und war bereit für ihr nächstes Opfer. Überall in der Stadt waren auf Masten Fahnen aufgehängt mit dem Wappen Narmers. Die Hieroglyphen für Wels und Meisel, gekrönt vom Horusfalken. Viele Menschen standen schon seit Stunden Spalier. Sie waren gut gelaunt wobei das gute Bier einen wesentlichen Anteil daran hatte. Sogar kandierte Früchte wurden verteilt. Das hatte es noch nie gegeben! Aus der Ferne waren Sistren und Trommeln zu hören.

„Die Prozession mit König Narmer kommt näher." Die jungen Priester waren begeistert. Amun-Neiths faszinierende Augen schienen in fernen Götterwelten zu ruhen. Nesut konzentrierte sich. Alles um ihn herum verschwamm. Diese Farben, diese Pracht, das Lachen und Jubeln der Menschen. Er nahm alles nur noch wie durch einen Schleier war.

„Wenn die Prozession hier vorbeikommt, schließen wir uns an und gehen dann zusammen in den Tempel."

Nesut war so in seiner Welt versunken, dass er zunächst nicht reagierte.

„Hast du mich verstanden? Die Prozession kommt näher. Wir dürfen jetzt keinen Fehler machen. Beten kannst du später noch genug."

Nesut nickte fast unmerklich. Die Menschen sahen ihre Priesterrobe und machten ihnen respektvoll Platz.

„Wir müssen Aufstellung nehmen. So sollen wir den Menschen Kemets zeigen, dass es nur noch ein Land gibt und wir uns nie mehr bekriegen."

Nesut stellte sich neben den jungen Priester. Die Sistren und Trommeln kamen immer näher. Die ersten Standartenträger waren schon zu sehen. Da sie zur Armee Narmers gehörten, trugen sie ihre Prachtuniform. An den Gürteln aus Antilopenleder hingen ihre Schwerter. Rundherum fielen die Menschen auf die Knie und berührten mit ihrer Stirn den Boden. Die Fahnen mit dem Wels und dem Meißel wehten im Wind. Hinter ihnen liefen die Priesterinnen der Hathor mit ihren Sistren. Alle trugen die gleichen schwarz glänzenden Perücken. Sie wurden gefolgt von den Priestern des Amun.

„Es geht los! Hier müssen wir uns einreihen."

In einigem Abstand war der große Baldachin des Königs zu sehen.

„Warum müssen wir vorne weg laufen?"

„Weil wir Priester sind. Weil es an uns liegt, die Götter zum Schutz dieses Landes herbei zubeten. An uns liegt es, dass der erhabene Pharao mit den Göttern zusammen diesen Rundgang durch die Stadt in den Tempel macht. Hinter dem Pharao marschiert nur sein Heer, weil er, der erhabene Pharao, der oberste Befehlshaber ist. Also von Zeremonien scheinst du keine Ahnung zu haben. Jetzt mach schon. Oder willst du hier stehen bleiben? An deinem Lendenschurz kann man nämlich sehen, dass du aus dem Norden bist. Hier im Süden faltet man sie etwas anders. Das macht keinen guten Eindruck."

Amun-Neith nestelte am Lendenschurz von Nesut herum. Als er ihre schönen, perfekten Hände am Lendenschurz spürte, reagierte sein Körper. Ein Blick in ihre mit Kajal umrandeten schwarzen Augen trugen nicht unbedingt zur Besserung der Situation bei. Sie lächelte ihn an und überspielte diesen peinlichen Moment. Seine leuchtend grünen Augen hinterließen auch bei ihr Spuren. Sie senkte den Kopf, damit er ihre Erregung nicht wahrnehmen konnte. Aber nach einem Lidschlag hatte sie sich wieder unter Kontrolle.

„Jetzt bist du perfekt. Du willst doch nicht unangenehm auffallen."

Nesut musste sich eingestehen, dass Amun-Neith selbstverständlich im Recht war. Wenn auch anders als er es sich vorstellte. Unauffällig sein und in der Masse untertauchen war genau das, was Nesut beabsichtigte. Er warf einen sehnsüchtigen Blick auf den Baldachin des Herrschers. Darunter schritt ein hochgewachsener Mann, der in ein wahrhaft königliches Ornat gekleidet war. Sein Pektoral war mit bunten Edelsteinen verziert. Er überragte seine Mitmenschen um Haupteslänge. Und das lag nicht unbedingt daran, dass er die weiße Krone von Kemet „Hedjet" zusammen mit der roten Krone von Buti „Deschret" trug. Sein Antlitz war würdevoll und der Blick seiner Kajal umrandeten dunklen Augen war in die Ferne gerichtet. Der Pharao hielt die Arme gekreuzt und hielt in der einen Hand das „Cherep Zepter", das an ein Keule mit einem zylindrischen Kopf ähnelte und in der anderen Hand eine Geißel.

„Sieht er nicht würdevoll aus?" flüsterte Amun-Neith neben ihm. „Hat es jemals so einen starken Pharao gegeben, wie Narmer? Diese Krone, die unser beider Länder vereint, trägt den Namen „Sechemtj". Das bedeutet die beiden Mächtigen."

Neben dem Pharao schritt seine Gemahlin Hotep-Neith. Sie trug ein königliches, schneeweißes Ornat. Ihre Augenlider waren mit Malachit blau gefärbt, und mit schwarzem Kajal dunkel umrandet. Ihre goldene Haube unterstrich die Ebenmäßigkeit ihrer Gesichtszüge. Nie sah Nesut etwas schöneres und erhabeneres. Sie wäre ein perfektes Opfer für Seth. Aber das hatte Seth für ihn nicht vorgesehen. Noch nicht.

Amun-Neith deutete das Schweigen von Nesut als Ergriffenheit und Demut. Aber in Nesut brannte es lichterloh. Er war so kurz vor dem Ziel.

„Jetzt ist die Zeit gekommen," flüsterte die Stimme in seinem Kopf.

Nesut griff nach der Statue und wollte nach vorne springen. Ein einziger Sprung und ein einziger Schlag würden genügen. Er hatte es schließlich lange genug geübt. Aber da wurde seine Hand festgehalten. Der Blick aus ihren onyxfarbenen Augen fixierte ihn. Trommeln und Systren dröhnten in seinem Kopf. Dieser Rausch von Farben und Gerüchen überwältigten ihn. Er verspürte einen kleinen Stich auf der Zunge. Das letzte, was er in die Dunkelheit mitnahm, waren schwarze, glänzende, glühende Augen.

„Ich habe diesen Mann gerettet, der meinen Pharao vorzeitig zu

Osiris bringen wollte. Zugleich habe ich meinen heißgeliebten Pharao und seine Gemahlin Hotep-Neith gerettet. Aber ich habe mich beschmutzt. Ich darf nie mehr den Tempel Amuns betreten. Ich darf nie mehr seine Statue berühren. Ich habe der ganzen Priesterschaft geschadet. Niemand hat etwas bemerkt von dem Zwischenfall. Das Mittel auf der Zunge wirkte sofort. Alle glaubten, dass Nesut einen Schwächeanfall erlitten hat. Nun muss ich zusammen mit ihm mein geliebtes Kemet verlassen.

Fortan zogen wir durch die Lande. Ein Schiff brachte uns über das große Meer in ein unbekanntes Land. Wir zogen drei Jahre lang durch dichte Wälder und lernten, wie man in einem Lande lebt, indem Ra nur für wenige Stunden am Tag zu sehen ist. Aber nirgendwo konnten wir lange bleiben. Sein Dienst an Seth hinderte ihn daran, sich mit diesen fremden Menschen wirklich anzufreunden. Wenn junge Frauen vermisst wurden, waren wir bereits weiter gezogen, um keinen Verdacht zu schöpfen. Junge Frauen zogen meist aus ihrem beheimateten Clan aus, um sich mit einer anderen Sippe zu verbinden. So dauerte es manchmal Monate, bis ihr Verschwinden bemerkt wurde. Auch ich hatte anfangs keinen Verdacht geschöpft.

Nach drei Jahren kamen wir an einen Landstrich, wo die Menschen freundlich zu uns waren und in ihren Verbund aufnahmen.
Unsere Religion zelebrierten wir soweit es uns möglich war. Amun zeigt sich mir in jedem Grashalm, jeder Blume und den Lächeln der Menschen.
Ich hatte gehofft, dass Nesut von dem fürchterlichen Glauben abgekommen war. Aber es zeigte sich, dass Seth über eine Macht verfügte, zu der ich keinen Zutritt hatte.
Schon in der Vergangenheit hatte ich Zweifel daran. Was fesselte mich so an diesen Mann? Waren es immer noch diese grünen, faszinierenden Augen, die mich so in ihren Bann zogen?

In diesem kargen Landstrich waren die Menschen gut zu uns, und wir teilten unser medizinisches Wissen gegen ihr Wissen, lernten wie man Vorräte anlegt, und diese langen kalten Jahreszeiten überlebt, die es in Kemet nicht gibt.

Man gestattete uns sogar einen eigenen Totentempel zu bauen. Aber Nesut wurde von fürchterlichen Dämonen gejagt. Ich bin mir mittlerweile sicher, dass er drei Menschen mit der Sethstatue getötet hat. Zwei junge Frauen und ihren Vater. Unsere Beziehung zerbrach. Ich konnte, trotz, dass ich immer noch von ihm wie gefangen war, seine Berührungen nicht mehr ertragen.

Fassungslos hatten diese lieben Menschen ihre Angehörigen ihren Göttern übergeben. Sie hatten keine Ahnung, dass Nesut dahinter steckt und achteten ihn weiterhin als einen Schamanen aus dem fernen Süden. Die Verletzungen hatte er geschickt mit Blumen verdeckt, um so angeblich ihre Reise zu den Ahnen zu erleichtern.

Dieses Leid konnte ich nicht mehr ertragen und habe mich zur Richterin auf Leben und Tod gemacht. Er betrachtet die Tochter der Jägerin mit den gleichen Blicken, wie die jungen Frauen, denen er den Tod gebracht hat. Und jetzt weiß ich, dass er das schon in Kemet und auf der Reise in den Norden getan hat. Mein Verbrechen ist es, dass ich so lange gewartet und den Tod der jungen Frauen mitzuverantworten habe. Seth, der Gott des Krieges, ist nicht schuld daran. Seth beschwört Unwetter und Chaos herbei, aber auch den Neuanfang. Mit den fürchterlichen Taten von Nesut hat er nichts gemein.

Aber nun ist es soweit. Ich habe Nesut eine Droge gegeben. Sein Gesicht ist schön und ebenmäßig anzusehen wie immer. Ein Teil von mir möchte alles rückgängig machen und seine schönen grünen Augen sehen. Aber ich lasse mich nicht erweichen, auch wenn mein Herz blutet! Meine Liebe zu ihm ist erloschen, auch wenn diese unerklärliche Faszination bleibt! Aufgezehrt von der Flamme des Misstrauens, die sich letztendlich in Hass umgewandelt hat. Auch mich hat er nur benutzt. Ich war stets sein Alibi, wenn ein Verdacht auf ihn gefallen ist und wir jedes Mal weiter ziehen mussten. Immer weiter weg von meinem geliebten Kemet, wo Ra direkt mit den Menschen spricht und Hapi, der Gott des Wassers, uns Fruchtbarkeit und reiche Ernte schenkt.

Seine Waffe ist gut! Der erste Schlag sitzt! Er gleitet hinüber in die Gefilde des Osiris. Auch sein Grab werde ich ihm bereiten. Aber sein Herz werde ich Ammet, der Menschenfresserin, zum Fraß vorwerfen! Sein Ka, seine unsterbliche Seele, werde ich daran hindern hinaus in die Welt zu fliegen, und seine Wiedergeburt verhindern. Baa, der leibliche Seelenvogel, wird nicht wieder in den Körper zurückkehren, damit er das Licht erblicken kann. Amun selbst, der Verborgene, gestattet Seth sich seines Opfers zu bemächtigen. Den Kopf habe ich von dem Körper getrennt. Zusätzlich habe ich einen Stein jeweils auf seinen Kopf und seine Brust gelegt. Niemals wird er wiederkehren und sein Name wird niemals mehr ausgesprochen!

Ich werde bald Mutter sein. Aber nicht von Nesut. Der Clanführer Mardas wird der Vater meines Kindes sein. Der brennende Atem der Götter wird sich in diesem Kind vereinigen!"

*

Frederick saß bei Rachel und Jo Zuhause gemütlich im Garten. Badman spielte mit einer Blume und sah Rachel erwartungsvoll an.
„Du musst dich schon noch etwas gedulden, mein Freund!"
„Was möchte er denn?"
„Immer das gleiche. Er will, dass ich ihm die Eule mache."
„Und warum geht das jetzt nicht? Ich habe dich schließlich als Eichhörnchen gesehen."
„Und als Wiedehopf."
„Jetzt wo du es sagst. Ich wunderte mich damals schon, dass es Vögel gibt, die Vögelchen zeigen."
„Wie soll es jetzt mit mir weitergehen? Kulmbach und Williams werden wohl keine Ruhe geben."
„Ich werde alles dafür tun, dass sie deiner nicht habhaft werden können. Und wenn es mich den Job kostet!"

Rachel lächelte ihn wehmütig an.

„Genau das will ich nicht mehr. Ich habe über achtzig Jahre glücklich mit Agnes Fahrenkamp zusammengelebt...“

Die Augenlider von Frederick zogen sich enttäuscht nach unten.

„O...oooh Gott ist mir das peinlich. D...das habe ich nicht gewusst. Entschuldige bitte, dass ich...“

Rachel legte ihm die Hand auf den Mund. „Du weißt doch gar nicht was ich sagen will. Das war Liebe, so eine unendlich tiefe Liebe, und sie hat sich meinetwegen vom öffentlichen Leben gänzlich ausgeschlossen, obwohl sie so eine hervorragende Physikerin war. Ich will dir so ein Leben nicht zumuten.“

„Woher weißt du was gut für mich ist?“

Er lächelte sie an. Rachel lächelt scheu zurück.

„Stellen wir doch einmal unsere Gemeinsamkeiten fest! Ich mag zum Beispiel heiße Schokolade. Die magst du auch. Ich muss Unmengen von Popcorn essen, wenn ich mich oft verwandeln muss.“

„Popcorn? Warum nicht?“

Jo hatte sich ein neues Handy und einen neuen Laptop besorgt. Nun ging es darum die Daten alle zu übermitteln.

„Darf ich euch kurz unterbrechen?“

„Wenn es sein muss!“

„Wir müssen dir noch etwas beichten, Frederick.“

„Nur zu! Was kommt jetzt noch?“

„Aber bevor wir dir etwas erzählen, musst du uns etwas versprechen.“

Frederick verschränkte die Arme.

„Also das ist jetzt wirklich ein bisschen viel verlangt. Das klingt jetzt so, als sollte ich ein Verbrechen decken.“

Jo und Rachel nickten mit Unschuldsmienen.

„Versprichst du´s ?“

„Kann ich davon ausgehen, dass ich kein Sterbenswörtchen erfahre, wenn ich nicht darauf eingehe?“

Wieder nickten sie mit sehr großen, ausdrucksvollen Augen.

„Okay! Ich verspreche es.“

Frederick schlürfte einen Schluck Wein und sah die Mädels

erwartungsvoll an.

„Ich warte!"

Rachel stupste Jo sanft mit dem Ellenbogen. Jo räusperte sich leicht.

„Wir wissen, wer die Luxusautos manipuliert hat."

Der nächste Schluck des edlen Gesöffes gelang in die Luftröhre und Frederick war die nächste Zeit damit beschäftigt, den Wein wieder hinauszuhusten.

„Was?"

„Wir wissen wer..."

„Du brauchst dich nicht zu wiederholen. Also...wer war es?"

„Ich erinnere dich an dein Versprechen, das du uns gegeben hast."

„Ja, ja. Schon gut. Also heraus damit!"

„Die Tochter von Ruman hat das alles inszeniert."

„Das ist nicht möglich. Wir haben doch in den Autosalons alles abgecheckt. Sämtliche Mitarbeiter überprüft. Sogar die Lehrlinge und die Hackerclubs haben wir involviert. Das kann nicht sein. Und der Name von Rumans Tochter ist nirgendwo aufgetaucht."

„Der gleichen Meinung waren wir auch und hatten ihren Freund Mike Olewski in Verdacht. Aber er hat damit nichts zu tun. Sie wollte damit ein Statement setzen. Wie wertvolle Energien und Finanzmittel an Luxusautos verschwendet wird, welche in Schulen, Universität und Krankenhäusern dringender benötigt werden. Es sollte auch ein Aufruf an die Bevölkerung werden, damit die Schulen und Universitäten besser unterstützt werden. Sie ist noch so schrecklich jung und hat keine Ahnung was sie da beinahe angerichtet hat."

„Heißt das, sie wollte sich stellen?"

„Nicht nur das, Frederick. Sandra wollte der Öffentlichkeit sogar erklären, wie sie diese prägnanten Eingriffe in das jeweilige Sicherheitssystem vorgenommen hat!"

„Ach du Scheiße! Das darf auf keinen Fall passieren! Die ganze Welt wird brutal Jagd auf sie machen. Ich könnte mir sogar vorstellen, dass in gewissen Kreisen ein Kopfgeld auf sie ausgesetzt wird."

„Sandra war der Meinung, da sie nicht volljährig ist, kann ihr da nicht viel passieren!"

„Daran merkt man, dass sie trotz ihrer hohen Intelligenz eben nur ein Teenager ist. Ich muss unbedingt mit ihr sprechen! Sofort!"

Jo täuschte vor, dass sie mit ihrem neuen Laptop Probleme hätte. Bereitwillig stimmte Sandra zu, sich in einem bestimmten Café zu treffen.

„Sie ist vorsichtig und wählt einen öffentlichen Ort."

Zunächst betraten Jo und Rachel das Café, in dem überwiegend Jugendliche saßen. An der Theke bestellten sie sich eine heiße Schokolade. Dann gesellten sie sich zu Sandra.

„Es freut mich, dass ihr Klamotten an habt, die euch passen."

„Dein Shirt ist auch cool."

„Bei euch läuft es richtig rund. Als Journalistin scheinst du offensichtlich etwas zu taugen. Komischerweise bist du immer am Ort des Geschehens."

„Ist doch bei dir auch nicht anders. Wie klappt es mit dem Abi?"

„Bin teilweise unterfordert. Nein! Das ist Quatsch! Es macht sogar Spaß! Mike hat auch schon die ersten Prüfungen hinter sich. Gib mal das Laptop her. Hoffentlich hast du was vernünftiges gekauft."

Sandra warf einen Blick auf Rachel.

„Deine Gedanken sind auf tausenden von Gigabites. Was ist los? Ihr verheimlicht mir doch etwas?"

Sandras Begabung, Stimmungen zu spüren, konnte schon beängstigend wirken.

„Wir haben jemanden mitgebracht, mit dem du dich unterhalten sollst."

Ihre großen dunklen Augen starrten sie entsetzt an.

„Ihr habt euer Versprechen gebrochen!"

Mit verzweifeltem Blick suchte sie nach einem Ausweg. Frederick trug Zivilkleidung und war für die anderen Gäste nicht als Polizist zu erkennen.

„Suchst du noch eine Erfolgsstory? Willst du in deiner Karriereleiter nach oben?"

Sie griff nach ihrem Laptop.

„Wenn ihr mich schon verraten habt, dann kann ich mein

ursprüngliches Vorhaben auch ausführen. Vor euren Augen! Das ist doch der Bulle der diesen spektakulären Fall mit der Megalithanlage aufgeklärt hat! Ihr seid so unfassbar billig! Aber ich hätte nichts anderes erwarten dürfen!"

Bevor Sandra die Entertaste betätigte, riss ihr Frederick den Laptop aus der Hand.

„Niemand will dich anzeigen! Wie du siehst, bin ich in Zivil hier. Ich will nur mit dir sprechen. Wenn du mir versprichst nicht wegzulaufen, gebe ich dir dein Laptop zurück."

Unsicher schaute Sandra sich um. Keiner von den anderen hatte etwas bemerkt.

„Ich habe sowieso keine andere Chance!"

„Ich will gar nicht wissen wie du es geschafft hast, diese weltweiten Sicherheitssysteme zu umgehen. Ich weiß nur, dass es brandgefährlich ist, wenn du das veröffentlichen würdest. Niemandem ist ein ernsthafter Schaden entstanden! Kannst du deine Spuren ungesehen machen?"

„Hab ich schon!"

„Auch so, dass unsere Spezialisten von KTU sie nicht finden?"

„Auch daran habe ich gedacht. Die Hackerclubs, wenn sie was finden, landen alle in Neu Dehli. Dort können sie sich treffen und austauschen."

„Dir muss der Ernst der Situation bewusst sein. Alle Konzerne der Welt würden sich auf dich stürzen. Und ihnen ist es scheißegal, dass du noch nicht volljährig bist! In gewissen Kreisen setzt man sogar ein Kopfgeld aus. Also tue uns den Gefallen und lösche jedwede Spur aus, die zu dir führen könnte."

Frederick gab ihr das Laptop zurück. Sandra schaute sich um. Aber weder im Café noch draußen auf der Straße waren irgendwelche verdächtige Personen zu erkennen.

„Ich habe bereits alles gelöscht. Und von meinem System aus habe ich übrigens nie gearbeitet. Ich nutzte immer das System des jeweiligen Autohauses."

Frederick starrte sie fasziniert an.

„Deine Nerven möchte ich haben. Darf ich jetzt bitte eine heiße

Schokolade haben?"

„Betrachte dich als eingeladen."

Sandra ging zu Theke und kam mit einer großen Tasse Schokolade und einem Turm aus Sahne zurück.

„Was ist jetzt mit deinem Laptop, Jo? War das nur Fake um mich hier her zu locken?"

„Nee! Ich krieg das nicht so gut auf die Kette. Ich wäre dir dankbar wenn du mir hilfst."

„Willst du wieder das gleiche Jingle?"

Frederick nickte eifrig.

„Unbedingt will sie dieses Jingle haben. Das hat mir das Leben gerettet!"

„Also dann!"

Frederick musste sich leider verabschieden. Omrup bedurfte dringend seiner Hilfe. Er musste stramm stehen bei der Chefin, die schrecklich gerne um eine vernünftige Erklärung für die Vorfälle auf dem Friedhof bat.

„Ich komme, mein Freund. Ich lasse dich nicht im Stich!"

Seit diesem Vorfall arbeiteten sie noch enger zusammen als vorher.

Rachel sah ihm träumerisch hinterher, als er das Café verließ.

„Dein Herz flattert, wenn er in deiner Nähe ist."

„Wie kommst du auf so etwas?"

„Das sieht doch ein Blinder!"

Nach einer Weile unterbrach Sndra ihre Arbeit und schaute Rachel an.

„Wie war dein voller Name? Rachel Steingrün?"

„Du hast recherchiert."

„Allerdings. Manchmal kann ich nicht anders. Mit deinen Daten stimmt irgendetwas nicht. Sie sind komplett falsch datiert! Aber dieser Flug von New York nach Frankfurt ist eine Katastrophe. Da habt ihr gepfuscht. Das hätte ich besser gemacht."

Rachels Aura wurde leicht blau.

„Von Amerika gibt es keine verlässlichen Daten. Das musst du hieb und stichfester machen."

„Ich kann das nicht und deshalb habe ich zur Zeit ein großes

Problem."

„Wie passt der Doktortitel der Physik zu dir? Der ist doch in eine komplett falsche Zeit datiert. Wie kann so etwas passieren?"

„Genau das ist mein Problem. Aber den habe ich wirklich. Und zwar über Gravitationstechnik und ihre Auswirkungen. Das schwöre ich dir."

„Was hat Stephen Hawking 1971 postuliert?"

„Ich zitiere Hawking: „Der Ereignishorizont eines schwarzen Loches kann niemals kleiner werden. Wenn zwei schwarze Löcher kollidieren, muss die Oberfläche des Ereignishorizontes beim Objekt größer sein, als die beiden Vorgänger-Ereignishorizonte!" Das entspricht absolut der Wahrheit. Seit 2016 kann man Gravitationswellen eines schwarzen Loches nachweisen. Mittlerweile gibt es eine Technik, mit der man die notwendigen Frequenzen aus dem Gravitationswellen- Signal isolieren kann."

„Meine Fresse! Und du sagst ich hätte Probleme! Ich könnte noch eine heiße Schokolade vertragen!"

*

„Ich möchte wissen, warum Hendrik es so geheimnisvoll macht."

„Mich interessiert auch, warum er mindestens zehn Mal gefragt hat, ob die Scheune bei uns leer bleibt. Außer dem alten Traktor steht doch sowieso nichts drin!"

„Ich bin mächtig gespannt!"

Badman stand da wie angewurzelt mit erhobener Pfote. Er wartete. Seine grünen Augen waren unentwegt auf die schmale Straße gerichtet.

„Der weiß doch schon wieder etwas, was wir nicht wissen."

Endlich hörten sie, wie sich der Traktor mühsam den Berg hinauf arbeitete.

„Ich glaube die Tage dieses alten Dinges sind gezählt. Er kommt kaum noch voran!"

Schnaufend und spuckend fuhr der Traktor auf den Hof ein. Hendrik saß darauf mit vor Stolz geschwellter Brust. Der Grund, warum der Traktor sich am Berg so schwer tat, war auch gleich zu sehen. Ein großer Anhänger hing hinter seinem Traktor. Aber das war noch nicht alles. In dem Hänger befand sich eine Kuh. Eine Kuh mit langem, dunkelbraunem Fell.

„Das ist nicht dein Ernst, Hendrik."

„Wieso nicht? Ich habe doch gefragt, ob die Scheune leer ist. Bis mein Bauernhof fertig ist, kann sie doch in der Scheune wohnen."

Der schwarze Kater marschierte würdevoll auf den Anhänger samt Inhalt zu und beäugte ihn neugierig. Witternd erfasste Badman die Moleküle dieses großen, haarigen Viehs. Ihre Augen waren weit aufgerissen und verfolgten den Kater soweit es ihr möglich war. Neugierig sprang er auf den Anhänger, der eigentlich nur für Heu gedacht war. Er schnupperte am Ohr und begutachtete die Hörner.

„Badman! Du hast das gewusst!"

Hendrik legte Bretter auf. Langsam bugsierten sie die ängstliche Kuh von dem Hänger herunter.

„Lass sie zunächst einmal in die Wiese. Die ist total umzäunt, da kann sie nicht weglaufen. Sie ist viel zu dünn, aber zugleich hat sie einen dicken Bauch?"

„Das konnte der Bauer mir auch nicht erklären."

Rachel führte das Tier am Seil zur Wiese.

„Sie ist ein ziemlich spätes Mädchen. Was willst du denn mit ihr anstellen?"

„Eigentlich hatte ich etwas anderes vor. Aber der Bauer führte sie aus dem Stall und wollte sie zum Schlachter bringen. Seht euch nur ihre traurigen Augen an!"

Die waren groß, braun, glanzlos vor Erschöpfung und immer noch sehr ängstlich.

Der Wagen vom Postzusteller Harry tauchte auf.

„Das ist aber schön, dass du dich für die junge Kuh entschieden hast.. aber Moment mal, das ist eine ganz andere. Auch eine Galloway aber eine Uroma."

„Bei den Lennarts auf dem Hof bekommen die Tiere keinen Namen.

Sie war auf dem Weg zum Schlachter und deshalb habe ich sie gekauft. Ich weiß, das war nicht besonders klug."

„Nicht besonders klug? Das ist noch sehr milde ausgedrückt! Ich habe Menards gesagt nicht Lennarts. Dort solltest du hinfahren. Seine Tiere sind in Ordnung. Die hier ist gut und gerne dreizehn, vielleicht sogar schon vierzehn Jahre alt!"

Harry untersuchte das Tier oberflächlich und strich ihr über den Bauch.

„Mein Vater war Bauer! Sie ist unterernährt, hat Geschwüre an der Seite und ganz offensichtlich ist sie trächtig! Bring sie zu diesem Halsabschneider zurück!"

Die Überraschung stand Hendrik ins Gesicht geschrieben.

„Sie bekommt ein Baby?"

Harry zuckte nur mit den Achseln.

„Ja. Ganz toll! Ich glaube nicht, dass das in ihrem Alter noch gut geht! Es wäre besser, wenn du dich von ihr trennst. Gib sie von mir aus auf einen Gnadenhof, wenn du sie nicht doch schlachten lassen willst."

Hendrik hielt entsetzt die Hände vors Gesicht.

„Das geht nicht, Harry! Catriona bleibt hier. Wir bekommen ein Baby und sie benötigt dringend unsere Hilfe!"

„Du bist ein guter Mechaniker wenn es um alte Traktoren geht. Aber ich wusste nicht, dass du auch Hebamme bist!"

Badman leckte über Catrionas Schnauze.

„Er weiß schon wie es geht."

Rachel führte Catriona auf die schöne, grüne Wiese.

„Irgendwie werden wir es schaffen."

„Klingt naiv. Aber auch irgendwie süß!" grummelte Harry. Die Gänseblümchen streckten neugierig ihre Köpfe dem neuen Bewohner entgegen. Catriona drehte sich langsam mehrmals im Kreis.

„Was tut sie da?"

„Sich die Landschaft ansehen," antwortete Harry. „Bei Lennarts bekommen die Tiere nie die Natur zu sehen. Nur ein einziges Mal, wenn man sie zum Schlachter führt. Sie hat dort nur in ihrer Box gestanden, jedes Jahr ein Kalb bekommen, das man ihr anschließend weggenommen hat. Es war kein so schönes Leben ohne Tageslicht, indem sie ständig um ihre Kinder getrauert hat."

Catriona senkte den Kopf und begann vorsichtig einige Grashalme zu zupfen.

„Sie sieht zum ersten Mal eine Wiese!"

Aus der Scheune wurde ein gemütlicher, warmer Stall mit jeder Menge Stroh auf dem Boden. Zunächst war sie misstrauisch und blieb stocksteif stehen. Aber nach gutem Zureden, legte sie sich schließlich hin. Badman kuschelte sich an ihren Bauch und schnurrte beruhigend.

Frederick kam abends zu Besuch. Man saß draußen im Garten. Das Kartoffelgratin schmeckte hervorragend. Der spanische Sekt passte wunderbar dazu und sorgte noch für gute Laune.

„Ach übrigens, Chester Williams ist wieder zurück nach Amerika gekehrt. Und ich schätze Kulmbach darf eine Zeitlang Akten sortieren."

„Wie hast du das hinbekommen, Frederick?"

„Ich habe gar nichts gemacht. Aber bei dir hat sich was verändert, Rachel!"

„Das verstehe ich nicht."

„Ich auch nicht. Aber alle deine schwarzen Löcher sind gefüllt. Lückenlos! Die Vorwürfe und Anschuldigungen von Williams sind damit gegenstandslos."

Die blauen Augen sahen ihn weiter fassungslos an.

„Wie soll das denn funktionieren? Wenn meine wahre Geschichte irgendwo auftaucht, kann ich untertauchen."

„Deine Identität und Geschichte in Amerika ist sozusagen „aktualisiert" worden. Sogar deine Doktorarbeit ist in die heutige Zeit gerettet worden. Sehr gute Arbeit! Und nahezu wasserdicht!"

Alle dachten das Gleiche. Aber niemand wagte es auszusprechen. Jo schenkte jedem ein Glas Sekt ein.

„Stoßen wir auf Sandra an, die ihren Weg in Zukunft finden wird!"

Zufrieden schauten alle in den Himmel. Die ersten Abendsterne blinkten.

„Ist Tante Elfriede eigentlich wieder aufgetaucht?"
Frederick nickte nachdenklich.
„Sie lag im Sarg eines ihrer Vorfahren. Ohne dein Telefon hätte man mich nie gefunden. Ich habe immer noch Angst, wenn ich nur die Augen zu mache. Dieser perfide Plan hätte fast funktioniert."
„Dann schaue in meine Augen!"
Die blauen Augen von Rachel übten eine hypnotische Wirkung auf Frederick aus.
„Warum fällt eigentlich außer mir, keiner in Ohnmacht, wenn er die Wahrheit über Rachel erfährt?"
Hendrik strich eine vorwitzige Locke aus Jo´s Gesicht.
„Frederick und ich sind eben echte Kerle!"
„Das wird es wahrscheinlich sein. Gib mir einen Kuss!"

Aus dem Stall kam Badman angerannt. Er maunzte aufgeregt und sprang in großen Sprüngen in den Stall zurück.
„Catriona!"
Alle liefen Badman hinterher. Die Kuh stand mit hoch erhobenem Kopf in ihrem Stall. Sie begann laut zu muhen.
„Was hat sie bloß? Auf alle Fälle hat sie Schmerzen! Ob eine Aspirin was bewirkt?"
Hendrik war außer sich vor Sorgen. Er griff zum Handy.
„Harry? Gut, dass ich dich erreiche. Catriona hat Schmerzen. Was sollen wir bloß tun? Soll ich den Tierarzt rufen?"
„Ich bin in zwanzig Minuten da!"
Harry war nicht alleine. Er hatte seinen Mann mitgebracht. Ängstlich standen alle um die Kuh und versuchten sie zu trösten.
„Geht aus dem Weg!"

Nach vier Stunden lag im frischen Stroh ein winziges, kleines Kälbchen. Catriona leckte es zusammen mit Badman liebevoll ab. Alle waren aufgrund der letzten Stunden erschöpft. Zu sehen, wie sich ein neues, kleines Lebewesen den schwierigen Weg in die Welt erkämpfte, war doch ziemlich aufregend. Catriona stand mühsam auf.

Ihre großen Augen spiegelten ihren Zustand wieder.

„Catriona ist glücklich, ein gesundes Kind bekommen zu haben. Aber in ihren Augen spiegelt sich die Angst, dass man es ihr wieder wegnimmt."

Das Kalb begann sich zu regen. Nach wenigen Minuten stand es auf wackeligen Beinen und begann zuerst zögerlich, aber dann immer kräftiger am Euter seiner Mutter zu saugen.

Hendrik sah voller Stolz auf die kleine Familie.

„Um die Erziehung deines Kindes kümmerst du dich die nächsten Jahre am besten selbst, Catriona."

„Wie soll es denn heißen?"

„Die Frage ist, wie soll er denn heißen, Rachel?"

„Wie wäre es mit Harry?"

Harry wurde rot wie ein gekochter Krebs und drückte fest die Hand seines Mannes.

„Es ist mir eine große Ehre! Mein Mann und ich werden ihre Wunden versorgen, damit Catriona ihr altes Leben vergisst und sich voll und ganz dem Mutter sein widmen kann."

„Draußen wird es bereits hell."

„Sektfrühstück?"

„Aber nicht für Catriona! Die muss stillen!"

*

Ich bedanke mich herzlich bei:

Ingrid Nass und Robert Derouet für ihre Hilfe und technische Beratung. Ebenfalls bedanke ich mich bei Ulrich Höfer für seine fachkundigen Ratschläge.

Ich bin stolz darauf euch meine Freunde nennen zu dürfen. Gerne mehr davon!

An meinen Herzensmann!

Gelobt sei, was uns stark macht!
In unseren Disputen finden wir die Lösung!
Vom Computer spreche ich erst gar nicht!
Hab dich lieb!

www.hoefer.camera

Weitere Bücher der KriMIAUtorin

Elvy Jansen

Elvy Jansen

Roter Sessel,

schwarze Katze

344 Seiten

ISBN-13:9783740744373

Eine kleine, schwarze, streunende Katze sucht sich ein Zuhause. In Laura und Sebastian findet sie die Menschen mit denen sie ihr Leben verbringen möchte, und wird auf den Namen Laila getauft.

Sie lebt sich schnell ein und lernt die Tiere in der Nachbarschaft kennen. Eine große rote Bordeauxdogge wird ihr bester Freund und eigentlich könnte alles gut sein...

Doch eine Bande teurer Edelkater möchte das Revier von Laila und ihren Freunden erobern. Laila und ihre Freunde fürchten sich in ihrem eigenen Revier zu Tode. Warum?

Als Laila eine grausam entstellte Katzenleiche findet spitzt sich die Situation dramatisch zu. Und das ist erst der Anfang...

Laila begibt sich mit ihrer Gang auf Spurensuche. Mit Schlagfertigkeit, Witz und scharfen Krallen gelingt es ihr fast immer aus gefährlichen Situationen zu entkommen.
<u>Fast immer!</u>

Elvy Jansen

Schwarze Katze...

und der Mordsommer

244 Seiten

ISBN-13:9783740743697

In diesem Fall hat Laila, die kleine freche schwarze Katze, das Heft fest in ihrer Pfote. Ohne sie und ihre Gang wären Kommissar Wieland und sein Kollege Montroig völlig hilflos.

Der Nachbar von Laila wird brutal in seinem Haus zusammen geschlagen und schwer verletzt.

Aber es kommt noch schlimmer.

Ein junger Mann wird eiskalt ermordet!

Und eine Spedition scheint eine zentrale Rolle zu spielen.

Mit viel Witz und Humor wird hier ein bis zum Schluss spannender Kriminalfall zu Papier gebracht

Elvy Jansen

Schwarze Katze...

und die Abgründe der

Moral

376 Seiten

ISBN-13: 9783759794710

Eine junge Frau fährt mit ihrem Motorrad durch eine einsame Waldstraße...Kurz darauf erleidet sie einen Unfall und liegt schwer verletzt, alleine und hilflos im Wald. Eine „Gang", aus Fünf Katern bestehend findet sie, und organisiert auf untypische Art und Weise Hilfe.

Es stellt sich heraus, dass der Unfall manipuliert worden ist. Kommissar Wieland und Kollege Montroig haben alle Hände voll zu tun. Aber sie haben Hilfe.

Laila, die kleine, selbstbewusste, schwarze Katze sieht natürlich viel mehr als es ein Mensch jemals sehen könnte. Es wird nicht der einzige Unfall bleiben, bei dem sogar ein Mensch zu Tode kommt. Laila und „Konsorten" tauchen in die Motorradszene ein und stellen fest, dass das Zusammenleben zwischen Motorradfahrern sich nicht sonderlich von ihrem Leben unterscheidet.

Natürlich wie immer mit der üblichen Anarchie und schwarzem Humor!

Elvy Jansen

Schwarze Katze...

und die Wahrheit

hinter dem Spiegel

312 Seiten

ISBN-13:9783740753399

Es ist bitter kalt und mitten in der Nacht, als Laila und ihre „Gang"
einen schrecklichen Fund machen.

An einem Baum hängt ein Mensch...und er ist tot. War es Selbstmord?

Die Kommissare Stefan Wieland und Jordi Montroig können noch nicht
ahnen, dass sie dieses Mal vor einem Fall mit ungeahnten
Ausmaßen stehen...

Die Katzen lernen auf ihren Streifzügen Achim kennen. Er hat eine
eigene Werkstatt.

Astrid, die Nachbarin von Achim, trauert immer noch um ihren
verstorbenen Mann. Aber es scheint, als hätte er ein Geheimnis mit ins Grab
genommen.

In Achims Werkstatt ereignet sich eine Katastrophe! Die Situation eskaliert!

Elvy Jansen

Schwarze Katze...

und die tödlichen Schatten

der Vergangenheit

660 Seiten

ISBN-13:9783740768133

Ein rätselhafter brutaler Banküberfall, bei dem zwei Menschen ihren Tod finden.

Laila, die kleine schwarze Katze, findet mit ihrer „Gang" in einer Sandgrube eine Leiche.

Eine Katze wird auf sehr dramatische Weise Zeugin eines Verbrechens. Sie verliert ihr Zuhause und wird obdachlos. Aber das richtig Böse lauert in ihrer Vergangenheit und lässt sie nicht mehr los!

Kommissar Wieland und sein Kollege Montroig werden mit Verbrechen konfrontiert, die weit über die Grenzen ihrer kleinen Stadt hinaus gehen. Aber auch hier werden sie tatkräftig von ihren „Undercoveragenten" unterstützt.

Wie immer hilft man sich mit äußerst bissigem schwarzen Humor gewürzt, selbstverständlich gegenseitig.

Elvy Jansen

Schwarze Katze...

und die Erinnerung aus

dem Jenseits

588 Seiten

ISBN-13:9783740784461

Mehrere junge bildhübsche Frauen werden auf bestialische Art und Weise umgebracht und auf einem Grab eines alten Friedhofes deponiert. Man weiß nichts über ihre Identität und in der Kleinstadt sind sie völlig unbekannt.

Immer wieder taucht eine junge Frau namens Josefine auf, die anscheinend genau in das „Beuteschema" der Morde passt. Ist ihr Leben auch in Gefahr?

Kommissar Wieland und sein Kollege Montroig tauchen tief in die Vergangenheit ein, um dem Wesen des Verbrechens näher zu kommen.

Laila, die mittlerweile wohl bekannte, schwarze, kleine, freche Katze und ihre durchgeknallte „Gang" werden in diesem Fall mehr oder weniger freiwillig involviert.

Es ist nicht ungefährlich und dieser Fall verlangt von ihnen große Opfer...

Historischer Krimi

Elvy Jansen

Adriana die Fuhrfrau

und der Tod in Purpur

492 Seiten

ISBN-13:9783740713348

Adriana zieht mit ihrem Ochsenkarren quer durch das fränkische Reich zur Zeit Karls des Großen. Sie handelt mit Waren, die sie einkauft und mit Gewinn wieder verkauft.

Sie trifft sich mit ihrem Vater in einer Herberge in Thionville. Auf dem Weg nach Hause finden sie die grausam entstellte Leiche eines guten Freundes der ebenfalls ein Fuhrmann war, mit dem sie den Abend zuvor noch gemeinsam verbracht hatten. Das Opfer ist fast bis zur Unkenntlichkeit verstümmelt.

In seinem Mund steckt ein edles, feines, purpurfarbenes Tuch.

Aber es bleibt nicht bei diesem Mord!

Adriana gerät in ein fürchterliches Komplott aus Lügen und Verrat, das sich bis in die höchsten Kreise des Kaisers zieht. Sie weiß nicht mehr wem sie noch trauen kann.

Historischer Krimi

Elvy Jansen

Adriana die Fuhrfrau 2

Blut ist die Farbe des

Goldes

476 Seiten

ISBN-13:9783740714307

Im Reich Karls des Großen werden Kutschen überfallen. Sie transportieren Tributzahlungen aus den eroberten Länder nach Aachen an den kaiserlichen Hof.

Die Täter hinterlassen eine entsetzliche Spur von Tod und Verwüstung. Sie entkommen unerkannt.

Es bleibt ein Rätsel.

Als der unvorstellbar große Awarenschatz das fränkische Reich durchqueren muss, ist allerhöchste Alarmstufe geboten.

Wem kann der Kaiser noch trauen?

Adriana, Aumoury und Alexander werden um Hilfe gebeten, diese Überfälle zu untersuchen, da sie sich als Fuhrleute ständig auf den Straßen des Reiches aufhalten.

Wie viel sind Menschenleben angesichts von Gold noch wert?

Mystery Krimi

Elvy Jansen

Jo und die Metamorphosen

324 Seiten

ISBN-13:9783740726010

Jo hat wieder einmal ihren Job bei einer renommierten Zeitung voll an die Wand gefahren! Jetzt sitzt sie da, ohne Arbeit in einer fremden Stadt und ist nicht mehr in der Lage das überteuerte Appartement zu bezahlen.

Da erreicht sie die Nachricht, dass sie von ihrer Großtante irgendwo im tiefsten Südwesten Deutschlands eine alte Immobilie geerbt hat. Da ihr sonst keine Optionen offen stehen, bezieht sie das alte Haus.

Probleme bekommt sie mit einem Mitbewohner, der schon einige Zeit illegal in diesem Haus wohnt, offenbar noch mit dem Einverständnis ihrer Erbtante. Aber etwas stimmt nicht mit ihm! Keiner in dem Ort hat ihn je zu Gesicht bekommen, oder weiß etwas von seiner Existenz. Geht von ihm eine Bedrohung aus?

Jo sucht sich derweil einen neuen Job als Journalistin. Bald fällt ihr auf, dass in dem kleinen Ort viele Menschen als vermisst gelten und nie wieder auftauchen. Ein Toter taucht am Fluss auf.

Neu

Elvy Jansen
Schwarze Katze...
und das Paradoxon
der Rache
372 Seiten
ISBN-13:9783759783363

In einer neuen Firma wird ein unbekannter Mann ermordet. Nichts deutet darauf hin, wie er das Gebäude betreten hat. Auch gibt es kein Motiv für diesen Mord.

Es bleibt rätselhaft. Zudem steht Kommissar Wieland gewaltig unter Stress und das nicht nur beruflich.

Laila und die Katzengang nehmen in ihrem „Clubheim" eine obdachlose Frau auf. Sie wird von einem Mann in einem schwarzen Anzug verfolgt!
Können sie verhindern, dass der Frau ein Leid geschieht?

Aber das ist noch lange nicht alles, in was die Katzen mit involviert werden. Sie sind sogenannte „Ohrenzeugen" als ein Mord geschieht, den sie nicht verhindern können.